21 世纪法语系列教材

ANTHOLOGIE DE LA LITTERATURE FRANÇAISE DU XXe SIECLE

20 世纪法国文学

李志清 〔法〕卡里纳·特雷维桑 主编

北京大学出版社
PEKING UNIVERSITY PRESS

图书在版编目 (CIP) 数据

20 世纪法国文学 / 李志清,〔法〕卡里纳·特雷维桑(C. Trévisan)主编. —北京: 北京大学出版社, 2007. 10

(21 世纪法语系列教材)

ISBN 978-7-301-10561-0

Ⅰ. ① 2… Ⅱ. ①李… ②卡… Ⅲ. ①文学史—法国—20 世纪 Ⅳ. ① I565.095

中国版本图书馆 CIP 数据核字 (2006) 第 012341 号

书　　名	20 世纪法国文学
著作责任者	李志清 〔法〕卡里纳·特雷维桑 主编
责 任 编 辑	初艳红 刘 敏
标 准 书 号	ISBN 978-7-301-10561-0
出 版 发 行	北京大学出版社
地　　址	北京市海淀区成府路 205 号 100871
网　　址	http://www. pup. cn 新浪微博：@ 北京大学出版社
电 子 信 箱	alice1979pku@163.com
电　　话	邮购部 010-62752015 发行部 010-62750672 编辑部 010-62759634
印 刷 者	北京虎彩文化传播有限公司
经 销 者	新华书店
	787 毫米 ×1092 毫米 16 开本 20.25 印张 468 千字
	2007 年 10 月第 1 版 2019 年 9 月第 4 次印刷
定　　价	52.00 元

主编：李志清　　　　　　　（中国海洋大学教授）
　　　卡里纳·特雷维桑　　（法国巴黎第七大学教授）

参加本书编写的有：

中国	法国
李志清	克里斯托夫·比当
王欣彦	丹尼斯·布拉怡米
房立维	贝尔纳代特·布里古
崔丹丹	雷蒙德·库代尔
卢晓帆	阿尼·达扬-罗森罗
尹　伟	马里-克莱尔·迪马
李梦阳	洛兰·弗利德
邵　娟	达尼埃尔·丰达内什
蒯　佳	埃弗兰·格罗斯曼
张　苗	瓦莱里·吉罗东
汪　琳	汉斯·阿尔梯
马月丽	弗朗索瓦·勒塞尔克莱
	贝娅特丽斯·马沙尔
	弗朗西斯·马尔芒
	埃里克·马蒂
	阿纳·莫塔尔
	皮埃尔·帕谢
	西莫内·佩里耶
	纳塔莉·皮耶盖-格罗
	克里斯特勒·潘叟纳
	雷吉斯·萨拉多
	米歇尔·桑德拉
	亚尼克·塞依代
	贝尔内·西谢尔
	卡里纳·特雷维桑
	弗朗索瓦斯·瓦赞-阿特拉妮

Sous la direction de

Professeur Carine TREVISAN, Université Paris 7 de France

Professeur LI Zhiqing, Université océanique de Chine

Ont contribué à ce volume:

France

Christophe BIDENT
Denise BRAHIMI
Bernadette BRICOUT
Raymonde COUDERT
Anny DAYAN-ROSENMAN
Marie-Claire DUMAS
Laurent FLIEDER
Daniel FONDANÈCHE
Evelyne GROSSMAN
Valérie GUIRAUDON
Hans HARTJE
François LECERCLE
Béatrice MARCHAL
Francis MARMANDE
Eric MARTY
Anne MORTAL
Pierre PACHET
Simone PERRIER
Nathalie PIEGAY-GROS
Chrystel PINÇONNAT
Régis SALADO
Michel SANDRAS
Yannick SEITE
Bernard SICHERE
Carine TREVISAN
Françoise VOISIN-ATLANI

Chine

LI Zhiqing
WANG Xinyan
FANG Liwei
CUI Dandan
LU Xiaofan
YIN Wei
LI Mengyang
SHAO Juan
KUAI Jia
ZHANG Miao
WANG Lin
MA Yueli

TABLE DES MATIERES

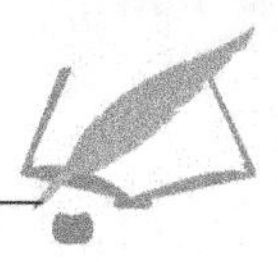

CHAPITRE VII LES POETES APRES LA "LIBERATION" / 236

CHAPITRE VIII PROSES ET RECITS DE L'APRES-GUERRE: PANORAMA DU ROMAN FRANÇAIS CONTEMPORAIN / 271

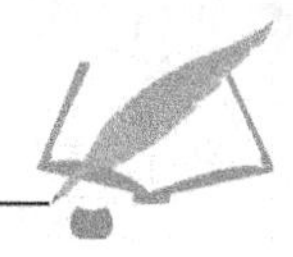

CHAPITRE I

GUERRE ET APRES-GUERRE: LES RESEAUX LITTERAIRES

Les écrivains et la guerre

La mobilisation générale d'août 1914 s'accompagna d'un vaste mouvement d'engagements volontaires, de Français, comme le philosophe Alain et l'écrivain Henri Barbusse, d'étrangers et d'apatrides aussi, comme Apollinaire, qui tint à servir dans l'armée française et y obtint sa naturalisation, ou le Suisse Blaise Cendrars et l'italien Canudo, dont l'appel aux écrivains et artistes étrangers eut un succès tel qu'il fallut constituer pour eux un bataillon spécial de la Légion. La vie littéraire fut brusquement interrompue, particulièrement dans les milieux cosmopolites de l'avant-garde. Il fallut des semaines pour que la littérature retrouve une place dans une société profondément bouleversée par les circonstances.

Nous passerons brièvement sur l'abondante production patriotique qui fleurit surtout dans la première moitié de la guerre et dont Maurice Barrès, avec ses articles de *L'Echo de Paris* rassemblés dans les volumes de *L'Ame française et la Guerre*, est le représentant le plus illustre. Face à ce concert, force est de reconnaître que le discours pacifiste a peine à se manifester et c'est une incompréhension hostile qui accueille, en France, *Au-dessus de la mêlée* de Romain Rolland; en dépit—ou peut-être à cause—de cette série d'articles, la même année, soit en 1915, il obtiendra cependant le prix Nobel de littérature, qui vient récompenser l'auteur prolifique de ce *Bildungsroman* qu'est *Jean-Christophe* (1903—1912) et qui annonce les romans-fleuves qui suivront: *Les Thibault* de Roger Martin du Gard (1922—1940), *Les Hommes de bonne volonté* de Jules Romains (1932—1946), *Les Hauts-Ponts* de Jacques de Lacretelle (1932—1935).

Les écrivains payèrent un lourd tribut à la guerre: Charles Péguy, Alain-Fournier y périrent avec beaucoup d'autres. Apollinaire, blessé à la tête et probablement gazé, mourut de la grippe espagnole le 9 novembre 1918, Cendrars perdit un bras, Joë Bousquet fut atteint d'une balle qui l'immobilisa sur un lit jusqu'à sa mort en 1950. Certains

d'entre eux parmi ceux qui survécurent ont dit, sous forme documentaire, romanesque ou poétique ce que fut leur expérience de soldat: si *Le Feu* de Barbusse (1916), roman sur l'expérience de la guerre, a d'emblée conquis un vaste public (il reçoit le prix Goncourt), il ne faut pas ignorer pour autant, parmi beaucoup d'autres, le *J'ai tué* de Cendrars (1917) ainsi que, parmi les poètes les *Poèmes pour la paix* d'Eluard (1917) ou le *Fond de cantine* de Drieu La Rochelle (1920) plus connu pour son œuvre romanesque. Il convient aussi de dire ici l'importance qu'eut pour Céline l'épreuve de la Première Guerre mondiale, que l'on perçoit dans son premier roman, paru en 1932, avec le retentissement que l'on sait: *Voyage au bout de la nuit*.

Apollinaire et les avant-gardes poétiques

Autour d'Apollinaire, ramené à la vie littéraire à l'automne de 1916, après sa blessure et sa longue convalescence, s'ordonne une nouvelle avant-garde aux options originales.

Les deux années qui s'écoulent de sa rentrée avec *Le Poète assassiné* en octobre 1916 à sa mort en novembre 1918 sont pour Apollinaire une période d'intense activité créatrice. Dans le courant de 1917, il ne publie pas moins d'une cinquantaine de poèmes. Le 24 juin, il fait représenter *Les Mamelles de Tirésias*. *Calligrammes*, dans lequel Apollinaire a réuni l'essentiel de sa production poétique depuis 1913, paraît en avril 1918. Dans ce recueil, se côtoient ou plutôt se succèdent les recherches de l'avant-guerre et les poèmes du soldat. C'est pourquoi on peut rapprocher de *Calligrammes* les poèmes envoyés à Lou et réunis après la mort d'Apollinaire. Lorsque la grippe espagnole l'emporte deux jours avant l'armistice, il avait en épreuves un recueil de chroniques, *Le Flâneur des deux rives*, en répétition une pièce, *Couleur du temps*, en manuscrit une autre pièce, *Casanova*, et un roman, *La Femme assise*, en fabrication un autre roman, *La Femme blanche des Hohenzollern*.

Mais ce n'est pas seulement un écrivain qui disparaît, c'est aussi un chef de file pour la nouvelle avant-garde. En janvier 1916, Pierre Albert-Birot (1876—1967) avait fondé la revue *SIC* (Sons, Idées, Couleurs) autour du thème de la modernité. Fidèle à l'Apollinaire de *Zone*, Albert-Birot y proclamait la nécessité de laisser "le vieux avec le vieux". Collaboreront à *SIC* Paul Dermée, Pierre Reverdy, Philippe Soupault, Drieu La Rochelle, Raymond Radiguet, Breton, Aragon, Tzara. Dès l'été 1916, Albert-Birot s'est adressé à Apollinaire qui lui a accordé un long entretien et c'est lui qui organisera une représentation des *Mamelles de Tirésias*. De son côté, Reverdy (1869—1960) publie le premier numéro de la revue *Nord-Sud* et la place aussi sous les auspices d'Apollinaire. André Breton est en correspondance avec ce dernier depuis 1915. Cocteau le suit et semble vouloir l'imiter. Cependant l'avant-garde qui s'est constituée autour d'Apollinaire va sinon mourir avec lui, du moins se recomposer après sa mort: *Nord-Sud* cesse de paraître à la fin de 1918, *SIC* un an plus tard.

En mars 1919 paraît le premier numéro d'une revue dirigée par Aragon, Breton et Soupault, *Littérature.* Pendant un an, avant de virer au dadaïsme, elle rassemble dans ses sommaires Gide, Valéry et Léon-Paul Fargue, les amis d'Apollinaire: André Salmon, Max Jacob, Cendrars, mais aussi Jean Giraudoux, Paul Morand, Valéry Larbaud et Cocteau. Ainsi semble se dessiner un rapprochement des générations et des tendances. Rapprochement précaire, qui ne va pas résister aux divergences bientôt manifestes. Si Cendrars, Valéry Larbaud et Reverdy font cavaliers seuls, le groupe dada s'organise tandis que sur un mode plus léger, au bar du *Bœuf sur le toit*, autour de Cocteau, se retrouvent Max Jacob, Raymond Radiguet, Paul Morand, Lucien Daudet, Maurice Sachs, les musiciens du groupe des Six, le tout-Paris des "années folles". *La Nouvelle Revue française* (*N.R.F.*) reconstitue quant à elle son équipe.

La *N.R.F.* et "ses" auteurs: le cas Proust

La parution de la célèbre Revue *N.R.F* avait été interrompue pendant la guerre; elle reprend par un numéro en date du 1er juin 1919, contenant un article du nouveau directeur, Jacques Rivière (1886—1925), qui définit les objectifs de la revue: il s'agit de reprendre le programme des six fondateurs de 1909 (André Gide, Jacques Copeau, Marcel Drouin, Henri Ghéon, André Ruyters, Jean Schlumberger, Jacques Rivière), c'est-à-dire d'affirmer l'indispensable indépendance de l'art, dégagé de toutes les chapelles esthétiques et/ou idéologiques. Cela dit, la revue a un maître, le poète Mallarmé (le premier et éphémère directeur du "vrai" premier numéro du 15 novembre 1908), et elle sera toujours réfractaire aux idées socialistes, même si c'est dans les milieux de l'Action française que la *N. R. F.* trouva ses principaux adversaires. A la *N. R. F.*, la critique prend la forme non plus d'articles, mais de "notes", qui cherchent dans les œuvres des motifs d'exaltation personnelle. Si le classicisme de ses membres lui a fait manquer le tournant du surréalisme, du moins la *N. R. F.* a-t-elle su reconnaître, en vertu de cette démarche égotiste, quelques-uns des plus grands écrivains de son temps.

Dès la reprise de 1919, les sommaires sont prestigieux et réunissent les noms de Gide bien sûr, puisqu'il est un des maîtres du lieu, mais aussi de Léon-Paul Fargue, de Jules Supervielle, de Paul Valéry (qui y publiera *Le Cimetière Marin* en 1920), de Roger Martin du Gard, de Jean Giraudoux, et surtout de Claudel et de Proust.

"Là où je cherchais les grandes lois, on m'appelait fouilleur de détails", écrit Proust dans *Le Temps retrouvé.* On sait que Gide, sollicité d'accepter *Du côté de chez Swann* pour la *N. R. F.*, étant tombé sur le passage où Proust décrit la tante Léonie au réveil avec "son triste front pâle et fade où les vertèbres transparaissaient comme les pointes d'une couronne d'épines", se refusa à lire plus avant. Le livre parut donc chez Grasset en 1913, à compte d'auteur. La guerre donna loisir aux dirigeants de la *N. R. F.* de réfléchir. On récupéra Proust, qui obtint le prix Goncourt en 1919 pour *A l'ombre des jeunes filles en fleurs* (au grand scandale des patriotes, partisans du roman de guerre *Les Croix de bois* de

Roland Dorgelès), et toute la suite du cycle parut peu à peu jusqu'au *Temps retrouvé* en 1927. Quand Proust mourut, en 1922, les deux tiers de son œuvre étaient encore inconnus. Mais il avait préparé et poli jusqu'à ses dernières heures l'ensemble de son cycle romanesque qui comprendra finalement seize volumes dans la première édition de la *N.R.F.*

Il eût été surprenant que les chemins de la *N.R.F.* et ceux de Proust ne finissent pas par se croiser. En effet, la cohérence des membres de la revue trouve son origine dans la référence (et la révérence) au mouvement symboliste, où certains ont leurs racines, et qui se fait de l'Art la plus haute idée. La querelle qui oppose dans l'entre-deux-guerres les tenants de l'Art et les tenants de "la vie" ("Plus de style, avais-je entendu dire alors, plus de littérature, de la vie", écrit Proust dans *Le Temps retrouvé*) se trouve en effet dépassée par l'auteur de *la Recherche* pour qui, "si la vie est faite pour être dite par l'art, l'art doit se rabattre vers la vie et n'exprimer qu'elle" (Anne Henry). Le refus d'appartenir à une chapelle est un autre point de convergence entre la *N.R.F.* et Proust: "Une œuvre où il y a des théories est comme un objet sur lequel on laisse la marque du prix", écrit ce dernier. "On raisonne, c'est-à-dire on vagabonde, chaque fois qu'on n'a pas la force de s'astreindre à faire passer une impression par tous les états successifs qui aboutiront à sa fixation, à l'expression."

Claudel et les écrivains catholiques

Cette "fureur de l'expression" est aussi celle de Claudel. Vers la fin de la guerre, Claudel a écrit l'essentiel de ses œuvres poétiques et presque achevé son œuvre dramatique. Encouragé par le succès de *L'Annonce faite à Marie*, montée en 1912 par Lugné-Poe au théâtre de l'œuvre, et qui sortit enfin la scène française de l'ornière du Boulevard, Claudel écrit la trilogie de *L'Otage* : *L'Otage* (1911), *Le Pain dur* (1918), *Le Père humilié* (1920). Loin des drames lyriques "destinés à l'épuisement de la conversation intérieure", l'Histoire (la trilogie commence au lendemain de la Révolution et s'achève avec l'abolition du pouvoir temporel de la Papauté) y est la scène où les passions humaines agissent et font obstacle à la volonté divine. A la même époque, il s'essaye aussi au comique avec *Protée* (1913) et *L'Ours et la Lune* (1917), farce lyrique qui évoque le rêve d'un prisonnier français de la Grande Guerre transporté par la lune dans un monde de marionnettes. Il peut dès lors se lancer, fort de ces expériences, dans cette entreprise de théâtre "total" qu'est *Le Soulier de satin*. Commencée en 1919 à Paris, achevée en 1924 à Tokyo, publiée en 1928—1929, jouée seulement en 1943 dans une *Version pour la scène abrégée, notée et arrangée en collaboration avec Jean-Louis Barrault, Le Soulier de satin* est une œuvre immense, qui reprend tous les thèmes antérieurs de la dramaturgie claudélienne (et singulièrement la dispute de la Nature et de la Grâce), qui mêle toutes les cultures, qui mélange tous les genres, qui se sert de toutes les ressources et de toutes les tonalités du langage. C'est une somme qui résume admirablement le génie à la fois sensible—voire sensuel—et spirituel de Claudel, une sorte de drame fait monstre que le Hugo

de la *Préface* de *Cromwell* n'eût pas renié, bien que le maître de Claudel fût plutôt Rimbaud. Il ne s'élèvera plus aussi haut, encore qu'il lui reste de longues années à vivre, consacrées pour l'essentiel à des commentaires bibliques.

Lorsque Claudel, de passage en France entre deux ambassades, va voir Jacques Maritain à Meudon, il y rencontre Max Jacob et François Mauriac, note-t-il dans son journal; il aurait pu y voir aussi Julien Green, Georges Bernanos, Emmanuel Mounier (le futur fondateur de la Revue *Esprit* en 1932), ou Pierre Reverdy, touché par la grâce en 1926. Car il n'est sans doute pas un écrivain catholique de cette époque qui ne se soit rendu chez ce philosophe dont toute l'œuvre est consacrée à la rénovation du thomisme. Mais passionné par la littérature et les arts, il se préoccupa aussi de faire le lien entre la théologie et l'esthétique, comme dans *Art et scolastique* (1920). Il conçut même l'ambition, lorsqu'il dirigeait la collection du "Roseau d'or", chez Plon, de grouper tout ce qui dans la littérature, touchait au catholicisme, et il y parvint pendant quelques années: le premier roman de Bernanos, *Sous le Soleil de Satan* (1926), parut dans cette collection, ainsi que plusieurs romans de Julien Green; Claudel y donna la première édition, fragmentaire, du *Soulier de satin*. Mais Mauriac était chez Grasset, Claudel chez Gallimard: l'expérience tourna court en 1933.

Aussi, bien des divergences étaient apparues, qui marquent le début d'une évolution. En 1927, après la condamnation par Rome de l'Action française, Maritain se sépare avec éclat de ce mouvement en publiant *Primauté du spirituel* : c'est l'origine de sa rupture avec Bernanos. A partir de ce moment, la politique allait désormais jouer un grand rôle au sein des écrivains catholiques, avant même que l'invasion de l'Ethiopie et la guerre d'Espagne ne les contraignent les uns et les autres à prendre position; les manifestes que les intellectuels de tout parti signent alors accentuent les scissions et provoquent aussi des rapprochements: Bernanos rejoint Mauriac et Maritain, tandis que Claudel s'oppose à eux. De nouveaux nuages s'amoncellent, de nouvelles guerres s'annoncent, et un nouveau moment de la littérature française se dessine où le traditionnel clivage gauche/ droite sera prégnant.

Valérie GUIRAUDON

Anatole FRANCE
(1844—1924)

Anatole Thibault, dit Anatole France, est né en 1844 à Paris où son père était libraire. Humaniste féru d'antiquité et de littérature classique, ainsi qu'en témoignent ses chroniques régulières dans le journal *Le Temps* (1887—1893), il s'est essayé à la poésie parnassienne avant de trouver avec le roman son véritable mode d'expression.

Le Crime de Sylvestre Bonnard (1881) donne la mesure de cette prose limpide, dont l'ironie n'est pas exempte de sensibilité, qui fit la réputation d'Anatole France. Avec *La Rôtisserie de la Reine Pédauque* (1892) et *Les Opinions de Jérôme Coignard* (1893) il renoue avec la tradition voltairienne du conte philosophique.

Anatole France s'est toujours senti concerné par les problèmes de son temps. Il se lance dans la rédaction de *L'Histoire contemporaine* dont les deux premiers volumes paraissent en 1897 (*L'Orme du Mail* et *Le Mannequin d'osier*).

L'affaire Dreyfus va transformer l'aimable ironie de ses premiers romans en une passion pour la justice et la vérité. Dans le même temps l'athéisme qui prenait chez lui la forme d'un scepticisme riant, devient militant. Cet engagement dans les luttes idéologiques et politiques de l'époque rend sa prose plus mordante et son esprit satirique plus aiguisé. Les deux derniers volumes de son *Histoire contemporaine* (*L'Anneau d'Améthyste*, 1899, et *Monsieur Bergeret à Paris*, 1901) en portent la trace. Anatole France est passé du dreyfusisme au socialisme. Mais, les déceptions des espoirs mis dans le combat socialiste et l'action révolutionnaire accentuent son pessimisme. Les derniers romans se font plus grinçants, que ce soient *L'Ile des Pingouins* (1908), transposition satirique de l'affaire Dreyfus, *La Révolte des Anges* (1914) ou *Les dieux ont soif* (1912), relecture impitoyable de la Révolution française.

Lauréat du prix Nobel de littérature, Anatole France meurt en 1924. La république lui fit des funérailles nationales.

L'Ile des Pingouins
(1908)

Le dernier chapitre de L'Ile des Pingouins, intitulé "Les temps futurs", propose une vision très sombre de l'avenir. Loin de réaliser la promesse des lendemains qui chantent, le XXe siècle sera le siècle du cynisme et du Dieu profit.

L'Etat reposait fermement sur deux grandes vertus publiques: le respect pour le riche et le mépris du pauvre. Les âmes faibles que troublait encore la souffrance humaine n'avaient d'autre ressource que de se réfugier dans une hypocrisie qu'on ne pouvait blâmer puisqu'elle contribuait au maintien de l'ordre et à la solidité des institutions (...).

Les dames de la richesse étaient assujetties autant que les hommes à une vie respectable. Selon une tendance commune à toutes les civilisations, le sentiment public les érigeait en symboles; elles devaient représenter par leur faste austère à la fois la grandeur de la fortune et son intangibilité. On avait réformé les vieilles habitudes de galanterie; mais aux amants mondains d'autrefois succédaient sourdement de robustes masseurs ou quelque valet de chambre. Toutefois les scandales étaient rares: un voyage à l'étranger les dissimulait presque tous et les princesses des trusts restaient l'objet de la considération générale.

Les riches ne formaient qu'une petite minorité, mais leurs collaborateurs, qui se composaient de tout le peuple, leur étaient entièrement acquis ou soumis entièrement. Ils formaient deux classes, celle des employés de commerce et de banque et celles des ouvriers des usines. Les premiers fournissaient un travail énorme et recevaient de gros appointements. Certains d'entre eux parvenaient à fonder des établissements; l'augmentation constante de la richesse publique et la mobilité des fortunes privées autorisaient toutes les espérances chez les plus intelligents ou les plus audacieux. Sans doute on aurait pu découvrir dans la foule immense des employés, ingénieurs ou comptables, un certain nombre de mécontents et d'irrités; mais cette société si puissante avait imprimé jusque dans les esprits de ses adversaires sa forte discipline. Les anarchistes eux-mêmes s'y montraient laborieux et réguliers.

Quant aux ouvriers, qui travaillaient dans les usines, aux environs de la ville, leur déchéance physique et morale était profonde; ils réalisaient le type du pauvre établi par l'anthropologie. Bien que chez eux le développement de certains muscles dû à la nature particulière de leur activité, pût tromper sur leurs forces, ils présentaient les signes certains d'une débilité morbide. La taille basse, la tête petite, la poitrine étroite, ils se distinguaient encore des classes aisées par une multitude d'anomalies physiologiques et notamment par l'asymétrie fréquente de la tête ou des membres. Et ils étaient destinés à une dégénérescence graduelle et continue, car des plus robustes d'entre eux l'Etat faisait des soldats, dont la santé ne résistait pas longtemps aux filles et aux cabaretiers postés autour des casernes. Les prolétaires se montraient de plus en plus débiles d'esprit. L'affaiblissement continu de leurs facultés intellectuelles n'était pas dû seulement à leur genre de vie; il résultait aussi d'une sélection méthodique opérée par les patrons. Ceux-ci, craignant les ouvriers d'un cerveau trop lucide comme plus aptes à formuler des revendications légitimes, s'étudiaient à les éliminer par tous les moyens possibles et embauchaient de préférence les travailleurs ignares et bornés, incapables de défendre leurs droits et encore assez intelligents pour s'acquitter de leur besogne, que des machines perfectionnées rendaient extrêmement facile.

Aussi les prolétaires ne savaient-ils rien tenter en vue d'améliorer leur sort. A peine parvenaient-ils par des grèves à maintenir le taux de leurs salaires. Encore ce moyen commençait-il à leur échapper. L'intermittence de la production, inhérente au régime capitaliste, causait de tels chômages que, dans plusieurs branches d'industrie, sitôt la grève déclarée, les chômeurs prenaient la place des grévistes. Enfin ces producteurs misérables demeuraient plongés dans une sombre apathie que rien n'égayait, que rien n'exaspérait. C'était pour l'état social des instruments nécessaires et bien adaptés.

VOCABULAIRE

institution	*n. f.*	Ensemble des formes ou des structures politiques établies par la loi ou la coutume et relevant du droit public.
assujettir	*v. t.*	Soumettre qqn à une obligation stricte.
ériger	*v. t.*	Elever au rang de; donner le caractère de.
austère	*a.*	Sévève, ridige.
intangibilité	*n. f.*	Caractère de ce qui doit rester intact.
galanterie	*n. f.*	Politesse, courtoisie dont un homme fait preuve à l'égard des femmes.
mondain	*a.*	Relatif à la vie sociale des classes riches des villes, à leur luxe, à leurs divertissements.

trust	*n. m.*	Entreprise très puissante exerçant son influence sur tout un secteur de l'économie.
appointements	*n. m. pl.*	Salaire déterminé accordé en échange d'un travail régulier.
irrité	*a.*	Qui est mis en colère.
anarchiste	*n.*	Partisan de la doctrine politique qui préconise la suppression de l'Etat et de toute contrainte sociale sur l'individu.
déchéance	*n. f.*	Etat de dégradation, d'abaissement des facultés physiques ou intellectuelles.
anthropologie	*n. f.*	Etude de l'homme et des groupes humains.
débilité	*n. f.*	Etat de grande faiblesse.
morbide	*a.*	Qui dénote un déséquilibre moral, mental.
anomalie	*n. f.*	Etat non conforme à une norme, à un modèle.
physiologique	*a.*	Relatif à la physiologie, science qui étudie les fonctions organiques par lesquelles la vie se manifeste et se maintient sous sa forme individuelle. (生理学)
asymétrie	*n. f.*	Défaut, absense de symétrie.
dégénérescence	*n. f.*	Affaiblissement grave des qualités physiques, mentales ou morales.
cabaretier	*n. m.*	VX. Personne qui tenait un cabaret, un débit de boissons.
débile	*a.*	Faible de constitution physique, qui manque de vigueur.
lucide	*a.*	Qui voit les choses telles qu'elles sont; clairvoyant.
apte	*a.*	Qui a les qualités nécessaires pour.
revendication	*n. f.*	Action de réclamer l'exercice d'un droit politique ou social, une amélioration des conditions de vie ou de travail, en parlant d'une collectivité.
ignare	*a.*	Ignorant; sans instruction.
intermittence	*n. f.*	Caratère de ce qui s'arrête et reprend par intervalles.
inhérent	*a.*	Lié d'une manière intime et nécessaire à qqch.
apathie	*n. f.*	Etat, caractère de ce qui est particulièrement inactif ou insensible; qui paraît sans volonté, sans énergie.
égayer	*v. t.*	Rendre gai.
exaspérer	*v. t.*	Mettre au comble de l'irritation, de l'énervement.

Maurice BARRES
(1862—1923)

Le nom de Maurice Barrès est attaché à une philosophie de l'enracinement dans le sol des aïeux et à une idéologie profondément nationaliste. Né dans une famille lorraine, Maurice Barrès fut fortement marqué dans son enfance par la défaite de 1870 et par l'occupation de Nancy par l'Allemagne. Monté à Paris pour y "faire son droit", il fréquente les milieux littéraires parnassiens et symbolistes, tout en gardant une indépendance d'esprit dont la trilogie intitulée *Le Culte du moi* porte la trace. Que ce soit dans *Sous l'œil des Barbares* (1888), *Un Homme libre* (1889) ou *Le Jardin de Bérénice* (1891), il prône une culture de l'individualisme et revendique pour sa génération une éthique de la liberté, dont la maxime n'est guère éloignée du "deviens ce que tu es" de Nietzsche. Il connaît ensuite une période de solitude orgueilleuse habitée par la religion des héros, notamment par celle de Jeanne d'Arc, la grande figure de la Lorraine. Peu à peu se développe en lui le sentiment de son solide ancrage dans la terre de ses pères. Il se met à l'écoute de ces morts qui l'ont façonné, et glisse du culte du moi vers le nationalisme. Cet appel de la race en chacun de nous est le thème du texte de sa conférence restée célèbre: *La terre et les morts* (1899). Elu député en 1889, il entame une carrière politique que l'affaire Dreyfus (1894) va définitivement sceller. Désormais il met résolument son talent d'écrivain et de polémiste au service de la cause du nationalisme. Les trois romans réunis sous le titre commun de *Roman de l'énergie nationale*, à savoir *Les Déracinés* (1897), *L'Appel au soldat* (1900), *Leurs figures* (1902), développent les thèses de l'écrivain sur la nécessité du "racinement" dans le terroir et la culture de son lignage. Romans à thèse et essais doctrinaires se suivent et entrelacent leur thématique en affichant de plus en plus la croyance en un inconscient collectif.

Maurice Barrès, qui n'a cessé de lutter contre le déracinement et la perte des valeurs traditionnelles, meurt en 1923. Ses derniers ouvrages font entendre une note grave et mélancolique, notamment *Un jardin sur l'Oronte* (1923).

La Colline inspirée
(1913)

Dans La Colline inspirée, Maurice Barrès raconte l'histoire de trois prêtres qui luttent pour rallumer la flamme de spiritualité et de mysticisme de la Lorraine, prise dans la tourmente de l'anticléricalisme. L'ouverture de ce roman est une sorte d'hymne aux lieux où souffle l'esprit.

Il est des lieux qui tirent l'âme de sa léthargie, des lieux enveloppés, baignés de mystère, élus de toute éternité pour être le siège de l'émotion religieuse. (...)

D'où vient la puissance de ces lieux? La doivent-ils au souvenir de quelque grand fait historique, à la beauté d'un site exceptionnel, à l'émotion des foules qui du fond des âges y vinrent s'émouvoir? Leur vertu est plus mystérieuse. Elle précéda leur gloire et saurait y survivre. Que les chênes fatidiques soient coupés, la fontaine remplie de sable et les sentiers recouverts, ces solitudes ne sont pas déchues de pouvoir. La vapeur de leurs oracles s'exhale, même s'il n'est plus de prophétesse pour la respirer. Et n'en doutons pas, il est par le monde infiniment de ces points spirituels qui ne sont pas encore révélés, pareils à ces âmes voilées dont nul n'a reconnu la grandeur. Combien de fois, au hasard d'une heureuse et profonde journée, n'avons-nous pas rencontré la lisière d'un bois, un sommet, une source, une simple prairie, qui nous commandaient de faire taire nos pensées et d'écouter plus profond que notre cœur! Silence! les dieux sont ici.

Illustres ou inconnus, oubliés ou à naître, de tels lieux nous entraînent, nous font admettre insensiblement un ordre de faits supérieurs à ceux où tourne à l'ordinaire notre vie. Ils nous disposent à connaître un sens de l'existence plus secret que celui qui nous est familier, et, sans rien nous expliquer, ils nous communiquent une interprétation religieuse de notre destinée. Ces influences longuement soutenues produiraient d'elles-mêmes des vies rythmées et vigoureuses, franches et nobles comme des poèmes. Il semble que, chargées d'une mission spéciale, ces terres doivent intervenir, d'une manière irrégulière et selon les circonstances, pour former des êtres supérieurs et favoriser les hautes idées morales. C'est là que notre nature produit avec aisance sa meilleure poésie, la poésie des grandes croyances. Un rationalisme indigne de son nom veut ignorer ces endroits souverains. Comme si la raison pouvait mépriser aucun fait d'expérience! Seuls des yeux distraits ou trop faibles ne distinguent pas les feux de ces éternels buissons ardents. Pour l'âme, de tels espaces sont des puissances comme la beauté ou le génie. Elle ne peut les approcher sans les reconnaître. Il y a des lieux où souffle l'esprit.

VOCABULAIRE

léthargie	*n. f.*	Sommeil profond et prolongé dans lequel les fonctions de la vie semblent suspendues.
chêne	*n. m.*	Grand arbre à feuilles lobées, aux fruits à cupule. (橡树)
déchoir	*v. i.*	Tomber dans un état inférieur à celui où l'on était.
prophète **prophétesse**	*n.*	Personne inspirée par la divinité, qui prédit l'avenir et révèle des vérités cachées.
révéler	*v. t.*	Faire connaître.
lisière	*n. f.*	Partie extrême.
interprétation	*n. f.*	Action d'expliquer, de donner une signification claire à une chose obscure.
rythmé	*a.*	Qui a un rythme marqué.
rationalisme	*n. m.*	Croyance et confiance dans la raison (opposée à la religion).

Romain ROLLAND
(1866—1944)

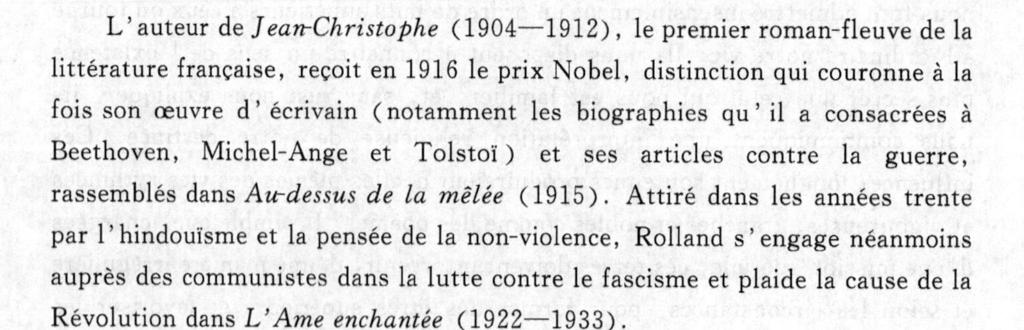

L'auteur de *Jean-Christophe* (1904—1912), le premier roman-fleuve de la littérature française, reçoit en 1916 le prix Nobel, distinction qui couronne à la fois son œuvre d'écrivain (notamment les biographies qu'il a consacrées à Beethoven, Michel-Ange et Tolstoï) et ses articles contre la guerre, rassemblés dans *Au-dessus de la mêlée* (1915). Attiré dans les années trente par l'hindouïsme et la pensée de la non-violence, Rolland s'engage néanmoins auprès des communistes dans la lutte contre le fascisme et plaide la cause de la Révolution dans *L'Ame enchantée* (1922—1933).

La spécificité de l'œuvre romanesque de Rolland réside dans l'art du contrepoint: le récit est jalonné de pages lyriques où la représentation d'un univers en constant devenir, à la fois un et multiple, les références aux

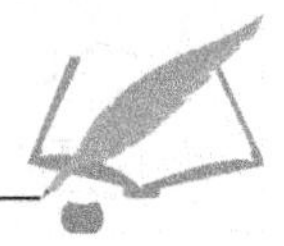

"tâtonnements de la germination créatrice", viennent donner un éclairage philosophique aux données historiques et sociales de l'intrigue.

Jean-Christophe
(1904—1912)

Ce roman-fleuve retrace l'existence d'un musicien né en Allemagne mais qui a vécu à Paris, et, à travers elle, le destin de toute une génération. Extraites du début du roman, ces lignes évoquent l'éveil au monde de l'enfant.

Le vaste flot des jours se déroule lentement. Immuables, le jour et la nuit remontent et redescendent, comme le flux et le reflux d'une mer infinie. Les semaines et les mois s'écoulent et recommencent. Et la suite des jours est comme un même jour.

Jour immense, taciturne, que marque le rythme égal de l'ombre et de la lumière, et le rythme de la vie de l'être engourdi qui rêve au fond de son berceau, —ses besoins impérieux, douloureux ou joyeux, si réguliers que le jour et la nuit qui les ramènent semblent ramenés par eux.

Le balancier de la vie se meut avec lourdeur. L'être s'absorbe tout entier dans sa pulsation lente. Le reste n'est que rêves, tronçons de rêves, informes et grouillants, une poussière d'atomes qui dansent au hasard, un tourbillon vertigineux qui passe et fait rire ou horreur. Des clameurs, des ombres mouvantes, des formes grimaçantes, des douleurs, des terreurs, des rires, des rêves, des rêves... Tout n'est que rêve... —Et, parmi ce chaos, la lumière des yeux amis qui lui sourient, le flot de joie qui, du corps maternel, du sein gonflé de lait, se répand dans sa chair, la force qui est en lui et qui s'amasse énorme, inconsciente, l'océan bouillonnant qui gronde dans l'étroite prison de ce petit corps d'enfant. Qui saurait lire en lui verrait des mondes ensevelis dans l'ombre, des nébuleuses qui s'organisent, un univers en formation. Son être est sans limites. Il est tout ce qui est...

Les mois passent... Des îles de mémoire commencent à surgir du fleuve de la vie. D'abord, d'étroits îlots perdus, des rochers qui affleurent à la surface des eaux. Autour d'eux, dans le demi-jour qui point, la grande nappe tranquille continue de s'étendre. Puis, de nouveaux îlots, que dore le soleil.

De l'abîme de l'âme émergent quelques formes, d'une étrange netteté. Dans le jour sans bornes, qui recommence, éternellement le même, avec son balancement monotone et puissant, commence à se dessiner la ronde des jours qui se donnent la main; leurs profils sont, les uns riants, les autres tristes. Mais les anneaux de la chaîne se rompent constamment, et les souvenirs se rejoignent par-dessus la tête des semaines et des mois...

Le Fleuve... Les Cloches... Si loin qu'il se souvienne, —dans les lointains du temps, à quelque heure de sa vie que ce soit—, toujours leurs voix profondes et familières chantent...

La nuit—à demi endormi... Une pâle lueur blanchit la vitre... Le fleuve gronde. Dans le silence, sa voix monte toute-puissante; elle règne sur les êtres. Tantôt elle caresse leur sommeil et semble près de s'assoupir elle-même, au bruissement de ses flots. Tantôt elle s'irrite, elle hurle, comme une bête enragée qui veut mordre. La vocifération s'apaise: c'est maintenant un murmure d'une infinie douceur, des timbres argentins, de claires clochettes, des rires d'enfants, de tendres voix qui chantent, une musique qui danse. Grande voix maternelle, qui ne s'endort jamais! Elle berce l'enfant, ainsi qu'elle berça pendant des siècles, de la naissance à la mort, les générations qui furent avant lui; elle pénètre sa pensée, elle imprègne ses rêves, elle l'entoure du manteau de ses fluides harmonies, qui l'envelopperont encore, quand il sera couché dans le petit cimetière qui dort au bord de l'eau et que baigne le Rhin...

VOCABULAIRE

immuable	*a.*	Qui n'est pas sujet à changer; constant.
flux	*n.m.*	Marée montante.
reflux	*n.m.*	Mouvement de la mer descendante.
taciturne	*a.*	Qui parle peu; silencieux.
engourdir	*v.t.*	Ralentir le mouvement, l'activité de.
impérieux	*a.*	Qui oblige à céder, qui s'impose sans qu'on puisse résister.
pulsation	*n.f.*	Battement du cœur, des artères.
tronçon	*n.m.*	Morceau coupé ou rompu d'un objet plus long que large.
grouillant	*a.*	Qui grouille, s'agite ensemble et en grand nombre.
vertigineux	*a.*	Qui donne le vertige.
clameur	*n.f.*	Cri collectif, plus ou moins confus, exprimant un sentiment vif.

chaos	*n. m.*	Désordre épouvantable, confusion générale.
ensevelir	*v. t.*	Faire disparaître sous un amoncellement.
nébuleux	*n. f.*	Rassemblement d'éléments hétéroclites, aux relations imprécises et confuses.
affleurer	*v. i.*	Apparaître à la surface.
poindre	*v. i.*	Commencer à paraître, en parlant du jour.
émerger	*v. i.*	Commencer à exister, se manifester.
bruissement	*n. m.*	Bruit faible et confus.
vocifération	*n. f.*	Parole dite en criant et avec colère.
s'apaiser	*v. pr.*	Revenir au calme.
bercer	*v. t.*	Balancer d'un mouvement doux et régulier.
imprégner	*v. t.*	Pénétrer de façon insidieuse et profonde.

Paul CLAUDEL
(1868—1955)

Fils d'un petit fonctionnaire de province, Paul Claudel entame à l'âge de 25 ans une carrière diplomatique qui le conduit à New York (1893), en Chine (entre 1894 et 1909), dans diverses villes européennes et en Amérique du Sud. A partir de 1921, il est ambassadeur de France au Japon, puis aux Etats-Unis et enfin à Bruxelles (1933 à 1935). Parallèlement à cette carrière diplomatique, une autre carrière se déroule, ponctuée par de nombreuses publications, et qui aboutit très vite à une large reconnaissance internationale.

L'œuvre a été marquée par une double expérience de jeunesse: la lecture, à leur parution en 1886, des *Illuminations* d'Arthur Rimbaud (recueil de poèmes en prose, très novateurs par leur volonté affichée d'obscurité) suivie, la même année, par une conversion au catholicisme intervenue à la suite d'une "illumination", la nuit de Noël. L'inspiration religieuse restera une constante de toute son œuvre, ainsi qu'une étonnante capacité d'invention verbale; leur union donne lieu à un lyrisme très ample et très rythmé, qui abonde en "trouvailles" d'expression et qui donne constamment l'impression de réinventer la langue.

Ce souffle lyrique est aussi frappant en poésie, dans les *Cinq Grandes Odes* (1ère éd. 1901, 2ème éd. augmentée 1908), qu'au théâtre, dans *Le Soulier de satin* (1ère version 1929). L'œuvre théâtrale, qui est sans conteste une des plus importantes du siècle en France, défie les normes du théâtre français, et

évoque davantage la dramaturgie de Shakespeare ou de Calderon que celle de Corneille ou de Racine. Les œuvres les plus marquantes, avec *Le Soulier de satin* sont *L'Echange* (1894), *Le Partage de midi* (1905), *L'Annonce faite à Marie* (1910) et la trilogie constituée par *L'Otage*, *Le Pain dur* et *Le Père humilié* (1910—1916).

Un troisième versant de l'œuvre, moins connu, est constitué par des "essais" souvent en forme de méditations (*L'œil écoute*, 1946) et des commentaires bibliques, eux aussi très lyriques et "personnels", qui ont occupé les dernières années du poète. Car, quels que soient les genres qu'il a abordés, Paul Claudel s'est voulu avant tout, à la scène comme dans ses essais, un poète.

L'Heure Jaune
(1900)

Inspiré par le séjour en Chine, Connaissance de l'Est est le premier recueil publié par Claudel. L'influence des Illuminations de Rimbaud est très sensible dans ce poème, très obscur à première lecture, mais qui s'éclaire lorsqu'on comprend de quelles images visuelles précises le poète part: il contemple un paysage du sein d'un champ de céréales mûres ("la mer des graines") qui arrivent à hauteur de son visage ("je pose le menton sur la table..."). L'effet obscur est produit par toute une série de phénomènes: le glissement des métaphores (ce qui est "table" se retrouve "mer"), la superposition des registres temporels (l'heure de la journée, la saison, l'âge de la vie), le mélange des références profanes (la contemplation du paysage) et sacrées (la célébration des bienfaits de la nature, marquée par le discours d'église et les références liturgiques: "au ciel et sur la terre", "l'eau s'est changée en vin"). Les violences faites à la langue accusent encore la perplexité du lecteur: des néologismes (l'adjectif "silent" pour "silencieux", calqué sur l'anglais) et des superpositions de construction syntaxique ("le temps vient en or que tout y soit transmué..." est le produit d'une contamination entre "le temps vient/est venu que..." et "le temps vient en [produit de l'] or"). Mais le premier effet de sidération passé, le lecteur peut deviner l'action de grâce en partie occultée par un lyrisme abrupt.

De toute l'année voici l'heure la plus jaune! comme l'agriculteur à la fin

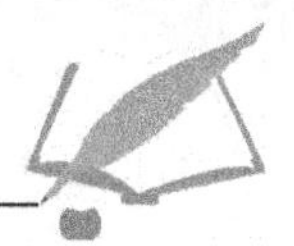

des saisons réalise les fruits de son travail et en recueille le prix, le temps vient en or que tout y soit transmué, au ciel et sur la terre. Je chemine jusqu'au cou dans la fissure de la moisson; je pose le menton sur la table qu'illumine le soleil à son bout, du champ; passant aux monts, je surmonte la mer des graines. Entre ses rives d'herbes, l'immense flamme sèche de la plaine couleur de jour, où est l'ancienne terre obscure? L'eau s'est changée en vin; l'orange s'allume dans le branchage silent. Tout est mûr, grain et paille, et le fruit avec la feuille. C'est bien de l'or; tout fini, je vois que tout est vrai. Dans le fervent travail de l'année évaporant toute couleur, à mes yeux tout à coup le monde comme un soleil! Moi! que je ne périsse pas avant l'heure la plus jaune.

VOCABULAIRE

transmuer	*v.t.*	Transformer, changer.
fissure	*n.f.*	Petite fente
branchage	*n.m.*	Ensemble des branches d'un arbre.
fervent, e	*a.*	Qui a de la ferveur religieuse.

Marcel PROUST
(1871—1922)

La réflexion sur l'art et la vocation artistique sont au centre de l'œuvre de Proust, considérée par la critique française comme l'une des plus importantes du siècle. Né près de Paris, fils d'un médecin réputé, formé à devenir un esthète par sa mère, grande bourgeoise cultivée apparentée au philosophe Bergson, Proust fréquente les milieux aristocratiques et mondains, où il puisera la matière de son œuvre. Il commence par écrire une littérature de salon (petites proses, articles de critique littéraire ou artistique) et travaille à un roman autobiographique, *Jean Santeuil*, qui ne paraîtra qu'en 1952. Amateur d'art, Proust voyage à Amiens, à Rome, à Venise, dans les Flandres et traduit le critique d'art anglais Ruskin (*La Bible d'Amiens*, 1904; *Sésame et les lys*, 1906).

La mort de son père (1903) puis de sa mère (1905) introduisent une rupture dans l'existence de cet esthète mondain. D'une santé fragile depuis son enfance (crises d'asthme), désormais reclus dans une chambre capitonnée qui l'isole du monde, Proust entreprend une somme romanesque, *A la*

Recherche du temps perdu. La publication de cette œuvre s'échelonne sur quatorze années: *Du côté de chez Swann* (1913), *A l'ombre des jeunes filles en fleurs* (1918), *Le Côté de Guermantes I* (1920), *Le Côté de Guermantes II* (1921), *Sodome et Gomorrhe I* (1921), *Sodome et Gomorrhe II* (1922), *La Prisonnière* (1922), *Albertine disparue* (1925), *Le Temps retrouvé* (1927).

Ecrite à la première personne, la *Recherche* est à la fois une œuvre et une réflexion sur l'œuvre, visant à répondre à la question: comment devient-on un écrivain? Au cœur de l'expérience esthétique se situe la réminiscence de la sensation. Souvent énigmatique ou insipide lorsqu'il est perçu dans sa présence immédiate, le monde sensible ne trouve sa signification que dans l'activité de la mémoire involontaire et par un travail du langage essentiellement fondé sur l'analogie. La faculté de percevoir simultanément les choses les plus diverses, la volonté d'établir des rapports entre ces choses, enfin le souci d'épouser au plus près toutes les inflexions de la pensée et de la vie psychique expliquent la longueur des phrases proustiennes, qui mettent souvent à l'épreuve la mémoire du lecteur. Auteur de nombreux pastiches (*Pastiches et mélanges*, 1919), Proust accorde une valeur décisive au style, marque, selon lui, de "la transformation que la pensée de l'écrivain fait subir à la réalité".

Du côté de chez Swann
(1913)
I

Cet extrait démontre le mécanisme de la mémoire involontaire qui est au centre de l'expérience esthétique. Une sensation actuelle (le goût de la madeleine trempée dans le thé) provoque la réminiscence d'une semblable sensation éprouvée dans le passé, ainsi que de toutes les impressions qui l'ont accompagnée. Cette miraculeuse résurrection permet de faire apparaître à la conscience des phénomènes inconscients situés dans un temps reculé, que le narrateur croyait irrémédiablement perdu. Cet épisode est la première étape d'une découverte qui va susciter l'écriture de cet "édifice du souvenir" qu'est La Recherche du temps perdu.

Il y avait déjà bien des années que, de Combray, tout ce qui n'était pas le théâtre et le drame de mon coucher, n'existait plus pour moi, quand un jour d'hiver, comme je rentrais à la maison, ma mère, voyant que j'avais froid, me proposa de me faire prendre, contre mon habitude, un peu de thé. Je refusai

d'abord et, je ne sais pas pourquoi, me ravisai. Elle envoya chercher un de ces gâteaux courts et dodus appelés Petites Madeleines qui semblent avoir été moulés dans la valve rainurée d'une coquille de Saint-Jacques. Et bientôt, machinalement, accablé par la morne journée et la perspective d'un triste lendemain, je portai à mes lèvres une cuillerée du thé où j'avais laissé s'amollir un morceau de madeleine. Mais à l'instant même où la gorgée mêlée des miettes du gâteau toucha mon palais, je tressaillis, attentif à ce qui se passait d'extraordinaire en moi. Un plaisir délicieux m'avait envahi, isolé, sans la notion de sa cause. Il m'avait aussitôt rendu les vicissitudes de la vie indifférentes, ses désastres inoffensifs, sa brieveté illusoire, de la même façon qu'opère l'amour, en me remplissant d'une essence précieuse: ou plutôt cette essence n'était pas en moi, elle était moi. J'avais cessé de me sentir médiocre, contingent, mortel. D'où avait pu me venir cette puissante joie? Je sentais qu'elle était liée au goût du thé et du gâteau, mais qu'elle le dépassait, infiniment, ne devait pas être de même nature. D'où venait-elle? Que signifiait-elle? Où l'appréhender? Je bois une seconde gorgée où je ne trouve rien de plus que dans la première, une troisième qui m'apporte un peu moins que la seconde. Il est temps que je m'arrête, la vertu du breuvage semble diminuer. Il est clair que la vérité que je cherche n'est pas en lui, mais en moi. Il l'y a éveillée, mais ne la connaît pas, et ne peut que répéter indéfiniment, avec de moins en moins de force, ce même témoignage que je ne sais pas interpréter et que je veux au moins pouvoir lui redemander et retrouver intact, à ma disposition, tout à l'heure, pour un éclaircissement décisif. Je pose la tasse et me tourne vers mon esprit. C'est à lui de trouver la vérité. Mais comment? Grave incertitude, toutes les fois que l'esprit se sent dépassé par lui-même; quand lui, le chercheur est tout ensemble le pays obscur où il doit chercher et où tout son bagage ne lui sera de rien. Chercher? pas seulement: créer. Il est en face de quelque chose qui n'est pas encore et que seul il peut réaliser, puis faire entrer dans sa lumière.

Et je recommence à me demander quel pouvait être cet état inconnu, qui n'apportait aucune preuve logique, mais l'évidence de sa félicité, de sa réalité devant laquelle les autres s'évanouissaient. Je veux essayer de le faire réapparaître. Je rétrograde par la pensée au moment où je pris la première cuillerée de thé. Je retrouve le même état, sans une clarté nouvelle. Je demande à mon esprit un effort de plus, de ramener encore une fois la sensation qui s'enfuit. Et, pour que rien ne brise l'élan dont il va tâcher de la ressaisir, j'écarte tout obstacle, toute idée étrangère, j'abrite mes oreilles et mon attention contre les bruits de la chambre voisine. Mais sentant mon esprit qui

se fatigue sans réussir, je le force au contraire à prendre cette distraction que je lui refusais, à penser à autre chose, à se refaire avant une tentative suprême. Puis une deuxième fois, je fais le vide devant lui, je remets en face de lui la saveur encore récente de cette première gorgée et je sens tressaillir en moi quelque chose qui se déplace, voudrait s'élever, quelque chose qu'on aurait désancré, à une grande profondeur; je ne sais ce que c'est, mais cela monte lentement; j'éprouve la résistance et j'entends la rumeur des distances traversées.

Certes, ce qui palpite ainsi au fond de moi, ce doit être l'image, le souvenir visuel, qui, lié à cette saveur, tente de la suivre jusqu'à moi. Mais il se débat trop loin, trop confusément, à peine si je perçois le reflet neutre où se confond l'insaisissable tourbillon des couleurs remuées: mais je ne peux distinguer la forme, lui demander, comme au seul interprète possible, de me traduire le témoignage de sa contemporaine, de son inséparable compagne, la saveur, lui demander de m'apprendre de quelle circonstance particulière, de quelle époque du passé il s'agit.

Arrivera-t-il jusqu'à la surface de ma claire conscience, ce souvenir, l'instant ancien que l'attraction d'un instant identique est venue de si loin solliciter, émouvoir, soulever tout au fond de moi? Je ne sais. Maintenant je ne sens plus rien, il est arrêté, redescendu, peut-être; qui sait s'il remontera jamais de sa nuit? Dix fois il me faut recommencer, me pencher vers lui. Et chaque fois la lâcheté qui nous détourne de toute tâche difficile, de toute œuvre importante, m'a conseillé de laisser cela, de boire mon thé en pensant simplement à mes ennuis d'aujourd'hui, à mes désirs de demain qui se laissent remâcher sans peine.

Et tout d'un coup, le souvenir m'est apparu. Ce goût c'était celui du petit morceau de madeleine que le dimanche matin à Combray (parce que ce jour-là je ne sortais pas avant l'heure de la messe), quand j'allais lui dire bonjour dans sa chambre, ma tante Léonie m'offrait après l'avoir trempé dans son infusion de thé ou de tilleul. La vue de la petite madeleine ne m'avait rien rappelé avant que je n'y eusse goûté; peut-être parce que, en ayant souvent aperçu depuis, sans en manger, sur les tablettes des pâtissiers, leur image avait quitté ces jours de Combray pour se lier à d'autres plus récents; peut-être parce que de ces souvenirs abandonnés si longtemps hors de la mémoire, rien ne survivait, tout s'était désagrégé; les formes—et celle aussi du petit coquillage de pâtisserie si grassement sensuel, sous son plissage sévère et dévot—s'étaient abolies, ou, ensommeillées, avaient perdu la force d'expansion qui leur eût permis de rejoindre la conscience. Mais, quand d'un passé ancien rien ne subsiste, après la mort des êtres, après la destruction des

choses, seules, plus frêles mais plus vivaces, plus immatérielles, plus persistantes, plus fidèles, l'odeur et la saveur restent encore longtemps, comme des âmes, à se rappeler, à attendre, à espérer, sur la ruine de tout le reste, à porter sans fléchir, sur leur gouttelette presque impalpable, l'édifice immense du souvenir.

Et dès que j'eus reconnu le goût du morceau de madeleine trempé dans le tilleul que me donnait ma tante (quoique je ne susse pas encore et dusse remettre à bien plus tard de découvrir pourquoi ce souvenir me rendait si heureux), aussitôt la vieille maison grise sur la rue, où était sa chambre, vint comme un décor de théâtre s'appliquer au petit pavillon, donnant sur le jardin, qu'on avait construit pour mes parents sur ses derrières (ce pan tronqué que seul j'avais revu jusque-là); et avec la maison, la ville, depuis le matin jusqu'au soir et par tous les temps, la Place où on m'envoyait avant déjeuner, les rues où j'allais faire des courses, les chemins qu'on prenait si le temps était beau. Et comme dans ce jeu où les Japonais s'amusent à tremper dans un bol de porcelaine rempli d'eau, de petits morceaux de papier jusque-là indistincts qui, à peine y sont-ils plongés s'étirent, se contournent, se colorent, se différencient, deviennent des fleurs, des maisons, des personnages consistants et reconnaissables, de même maintenant toutes les fleurs de notre jardin et celles du parc de M. Swann, et les nymphéas de la Vivonne, et les bonnes gens du village et leurs petits logis et l'église et tout Combray et ses environs, tout cela qui prend forme et solidité, est sorti, ville et jardins, de ma tasse de thé.

VOCABULAIRE

dodu	*a.*	Bien en chair.
mouler	*v.t.*	Obtenir en versant dans un moule creux une substance liquide qui en conserve la forme après solidification. (用模子制造)
valve	*n.f.*	Chacune des deux parties d'une coquille.
rainurer	*v.t.*	Marquer d'une entaille faite en long. (开槽沟)
morne	*a.*	Qui est une tristesse ennuyeuse.
cuillerée	*n.f.*	Contenu d'une cuillère.
s'amollir	*v.pr.*	Devenir mou, moins ferme.
vicissitude	*n.f.*	Choses bonnes et mauvaises, événements heureux et surtout malheureux qui se succèdent dans la vie. (世事变化)
contingent	*a.*	Qui peut se produire ou non.

breuvage	*n. m.*	Boisson d'une composition spéciale ou ayant une vertu particulière.
désancrer	*v. i.*	Mobiliser un navire en retirant l'ancre.（起锚）
palpiter	*v. i.*	Battre très fort, comme le cœur.
tourbillon	*n. m.*	Mouvement tournant et rapide d'un fluide, ou de particules entraînées par l'air.
infusion	*n. f.*	Action de tremper une substance dans un liquide.
tilleul	*n. m.*	Grand arbre à feuilles simples, à fleurs blanches ou jaunâtres très odorantes.（椴树）
désagréger	*v. t.*	Décomposer en séparant les parties liées.
grassement	*adv.*	Abondamment, largement.
frêle	*a.*	Fragile, périssable, qui a peu de force.
gouttelette	*n. f.*	Petite goutte de liquide.
impalpable	*a.*	Dont les éléments séparés sont si petits qu'on ne les sent pas au toucher.
pan	*n. m.*	Partie plus ou moins grande d'un mur.
tronquer	*v. t.*	Couper en retranchant une partie importante.
s'étirer	*v. pr.*	Se tendre, s'allonger.
se contourner	*v. pr.*	S'éviter.
nymphéa	*n. m.*	Nénuphar blanc.（睡莲）

Du côté de chez Swann
(1913)
II

Dans cet extrait, le point de vue est celui de Charles Swann, qui observe les rites de la vie mondaine en esthète. Fondée sur l'un des procédés qui sont au centre de la conception que Proust se fait du style, l'analogie, la métamorphose des grooms en lévriers, puis en personnages de tableaux de maîtres montre, sur un mode humoristique, comment l'art peut informer notre perception du monde.

Dès sa descente de voiture, au premier plan de ce résumé fictif de leur vie domestique que les maîtresses de maison prétendent offrir à leurs invités les jours de cérémonie et où elles cherchent à respecter la vérité du costume et celle du décor, Swann prit plaisir à voir les héritiers des "tigres" de Balzac, les grooms, suivants ordinaires de la promenade, qui, chapeautés et bottés,

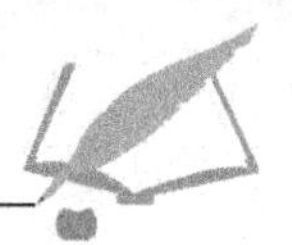

restaient dehors devant l'hôtel sur le sol de l'avenue, ou devant les écuries, comme des jardiniers auraient été rangés à l'entrée de leurs parterres. La disposition particulière qu'il avait toujours eue à chercher des analogies entre les êtres vivants et les portraits des musées s'exerçait encore mais d'une façon plus constante et plus générale; c'est la vie mondaine tout entière, maintenant qu'il en était détaché, qui se présentait à lui comme une suite de tableaux. Dans le vestibule où autrefois, quand il était mondain, il entrait enveloppé dans son pardessus pour en sortir en frac, mais sans savoir ce qui s'y était passé, étant par la pensée, pendant les quelques instants qu'il y séjournait, ou bien encore dans la fête qu'il venait de quitter, ou bien déjà dans la fête où on allait l'introduire, pour la première fois il remarqua réveillée par l'arrivée inopinée d'un invité aussi tardif, la meute éparse, magnifique, et désoeuvrée des grands valets de pied qui dormaient ça et là sur des banquettes et des coffres et qui, soulevant leurs nobles profils aigus de lévriers, se dressèrent et, rassemblés, formèrent le cercle autour de lui.

L'un d'eux, d'aspect particulièrement féroce et assez semblable à l'exécuteur dans certains tableaux de la Renaissance qui figurent des supplices, s'avança vers lui d'un air implacable pour lui prendre ses affaires. Mais la dureté de son regard d'acier était compensée par la douceur de ses gants de fil, si bien qu'en approchant de Swann il semblait témoigner du mépris pour sa personne et des égards pour son chapeau. Il le prit avec un soin auquel l'exactitude de sa pointure donnait quelque chose de méticuleux et une délicatesse que rendait presque touchante l'appareil de sa force. Puis il le passa à un de ses aides, nouveau et timide, qui exprimait l'effroi qu'il ressentait en roulant en tous sens des regards furieux et montrait l'agitation d'une bête captive dans les premières heures de sa domesticité.

A quelques pas, un grand gaillard en livrée rêvait, immobile, sculptural, inutile, comme ce guerrier purement décoratif qu'on voit dans les tableaux les plus tumultueux de Mantegna, songer, appuyé sur son bouclier, tandis qu'on se précipite et qu'on s'égorge à côté de lui; détaché du groupe de ses camarades qui s'empressaient autour de Swann, il semblait aussi résolu à se désintéresser de cette scène, qu'il suivait vaguement de ses yeux glauques et cruels, que si c'eût été le massacre des Innocents ou le martyre de Saint-Jacques. Il semblait précisément appartenir à cette race disparue—ou qui peut-être n'exista jamais que dans le retable de San Zeno et les fresques des Eremitani où Swann l'avait approchée et où elle rêve encore—issue de la fécondation d'une statue antique par quelque modèle padouan du Maître ou quelque Saxon d'Albert Dürer. Et les mèches de ses cheveux roux crêpelés par la nature, mais collés par la brillantine, étaient largement traitées comme elles sont dans la sculpture grecque qu'étudiait sans cesse le peintre de Mantoue, et qui, si dans la création elle ne figure que l'homme, sait du moins tirer de ses simples formes des richesses si variées et comme empruntées à toute la nature vivante, qu'une chevelure, par l'enroulement lisse et les becs aigus de ses boucles, ou dans la superposition du triple et fleurissant diadème de ses tresses, a l'air à la fois d'un paquet d'algues, d'une nichée de colombes, d'un bandeau de jacinthes et d'une torsade de serpents.

VOCABULAIRE

fictif	*a.*	Supposé.
groom	*n. m.*	Jeune employé en livrée, chargé de faire les courses, d'ouvrir les portes, dans les hôtels, restaurants, cercles.
chapeauter	*v. t.*	Coiffer d'un chapeau.
botter	*v. t.*	Chausser de bottes.
parterre	*n. m.*	Partie d'un jardin où l'on a aménagé des compartiments de fleurs, de gazon.
analogie	*n. f.*	Ressemblance établie par l'esprit entre deux ou plusieurs objets de pensée essentiellement différents.
mondain	*a.*	Relatif à la société des gens du monde, à ses divertissements.
frac	*n. m.*	Habit d'homme, noir et à basques. (燕尾服)
en frac		Porter un frac.
inopiné	*a.*	Qui arrive, se produit alors qu'on ne s'y attendait pas.
meute	*n. f.*	Troupe de chiens courants dressés pour la chasse.
épars	*a.*	Dispersé.
désœuvré	*a.* et *n.*	Qui ne fait rien et ne cherche pas à s'occuper.
lévrier	*n. m.*	Chien à jambes hautes, au corps allongé, agile et rapide. (猎兔犬)
implacable	*a.*	Qu'on ne peut apaiser, fléchir.
compenser	*v. t.*	Equilibrer un effet par un autre.
pointure	*n. f.*	Nombre qui indique la dimension des chaussures, des coiffures, des gants.
méticuleux	*a.*	Très attentif aux détails.
livrée	*n. f.*	Uniforme de certains serviteurs d'une même maison.
sculptural	*a.*	Immobile comme la sculpture.
bouclier	*n. m.*	Ancienne arme défensive, épaisse plaque portée par les gens de guerre pour se protéger. (盾)

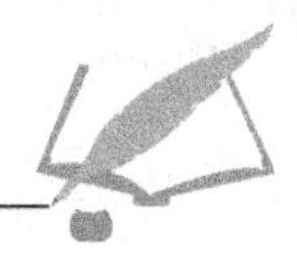

s'égorger	*v. pr.*	S'entretuer.
glauque	*a.*	D'un vert qui tire sur le bleu. Sens figuré: qui donne une impression de tristesse, de misère.
retable	*n. m.*	Partie postérieure et décorée d'un autel, qui surmonte verticalement la table.
fécondation	*n. f.*	Action de transformer un ovule, un œuf en embryon. (授精)
padouan	*a.* et *n.*	De Padoue, ville commerciale et industrielle au carrefour des routes de Milan, Venise et Bologne. (帕多瓦的，帕多瓦人)
crespelé	*a.*	Frisé à très petites ondulations.
brillantine	*n. f.*	Cosmétique parfumé pour faire briller les cheveux. (发乳)
diadème	*n. m.*	Bijou féminin qui ceint le haut du front.
tresse	*n. f.*	Assemblage de trois longues mèches de cheveux entrecroisées à plat et retenues par une attache. (辫子)
nichée	*n. f.*	Les oiseaux d'une même couvée qui sont encore au nid. (一窝雏鸟)
jacinthe	*n. f.*	Plante à bulbe, à feuilles allongées, à hampe florale portant une grappe simple de fleurs colorées et parfumées. (风信子)
torsade	*n. f.*	Rouleau de fils, cordons tordus ensemble en hélice pour servir d'ornement. (卷缆花饰)

Sodome et Gomorrhe
(1921)

Les volumes de Sodome et Gomorrhe, dont le titre se réfère à l'épisode biblique du châtiment de ces deux villes, ont pour thème l'homosexualité masculine et féminine. Proust revendique, pour des raisons qui tiennent également à sa biographie, l'"indécence extrême" et l'audace du propos, qui sont à la mesure de la violence sociale exercée contre l'homosexuel, incarné ici par le baron de Charlus. L'inverti se retrouverait, selon l'auteur, dans une situation d'exclusion semblable à celle qui, pendant des siècles, fut faite aux Juifs.

En M. de Charlus, un autre être avait beau s'accoupler, qui le

différenciait des autres hommes, comme dans le centaure le cheval, cet être avait beau faire corps avec le baron, je ne l'avais jamais aperçu. Maintenant l'abstrait s'était matérialisé, l'être enfin compris avait aussitôt perdu son pouvoir de rester invisible et la transmutation de M. de Charlus en une personne nouvelle était si complète que non seulement les contrastes de son visage, de sa voix, mais rétrospectivement les hauts et les bas eux-mêmes de ses relations avec moi, tout ce qui avait paru jusque-là incohérent à mon esprit, devenait intelligible, se montrait évident comme une phrase, n'offrant aucun sens tant qu'elle reste décomposée en lettres disposées au hasard, exprime, si les caractères se trouvent replacés dans l'ordre qu'il faut, une pensée que l'on ne pourra plus oublier.

De plus je comprenais maintenant pourquoi tout à l'heure, quand je l'avais vu sortir de chez Mme de Villeparisis, j'avais pu trouver que M. de Charlus avait l'air d'une femme: c'en était une! Il appartenait à la race de ces êtres moins contradictoires qu'ils n'en ont l'air, dont l'idéal est viril, justement parce que leur tempérament est féminin, et qui sont dans la vie pareils, en apparence seulement, aux autres hommes; là où chacun porte, inscrite en ces yeux à travers lesquels il voit toutes choses dans l'univers, une silhouette intaillée dans la facette de la prunelle, pour eux ce n'est pas celle d'une nymphe, mais d'un éphèbe. Race sur qui pèse une malédiction et qui doit vivre dans le mensonge et le parjure, puisqu'elle sait tenu pour punissable et honteux, pour inavouable, son désir, ce qui fait pour toute créature la plus grande douceur de vivre; qui doit renier son Dieu, puisque, même chrétiens, quand à la barre du tribunal ils comparaissent comme accusés, il leur faut, devant le Christ et en son nom, se défendre comme d'une calomnie de ce qui est leur vie même; fils sans mère, à laquelle ils sont obligés de mentir même à l'heure de lui fermer les yeux; amis sans amitiés, malgré toutes celles que leur charme fréquemment reconnu inspire et que leur cœur souvent bon ressentirait; mais peut-on appeler amitiés ces relations qui ne végètent qu'à la faveur d'un mensonge et d'où le premier élan de confiance et de sincérité qu'ils seraient tentés d'avoir les ferait rejeter avec dégoût, à moins qu'ils n'aient à faire à un esprit impartial, voire sympathique, mais qui alors, égaré à leur endroit par une psychologie de convention, fera découler du vice confessé l'affection même qui lui est la plus étrangère, de même que certains juges supposent et excusent plus facilement l'assassinat chez les invertis et la trahison chez les Juifs pour des raisons tirées du péché originel et de la fatalité de la race? Enfin—du moins selon la première théorie que j'en esquissais alors, qu'on verra se modifier par la suite, et en laquelle cela les eût par-dessus tout fâchés si cette contradiction n'avait été dérobée à leurs yeux par l'illusion même qui les faisait voir et vivre-

amants à qui est presque fermée la possibilité de cet amour dont l'espérance leur donne la force de supporter tant de risques et de solitudes, puisqu'ils sont justement épris d'un homme qui n'aurait rien d'une femme, d'un homme qui ne serait pas inverti et qui, par conséquent, ne peut les aimer; de sorte que leur désir serait à jamais inassouvissable si l'argent ne leur livrait de vrais hommes, et si l'imagination ne finissait par leur faire prendre pour de vrais hommes les invertis à qui ils se sont prostitués.

VOCABULAIRE

s'accoupler	*v. pr.*	S'unir sexuellement (animaux).
centaure	*n. m.*	Etre fabuleux, moitié homme, moitié cheval.
faire corps avec		Ne faire qu'un avec qqn d'autre, adhérer à qqch.
baron	*n.*	Possesseur du titre de noblesse entre celui de chevalier et celui de vicomte. (男爵)
transmutation	*n. f.*	Changement de nature, transformation totale.
rétrospectivement	*adv.*	De façon qui concerne le passé, l'évolution antérieure de qqch.
les hauts et les bas		Des périodes heureuses et malheureuses, des périodes fastes et néfastes.
incohérent	*a.*	Qui manque de suite, de logique, d'unité.
viril	*a.*	Qui a les caractères moraux qu'on attribue plus spécialement à l'homme (actif, énergique, courageux).
intailler	*v. t.*	Graver en creux une pierre fine. (凹雕)
facette	*n. f.*	Une des petites faces d'un corps qui en a beaucoup.
éphèbe	*n. m.*	Très beau jeune homme.
parjure	*n. m.*	Faux serment, violation de serment.
végéter	*v. i.*	Avoir une activité réduite, vivre dans une morne inaction ou rester dans une situation médiocre.
convention	*n. f.*	Ce qu'il est convenu de penser, de faire, dans une société; ce qui est admis sans critique.
confesser	*v. t.*	Déclarer spontanément, reconnaître pour vrai qqch qu'on a honte ou réticence à confier.
inverti	*n.*	Homosexuel.
fatalité	*n. f.*	Détermination, contrainte irrémédiable.
esquisser	*v. t.*	Ebaucher, faire en esquisse.
épris	*a.*	Pris de passion pour qqch.
inassouvissable	*a.*	Qui ne peut être satisfait.

se prostituer *v. pr.* S' offrir pour des pratiques sexuelles à quiconque le demande et paie.

Paul VALERY
(1871—1945)

L'auteur du célèbre *Cimetière marin* ne fut qu'épisodiquement poète: *La jeune Parque* (1917) et le recueil *Charmes* (1922) survinrent après vingt années de silence, puisque la passion de la poésie qui fut celle de sa jeunesse fut brutalement interrompue, lors de la "nuit de Gênes" (octobre 1892), par une prise de conscience des menaces que constituent pour la vie intellectuelle les préoccupations sentimentales et artistiques.

Valéry renonçait donc à la création littéraire pour se consacrer exclusivement à la connaissance de soi, à la rigueur et la sincérité de la pensée, comme en témoigneront l'*Introduction à la méthode de Léonard de Vinci* (1895) et *La Soirée avec Monsieur Teste* (1896). Il ne devait plus servir désormais que son propre esprit, par l'exercice régulier des mathématiques, l'étude de la physique moderne et par les *Cahiers*, fruit d'une activité matinale et secrète, menée de 1894 à sa mort, et réflexion de premier ordre sur les sujets les plus variés.

La notoriété dont bénéficia Valéry dans la seconde partie de sa vie fut telle que la plupart de ses écrits sont des œuvres de circonstance: *Préfaces, Essais* (dont les célèbres *Dialogues, Eupalinos ou l'Architecte* et *l'Ame et la Danse*); il faut y ajouter des conférences à l'étranger, et des articles de revues et de journaux, qui seront rassemblés dans *Variété* ou recueillis sous divers titres (*Regards sur le monde actuel, Pièces sur l'Art*). Par son nom même, qu'il lui a emprunté, le groupe *Tel Quel* a souligné le rôle d'initiateur qu'a joué Valéry pour la critique structuraliste.

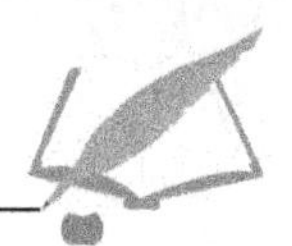

Charmes
Les Grenades
(1922)

En décrivant ces fruits dont l'écorce éclatée laisse voir les grains gonflés de jus, le poète part d'une réalité concrète et sensible où se révèlent ses origines méditerranéennes. Mais l'art avec lequel s'en dégage également un ordre minéral, comme en témoigne la double référence aux "gemmes" et aux "rubis", tient davantage à sa culture classique. Surtout, l'impression matérielle n'est pas séparée de l'impression intellectuelle et les grenades apparaissent d'emblée comme la métaphore de l'esprit en son travail créateur. Une discrète analogie entre création intellectuelle et érotisme permet d'ajouter un troisième niveau de sens au poème.

Dures grenades entr'ouvertes
Cédant à l'excès de vos grains,
Je crois voir des fronts souverains
Eclatés de leurs découvertes!

Si les soleils par vous subis,
O grenades entre-bâillées,
Vous ont fait d'orgueil travaillées
Craquer les cloisons de rubis,

Et que si l'or sec de l'écorce
A la demande d'une force
Crève en gemmes rouges de jus,

Cette lumineuse rupture
Fait rêver une âme que j'eus
De sa secrète architecture.

VOCABULAIRE

excès	*n. m.*	Quantité qui se trouve en plus.
entre-bâiller	*v. t.*	Entrouvrir légèrement.
travaillé, e	*a.*	Où l'on remarque le soin, le travail.
rubis	*n. m.*	Pierre précieuse, variété de corindon, transparente et d'un rouge vif nuancé de rose ou de pourpre. (红宝石)
gemme	*n. f.*	Pierre précieuse ou pierre fine transparente.

La Crise de l'esprit

Première Lettre

(1919)

Une part importante de l'œuvre de Valéry est aussi un document idéologique, il s'agit des textes publiés sous le titre Variété. Dans une langue parfaite et avec beaucoup de pénétration, Valéry y aborde tous les sujets—esthétiques, sociologiques, philosophiques, littéraires—et s'avère un des observateurs les plus lucides de son temps.

La Première Lettre de La Crise de l'esprit parut en France le 1er août 1919. Ce texte demeuré célèbre est directement inspiré par le souvenir récent de la Première Guerre mondiale: l'Europe parut à Valéry menacée de mort, d'où ce cri d'alarme qui connut un grand retentissement.

Nous autres, civilisations, nous savons maintenant que nous sommes mortelles. Nous avions entendu parler de mondes disparus tout entiers, d'empires coulés à pic avec tous leurs hommes et tous leurs engins; descendus au fond inexplorable des siècles avec leurs dieux et leurs lois, leurs académies et leurs sciences pures et appliquées, avec leurs grammaires, leurs dictionnaires, leurs classiques, leurs romantiques et leurs symbolistes, leurs critiques et les critiques de leurs critiques. Nous savions bien que toute la terre apparente est faite de cendres, que la cendre signifie quelque chose. Nous apercevions à travers l'épaisseur de l'histoire, les fantômes d'immenses navires qui furent chargés de richesse et d'esprit. Nous ne pouvions pas les compter. Mais ces naufrages, après tout, n'étaient pas notre affaire.

Elam, Ninive, Babylone[1] étaient de beaux noms vagues, et la ruine totale de ces mondes avait aussi peu de signification pour nous que leur existence même. Mais *France*,

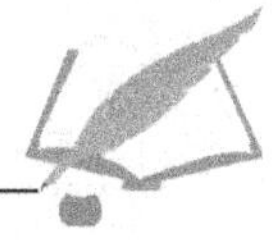

Angleterre, Russie... ce seraient aussi de beaux noms. *Lusitania*[2] aussi est un beau nom. Et nous voyons maintenant que l'abîme de l'histoire est assez grand pour tout le monde. Nous sentons qu'une civilisation a la même fragilité qu'une vie. Les circonstances qui enverraient les œuvres de Keats[3] et celles de Baudelaire rejoindre les œuvres de Ménandre[4] ne sont plus du tout inconcevables: elles sont dans les journaux.

Ce n'est pas tout. La brûlante leçon est plus complète encore. Il n'a pas suffi à notre génération d'apprendre par sa propre expérience comme les plus belles choses et les plus antiques, et les plus formidables et les mieux ordonnées sont périssables *par accident*; elle a vu, dans l'ordre de la pensée, du sens commun, et du sentiment, se produire des phénomènes extraordinaires, des réalisations brusques de paradoxes, des déceptions brutales de l'évidence.

Je n'en citerai qu'un exemple: les grandes vertus des peuples allemands ont engendré plus de maux que l'oisiveté jamais n'a créé de vices. Nous avons vu, de nos yeux vu, le travail consciencieux, l'instruction la plus solide, la discipline et l'application les plus sérieuses adaptés à d'épouvantables desseins.

Tant d'horreurs n'auraient pas été possibles sans tant de vertus. Il a fallu, sans doute, beaucoup de sciences pour tuer tant d'hommes, dissiper tant de biens, anéantir tant de villes en si peu de temps; mais il a fallu non moins de *qualités morales*. Savoir et Devoir, vous êtes donc suspects?

VOCABULAIRE

à pic		Verticalement.
couler à pic		Etre brusquement entraîné au fond de la mer.
engendrer	*v. t.*	Etre à l'origine de; provoquer.
paradoxe	*n. m.*	Pensée, opinion contraire à l'opinion commune, et qui heurte la raison ou la logique.
dissiper	*v. t.*	Dépenser inconsidérément.

NOTES

1. Elam, Ninive, Babylone: Anciennes villes de Mésopotamie, les deux premières sont sur le Tigre, la dernière sur l'Euphrate.
2. Lusitania: Province romaine d'Espagne correspondant à l'actuel Portugal.
3. Keats: Poète romantique anglais(londres, 1795—Rome, 1821).
4. Ménandre: Poète comique grec(Athènes, v. ~342—v. ~292).

Charles PEGUY
(1873—1914)

Après une enfance pauvre et de brillantes études, Péguy s'engage tout d'abord en faveur du socialisme, mais très vite, il milite en solitaire: en janvier 1900, il fonde un périodique, *Les Cahiers de la Quinzaine*, qui, par la valeur littéraire des œuvres publiées (entre autres Romain Rolland, Tolstoï, Dostoïevski, Bergson), le mélange des genres et l'exigence de liberté, marqueront la vie intellectuelle du début du siècle. Une grande moitié de l'œuvre de Péguy est celle d'un polémiste: l'actualité lui fournit mainte occasion de mener son combat "pour la vérité et la justice", notamment en faveur de Dreyfus. A partir de 1905, les menaces que l'Allemagne fait peser sur la paix le font évoluer vers le nationalisme.

En septembre 1908, Péguy retrouve la foi: sa conversion religieuse lui inspirera en particulier *Le Mystère de la Charité de Jeanne d'Arc* (1910), dont la forme du verset rappelle Claudel. Péguy reviendra au vers régulier avec *La Tapisserie de Sainte Geneviève et de Jeanne d'Arc, La Tapisserie de Notre-Dame* et en 1913, *Eve*, longs poèmes dont la beauté procède d'une ample répétition litanique.

Au total, l'œuvre de cet écrivain mystique et passionné se partage entre la poésie religieuse, la polémique contre "le monde moderne" et des essais à caractère philosophique. Elle a pu être diversement interprétée, voire annexée à des fins partisanes, mais elle est celle d'un homme essentiellement libre qui a toujours refusé toute contrainte et toute compromission.

Le Porche du Mystère de la Deuxième Vertu
(1911)

Le Porche du Mystère de la Deuxième Vertu présente, par la bouche de Madame Gervaise, une religieuse amie de Jeanne d'Arc, le long monologue de Dieu, qui parle de façon humaine et familière. Ainsi, parmi les trois vertus théologales, l'espérance fait l'objet d'une célébration particulière: cette "petite fille" ne suggère-t-elle pas, dans son insignifiance, à la fois la

difficulté d'une telle attitude, la promesse d'un épanouissement et le miracle d'un dynamisme vivifiant Dans cette prose poétique et lyrique, le rythme se conjugue à la force des images, puisées au sein des réalités les plus sensibles.

Ce qui m'étonne, dit Dieu, c'est l'espérance

Et je n'en reviens pas[1]. Cette petite espérance qui n'a l'air de rien du tout.

Cette petite fille espérance.

Immortelle.

Car mes trois vertus, dit Dieu

Les trois vertus mes créatures.

Mes filles mes enfants.

Sont elles-mêmes comme mes autres créatures.

De la race des hommes.

La Foi est une Epouse fidèle.

La Charité est une Mère.

Une mère ardente, pleine de cœur.

Ou une sœur aînée qui est comme une mère.

L'Espérance est une petite fille de rien du tout.

Qui est venue au monde le jour de Noël de l'année dernière.

Qui joue encore avec le bonhomme de Janvier.

Avec ses petits sapins en bois d'Allemagne. Peints.

Et avec sa crèche pleine de paille que les bêtes ne mangent pas.

Puisqu'elles sont en bois.

C'est cette petite fille pourtant qui traversa les mondes. C'est cette petite fille de rien du tout.

Elle seule, portant les autres, qui traversera les mondes révolus.

La petite espérance s'avance entre ses deux grandes soeurs et on ne prend seulement pas garde à elle.

Sur le chemin du salut, sur le chemin charnel, sur le chemin raboteux du salut[2], sur la route interminable, sur la route entre ses deux soeurs la petite espérance

S'avance. Entre ses deux grandes sœurs. Celle qui est mariée. Et celle qui est mère.

Et l'on n'a d'attention, le peuple chrétien n'a d'attention que pour les

deux grandes sœurs.

La première et la dernière.

Qui vont au plus pressé.

Au temps présent.

A l'instant momentané qui passe.

Le peuple chrétien ne voit que les deux grandes soeurs, n'a de regard que pour les deux grandes soeurs.

Celle qui est à droite et celle qui est à gauche.

Et il ne voit quasiment pas celle qui est au milieu.

La petite, celle qui va encore à l'école. Et qui marche.

Perdue dans les jupes de ses sœurs. Et il croit volontiers que ce sont les deux grandes qui traînent la petite par la main.

Au milieu.

Entre elles deux.

Pour lui faire ce chemin raboteux du salut.

Les aveugles qui ne voient pas au contraire.

Que c'est elle au milieu qui entraîne ses grandes sœurs.

Et que sans elle elles ne seraient rien. Que deux femmes déjà âgées. Deux femmes d'un certain âge. Fripées par la vie.

C'est elle, cette petite, qui entraîne tout.

Car la Foi ne voit que ce qui est.

Et elle voit ce qui sera.

La Charité n'aime que ce qui est.

Et elle aime ce qui sera.

VOCABULAIRE

charnel	*a.*	Qui a trait aux choses du corps, de la chair.
raboteux	*a.*	Dont la surface présente des inégalités, des aspérités.
friper	*v.t.*	Défraîchir en froissant.

NOTES

1. Et je n'en reviens pas.

   ne pas en revenir: être extrêmement surpris.

2. sur le chemin raboteux du salut: sur le chemin difficile de sauver le monde (艰难的救世之路).

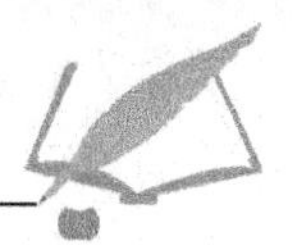

COLETTE
(1873—1954)

Connue d'emblée (1900—1903) pour la série des *Claudine* écrite en collaboration avec son mari Willy, Colette, pour qui l'écriture sera comme une seconde nature accompagnant tous les moments de sa vie, demeure un modèle de liberté, de calme insolence et de résolution dans sa volonté de faire passer une écriture minutieuse et colorée, une sensualité et un mode d'être spécifiquement féminins, hors des conventions sociales et littéraires. Elle restera jusqu'au bout cet être terrien, en communication avec la nature et toutes les formes de vie, incarnant une sorte de morale hédoniste que les souffrances du cœur n'ébranleront jamais.

La Retraite sentimentale
(1907)

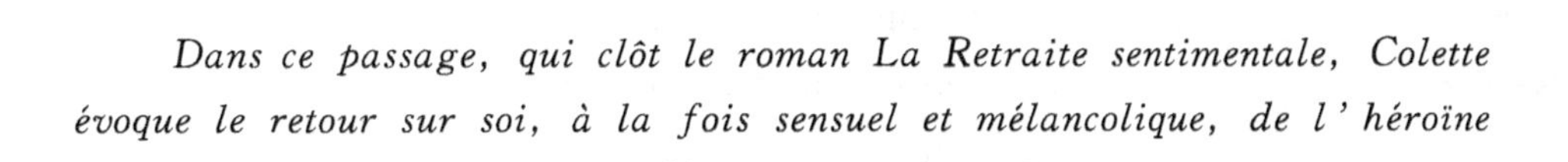

Dans ce passage, qui clôt le roman La Retraite sentimentale, Colette évoque le retour sur soi, à la fois sensuel et mélancolique, de l'héroïne féminine, habitée par l'image d'un amour impossible.

La nuit descend, prompte à se fermer sur ce jardin dont la grasse verdure demeure sombre au soleil. L'humidité de la terre monte à mes narines: odeur de champignons et de vanille et d'oranger... on croirait qu'un invisible gardénia, fiévreux et blanc, écarte dans l'obscurité ses pétales, c'est l'arôme même de cette nuit ruisselante de rosée... C'est l'haleine, par delà la grille et la ruelle moussue, des bois où je suis née, des bois qui m'ont recueillie. Je leur appartiens de nouveau, à présent que leur ombre, leur silence étouffant ou leur murmure de pluie n'inquiète plus celui qui m'y suivait en étranger, vite las, vite angoissé sous leur voûte de feuilles, et qui cherchait l'orée, l'air libre, les horizons balayés de nuages et de vent... Solitaire je les aime, et ils me chérissent solitaire. Pourtant, si l'écho, sur un sol élastique et feutré d'aiguilles de pin, double parfois mon pas, je ne presse pas le mien et je me garde de tourner la tête... peut-être qu'IL est là, derrière moi, peut-être qu'IL m'a suivie, et que ses bras étendus protègent ma route mal frayée, démêlant les branches.

Au tremblement du petit chien blotti contre mes genoux, je m'éveille et sens que j'ai oublié l'heure. Il fait nuit... J'ai oublié l'heure de manger, celle de dormir approche... venez, venez, mes bêtes! Venez, petits êtres discrets qui respectez mon songe! Vous avez faim. Venez avec moi vers la lampe qui rassure. Nous sommes seuls, à jamais. Venez! Nous laisserons la porte ouverte pour que la nuit puisse entrer, et son parfum de gardénia invisible, et la chauve-souris qui se suspendra à la mousseline des rideaux, et le crapaud humble qui se tapira sous le seuil... et aussi celui qui ne me quitte pas, qui veille sur le reste de ma vie, et pour qui je garde, sans dormir, mes paupières fermées, afin de le mieux voir...

VOCABULAIRE

narine	*n. f.*	Chacun des deux orifices extérieurs du nez.
vanille	*n. f.*	Gousse allongée du vanillier, qui, séchée, devient noire et aromatique. (香子兰果实；香草香料)
gardénia	*n. m.*	Arbuste exotique à feuilles persistantes, à fleurs d'un beau blanc mat. (栀子)
pétale	*n. m.*	Chacun des organes qui composent une fleur.
arôme	*n. m.*	Odeur agréable de certains végétaux.
moussu, e	*a.*	Couvert de mousse.
angoissé, e	*a.*	Inquiet.
orée	*n. f.*	Bord; bordure.
se blottir	*v. pr.*	Se presser contre.
chauve-souris	*n. f.*	Mammifère volant à ailes membraneuse. (蝙蝠)
mousseline	*n. f.*	Tissu fin, souple et transparent.
crapaud	*n. m.*	Batracien à tête large, au corps trapu recouvert d'une peau verruqueuse. (蟾蜍)
se tapir	*v. pr.*	Se cacher, se dissimuler en se blottissant.

Guillaume APOLLINAIRE
(1880—1918)

Ce précurseur des formes les plus modernes de la poésie (à qui l'on doit l'invention du mot "surréalisme") eut un sens aigu du monde contemporain et constitue une figure-clef du XXe siècle. Guillaume Apollinaire de Kostrowitzky naquit à Rome d'une mère polonaise et fantasque. De multiples déplacements à travers la France, puis l'Europe (l'amour malheureux qu'il connaîtra en Rhénanie inspirera la célèbre *Chanson du Mal Aimé*), compléteront son immense culture, qui est essentiellement celle d'un autodidacte.

Deux recueils majeurs illustrent son activité poétique: *Alcools* (1913) et *Calligrammes* (1918). Apollinaire fut aussi un acteur de théâtre, un romancier et, avec *l'Enchanteur pourrissant* (1908), un extraordinaire conteur.

Non moins importante, son activité de critique d'art, favorisée par la fréquentation de nombreux peintres, sera rassemblée sous le titre *Les Peintres cubistes, méditations esthétiques* (1913).

En littérature comme en peinture, il s'imposa comme le défenseur de l'avant-garde. La guerre le marquera à divers titres: esthétique (émerveillement devant le spectacle des bombes), amoureux (Lou, Madeleine et Jacqueline, "la jolie rousse" qu'il épousera en 1918), et tragique (blessure en mars 1916, épidémie fatale en 1918).

Alcools
Le Pont Mirabeau
(1913)

Inspiré par la fin de sa liaison avec le peintre Marie Laurencin, ce célèbre poème, tout baigné d'une tendre mélancolie, conjugue la fuite du temps à celle de l'amour. On remarquera l'absence de ponctuation (étendue à l'ensemble d'Alcools), et la séparation, grâce à un artifice typographique, des quatre premiers pieds du deuxième décasyllabe de chaque strophe. Ce modernisme formel se concilie parfaitement avec des éléments plus traditionnels, en particulier la musicalité (présence du refrain, répétitions diverses, impression de fluidité assourdie créée par les seules rimes

féminines); il en naît une complainte dont l'émotion retenue est celle d'un maître du lyrisme.

Sous le pont Mirabeau coule la Seine
Et nos amours
Faut-il qu'il m'en souvienne
La joie venait toujours après la peine

Vienne la nuit sonne l'heure
Les jours s'en vont je demeure

Les mains dans les mains restons face à face
Tandis que sous
Le pont de nos bras passe
Des éternels regards l'onde si lasse

Vienne la nuit sonne l'heure
Les jours s'en vont je demeure

L'amour s'en va comme cette eau courante
L'amour s'en va
Comme la vie est lente
Et comme l'Espérance est violente

Vienne la nuit sonne l'heure
Les jours s'en vont je demeure

Passent les jours et passent les semaines
Ni temps passé
Ni les amours reviennent
Sous le pont Mirabeau coule la Seine

Vienne la nuit sonne l'heure
Les jours s'en vont je demeure

Calligrammes
Il pleut
(1918)

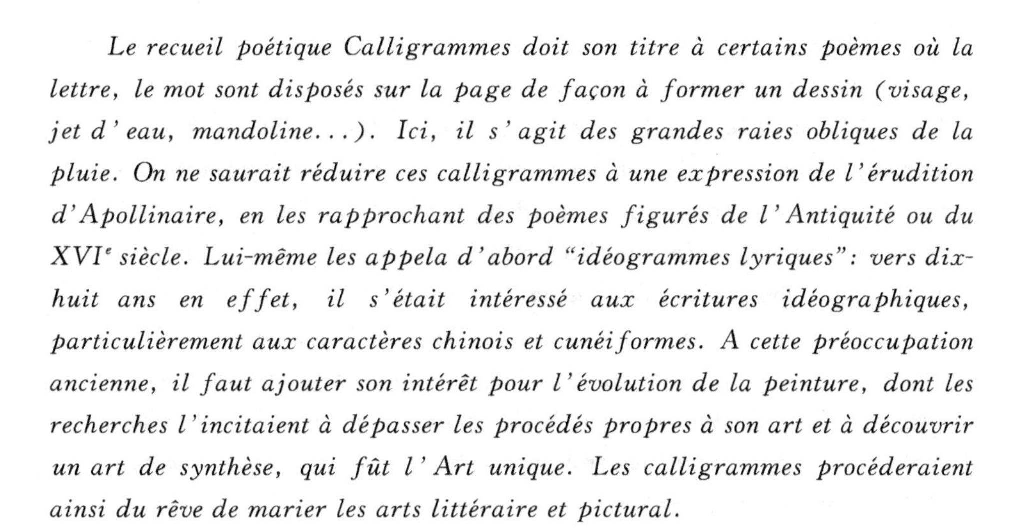

Le recueil poétique Calligrammes doit son titre à certains poèmes où la lettre, le mot sont disposés sur la page de façon à former un dessin (visage, jet d'eau, mandoline...). Ici, il s'agit des grandes raies obliques de la pluie. On ne saurait réduire ces calligrammes à une expression de l'érudition d'Apollinaire, en les rapprochant des poèmes figurés de l'Antiquité ou du XVIe siècle. Lui-même les appela d'abord "idéogrammes lyriques": vers dix-huit ans en effet, il s'était intéressé aux écritures idéographiques, particulièrement aux caractères chinois et cunéiformes. A cette préoccupation ancienne, il faut ajouter son intérêt pour l'évolution de la peinture, dont les recherches l'incitaient à dépasser les procédés propres à son art et à découvrir un art de synthèse, qui fût l'Art unique. Les calligrammes procéderaient ainsi du rêve de marier les arts littéraire et pictural.

Il pleut des voix de femmes comme si elles étaient mortes même dans le souvenir

C'est vous aussi qu'il pleut merveilleuses rencontres de ma vie ô gouttelettes

Et ces nuages cabrés se prennent à hennir tout un univers de villes auriculaires

Ecoute s'il pleut tandis que le regret et le dédain pleurent une ancienne musique

Ecoute tomber les liens qui te retiennent en haut et en bas

VOCABULAIRE

gouttelette	*n. f.*	Petite goutte de liquide.
cabrer	*v. t.*	En redresser l'avant.
hennir	*v. i.*	Pousser le cri spécifique du cheval.
auriculaire	*a.*	Qui a rapport à l'oreille.

Valery LARBAUD
(1881—1957)

L'œuvre de Valery Larbaud a suivi plusieurs lignes, sans en épuiser aucune. Ligne poétique d'abord, dans les *Poèmes par un riche amateur* (1908) et les *Poésies* publiées en 1913 avec le *Journal intime de A. O. Barnabooth*: l'écrivain, lui-même héritier d'une famille fortunée et grand voyageur, adopte dans ces textes le masque d'un milliardaire fictif, A. O. Barnabooth, qui signe des poèmes aux motifs cosmopolites et à la forme libre, caractéristiques que l'on retrouve dans la prose du *Journal intime*.

Ligne narrative ensuite, avec d'une part la longue nouvelle *Fermina Marquez* (1911) qui raconte une éducation sentimentale adolescente, puis le recueil des huit *Enfantines* en 1918, portraits sensibles d'enfants ou d'adolescents, et plus tard les trois nouvelles d'*Amants, heureux amants...* en 1923, dont deux se présentent sous la forme, originale à l'époque en France, d'un monologue intérieur.

Ligne des essais et de la critique littéraire aussi, avec notamment les deux volumes de *Ce vice impuni, la lecture* (1941) où sont rassemblées des études sur différents auteurs français et étrangers, et *Sous l'invocation de Saint-Jérôme* (1946), riche recueil des réflexions de Larbaud sur la traduction, qu'il pratiquait-à partir de l'anglais ou de l'espagnol—avec un talent passionné (il présente et traduit ainsi pour le public français Samuel Butler, James Joyce, Ramon Gomez de la Serna, entre autres).

Enfin, on peut suivre également la ligne plus libre des textes recueillis dans *Allen* (1927), *Jaune, Bleu, Blanc* (1927) et *Aux couleurs de Rome* (1931), livres où se mêlent sous diverses formes entre récit et poésie l'évocation des lieux d'enfance et des lieux visités par le voyageur, la méditation sur le métier des lettres et bien d'autres sujets propices au déploiement de la fantaisie savante, attentive et poétique de Larbaud.

Si aucune de ces voies ne semble avoir été explorée jusqu'à son terme, c'est notamment parce qu'elles sont brutalement interrompues par l'accident cérébral qui frappe l'écrivain en 1935 et le condamne au silence jusqu'à sa mort. Aujourd'hui l'œuvre raffinée de Larbaud séduit un lectorat choisi, mais fervent.

Journal intime de A.O. Barnabooth (1913)

Le lecteur est invité dès le début du Journal intime à suivre, à travers ses notations sur les villes et les pays traversés, le riche voyageur Barnabooth confortablement installé dans son train de luxe transeuropéen. C'est d'abord le spectacle d'un monde idéalisé qui défile sous les yeux attendris du personnage, qui se plaît à imaginer des vies possibles en chacun de ces "ailleurs". Ce mouvement est cependant interrompu lorsque le regard que Barnabooth porte sur le monde extérieur lui revient, comme si le voyageur se reflétait soudain dans la vitre du compartiment. Avec le portrait journalistique inséré dans son "journal intime" s'opère ainsi un retour ironique du narrateur sur lui-même, ce qui permet d'introduire, avec humour mais aussi acuité, une réflexion sur les rapports entre le "moi" et l'identité sociale.

A travers les hautes glaces de mon wagon-salon, j'ai vu venir et s'éloigner toutes les petites villes. Et j'aurais voulu passer ma vie dans chacune d'elles, humblement; allant tous les dimanches à la chapelle; prenant part aux fêtes locales; fréquentant la noblesse du pays. Au loin, les grandes destinées feraient leur tapage inutile.

Pendant l'arrêt à la frontière autrichienne, le valet attaché au wagon-salon m'apporte plusieurs brassées de journaux. Eprouvé une secousse: un grand illustré de Vienne publie ma photographie (peu ressemblante, et rajeunie, on me donnerait seize ans!) avec ce seul commentaire:

Mr A. Olson Barnabooth
10.450.000 livres sterling de rentes!

Quelques pages plus loin, une note apprend au lecteur que je suis "probablement un des hommes les plus riches de cette planète" et qu'en tout cas je suis "certainement le plus jeune des grands milliardaires". Le chroniqueur, qui me vieillit d'un an, me félicite d'avoir fondé des hôpitaux et des asiles dans l'Amérique du Sud; mais il ajoute: "La manière de vivre du jeune multimillionnaire ne diffère pas de celle de la plupart des oisifs de son monde."

J'ai d'abord pesté contre l'impertinent. J'ai même eu un instant de

véritable chagrin, tout seul dans mon wagon-salon; y avait-il au monde un homme plus injustement traité que moi? un caractère plus méconnu que le mien? C'était si peu moi, mes rêves, mes aspirations, ma physiologie et mes élans d'enthousiasme, c'était tellement les "autres", ce jeune multi-millionnaire fondateur d'hôpitaux!

Et "oisif", moi qui consume ma vie dans la recherche de l'absolu! C'est toi qui es un oisif, petit journaliste courbé toute la nuit sur une table.

VOCABULAIRE

milliardaire	*a.* et *n.*	Qui possède un capital ou des revenus d'au moins un milliard de francs.
chroniqueur	*n. m.*	Personne qui tient une chronique dans un journal, un périodique.（专栏作家）
asile	*n. m.*	Lieu où l'on peut trouver un abri, une protection.
multimillionnaire	*a.* et *n.*	Personne plusieurs fois millionnaire.
oisif	*a.* et *n.*	Qui n'a pas d'occupation, ou qui dispose de beaucoup de loisirs.
pester	*v. i.*	Manifester en paroles de la mauvaise humeur, de l'irritation contre qqn, qqch.
impertinent, e	*a.* et *n.*	Qui parle, agit d'une manière blessante.
élan	*n. m.*	Mouvement intérieur spontané, impulsion.
consumer	*v. t.*	Epuiser.

Sous l'invocation de Saint-Jérôme

Joies et profits du traducteur

(1946)

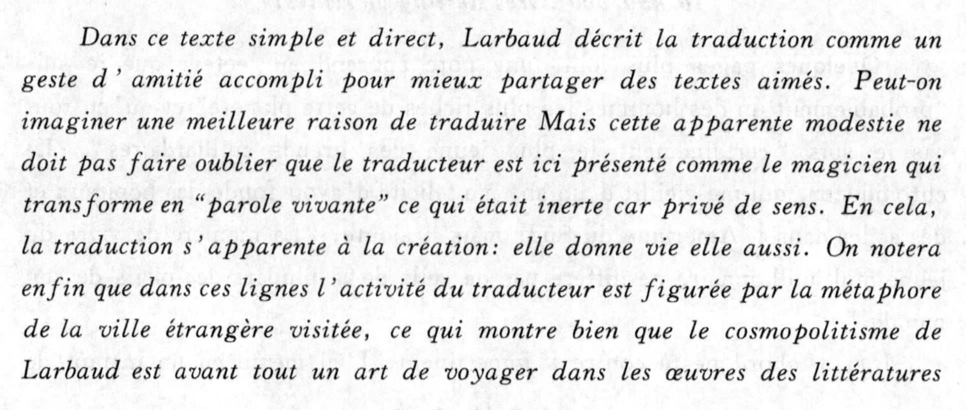

Dans ce texte simple et direct, Larbaud décrit la traduction comme un geste d'amitié accompli pour mieux partager des textes aimés. Peut-on imaginer une meilleure raison de traduire Mais cette apparente modestie ne doit pas faire oublier que le traducteur est ici présenté comme le magicien qui transforme en "parole vivante" ce qui était inerte car privé de sens. En cela, la traduction s'apparente à la création: elle donne vie elle aussi. On notera enfin que dans ces lignes l'activité du traducteur est figurée par la métaphore de la ville étrangère visitée, ce qui montre bien que le cosmopolitisme de Larbaud est avant tout un art de voyager dans les œuvres des littératures

étrangères.

Les joies et les profits du traducteur sont grands et dignes d'envie. Voilà un poème, un livre entier qu'il aime, qu'il a lu vingt fois avec délices et dont sa pensée s'est nourrie; et ce poème, ce livre ne sont pour son ami, pour les personnes qu'il estime et auxquelles il voudrait faire partager tous ses plaisirs, que du noir et du blanc, le pointillé compact et irrégulier de la page imprimée, et ce qu'on appelle "lettre close".—"Attendez un peu", dit le traducteur, et il se met au travail. Et voici que sous sa petite baguette magique, faite d'une matière noire et brillante engainée d'argent, ce qui n'était qu'une triste et grise matière imprimée, illisible, imprononçable, dépourvue de toute signification pour son ami, devient une parole vivante, une pensée articulée, un nouveau texte tout chargé du sens et de l'intuition qui demeuraient si profondément cachés, et à tant d'yeux, dans le texte étranger. Maintenant votre ami peut lire ce poème, ce livre que vous aimez: ce n'est plus lettre close pour lui; il en prend connaissance, et c'est vous qui avez brisé les sceaux, c'est vous qui lui faites visiter ce palais, qui l'accompagnez dans tous les détours et les coins les plus charmants de cette ville étrangère que, sans vous, il n'aurait probablement jamais visitée. Vous avez obtenu une entrée pour lui; vous lui avez payé le voyage. Quel plaisir vaut celui-là? Faire partager son bonheur à ceux qu'on aime? L'affection, l'amour-propre et même la vanité y trouvent leur compte.

Tels ont dû être les motifs et l'état d'esprit du premier homme qui traduisit un ouvrage littéraire. Et ces motifs et cet état d'esprit se retrouvent et se retrouveront toujours chez tous les hommes qui aiment les lettres, et qui ont eu l'occasion et la patience d'apprendre deux langues.

VOCABULAIRE

pointillé	*n. m.*	Trait fait de points.
compact	*a.*	Dont les éléments sont très rapprochés.
engainer	*v. t.*	Mettre dans une gaine.
dépourvu	*a.*	Privé, dénué.
intuition	*n. f.*	Saisie immédiate de la vérité sans l'aide du raisonnement.
briser les sceaux		Ouvrir
vanité	*n. f.*	Satisfaction de soi-même.

Alain-FOURNIER, pseudonyme de Henri Fournier
(1886—1914)

La brève existence d'Henri Fournier—dit Alain-Fournier—fut marquée par la rencontre qu'il fit, à Paris, en 1905, d'une jeune fille, "un grand amour impossible et lointain", source de rêves et de souffrance. Son activité de créateur sera dès lors consacrée au roman destiné à sublimer cette rencontre. La correspondance d'Alain-Fournier avec Jacques Rivière, son condisciple et incomparable ami, témoigne d'une longue et difficile préparation. *Le Grand Meaulnes*, paru en 1913, s'impose comme un roman de formation: l'histoire, nettement autobiographique, mêle les souvenirs réels de l'enfance à des évocations de caractère onirique. Alain-Fournier fut tué au combat, le 22 septembre 1914.

Le Grand Meaulnes
(1913)

A l'école de Sainte-Agathe, petit bourg de Sologne, arrive un nouveau pensionnaire qui se révèle aussitôt hors du commun. François, le narrateur et son indéfectible ami, raconte ici l'étrange fête à laquelle Augustin Meaulnes, dit "le Grand Meaulnes", assiste, un soir qu'il s'est égaré dans la campagne: dans une demeure peuplée d'êtres jeunes et fantasques, comme hors du temps et de l'espace, Meaulnes va rencontrer la jeune fille qu'il s'efforcera par la suite de retrouver, au prix d'une longue et douloureuse quête, source d'aventures et de tragédie.

Dans les couloirs s'organisaient des rondes et des farandoles. Une musique, quelque part, jouait un pas de menuet... Meaulnes, la tête à demi cachée dans le collet de son manteau[1], comme dans une fraise, se sentait un autre personnage. Lui aussi, gagné par le plaisir, se mit à poursuivre le grand pierrot[2] à travers les couloirs du Domaine, comme dans les coulisses d'un théâtre où la pantomime, de la scène, se fût partout répandue. Il se trouva

ainsi mêlé jusqu'à la fin de la nuit à une foule joyeuse aux costumes extravagants. Parfois, il ouvrait une porte, et se trouvait dans une chambre où l'on montrait la lanterne magique. Des enfants applaudissaient à grand bruit... Parfois, dans un coin de salon où l'on dansait, il engageait une conversation avec quelque dandy et se renseignait hâtivement sur les costumes que l'on porterait les jours suivants...

Un peu angoissé à la longue par tout ce plaisir qui s'offrait à lui, craignant à chaque instant que son manteau entrouvert ne laissât voir sa blouse de collégien, il alla se réfugier un instant dans la partie la plus paisible et la plus obscure de la demeure. On n'y entendait que le bruit étouffé d'un piano.

Il entra dans une pièce silencieuse qui était une salle à manger éclairée par une lampe à suspension. Là aussi c'était fête, mais fête pour les petits-enfants.

Les uns, assis sur des poufs, feuilletaient des albums ouverts sur leurs genoux; d'autres étaient accroupis par terre devant une chaise et, gravement, ils faisaient sur le siège un étalage d'images; d'autres, auprès du feu, ne disaient rien, ne faisaient rien, mais ils écoutaient au loin, dans l'immense demeure, la rumeur de la fête.

Une porte de cette salle à manger était grande ouverte. On entendait dans la pièce attenante jouer du piano. Meaulnes avança curieusement la tête. C'était une sorte de petit salon-parloir; une femme ou une jeune fille, un grand manteau marron jeté sur ses épaules, tournait le dos, jouant très doucement des airs de rondes ou de chansonnettes. Sur le divan, tout à côté, six ou sept petits garçons et petites filles rangés comme sur une image, sages comme le sont les enfants lorsqu'il se fait tard, écoutaient. De temps en temps seulement, l'un d'eux, arc-bouté sur les poignets, se soulevait, glissait à terre et passait dans la salle à manger; un de ceux qui avaient fini de regarder les images venait prendre sa place...

Après cette fête où tout était charmant, mais fiévreux et fou, où lui-même avait si follement poursuivi le grand pierrot, Meaulnes se trouvait là plongé dans le bonheur le plus calme du monde.

Sans bruit, tandis que la jeune fille continuait à jouer, il retourna s'asseoir dans la salle à manger, et, ouvrant un des gros livres rouges épars sur la table, il commença distraitement à lire.

Presque aussitôt un des petits qui étaient par terre s'approcha, se pendit à son bras et grimpa sur son genou pour regarder en même temps que lui; un autre en fit autant de l'autre côté. Alors ce fut un rêve comme son rêve de jadis. Il put imaginer longuement qu'il était dans sa propre maison, marié, un beau soir, et que cet être charmant et inconnu qui jouait du piano, près de lui,

c'était sa femme...

VOCABULAIRE

farandole	*n. f.*	Danse provençale à 6/8, exécutée par une chaîne alternée de danseurs et de danseuses, au son de galoubets et de tambourins.
fraise	*n. f.*	Collerette de linon ou de dentelle empesée, portée aux XVIe et XVIIe s. (16、17世纪男女戴的皱领)
pierrot	*n. m.*	(De *Pierrot*, personnage de la comédie italienne). Homme déguisé en Pierrot. (丑角)
coulisse	*n. f.*	(Surtout au pl.) Partie d'un théâtre située de chaque côté et en arrière de la scène, derrière les décors et hors de la vue du public.
pantomime	*n. f.*	Pièce mimée.
dandy	*n. m.*	(Mot angl.) Homme élégant, qui associe au raffinement vestimentaire une affectation d'esprit et d'impertinence.
pouf	*n. m.*	Siège bas en cuir ou en tissu rembourré.
accroupir	*v. t.*	S'asseoir sur les talons.
attenant	*a.*	Qui est contigu à un lieu, qui le touche.
chansonnette	*n. f.*	Petite chanson sur un sujet léger.
divan	*n. m.*	Canapé sans bras ni dossier.
arc-bouter	*v. t.*	Prendre fortement appui sur une partie du corps pour exercer un effort de résistance.
fiévreux	*a.*	Inquiet, agité.

NOTES

1. Meaulnes a mis par-dessus sa blouse d'écolier un grand manteau au collet plissé (fraise), qu'il a trouvé dans une chambre du château.
2. Un bohémien engagé pour la fête, que poursuivent les enfants.

Blaise CENDRARS
(1887—1961)

De son vrai nom Frédéric-Louis Sauser, Cendrars est né en Suisse, en 1887. Dès sa quinzième année, il quitte sa famille et entreprend de longs voyages qui le conduisent en Sibérie, en Chine, au Canada, puis à New York et en Amérique du Sud. Plaçant sa vie sous le signe de l'aventure, lui-même se définit comme un "bourlingueur" qui "tourne dans la cage des méridiens comme l'écureuil dans la sienne".

De New York où il vit quelques mois dans la plus grande misère, il ramène ses *Pâques à New York* (1912), qui précèdent d'un an l'importante *Prose du Transsibérien*, dont l'influence sur toute la génération des poètes des années 1910, et tout d'abord sur Apollinaire, sera déterminante.

Engagé volontaire en 1914 dans la Légion étrangère, il est amputé d'un bras après avoir été gravement blessé. Il poursuivra néanmoins son existence d'aventurier en Amérique du Sud comme en Afrique noire. Outre son œuvre poétique (*Lotissement du ciel*, 1948), il est l'auteur de romans (*L'Or*, 1925; *Moravagine*, 1926), de reportages (*Rhum*, 1930) et de récits autobiographiques (*L'Homme foudroyé*, 1945; *La main coupée* 1946; *Bourlinguer*, 1948).

Cette œuvre diverse et protéiforme est marquée par deux axes majeurs. D'une part la poésie du monde moderne et du progrès; les villes, les ports, les trains, la publicité, les machines et la vitesse y occupent une place privilégiée. D'autre part, le récit souvent épique, voire lyrique, de l'aventure comme mode de découverte du monde et de soi.

Prose du Transsibérien et de la petite Jehanne de France
(1913)

L'édition originale de ce poème se présentait sous la forme d'un dépliant de deux mètres de long, peint par Sonia Delaunay de "couleurs simultanées" débordant sur le texte. Il s'agit du récit d'un épisode véridique, le voyage en train qui conduisit Cendrars, alors âgé de seize ans, de Russie en

Mandchourie, accompagné de Jehanne " fille perdue de Montmartre". Accélération, simultanéité, multiplicité, tels sont les maîtres mots de cette poésie qui veut accorder l'impulsion lyrique avec la modernité en action.

En ce temps-là, j'étais dans mon adolescence
J'avais à peine seize ans et je ne me souvenais déjà plus de mon enfance
J'étais à seize mille lieues du lieu de ma naissance
J'étais à Moscou, dans la ville des mille et trois clochers et des sept gares
Et je n'avais pas assez de sept gares et des mille et trois tours. (...)
J'ai passé mon enfance dans les jardins suspendus de Babylone
Et l'école buissonnière, dans les gares devant les trains en partance
Maintenant, j'ai fait courir tous les trains derrière moi
Bâle[1]-Tombouctou[2]
J'ai aussi joué aux courses à Auteuil[3] et à Longchamp[4]
Paris-New York
Maintenant, j'ai fait courir tous les trains tout le long de ma vie
Madrid-Stockholm
Et j'ai perdu tous mes paris
Il n'y a plus que la Patagonie[5], la Patagonie qui convienne à mon immense tristesse, la Patagonie, et un voyage dans les mers du Sud
Je suis en route
J'ai toujours été en route
Je suis en route avec la petite Jehanne de France
Le train retombe sur ses roues
Le train retombe toujours sur toutes ses roues (...)
"Dis, Blaise, sommes-nous bien loin de Montmartre?"
Les inquiétudes
Oublie les inquiétudes
Toutes les gares lézardées obliques sur la route
qu'une main sadique tourmente
Dans les déchirures du ciel, les locomotives en furie
S'enfuient
Et dans les trous
Les roues vertigineuses les bouches les voix
Et les chiens du malheur qui aboient à nos trousses
Les démons sont déchaînés
Ferrailles
Tout est un faux accord
Le *broun-roun-roun* des roues

Chocs
Rebondissements
Nous sommes un orage sous le crâne d'un sourd.
"Dis, Blaise, sommes-nous bien loin de Montmartre?"
Oui, nous le sommes nous le sommes
Tous les boucs émissaires[6] ont crevé dans ce désert
Entends les mauvaises cloches de ce troupeau galeux
Tomsk[7] Tchéliabinsk[8] Kainsk[9] Obi Taichet Verkné-Oudinsk
Kourgane[10] Samara[11] Pensa-Touloune
La mort en Mandchourie
Est notre débarcadère. (...)
J'ai vu les trains silencieux les trains noirs qui revenaient
De l'Extrême-Orient et qui passaient en fantômes. (...)
J'ai vu des trains de soixante locomotives qui s'enfuyaient à toute vapeur pourchassés par les horizons...
Je reconnais tous les pays les yeux fermés à leur odeur
Et je reconnais tous les trains au bruit qu'ils font
Les trains d'Europe sont à quatre temps tandis que ceux d'Asie sont à cinq ou sept temps
D'autres vont en sourdine sont des berceuses
Et il y en a qui dans le bruit monotone des roues me rappellent la prose lourde de Maeterlinck[12]
J'ai déchiffré tous les textes confus des roues et j'ai rassemblé les éléments d'une violente beauté
Que je possède...

VOCABULAIRE

périlleux, se	*a.*	Dangereux.
lézardé, e	*a.*	Fendu.
harmonica	*n. m.*	Instrument musical mis en vibration par le souffle. (口琴)
sadique	*a.*	Méchant, cruel.
vertigineux, se	*a.*	Qui donne le vertige.
crever	*v. i.*	Mourir.
débarcadère	*n. m.*	Quai.
en sourdine		Sans bruit, secrètement.
berceuse	*n. f.*	Chanson pour dormir un enfant.

NOTES

1. Bâle: Ville de Suisse sur le Rhin.
2. Tombouctou: Ville du Mali, centre commercial près du Niger.
3. Auteuil: Ancienne commune du département de la Seine, dès 1860, réunie à Paris.
4. Longchamp: Lieu aménagé pour les courses de chevaux situé dans le bois de Boulogne.
5. la Patagonie: Région du sud du Chili et de l'Argentine.
6. le bouc émissaire: Personne à laquelle on attribue les torts des autres.
7. Tomsk: Ville de Russie, en Sibérie occidentale.
8. Tchéliabinsk: Ville de Russie, dans l'Oural.
9. Kaïnsk(Kainsk-Barabinski): Ville de Russie.
10. Kourgane: Ville de Russie.
11. Samara: Ville de Russie.
12. Maeterlinck: Ecrivain belge d'expression française.

CHAPITRE II

LE SURREALISME ET LA CRISE DE LA LITTERATURE

La guerre et l'entre-deux-guerres voient naître des pratiques artistiques d'avant-garde qui remettent en question la conception traditionnelle de l'œuvre et de l'activité littéraire. Plus que de simples écoles ou mouvements, dada et le surréalisme sont des manières de penser et d'agir. L'art n'est plus considéré comme une fin en soi, et tout nouveau mode d'écriture est désormais indissolublement lié à une nouvelle pratique d'existence. Ces avant-gardes revendiquent de faire table rase des valeurs et des principes qui ordonnaient le champ littéraire: l'isolement de l'artiste créateur, le souci de la beauté, du talent et du métier, la valorisation de l'œuvre, la séparation de l'art et de la vie. Il s'agit avant tout de libérer l'esprit des contraintes de la norme, de la raison, de la logique, voire du langage institué, la révolte artistique devant, à terme, s'étendre à tous les domaines de l'existence. Nés en quelque sorte des tranchées de la Première Guerre mondiale, le dadaïsme et le surréalisme visent ainsi à accélérer le processus de décomposition et de destruction d'une civilisation qui a conduit des millions d'hommes à la mort.

La naissance de dada a lieu en 1916, à Zurich, sous l'impulsion d'un jeune roumain, Tristan Tzara. Autour de lui sont rassemblés, dans le Cabaret Voltaire, les artistes Jean Arp, Hugo Bali et Richard Huelsenbeck. Le dégoût provoqué par une société et une culture qu'ils considèrent comme la cause d'une guerre absurde oriente de manière décisive un mouvement qui se veut internationaliste. Dès 1919, Tzara s'installe à Paris et regroupe autour de lui des artistes de diverses nations. Revendiquant l'absolue liberté dans la création, dada s'insurge contre *l'establishment* artistique et littéraire, abolit les frontières entre les arts (notamment entre littérature et peinture) et organise spectacles et manifestations dont l'incohérence et l'outrance délibérément scandaleuses visent à ébranler les habitudes artistiques du public. La révolte dadaïste prétend, par une pratique de la négation systématique, faire table rase des valeurs de la civilisation où elle a vu le jour. Si les dadas se placent avant tout sur le terrain de l'anarchie intellectuelle, ils ont ainsi

néanmoins approuvé la révolution russe de 1917 qui réactiva les "volontés de ceux qui étaient destinés à agir sur le plan de la lutte" (Tzara).

L'éclatement de la syntaxe ou du mot, l'invention de néologismes ou de termes absurdes, les recherches typographiques qui remettent en cause l'ordre linéaire de l'écriture visent, en forçant les limites du langage, à désorienter le sens. L'attitude à la fois négatrice et ludique des dadas est une manière de récuser tout esprit de système, toute obédience à une théorie, toute reconnaissance d'un sens dominant: "chaque page doit exploser, soit par le sérieux profond et lourd, le tourbillon, le vertige, le nouveau, l'éternel, par la blague écrasante, par l'enthousiasme des principes ou par la façon d'être imprimée" écrit Tzara. Paru en 1918, le manifeste dada résume parfaitement le parti pris du scandale et de la révolte, le choix de l'intensité, préférée à la belle forme, à tout jamais récusée: "tout produit du dégoût susceptible de devenir une négation de la famille est dada; protestation aux poings de tout son être en action destructrice: dada; connaissance de tous les moyens rejetés jusqu'à présent par le sexe pudique du compromis commode de la politesse: dada. Abolition de la logique, dans des impuissants de la création: dada (...) Abolition de la mémoire: dada (...) Abolition des prophètes: dada. Abolition de l'avenir: dada."

Dada préfigure toute l'évolution de l'art moderne. La pratique des collages et du montage, l'abandon de toute narration dans la peinture, la tension permanente entre la construction et la déconstruction, le goût pour le primitif... sont autant d'aspects que le XXe siècle n'a cessé d'explorer.

Crée en 1922, issu du mouvement dada, dont il conteste le nihilisme, le surréalisme s'enracine également dans l'expérience de la première guerre mondiale, qui révèle à Aragon, Breton, Eluard combien les fondements de la civilisation occidentale sont contestables. Ebranlés par cette expérience, les surréalistes prennent le parti de la révolte contre un monde "hideux" et "manqué" (Bataille). Il faut en finir avec le règne de la logique, de la perception claire et ordonnée, pour laisser place à la fièvre des rêves et du délire, susceptible de préserver l'énergie de la pensée et d'aboutir à un état enfin acceptable de la réalité. Il s'agit ainsi de réconcilier l'homme avec lui-même en récusant l'amputation de facultés jusque-là dévalorisées. L'exercice de l'imagination, du "stupéfiant image", aboutit également à une nouvelle perception du réel: Aragon entreprend dans *Le Paysan de Paris* la recherche d'une mythologie moderne et jusque dans les années cinquante, Breton tentera de définir de nouveaux mythes (Les Grands Transparents). Cette libération de l'esprit s'accompagne d'une remise en question du contrôle exercé sur l'érotisme et le désir par une morale étroite. Le désir est considéré dans sa valeur essentiellement subversive. La transgression des normes sexuelles est menée à un point extrême par Bataille, qui affirme que l'abjection et la perversion peuvent être des voies d'accès à une extase amoureuse conçue sur un mode quasi religieux.

L'exercice de l'écriture automatique, les expériences collectives des sommeils

hypnotiques, relatés par Aragon dans *Une Vague de rêves,* la proclamation de la supériorité de l' imagination sur la pensée raisonnante, l' usage, parfois, de drogues hallucinogènes permettent d'explorer le "fonctionnement réel de la pensée". La découverte de l'œuvre de Freud, la pratique pour certains, de la psychanalyse offrent également de nouveaux modes d'investigation de l'esprit permettant de mettre à jour non seulement le désir inconscient mais aussi l'"animalité dans l'homme" (Bataille). L'"effroyable maladie de l' esprit" dont souffre Artaud, son désir de rendre compte d' une pensée toujours menacée d'effondrement, le conduisent à mener jusqu'à un point extrême la contestation des catégories et des usages littéraires institués pour aboutir à une écriture au plus proche de la pulsion. Il affirme ainsi: "Je refais à chacune des vibrations de ma langue tous les chemins de ma pensée de ma chair."

La récusation de la littérature (le mot apparaît sous la forme humoristique de "lits et rature" en couverture d'une revue) n'exclut pas un réel amour de la pratique poétique du langage, en tant qu'il n'est pas l'amour d'une forme mais le lieu d'une expérience pour ainsi dire anthropologique, qui engage l'homme dans sa totalité. A l'opposé de la posture réaliste, l'attitude lyrique, continuellement défendue par Breton, consiste à susciter les signes d' une réalité supérieure, la "surréalité", pour découvrir la part d' inconnu et d'altérité que dissimulent les apparences sensibles. Placées sous le signe du merveilleux, les rencontres et les trouvailles relatées dans *Nadja* ou *L'Amour fou* sont les récits constitutifs de l' expérience surréaliste. Sa dimension esthétique est essentiellement définie, comme du reste l'image poétique, par l'intensité; la beauté doit être "convulsive" (*Nadja*), "érotique-voilée", "explosante-fixe", "magique-circonstancielle" (*L'Amour fou*). De même, chez Bataille, qui fait de la "transgression" et de la "dépense" des concepts centraux de sa pensée, l'écriture est inséparable d'une expérience qui doit mener à une sorte de déflagration paroxystique de la chair, à un état d'extase parfois proche de la mort.

La notion traditionnelle d' art est ainsi fondamentalement remise en question. En témoignent par exemple les déclarations d'Artaud, pour qui l'écriture va à l'encontre de la pensée, en dehors de tout souci de faire une œuvre. Il définit l'un de ses premiers recueils de textes de la façon suivante:

"pas d'œuvres, pas de langue, pas de parole, pas d'esprit, rien.

Rien sinon un Pèse Nerfs."

La conception que l'on se faisait de l'œuvre est également mise à mal par le fait que, quel que soit le rôle déterminant de Breton, le surréalisme est avant tout une aventure collective. L'existence d' un groupe, qui se réunit dans des lieux publics (le café de la Place Blanche par exemple), la constitution d' un "Bureau des Recherches surréalistes", surtout, la publication de revues ou la diffusion de tracts signés collectivement témoignent de cette volonté de briser l'isolement du créateur. Max Ernst fera ainsi le portrait peint des surréalistes dans un tableau de groupe intitulé *Au rendez-vous des amis* (1922).

La pratique des sommeils (où Desnos excellait), du jeu (les cadavres exquis par exemple), de l'écriture à deux mains (*Les Champs magnétiques* de Soupault et Breton); L'*Immaculée Conception* de Breton et Eluard sont) autant de réalisations qui cherchent à faire éclater une conception individualiste de la création. Comme avec la pratique des collages, où sont rassemblés des éléments empruntés à une réalité extra-artistique, on assiste ici à une remise en cause non seulement du métier et de la "personnalité technique" de l'artiste mais aussi de la domination de l'auteur (Aragon, "Max Ernst, peintre des illusions", 1923, in *Les collages*, 1965). Cependant, la contrainte que peut représenter la logique de groupe explique que l'histoire du surréalisme est aussi celle de ceux qu'il exclut pour leurs positions extrémistes: Artaud ou Bataille, lequel animera un nouveau groupe de création et de réflexion autour de la revue *Documents.*

La dimension collective du surréalisme est inséparable de l'implication du mouvement dans l'action sociale et politique. Les surréalistes estiment pour la plupart que l'activité menée dans le champ artistique doit s'incarner dans une révolution politique de fait: de façon significative, le titre de la revue *La Révolution surréaliste* devient, en 1930, *Le Surréalisme au service de la Révolution.*

L'attitude fondamentalement critique du surréalisme, son refus du dogme et son esprit de révolte ont donné lieu à des relations difficiles avec le Parti communiste et l'URSS. Certains membres sont exclus, d'autres, par leur engagement au Parti communiste, s'excluent d'eux-mêmes. Dans "Position politique du surréalisme", Breton écrit en 1935: "par-delà les considérations (...) auxquelles m'a mené la préoccupation qui est depuis dix ans la mienne de concilier le surréalisme comme mode de création d'un mythe collectif avec le mouvement beaucoup plus général de libération de l'homme qui tend d'abord à la modification fondamentale de la forme bourgeoise de propriété: le problème de l'action, de l'action immédiate à mener, demeure entier."

Le dadaïsme et le surréalisme sont parmi les mouvements qui ont mené le plus avant les tentatives de conciliation entre les pratiques esthétiques et les pratiques éthiques, politiques et sociales. Ils ont, par là-même, donné lieu à des expériences artistiques qui ont fondamentalement modifié la sensibilité du XXe siècle.

Nathalie PIEGAY-GROS et Carine TREVISAN

Max JACOB
(1876—1944)

Né en Bretagne, il vient à Paris où il pratique divers métiers et s'adonne à la poésie. En 1909, il se convertit au catholicisme et se retire de la vie mondaine. Arrêté comme juif en février 1944, il meurt en mars au camp de Drancy.

Le Cornet à dés (1917), recueil de poèmes en prose, est son œuvre la plus connue; il s'y est "appliqué, dit-il en 1943, à saisir en (lui), de toutes manières, les données de l'inconscient: mots en liberté, associations hasardeuses des idées, rêves de la nuit et du jour, hallucinations, etc." Il ouvre ainsi la voie de certaines recherches surréalistes—par exemple dans ce tercet:

Comme un bateau est le poète âgé
ainsi qu'un dalhia le poème étagé
Dahlia! Dahlia! que Dalila lia

Le Cornet à dés
L'art ariste
(1917)

Le titre fait jeu de mots: on y entend "artiste"; quant à "ariste", inemployé en français comme adjectif, mais présent seulement en composition ("aristocrate"), il suggère, par étymologie, "le meilleur". Ainsi se crée l'attente ambiguë d'un poème de ton élevé: d'où le renversement déceptif produit par le poème, qui accumule les détails prosaïques, censés provenir d'un journal. La dernière phrase, faisant écho humoristique au titre, donne sa valeur burlesque à l'ensemble du texte.

Le journal *Femina* décrit l'hôtel de la duchesse d'H... comme une bâtisse fort triste et s'attarde à dépeindre en rouge gris le pavé de la cour. Il dit que la chambre centrale est habitée par un vieux domestique qui veille sur l'hôtel, l'été. Ce qui l'étonne, c'est que les rideaux traînent toujours un peu à terre comme une robe à queue et il confesse que, faisant lui-même des romans, il a tout regardé avec soin et même les autres hôtels du voisinage où les rideaux traînent aussi à terre. Il a été témoin d'une scène ou demi-scène de la fille avec la mère à propos de physique ou de fusil, la bonne ayant demandé si on faisait beaucoup de physique ou de fusil dans le pensionnat où on envoyait son fils à elle. Il y eut une gifle appliquée comme une certaine feuille ronde pareille au cresson et qui pousse sur les murs. J'ai parlé du domestique qui garde l'hôtel, l'été. C'est ce domestique qui est chargé de la vidange. La duchesse a un profil aristocratique et la plante de la muraille s'appelle aris... toloche, l'auteur du reportage s'appelle Aristide.

VOCABULAIRE

bâtisse	*n. f.*	Bâtiment de grandes dimensions, souvent dépourvu de caractère.
dépeindre	*v. t.*	Décrire, représenter avec exactitude.
confesser	*v. t.*	Avouer, reconnaître à regret.
pensionnat	*n. m.*	Etablissement d'enseignement qui reçoit des internes.
gifle	*n. f.*	Coup donné sur la joue avec la main ouverte.
cresson	*n. m.*	Plante herbacée qui croît dans l'eau douce et que l'on cultive dans les cressonnière pour ses parties vertes comestibles.(水田芥,独行菜)
vidange	*n. f.*	Action de vider pour nettoyer ou rendre de nouveeau utilisable.

Robert DESNOS
(1900—1945)

Robert Desnos est un enfant de Paris; après des études courtes (brevet élémentaire), vivant de petits métiers, il s'adonne à sa passion de la littérature. Ayant rejoint le groupe de *Littérature* en 1922, il donne une impulsion considérable au surréalisme, par ses expériences de sommeil hypnotique: il y "parle surréaliste à volonté" (André Breton); avec "Rrose Sélavy", "L'Aumonyme", "Langage cuit", les mots font l'amour, pour reprendre une expression de Breton: une voix lyrique exceptionnelle se fait entendre (*La Liberté ou l'amour!*, 1927; *Corps et biens*, 1930).

Refusant de s'engager au Parti Communiste Français, comme Breton, il

s'éloigne du groupe, dont il est exclu en 1929. Dans les années trente, devenu journaliste radiophonique, il crée des émissions célèbres (*La Complainte de Fantômas*, *La Clé des songes*, de nombreux slogans publicitaires).

Durant la seconde guerre mondiale, il écrit dans le journal collaborationniste *Aujourd'hui*, où il recueille des informations confidentielles qu'il transmet au réseau de résistance Agir, dont il est membre à partir de 1942. Faisant le bilan de son expérience poétique (*Fortunes,* 1940), il en arrive à cette proposition: "Il me semble qu'au-delà du surréalisme, il y a quelque chose de très mystérieux à réduire, au-delà de l'automatisme, il y a le délibéré, au-delà de la poésie, il y a le poème, au delà de la poésie subie, il y a la poésie imposée, au delà de la poésie libre il y a le poète libre" (*Destinée arbitraire*). Il écrit des *Chantefables et chantefleurs* que les enfants récitent encore à l'école.

Arrêté le 22 février 1944, il meurt en déportation le 8 juin 1945.

La Liberté ou l'amour!
(1927)

Je me complaisais à la contemplation du jeu de son manteau de fourrure contre son cou, des heurts de la bordure contre les bas de soie, au frottement deviné de la doublure soyeuse contre les hanches. Brusquement, je constatai la présence d'une bordure blanche autour des mollets. Celle-ci grandit rapidement, glissa jusqu'à terre, et quand je parvins à cet endroit je ramassai le pantalon de fine batiste. Il tenait tout entier dans la main. Je le dépliai, j'y plongeai la tête avec délices. L'odeur la plus intime de Louise Lame l'imprégnait. Quelle fabuleuse baleine, quel prodigieux cachalot distille une ambre plus odorante. O pêcheurs perdus dans les fragments de la banquise et qui vous laisseriez périr d'émotion à tomber dans les vagues glaciales quand, le monstre dépecé, la graisse et l'huile et les fanons à faire des corsets et des parapluies soigneusement recueillis, vous découvrez dans le ventre béant le cylindre de matière précieuse. Le pantalon de Louise Lame! quel univers!

VOCABULAIRE

se complaire	*v. pr.*	Trouver du plaisir, de la satisfaction dans tel ou tel état, telle ou telle action.
doublure	*n. f.*	Etoffe, matière qui sert à garnir la surface intérieure de qqch.
batiste	*n. f.*	Toile de lin très fine.
imprégner	*v. t.*	Pénétrer, influencer profondément.
baleine	*n. f.*	Mammifère cétacé de très grande taille (jusqu'à 20 m de long), dont la bouche est garnie de lames cornées (les fanons). (鲸)
cachalot	*n. m.*	Mammifère marin cétacé de la taille de la baleine. (抹香鲸)
ambre (gris)	*n. m.*	Substance parfumée provenant des concrétions intestinales du cachalot; parfum qui en est extrait. (龙涎香)
banquise	*n. f.*	Amas de glace (eau de mer gelée) formant un immense banc.
dépecer	*v. t.*	Mettre en pièces, en morceaux.
fanon	*n. m.*	Chacune des larmes cornées qui garnissent la bouche de certains cétacés. (鲸须)
cylindre	*n. m.*	Solide engendré par une droite mobile tournant autour d'un axe auquel elle est parallèle. (圆柱)

Corps et biens

J'ai tant rêvé de toi

(1930)

J'ai tant rêvé de toi que tu perds ta réalité.

Est-il encore temps d'atteindre ce corps vivant et de baiser sur cette bouche la naissance de la voix qui m'est chère?

J'ai tant rêvé de toi que mes bras habitués, en étreignant ton ombre, à se croiser sur ma poitrine ne se plieraient pas au contour de ton corps, peut-être.

Et que, devant l'apparence réelle de ce qui me hante et me gouverne depuis des jours et des années, je deviendrais une ombre sans doute.

O balances sentimentales.

J'ai tant rêvé de toi qu'il n'est plus temps sans doute que je m'éveille. Je dors debout, le corps exposé à toutes les apparences de la vie et de l'amour et toi, la seule qui compte aujourd'hui pour moi, je pourrais moins toucher ton front et tes lèvres que les premières lèvres et le premier front venus.

J'ai tant rêvé de toi, tant marché, parlé, couché avec ton fantôme qu'il ne me reste plus peut-être, et pourtant, qu'à être fantôme parmi les fantômes et plus ombre cent fois que l'ombre qui se promène et se promènera allègrement sur le cadran solaire de ta vie.

VOCABULAIRE

étreindre	*v. t.*	Enlacer dans ses bras.
contour	*n. m.*	Limite extérieure d'un corps, d'une surface.
allègrement	*adv.*	Vivement, avec entrain.

Chantefables et chantefleurs
La Fourmi
(1944)

Une fourmi de dix-huit mètres
Avec un chapeau sur la tête,
Ça n'existe pas, ça n'existe pas.
Une fourmi traînant un char
Plein de pingouins et de canards,
Ça n'existe pas, ça n'existe pas.
Une fourmi parlant français,
Parlant latin et javanais,
Ça n'existe pas, ça n'existe pas.
Eh! Pourquoi pas?

VOCABULAIRE

pingouin	*n. m.*	Gros oiseau marin des régions arctiques, palmipède, à plumage blanc et noir. (企鹅)
javanais	*n. m.*	Langue parlée à Java et Sumatra.

Paul ELUARD, pseudonyme de Paul-Eugène Grindel
(1895—1952)

Paul Eluard fait à Paris des études courtes qu'une santé fragile interrompt (il sera astreint toute sa vie à de fréquents séjours en sanatorium).

Il participe au mouvement dada, puis au mouvement surréaliste, où il apparaît comme le poète de l'amour (*Capitale de la douleur*, 1926, *L'Amour la poésie*, 1929); parmi les femmes aimées, Gala, Nusch, Jacqueline, Dominique sont au cœur de divers recueils.

S'engageant au Parti communiste français en 1927, en même temps que Breton, il en est exclu comme lui, en 1933. Il rompt avec le groupe surréaliste en 1938. Pendant la deuxième guerre mondiale, il mène une lutte idéologique contre l'occupant (*Poésie et vérité*, 1942) et rejoint en 1942 le PCF, alors dans l'illégalité. Jusqu'à sa mort, il poursuit une activité militante importante dans le cadre du parti communiste.

Pour Eluard, "le poète est celui qui inspire bien plus que celui qui est inspiré": par ses images et par son chant, le poète cherche à agir sur son lecteur. Eluard vise ainsi à concilier une poésie intime de la passion amoureuse et une "poésie de circonstance".

L'Amour la poésie
La terre est bleue comme une orange
(1929)

La terre est bleue comme une orange
Jamais une erreur les mots ne mentent pas
Ils ne vous donnent plus à chanter
Au tour des baisers de s'entendre
Les fous et les amours
Elle sa bouche d'alliance
Tous les secrets tous les sourires
Et quels vêtements d'indulgence
A la croire toute nue.

Les guêpes fleurissent vert
L'aube se passe autour du cou
Un collier de fenêtres
Des ailes couvrent les feuilles
Tu as toutes les joies solaires
Tout le soleil sur la terre
Sur les chemins de ta beauté.

VOCABULAIRE

guêpe *n.m.* Insecte hyménoptère, dont la femelle porte un aiguillon venimeux. (胡蜂)

André BRETON
(1896—1966)

Il entreprend à Paris des études de médecine; en même temps, il se passionne pour les œuvres de Rimbaud, Mallarmé, Lautréamont; il rencontre Valéry et Apollinaire. Pendant la première guerre mondiale, il est affecté à divers services psychiatriques: il travaille avec le célèbre docteur Babinski et découvre les théories de Freud. Revenu à la vie civile, il participe au mouvement dada qui nie toutes les valeurs, et, bien décidé à en finir avec la littérature, il crée par antiphrase la revue *Littérature*, avec Soupault, Aragon, Eluard.

En 1924, il publie le *Manifeste du surréalisme*, l'acte de naissance du mouvement surréaliste. Il y exalte le désir, l'imagination, l'écriture automatique, le merveilleux, contre la logique et la raison.

Avec *Nadja*, il montre que le surréaliste se veut ouvert aux rencontres que le hasard lui offre—tout particulièrement aux rencontres amoureuses; par ailleurs, il répond aux urgences politiques en adhérant, en 1927, au Parti communiste français (*Second manifeste*). *Les Vases communicants* (1932) développe cette tentative de concilier Freud et Marx; l'entente avec le PCF sera courte et Breton ne tarde pas à dénoncer le système stalinien.

Il s'exile aux USA pendant la seconde guerre mondiale, avec sa femme Jacqueline (au centre de *L'Amour fou*) et leur fille; le couple se sépare à New York, et Breton revient à Paris, en 1946, avec Elisa (héroïne d'*Arcane* 17).

Un groupe surréaliste se reconstitue autour de lui; redoutant un conflit Est-Ouest que la bombe atomique rendrait encore plus meurtrier que les guerres précédentes, il soutient un moment Garry Davis, citoyen du monde; face à la guerre d'Algérie, il signe la "Déclaration des 121" sur le droit à l'insoumission.

André Breton meurt le 1er octobre 1966. "Je cherche l'or du temps": telle est la formule, empruntée à l'un de ses textes, que ses amis firent graver sur sa tombe.

Manifeste du surréalisme (1924)

Dans l'extrait suivant, André Breton définit l'image surréaliste.

Il en va des images surréalistes comme de ces images de l'opium que l'homme n'évoque plus, mais qui "s'offrent à lui, spontanément, despotiquement. Il ne peut pas les congédier; car la volonté n'a plus de force et ne gouverne plus les facultés". Reste à savoir si l'on a jamais "évoqué" les images. Si l'on s'en tient, comme je le fais, à la définition de Reverdy, il ne semble pas possible de rapprocher volontairement ce qu'il appelle "deux réalités distantes". Le rapprochement se fait ou ne se fait pas, voilà tout. Je nie, pour ma part, de la façon la plus formelle, que chez Reverdy des images telle que:

Dans le ruisseau il y a une chanson qui coule

ou

Le jour s'est déplié comme une nappe blanche

ou

Le monde rentre dans un sac

offrent le moindre degré de préméditation. Il est faux, selon moi, de prétendre que "l'esprit a saisi les rapports" des deux réalités en présence. Il n'a, pour

commencer, rien saisi consciemment. C'est du rapprochement en quelque sorte fortuit des deux termes qu'a jailli une lumière particulière, *lumière de l'image*, à laquelle nous nous montrons infiniment sensibles. La valeur de l'image dépend de la beauté de l'étincelle obtenue; elle est, par conséquent, fonction de la différence de potentiel entre les deux conducteurs. Lorsque cette différence existe à peine comme dans la comparaison, l'étincelle ne se produit pas. Or il n'est pas, à mon sens, au pouvoir de l'homme de concerter le rapprochement de deux réalités si distantes. Le principe d'association des idées, tel qu'il nous apparaît, s'y oppose. Ou bien faudrait-il en revenir à un art elliptique, que Reverdy condamne comme moi. Force est donc bien d'admettre que les deux termes de l'image ne sont pas déduits l'un de l'autre par l'esprit *en vue* de l'étincelle à produire, qu'ils sont les produits simultanés de l'activité que j'appelle surréaliste, la raison se bornant à constater, et à apprécier le phénomène lumineux.

Et de même que la longueur de l'étincelle gagne à ce que celle-ci se produise à travers des gaz raréfiés, l'atmosphère surréaliste créée par l'écriture mécanique, que j'ai tenu à mettre à la portée de tous, se prête particulièrement à la production des plus belles images. On peut même dire que les images apparaissent, dans cette course vertigineuse, comme les seuls guidons de l'esprit. L'esprit se convainc peu à peu de la réalité suprême de ces images. Se bornant d'abord à les subir, il s'aperçoit bientôt qu'elles flattent sa raison, augmentent d'autant sa connaissance. Il prend conscience des étendues illimitées où se manifestent ses désirs, où le pour et le contre se réduisent sans cesse, où son obscurité ne le trahit pas. Il va, porté par ces images qui le ravissent, qui lui laissent à peine le temps de souffler sur le feu de ses doigts. C'est la plus belle des nuits, *la nuit des éclairs*: le jour, auprès d'elle, est la nuit.

VOCABULAIRE

despotiquement	*adv.*	D'une façon arbitraire et tyrannique.
congédier	*v. t.*	Renvoyer.
distant	*a.*	Qui est à une certaine distance.
préméditation	*n. f.*	Dessein réfléchi d'accomplir une action (surtout mauvaise).
fortuit	*a.*	Qui arrive par hasard, d'une manière imprévue.
potentiel	*n. m.*	Energie d'un corps capable de fournir un travail.
elliptique	*a.*	Qui ne développe pas toute sa pensée.
déduire	*v. t.*	Conclure, par un raisonnement.

raréfier	*v. t.*	Rendre rare, moins dense, moins fréquent.
guidon	*n. m.*	Saillie à l'extrémité du canon d'une arme (extrémité de la ligne de mire).

Nadja
(1928)

Je n'ai dessein de relater, en marge du récit que je vais entreprendre, que les épisodes les plus marquants de ma vie *telle que je peux la concevoir hors de son plan organique*, soit dans la mesure même où elle est livrée aux hasards, au plus petit comme au plus grand, où regimbant contre l'idée commune que je m'en fais, elle m'introduit dans un monde comme défendu qui est celui des rapprochements soudains, des pétrifiantes coïncidences, des réflexes primant tout autre essor du mental, des accords plaqués comme au piano, des éclairs qui feraient voir, mais alors *voir*, s'ils n'étaient encore plus rapides que les autres. Il s'agit de faits de valeur intrinsèque sans doute peu contrôlable mais qui, par leur caractère absolument inattendu, violemment incident, et le genre d'associations d'idées suspectes qu'ils éveillent, une façon de vous faire passer du fil de la Vierge à la toile d'araignée, c'est-à-dire à la chose qui serait au monde la plus scintillante et la plus gracieuse, n'était au coin, ou dans les parages, l'araignée; il s'agit de faits qui, fussent-ils de l'ordre de la constatation pure, présentent chaque fois toutes les apparences d'un signal, sans qu'on puisse dire au juste de quel signal, qui font qu'en pleine solitude, je me découvre d'invraisemblables complicités, qui me convainquent de mon illusion toutes les fois que je me crois seul à la barre du navire. Il y aurait à hiérarchiser ces faits, du plus simple au plus complexe, depuis le mouvement spécial, indéfinissable, que provoque de notre part la vue de très rares objets ou notre arrivée dans tel et tel lieux, accompagnées de la sensation très nette que pour nous quelque chose de grave, d'essentiel, en dépend, jusqu'à l'absence complète de paix avec nous-mêmes que nous valent certains enchaînements, certains concours de circonstance qui passent de loin notre entendement, et n'admettent notre retour à une activité raisonnée que si, dans la plupart des cas, nous en appelons à l'instinct de conservation. On pourrait établir quantité d'intermédiaires entre ces faits-glissades et ces faits-précipices.

VOCABULAIRE

organique	*a.*	Qui est inhérent à la structure, à la constitution de qqch.
regimber	*v. i.*	Résister en refusant.
pétrifier	*v. t.*	Immobiliser par une émotion violente.
primer	*v. i.*	L'emporter.
intrinsèque	*a.*	Qui est intérieur et propre à ce dont il s'agit.
incident	*n. m.*	Evénement peu important en lui-même mais capable d'entraîner de graves conséquences.
scintiller	*v. i.*	Briller d'un éclat intermittent.
dans les parages		Aux environs de.
complicité	*n. f.*	Entente profonde, spontanée entre personnes.
barre	*n. f.*	Pièce longue et rigide.
hiérarchiser	*v. t.*	Organiser, régler selon des couches sociales fondées sur des rapports de subordination.
indéfinissable	*a.*	Qu'on ne peut déterminer par une formule précise.
à l'instinct		Par impulsion souvent irraisonnée qui détermine l'homme dans ses actes, son comportement.
fait-glissade		Choses dangereuses.
fait-précipice		Choses qui conduisent l'homme vers une situation catastrophique.

L'Union libre
Le Revolver à cheveux blancs
(1932)

Ma femme à la chevelure de feu de bois
Aux pensées d'éclairs de chaleur
A la taille de sablier
Ma femme à la taille de loutre entre les dents du tigre
Ma femme à la bouche de cocarde et de bouquet d'étoiles de dernière grandeur
Aux dents d'empreintes de souris blanche sur la terre blanche
A la langue d'ambre et de verre frottés

Ma femme à la langue d'hostie poignardée
A la langue de poupée qui ouvre et ferme les yeux
A la langue de pierre incroyable
Ma femme aux cils de bâtons d'écriture d'enfant
Aux sourcils de bord de nid d'hirondelle
Ma femme aux tempes d'ardoise de toit de serre
Et de buée aux vitres
Ma femme aux épaules de champagne
Et de fontaine à têtes de dauphins sous la glace
Ma femme aux poignets d'allumettes
Ma femme aux doigts de hasard et d'as de cœur
Aux doigts de foin coupé
Ma femme aux aisselles de marbre et de fênes
De nuit de la Saint-Jean
De troène et de nid de scalaires
Aux bras d'écume de mer et d'écluse
Et de mélange du blé et du moulin
Ma femme aux jambes de fusée
Aux mouvements d'horlogerie et de désespoir

Ma femme aux mollets de moelle de sureau
Ma femme aux pieds d'initiales
Aux pieds de trousseaux de clés aux pieds de calfats qui boivent
Ma femme au cou d'orge imperlé
Ma femme à la gorge de Val d'or
De rendez-vous dans le lit même du torrent
Aux seins de nuit
Ma femme aux seins de taupinière marine
Ma femme aux seins de creuset du rubis
Aux seins de spectre de la rose sous la rosée
Ma femme au ventre de dépliement d'éventail des jours
Au ventre de griffe géante
Ma femme au dos d'oiseau qui fuit vertical
Au dos de vif-argent
Au dos de lumière
A la nuque de pierre roulée et de craie mouillée
Et de chute d'un verre dans lequel on vient de boire
Ma femme aux hanches de nacelle
Aux hanches de lustre et de pennes de flèche

Et de tiges de plumes de paon blanc
De balance insensible
Ma femme aux fesses de grès et d'amiante
Ma femme aux fesses de dos de cygne
Ma femme aux fesses de printemps
Au sexe de glaïeul
Ma femme au sexe de placer et d'ornithorynque
Ma femme au sexe d'algue et de bonbons anciens
Ma femme au sexe de miroir
Ma femme aux yeux pleins de larmes
Aux yeux de panoplie violette et d'aiguille aimantée
Ma femme aux yeux de savane
Ma femme aux yeux d'eau pour boire en prison
Ma femme aux yeux de bois toujours sous la hache
Aux yeux de niveau d'eau de niveau d'air de terre et de feu

VOCABULAIRE

sablier	*n. m.*	Instrument rempli de sable pour mesurer le temps.
loutre	*n. f.*	Petit animal, adapté à la vie dans l'eau, se nourrissant de poissons et de gibiers d'eau. (水獭)
cocarde	*n. f.*	Insigne rond que l'on portait sur la coiffure.
ambre	*n. m.*	Substance parfumée.
hostie	*n. f.*	Petite rondelle de pain consacrée au cours de la messe
poignarder	*v. t.*	Frapper, blesser ou tuer avec un poignard.
ardoise	*n. f.*	Pierre tendre et feuilletée d'un gris bleuâtre qui sert principalement à la couverture des maisons.
buée	*n. f.*	Vapeur qui se dépose en fines gouttelettes formées par condensation.
dauphin	*n. m.*	Mammifère marin dont la tête se plonge en forme de bec armé de dents.
as	*n. m.*	Carte à jouer, marquée d'un seul point ou signe.
aisselle	*n. f.*	Endroit situé au-dessous de la jonction du bras avec le tronc.
troène	*n. m.*	Arbuste à feuilles presque persistantes.
scalaire	*n. m.*	Poisson dont le corps très aplati, souvent rayé de noir, affecte la forme d'un disque flottant verticalement. (天使鱼,神仙鱼)

écluse	*n. f.*	Ouvrage hydraulique, formé essentiellement de portes munies de vannes.
sureau	*n. m.*	Arbre ou arbrisseau dont le bois est très léger et la fleur est odorante. (接骨木)
calfat	*n. m.*	Celui qui bouche avec de l'étoupe goudronnée les joints des bordages d'un bâtiment en bois pour les rendre étanches. (造船捻缝工)
taupinière	*n. f.*	Petite montagne de terre formée par les rejets de la taupe lorsqu'elle creuse ses galeries.
creuset	*n. m.*	Récipient qui sert à faire fondre certaines substances.
rubis	*n. m.*	Pierre précieuse transparente et rouge.
spectre	*n. m.*	Apparition effrayante d'un mort, fantôme.
griffe	*n. f.*	Ongle pointu et crochu de certains animaux.
nacelle	*n. f.*	Panier fixé sous un aérostat.
penne	*n. f.*	Grandes plumes des ailes.
grès	*n. m.*	Roche formée de nombreux petits éléments unis.
amiante	*n. m.*	Minéral fibreux insensible d'un foyer ordinaire, très difficile à être fondu.
aimanter	*v. t.*	Douer de la propriété de l'aimant qui peut attirer le fer.
savane	*n. f.*	Association herbeuse des régions tropicales, vaste prairie pauvres en arbres et en fleurs, fréquentée par de nombreux animaux.

Louis ARAGON
(1897—1982)

Louis Aragon, enfant naturel de Marguerite Toucas Massillon et de Louis Andrieux, est né en 1897; il choisira le pseudonyme d'Aragon. Il entreprend d'abord des études médicales, qu'il abandonnera après la guerre. Cette expérience atroce de la première guerre mondiale déterminera bien des aspects de son œuvre et resurgira jusque dans *La Mise à mort* (1965). Mais c'est d'abord à une expression de la révolte qu'elle le conduit (*Anicet le panorama*, 1921) aux côtés des surréalistes. Il donne au mouvement un texte manifeste essentiel ("Une vague de rêves", 1924) et une œuvre majeure, *Le Paysan de Paris* (1926). L'interdit qui pèse sur le roman comme l'impossibilité de trouver une cohérence à un texte démesuré, *La Défense de l'infini*, le

conduisent à en détruire le manuscrit. Les fragments qui en demeurent (*La Défense de l'infini*, 1986) témoignent de cette entreprise monstrueuse et hybride, qui devait *achever* le roman. A partir de 1927, il adhère au Parti Communiste Français; il en restera membre jusqu'à sa mort. Cet engagement politique achève de le séparer de ses amis surréalistes; en 1928, il rencontre Elsa Triolet qui deviendra sa femme. Il se tourne alors vers l'écriture réaliste: le cycle du *Monde réel* évoque la société française du tournant des XIXe et XXe siècles (*Les Cloches de Bâle*, 1934, *Les Beaux Quartiers*, 1936, *Les Voyageurs de l'impériale*, 1947) tandis qu'*Aurélien*, écrit pendant la Seconde Guerre mondiale, évoque l'impossibilité, pour un ancien combattant, d'oublier la première guerre. *Les Communistes* (1951), grande fresque inachevée, tente de relater les engagements des membres du P.C.F. et de leurs sympathisants dans les années 1939—1940. Pendant toute cette période, Aragon est un militant actif; il dirige à partir de 37 le journal *Ce Soir* et multiplie les actions et les écrits dénonçant la montée du fascisme. Pendant la seconde guerre mondiale, il est d'abord de nouveau mobilisé, puis s'engage dans la Résistance. Il met alors la poésie au service de celle-ci: il puise dans la tradition nationale formes et thèmes lui permettant de crypter un chant qui doit, pour rallier les consciences, déjouer la censure; sa poésie est de contrebande (*Les Yeux d'Elsa*, 1942, *Le Musée Grévin*, 1943, *La Diane Française*, 1944).

Après la guerre, Aragon produit une œuvre considérable tant romanesque (*La Semaine sainte*, 1958, *La Mise à mort*, 1965, *Blanche ou l'oubli*, 1967, *Théâtre/Roman*, 1974...) que poétique (*Le Roman inachevé*, 1956, *Elsa, Les Poètes,* 1959, *Les Adieux,* 1981...). Sa conception du réalisme évolue, les romans font une part plus grande à l'écriture du moi et multiplient les effets de discontinuité et d'hétérogénéité, que *Le Monde réel* contrôlait pour préserver la cohérence du récit et de l'histoire. Les thèmes de l'aveuglement politique et de la vieillesse prennent une importance considérable. Contestée, pour des raisons à la fois politiques et esthétiques, l'œuvre d'Aragon reste cependant populaire; de par son ampleur, elle apparaît comme une pièce maitresse de la littérature du XXe siècle.

Le Paysan de Paris
(1926)

Dans ce texte fondamentalement hétérogène, qui mêle les discours

théoriques et philosophiques ("Pour une mythologie moderne", "Le Songe du paysan", les rêveries lyriques et poétiques et les descriptions, alors honnies, Aragon définit l'image surréaliste comme un "stupéfiant". Dans "Le passage de l'Opéra" il évoque la magie moderne et éphémère d'un lieu que la destruction menace; la sensualité et l'érotisme des vitrines appellent une libération du langage.

Je voudrais savoir quelles nostalgies, quelles cristallisations poétiques, quels châteaux en Espagne, quelles constructions de langueur et d'espoir, s'échafaudent dans la tête de l'apprenti, à l'instant qu'au début de sa carrière il se destine à être coiffeur pour dames, et commence de se soigner les mains. Enviable sort vulgaire, il dénouera désormais tout le long du jour l'arc-en-ciel de la pudeur des femmes, les chevelures-vapeur, ces rideaux charmants de l'alcôve. Il vivra dans cette brume de l'amour, les doigts mêlés au plus délié de la femme, au plus subtil appareil à caresses qu'elle porte sur elle avec tout l'air de l'ignorer. N'y a-t-il pas des coiffeurs qui aient songé, comme des mineurs dans la houille, à ne servir jamais que des brunes ou d'autres à se lancer dans le blond? Ont-ils pensé à déchiffrer ces lacis où restait tout à l'heure un peu du désordre du sommeil? Je me suis souvent arrêté au seuil de ces boutiques interdites aux hommes et j'ai vu se dérouler les cheveux dans leurs grottes. Serpents, serpents, vous me fascinez toujours. Dans le passage de l'Opéra, je contemplais ainsi un jour les anneaux lents et purs d'un python de blondeur. Et brusquement, pour la première fois de ma vie, j'étais saisi de cette idée que les hommes n'ont trouvé qu'un terme de comparaison à ce qui est blond: comme les blés, et l'on a cru tout dire. Les blés, malheureux, mais n'avez-vous jamais regardé les fougères? J'ai mordu tout un an des cheveux de fougère. J'ai connu des cheveux de résine, des cheveux de topaze, d'hystérie. Blond comme l'hystérie, blond comme le ciel, blond comme la fatigue, blond comme le baiser. Sur la palette des blondeurs, je mettrai l'élégance des automobiles, l'odeur des sainfoins, le silence des matinées, les perplexités de l'attente, les ravages des frôlements. Qu'il est blond le bruit de la pluie, qu'il est blond le chant des miroirs! Du parfum des gants au cri de la chouette, des battements du cœur de l'assassin à la flamme-fleur des cytises, de la morsure à la chanson, que de blondeurs que de paupières: blondeur des toits, blondeur des vents, blondeur des tables ou des palmes, il y a des jours entiers de blondeur, des grands magasins de Blond, des galeries pour le désir, des arsenaux de poudre d'orangeade. Blond partout: je m'abandonne à ce pitchepin des sens, à ce concept de la blondeur qui n'est pas la couleur même, mais une sorte d'esprit de couleur, tout marié aux accents de l'amour. Du

blanc au rouge par le jaune, le blond ne livre pas son mystère. Le blond ressemble au balbutiement de la volupté, aux pirateries des lèvres, aux frémissements des eaux limpides. Le blond échappe à ce qui définit, par une sorte de chemin capricieux où je rencontre les fleurs et les coquillages. C'est une espèce de reflet de la femme sur les pierres, une ombre paradoxale des caresses dans l'air, un souffle de défaite de la raison. Blonds comme le règne de l'étreinte, les cheveux se dissolvaient donc dans la boutique du passage, et moi je me laissais mourir depuis un quart d'heure environ. Il me semblait que j'aurais pu passer ma vie non loin de cet essaim de guêpes, non loin de ce fleuve de lueurs. Dans ce lieu sous-marin, comment ne pas penser à ces héroïnes de cinéma qui, à la recherche d'une bague perdue, enferment dans un scaphandre toute leur Amérique nacrée? Cette chevelure déployée avait la pâleur électrique des orages, l'embu d'une respiration sur le métal. Une sorte de bête lasse qui somnole en voiture. On s'étonnait qu'elle ne fît pas plus de bruit que des pieds déchaussés par le tapis. Qu'y a-t-il de plus blond que la mousse?J'ai souvent cru voir du champagne sur le sol des forêts. Et les girolles! Les oronges! les lièvres qui fuient! le cerne des ongles! le cœur du bois! la couleur rose! Le sang des plantes! les yeux des biches! la mémoire: la mémoire est blonde vraiment. A ses confins, là où le souvenir se marie au mensonge, les jolies grappes de clarté! la chevelure morte eut tout à coup un reflet de porto, le coiffeur commençait les ondulations Marcel.

VOCABULAIRE

cristallisation	*n. f.*	Concrétion de cristaux.
s'échafauder	*v. t.*	Edifier, dresser progressivement.
enviable	*a.*	Qui est digne d'envie; que l'on peut envier.
alcôve	*n. f.*	Enfoncement ménagé dans une chambre pour un ou plusieurs lits, qu'on peut fermer dans la journée; lieu des rapports amoureux.
délié, e	*a.*	Qui est d'une grande minceur, d'une grande finesse.
lacis	*n. f.*	Réseau de fils, de vaisseaux, de routes, etc., entrelacés.
python	*n. m.*	Serpent d'Afrique et d'Asie, non venimeux, qui étouffe ses proies dans ses anneaux.
fougère	*n. f.*	Plante vasculaire sans fleurs ni graines, aux feuilles souvent très découpées, qui pousse dans les bois et les landes. (蕨)

résine	*n. f.*	Produit solide ou semi-liquide, translucide et insoluble dans l'eau, que sécrètent certaines espèces végétales, notemment les conifères.(树脂)
topaze	*n. f.*	Silicate fluoré d'aluminium, cristalisé, qui est une pierre fine, jaune ou mordorée, transparente.(黄玉)
hystérie	*n. f.*	Vive excitation poussée jusqu'au délire.
perplexité	*n. f.*	L'incertitude, l'embarras d'une personne face à une situation.
cytise	*n. m.*	Arbuste à grappes de fleurs jaunes, appelé cour.(金雀花,金莲花)
arsenal	*n. m.*	Fabrique d'armes et de matériel militaire ou dépôt d'armes et de munitions.
orangeade	*n. f.*	Boisson préparé avec du jus d'orange, du sucre et de l'eau.
pitchepin	*n. m.*	Arbre résineux d'Amérique du Nord, dont on utilise le bois en ébénisterie.(北美油松)
piraterie	*n. f.*	Imitation frauduleuse.
paradoxale	*a.*	Qui tient de pensée, opinion contraire à l'opinion commune.
scaphandre	*n. m.*	Equipement hermétiquement clos, dans lequel est assurée une circulation d'air au moyen d'une pompe, et dont se revêtent les plongeurs pour travailler sous l'eau.
nacré, e	*a.*	Qui a la couleur, l'apparence de la substance dure, à reflets irisés, produite par certains mollusques à l'intérieur de leur coquille.
embu	*n. m.*	Ton, aspect terne d'un tableau.
girolle	*n. f.*	Champignon jaune-orangé, comestible, appelé aussi chanterelle.(鸡油菌)
oronge	*n. f.*	Amanite à chapeau jaune orangé, pied et lames jaunes, et large volve membraneuse.(红鹅膏)
confins	*n. m. pl.*	Limites, extrémités d'un pays, d'un territoire.
porto	*n. m.*	Vin de liqueur produit sur les rives du Douro (Portugal).

CHAPITRE III

LE ROMAN FRANÇAIS DE L'ENTRE-DEUX-GUERRES

En ce tout début du XXe siècle, aucun mouvement, aucune école majeure ne permet d'appréhender globalement le paysage littéraire français. Face à cet éclatement de la production, les étiquettes sont condamnées à ne désigner qu'un petit groupe d'écrivains, une chapelle tout au plus. Aussi, malgré le risque inhérent à toute schématisation en matière d'histoire littéraire, la critique a-t-elle tenté de remédier à cette fragmentation. Concernant la période de l'entre-deux-guerres, elle s'entend généralement pour distinguer deux générations de romanciers, celle d'avant et celle d'après 1930.

La guerre de 1914—1918, premier conflit mondial, a bouleversé tous les fondements de la société française. Véritable cataclysme, elle a durablement ébranlé les structures démographiques de la France en causant un million et demi de morts. Plus profondément encore, elle a contribué à la remise en question de l'ordre moral et social d'un monde ainsi que de ses valeurs, tenues pour fondatrices. Malgré cette fracture, dans un premier temps la Grande Guerre n'a donné lieu à aucune révolution littéraire, le traumatisme historique a, au contraire, retardé l'approfondissement du renouvellement des formes romanesques, déjà remarquablement amorcé pourtant avec la parution en 1913 de *Du côté de chez Swann* de Proust. Plusieurs raisons expliquent le phénomène. Les années 20 sont marquées par une production littéraire massive, inflation qui tient plus à l'industrialisation du roman qu'à un véritable foisonnement artistique. Le genre est, du même coup, discrédité. Il subit l'attaque de nombreux détracteurs, parmi lesquels André Breton. Dans le premier *Manifeste du surréalisme*, il dénonce ces livres ridicules que n'anime aucun projet esthétique et il conclut, rageur: je veux qu'on se taise, quand on cesse de ressentir. Le temps des bouleversements, il est vrai, n'est pas encore venu. Dans l'immédiat après-guerre, les lecteurs désirent s'évader, tourner le dos à l'histoire. Comme l'écrit le critique Albert Thibaudet, l'heure est à la décompression, à la détente. Le lecteur bourgeois apprécie les œuvres désinvoltes et fantaisistes qui l'amusent et le surprennent,

sans jamais l'inquiéter. Il goûte les divertissements impertinents, comme *Les Enfants terribles* de Cocteau, *Le Diable au corps* de Radiguet, ainsi que les nouvelles de Paul Morand (*Ouvert la nuit*, *Fermé la nuit*) qui croquent la modernité sous les signes exaltants de la vitesse, du luxe et du cosmopolitisme galant. A l'inverse, offrant une fuite dans un tout autre ailleurs, les romans de Giono ou ceux de Genevoix séduisent en faisant l'éloge d'un terroir et en prônant l'attachement à la terre, quand tout a vacillé.

En dépit de cette absence d'innovation radicale, il serait pourtant inexact d'ignorer le goût particulier pour l'expérimentation littéraire propre à ce début de siècle. Il est déjà perceptible chez les romanciers de la première génération (1918—1930). On les a certes souvent considérés comme des défenseurs du beau style, des héritiers. Toutefois, en réinvestissant de façon singulière des formes issues de la tradition (roman d'analyse psychologique, roman "moraliste", roman précieux, voire roman "social"), des écrivains—que l'on pense à Mauriac, Colette ou Martin du Gard, par exemple—inventent des œuvres dont l'originalité respective est incontestable. Dans cette génération, certains—inquiets du dévoiement du roman postbalzacien—vont jusqu'à ébranler ses fondements. Condamnant l'usage de notations aussi convenues que: La marquise demanda sa voiture et sortit à cinq heures, Valéry conçoit avec *Monsieur Teste* un antiroman, soit un texte délesté de tout élément spécifiquement romanesque. En 1925, Gide publie *Les Faux-Monnayeurs*, ce roman du roman dont le personnage central est un écrivain en train de rédiger *Les Faux-Monnayeurs*. Comme on le voit, ces expériences menées sur le genre romanesque ne servent aucune grande cause: la plupart des œuvres antérieures à 1930 demeurent des romans du désengagement (Philippe Chardin). Leurs personnages entretiennent un rapport distant, superficiel avec la réalité historique, leur activité professionnelle, mais surtout politique et sociale, est perçue comme inessentielle.

Comme pour prendre le contre-pied de cette littérature du détachement, en 1930 les romanciers rentrent dans le siècle. C'en est fini de la sérénité égotiste du roman bourgeois, on croit désormais à l'efficacité pratique de la littérature: un corps à corps avec le monde et l'histoire s'engage. Dans un climat d'urgence et d'angoisse, les romanciers veulent faire entendre leur voix. De Malraux à Céline, de Bernanos à l'Aragon des *Beaux quartiers*—sans oublier les écrivains populistes comme Dabit ou Guilloux—tous, portés par leurs choix politiques, optent pour une littérature militante. S'ils dépeignent un monde instable, chaotique, parfois insensé ou dérisoire, c'est pour mieux poser la question du comment vivre. Lieu privilégié de réflexion sur la condition humaine, le roman adopte définitivement une perspective éthique et interroge les choix fondamentaux qui s'offrent à l'homme. Les années trente constituent en cela une période d'intense fermentation littéraire et idéologique. Pour persuader et convaincre, toutes les ressources du discours sont utilisées: sobriété du reportage, mises en scène quasi cinématographiques ou, à l'inverse, amplification du moment héroïque, descriptions hallucinées. En 1932, paraît *Voyage au bout de la nuit* de Louis-Ferdinand Céline. Pour présenter une image

aussi décapante que visionnaire du monde contemporain, l'écrivain ne se contente pas de le dépeindre, il invente une langue—à la fois argotique et littéraire—qui déconstruit la syntaxe classique et libère l'écriture romanesque de son carcan académique. Dans *La Force de l'âge*, Simone de Beauvoir souligne la rupture—tant thématique que formelle—qui s'est produite au cours d'une si brève période: le livre français qui compta le plus pour nous cette année, ce fut *Voyage au bout de la nuit* de Céline. [...] Il s'attaquait à la guerre, au colonialisme, à la médiocrité, aux lieux communs, à la société, dans un style, sur un ton qui nous enchantaient. Céline avait forgé un instrument nouveau: une écriture aussi vivante que la parole. Quelle détente après les phrases marmoréennes de Gide, d'Alain, de Valéry!

Crystel PINCONNAT

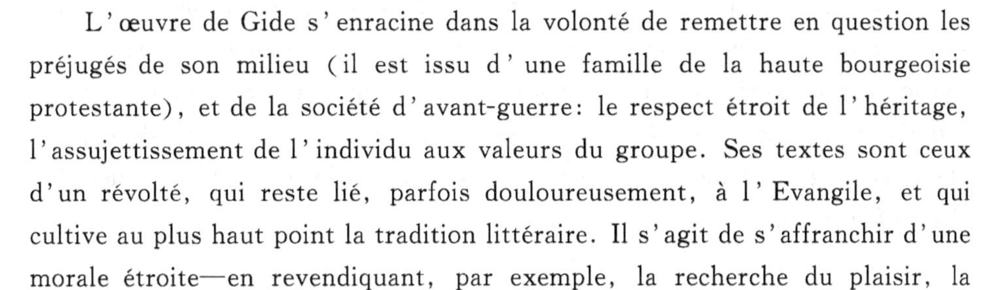

André GIDE
(1869—1951)

L'œuvre de Gide s'enracine dans la volonté de remettre en question les préjugés de son milieu (il est issu d'une famille de la haute bourgeoisie protestante), et de la société d'avant-guerre: le respect étroit de l'héritage, l'assujettissement de l'individu aux valeurs du groupe. Ses textes sont ceux d'un révolté, qui reste lié, parfois douloureusement, à l'Evangile, et qui cultive au plus haut point la tradition littéraire. Il s'agit de s'affranchir d'une morale étroite—en revendiquant, par exemple, la recherche du plaisir, la liberté des choix sexuels—et d'une représentation figée de l'ordre social—il prendra parti, dans les années trente, pour le communisme.

Gide fut également un lecteur/critique d'une très grande ampleur. Il contribua à fonder la prestigieuse *Nouvelle Revue Française*, traduisit de nombreux auteurs étrangers (Conrad, Kafka, Goethe...), fut l'introducteur de Dostoïevski et de R. Tagore en France.

Publié en 1897, le récit *Les Nourritures terrestres* est une exaltation des jouissances du monde. Dans *Les Caves du Vatican* (1914), en revanche, l'auteur s'interroge sur le danger d'un culte illimité de la liberté. Sa ferveur pour le communisme retombera après un voyage qu'il fait en URSS (*Retour d'URSS*, 1936). Enfin, son regard critique sur la littérature se manifeste dans l'une des ses œuvres les plus lues, *Les Faux-Monnayeurs* (1925), où le roman se double constamment d'une réflexion sur le roman.

Gide a également, dès 1889, tenu un monumental journal intime, où il apparaît comme un lettré subtil et un remarquable témoin de son temps.

Les Faux-Monnayeurs
(1925)

Edouard est l'auteur d'un roman "mis en abyme" dans le roman lui-même. Voici un extrait de son journal intime d'écrivain.

Ecrit trente pages des *Faux-Monnayeurs*, sans hésitation, sans ratures. Comme un paysage nocturne à la lueur soudaine d'un éclair, tout le drame surgit de l'ombre, très différent de ce que je m'efforçais en vain d'inventer. Les livres que j'ai écrits jusqu'à présent me paraissent comparables à ces bassins des jardins publics, d'un contour précis, parfait peut-être, mais où l'eau captive est sans vie. A présent, je la veux laisser couler selon sa pente, tantôt rapide et tantôt lente, en des lacis que je me refuse à prévoir.

X... soutient que le bon romancier doit, avant de commencer son livre, savoir comment ce livre finira. Pour moi qui laisse aller le mien à l'aventure, je considère que la vie ne nous propose jamais rien qui, tout autant qu'un aboutissement, ne puisse être considéré comme un nouveau point de départ. "Pourrait être continué..." c'est sur ces mot que je voudrais terminer mes *Faux-Monnayeurs*.

VOCABULAIRE

rature *n.f.* Trait tracé sur ce qu'on a écrit pour le supprimer.

lacis *n.m.* Réseau de vaisseaux, de routes, de fils, etc., entrelacés.

Roger MARTIN DU GARD
(1881—1958)

Les romans de Roger Martin du Gard mettent en scène des destinées

humaines, et l'ensemble des conditions qui les déterminent, notamment politiques et sociales, dans le cadre d'une réflexion critique sur le rôle et les responsabilités historiques de la bourgeoisie. Dans *Jean Barois* (1913), roman qui marque les véritables débuts de sa carrière littéraire, l'auteur évoque ainsi, à travers le récit de l'existence d'un héros déchiré entre athéisme et sentiment religieux, les principaux épisodes de l'affaire Dreyfus.

De 1920 à 1939, il se consacre à l'écriture d'un cycle romanesque d'une très grande ampleur: *Les Thibault*, dont l'un des modèles est le roman de Tolstoï *Guerre et paix*, et où il retrace l'histoire de deux familles (l'une catholique, l'autre protestante), et de deux frères, Antoine Thibault, médecin qui reste fidèle aux valeurs de la bourgeoisie, tandis que Jacques se consacre à la lutte révolutionnaire et milite aux côtés de Jaurès pour éviter la guerre. La publication de cette fresque qui fait le récit des années précédant la Première Guerre mondiale, et de la guerre elle-même, qui brise les destinées des deux frères et broie le monde qu'ils ont connu, s'échelonne sur presque vingt années (1922—1940). Salué par la critique pour l'acuité de sa vision à la fois du psychisme individuel et des aspects principaux du monde contemporain, ce cycle vaut à son auteur le prix Nobel en 1937. L'*Epilogue* paraît en 1940. Centré sur Antoine Thibault, qui, revenu gazé du front, se sait condamné, il met en scène les désastres intimes produits par la guerre. Roger Martin du Gard invente un style romanesque qui, refusant de séparer destins collectifs et destins individuels, accorde une importance fondamentale aux scènes dialoguées mais aussi aux moments d'introspection de personnages confrontés au mystère de la mort.

Les Thibault
L'été 14
(1936)

Dans cet extrait, Roger Martin du Gard fait le récit de l'assassinat de Jaurès, selon la perspective de Jaxques Thibault. La scène se passe le 31 juillet 1914 , deux jours avant la déclaration de guerre.

Un claquement bref, un éclatement de pneu, l'interrompit net; suivi presque aussitôt d'une deuxième détonation, et d'un fracas de vitres. Au mur du fond, une glace avait volé en éclats.

Une seconde de stupeur, puis un brouhaha assourdissant. Toute la salle, debout, s'était tournée vers la glace brisée: "on a tiré dans la glace!"—"Qui?"—"Où?"— "De la rue!" Deux garçons se ruèrent vers la porte et s'élancèrent dehors, d'où partaient des cris.

Instinctivement, Jacques s'était dressé, et, le bras tendu pour protéger Jenny, il cherchait Jaurès des yeux. Il l'aperçut une seconde; autour du Patron, ses amis s'étaient levés; lui seul, très calme était resté à sa place, assis.

Jacques le vit s'incliner lentement pour chercher quelque chose à terre. Puis il cessa de le voir.

A ce moment, Mme Albert, la gérante, passa devant la table de Jacques, en courant. Elle criait:

—"On a tiré sur M. Jaurès!"

—"Restez-là", souffla Jacques, en appuyant sa main sur l'épaule de Jenny, et la forçant à se rasseoir.

Il se précipita vers la table du Patron, d'où s'élevaient des voix haletantes: "Un médecin, vite!"—"La police!" Un cercle de gens, debout, gesticulant, entourait les amis de Jaurès, et empêchait d'approcher. Il joua des coudes, fit le tour de la table, parvint à se glisser jusqu'à l'angle de la salle. A demi-caché par le dos de Renaudel, qui se penchait, un corps était allongé sur la banquette de moleskine. Renaudel se releva pour jeter sur la table une serviette rouge de sang. Jacques aperçut alors le visage de Jaurès, le front, la barbe, la bouche entrouverte. Il devait être évanoui. Il était pâle, les yeux clos.

Un homme, un dîneur—un médecin, sans doute—fendit le cercle. Avec autorité, il arracha la cravate, ouvrit le col, saisit la main qui pendait, et chercha le pouls.

Plusieurs voix dominèrent le vacarme: "Silence!... chut!..." Les regards de tous étaient rivés à cet inconnu, qui tenait le poignet de Jaurès. Il ne disait rien. Il était courbé en deux, mais il levait vers la corniche un visage voyant, dont les paupières battaient. Sans changer de pose, sans regarder personne, il hocha lentement la tête.

De la rue, des curieux, à flots, envahissaient le café.

La voix de M. Albert retentit:

—"Fermez la porte! Fermez les fenêtres! Mettez les volets!"

Un refoulement contraignit Jacques à reculer jusqu'au milieu de la salle. Des amis avaient soulevé le corps, l'emportaient avec précaution, pour le coucher sur deux tables, rapprochées à la hâte. Jacques cherchait à voir. Mais autour du blessé, l'attroupement devenait de plus en plus compact. Il ne

distingue qu' un coin de marbre blanc, et deux semelles dressées, poussiéreuses, énormes.

—"Laissez passer le docteur!"

André Renoult avait réussi à ramener un médecin. Les deux hommes foncèrent dans le rassemblement, dont la masse élastique se referma derrière eux. On chuchotait: "Le docteur... Le docteur..." Une longue minute s'écoula. Un silence angoissé s'était fait. Puis un frémissement parut courir sur toutes ces nuques ployées; et Jacques vit ceux qui avaient conservé leur chapeau se découvrir. Trois mots, sourdement répétés, passèrent de bouche à bouche:

—"Il est mort... Il est mort..."

VOCABULAIRE

détonation	*n. f.*	Bruit violent produit par une explosion ou qui évoque une explosion.
fracas	*n. m.*	Bruit violent de qqch qui s'effondre, qui heurte autre chose, etc.
brouhaha	*n. m.*	Bruit de voix confus et orageux de la foule.
se ruer	*v. pr.*	Se jeter avec violence, se précipiter en masse sur qqn, qqch.
gérant, e	*n.*	Personne physique ou morale qui dirige et administre pour le compte d'autrui ou au nom d'une société.
moleskine	*n. f.*	Toile de coton fin, recouverte d'un enduit flexible et d'un vernis souple imitant le grain du cuir. (一种单面仿皮漆布)
river	*v. t.*	River ses yeux, son regard sur qqn, qqch: les regarder fixement et longuement.
corniche	*n. f.*	Ensemble de moulures en surplomb les unes sur les autres, qui constituent le couronnement d'un entablement, d'un piédestal, d'un meuble, etc.
Refoulement	*n. m.*	Action, fait d'empêcher une réaction d'ordre affectif de s'extérioriser, de refuser d'accepter ou de satisfaire une tendance naturelle.
Attroupement	*n. m.*	Rassemblement tumultueux de personnes sur la voie publique.
semelle	*n. f.*	Pièce de caoutchouc, de cuir, de corde, etc., qui forme le dessous de la chaussure.
ployer	*v. t.*	Tordre en fléchissant ou en courbant.

Blaise CENDRARS

Moravagine
(1926)

Livre complexe, Moravagine est à la fois un récit d'aventures (de Moscou aux grands déserts américains), un long réquisitoire contre les méfaits des civilisations occidentales et une réflexion sur les frontières mouvantes entre folie et "normalité". Moravagine l'éventreur (mort à vagin) est aussi ce double sombre que Cendrars exorcise par l'écriture.

Il évoque ici une périlleuse expédition sur l'Orénoque.

Nous remontions l'Orénoque[1] sans parler.

Cela dura des semaines, des mois.

Il faisait une chaleur d'étuve.

Deux d'entre nous étaient toujours en train de ramer, le troisième s'occupait de pêche et de chasse. A l'aide de quelques branchages et des palmes, nous avions transformé notre chaloupe en carbet. Nous étions donc à l'ombre. Malgré cela, nous pelions, la peau nous tombait de partout et nos visages étaient tellement racornis que chacun de nous avait l'air de porter un masque. Et ce masque nouveau qui nous collait au visage, qui se rétrécissait, nous comprimait le crâne, nous meurtrissait, nous déformait le cerveau. Coincées, à l'étroit, nos pensées s'atrophiaient.

Vie mystérieuse de l'œil.

Agrandissement.

Milliards d'éphémères, d'infusoires, de bacilles, d'algues, de levures, regards, ferments du cerveau.

Silence.

Tout devenait monstrueux dans cette solitude aquatique, dans cette profondeur sylvestre, la chaloupe, nos ustensiles, nos gestes, nos mets, ce fleuve sans courant que nous remontions et qui allait s'élargissant, ces arbres

barbus, ces taillis élastiques, ces fourrés secrets, ces frondaisons séculaires, les lianes, toutes ces herbes sans nom, cette sève débordante, ce soleil prisonnier comme une nymphe et qui tissait, tissait son cocon, cette buée de chaleur que nous remorquions, ces nuages en formation, ces vapeurs molles, cette route ondoyante, cet océan de feuilles, de coton, d'étoupe, de lichens, de mousses, de grouillement d'étoiles, de ciel de velours, cette lune qui coulait comme un sirop, nos avirons feutrés, les remous, le silence.

Nous étions entourés de fougères arborescentes, de fleurs velues, de parfums charnus, d'humus glauque.

Ecoulement. Devenir. Compénétration. Tumescence. Boursouflure d'un bourgeon, éclosion d'une feuille, écorce poisseuse, fruit baveux, racine qui suce, graine qui distille. Germination. Champignonnage. Phosphorescence. Pourriture. Vie.

Vie, vie, vie, vie, vie, vie, vie, vie.

Mystérieuse présence pour laquelle éclatent à heure fixe les spectacles les plus grandioses de la nature.

Misère de l'impuissance humaine, comment ne pas en être épouvanté, c'était tous les jours la même chose!

VOCABULAIRE

étuve	*n. f.*	Salle de bain dont on élève la température pour provoquer la transpiration.
chaloupe	*n. f.*	Grand canot servant à transporter les passagers des navires à la côte.
carbet	*n. m.*	Petite cabane ou grande case ouverte servant d'abri.
racornir	*v. t.*	Dessécher, rendre dur.
rétrécir	*v. t.*	Rendre plus étroit.
	v. pr.	Devenir de plus en plus étroit.
comprimer	*v. t.*	Presser, serrer.
s'atrophier	*v. pr.*	(méd.) Diminuer de volume en parlant d'un membre ou d'un organe.
infusoires	*n. m. pl.*	纤毛虫纲
bacille	*n. m.*	Bactérie qui provoque souvent une maladie et a souvent la forme d'un bâtonnet. (杆菌)
levure	*n. f.*	Champignon unicellulaire qui produit la fermentation.
ferment	*n. m.*	Agent produisant la fermentation. (litt.) Ce qui fait naître une passion, une idée ou produit un changement.
sylvestre	*a.*	Propre aux forêts, aux bois.

taillis	*n.m.*	Partie d'un bois ou d'une forêt que l'on coupe à des intervalles rapprochés, constituée d'arbres de petite dimension.
fourré	*n.m.*	Massif épais de végétaux de taille moyenne, d'arbustes à branches basses.
frondaison	*n.f.*	Feuillage.
nymphe	*n.f.*	Nom des déesses qui hantent les bois, les montagnes, les fleuves, la mer, les rivières.
cocon	*n.m.*	Enveloppe tissée par des insectes avec leur long fil de soie.
étoupe	*n.f.*	La partie la plus grossière de la matière textile végétale non encore filée.
lichen	*n.m.*	Végétal qui vit sur le sol, les arbres, les pierres, le toit.
aviron	*n.m.*	La rame.
feutré, e	*a.*	Fait de feutre ou travaillé comme du feutre.
remous	*n.m.*	Tourbillon produit à l'arrière d'un bateau en marche.
fougère	*n.f.*	Plante à tige rampante souterraine.
arborescent, e	*a.*	Qui prend la forme de plusieurs rameaux.
velu, e	*a.*	Poilu.
charnu, e	*a.*	Formé de chair.
humus	*n.m.*	Terre formée par la décomposition des végétaux.
glauque	*a.*	D'un vert qui rappelle l'eau de mer peu claire.
tumescence	*n.f.*	Gonflement d'un organe.
boursouflure	*n.f.*	Gonflement que présente par endroits une surface unie.
éclosion	*n.f.*	Sortie de l'œuf; épanouissement.
poisseux, se	*a.*	Collant.
baveux, se	*a.*	Qui produit du liquide.
germination	*n.f.*	Ensemble du développement d'une graine.
phosphorescence	*n.f.*	Emission de lumière par certains êtres vivants ou quelques corps après être excités.

NOTES

1. Orénoque: Fleuve du Venezuela qui se jette dans l'Atlantique.

Paul MORAND
(1888—1976)

Paul Morand est né à Paris. Son père est artiste et directeur de l'Ecole des Arts décoratifs. Pour repréparer son baccalauréat qu'il a raté en 1905, on lui donne un précepteur: Jean Giraudoux, à qui il se lie. Il voyage, fait des études de droit, est excellent sportif. Attaché d'ambassade, il est envoyé à Londres peu après le début de la guerre de 1914. Il fréquente les salons parisiens, Proust et la princesse Soutzo, qu'il épouse au retour de quelques séjours dans les cabinets ministériels et les ambassades (Rome, Bangkok). Proust préface en 1921 son premier recueil, *Tendres stocks*, suivi de *Ouvert la nuit* (1922) et *Fermé la nuit* (1923) qui font de lui un écrivain aussi mondain qu'à la mode. Ce qu'il appelle son "âge snob".

En congé des Affaires étrangères, il s'installe à Paris, mène une existence de luxe et parcourt le monde à l'affût de la nouveauté et du changement. *L'Europe galante* (1925), *Magie noire* (1928), *Bouddha vivant* (1927), *Champions du monde* (1930) constituent ses "chroniques du XXe siècle". Ses tableaux de villes sont immédiatement célèbres: *New York* (1930), *Londres* (1933), autant que les nouvelles, art auquel il revient souvent (*Milady*, 1936). Après les accords de Munich—qu'il approuve—avec l'Allemagne hitlérienne (1938), il réintègre à sa demande les Affaires étrangères et représente la France à la commission internationale du Danube.

En 1939, il est nommé dans la mission française auprès du gouvernement anglais à Londres, rentre en France en juillet 1940, se met au service du régime collaborationniste (avec les nazis) de Vichy. Il publie à contretemps son roman le plus connu, *L'Homme pressé* (1941) et accepte du gouvernement pétainiste des missions importantes: ambassadeur à Budapest, puis à Berne où il est encore lorsque Paris est libéré (1944). Ce qui lui vaut d'être révoqué sans pension. Il s'installe en Suisse (Montreux, Vevey), puis en Espagne (Tanger) pour écrire. En 1955, il est réintégré aux Affaires étrangères pour pouvoir percevoir sa retraite d'ambassadeur. Il publie *Hécate et ses chiens*, *La Folle amoureuse* (1956), entre à l'Académie en 1968, donne un *Venise* très remarqué et meurt en juillet 1976.

New York
(1930)

Ecrivain du voyage, styliste, "dandy", Paul Morand a laissé quelques portraits remarquables de grandes villes. Sa phrase est d'une précision et d'une concision que l'on peut appeler "classiques". Certaines pages sur New York (1930) sont marquées par l'esprit hautain et les préjugés raciaux de l'homme du monde qu'est Morand. Ici, il donne une description de ce qui, dans les années 30, pouvait étonner un Européen, les grands hôtels de Manhattan et un mode de vie qui tend à se généraliser.

Comme la Pennsylvanie[1], le Belmont, le Mac Alpin ou l'Astor (qui eut le premier jardin sur le toit éclairé de girandoles au gaz) la clientèle du Waldorf est faite de commerçants et de provinciaux, typiquement américains et, à cause de cela, fort amusants à observer. Les ascenseurs de Waldorf ressemblent encore à des diligences et ne sont égalés que par la merveilleuse montgolfière capitonnée du Meurice, à Paris. Ces maisons ont généralement un nombre prodigieux de chambres, mais peu d'appartements; l'organisation est militaire; elles ne brillent pas par la cuisine; la morale est sévère, ainsi qu'en témoignent des sous-maîtresses installées à chaque étage derrière des pupitres, qui surveillent toutes les portes des couloirs. Les pièces de réception sont des palmeraies; des messieurs, le chapeau vissé sur la tête, y fument, dès le matin, de gros cigares, répartissent leur salive dans tous les crachoirs des environs et s'expriment en sonnant du nez; il y a des téléphones sur toutes les tables et les boys circulent en criant à tue-tête des numéros de chambre. On trouve dans les halls tout ce qu'on veut, sans avoir à sortir dans la rue; ce sont de petites villes à l'intérieur d'une grande; on y peut prendre ses billets de chemin de fer et de théâtre, son bain turc, ses consultations médicales; on s'y fait masser, on y loue les services de secrétaires, de sténo-dactylographes et on y donne ses ordres de Bourse à un représentant du Stock Exchange, installé sur place. Ces hôtels ne reçoivent pas seulement des résidents; ils s'ouvrent à tout le monde; ils sont le prolongement de la rue; on y entre sous tous les prétextes, pour y acheter des fleurs, un journal, manger un sandwich, donner un rendez-vous, prendre un café, sans parler de certains besoins qu'il est impossible de satisfaire ailleurs à New York. En outre, ce sont des bureaux de télégraphe, toujours pleins, car le newyorkais télégraphie par câble,

supercâble, lettre de fin de semaine, message de nuit à tarif réduit, mais n'écrit jamais.

Les hôtels modernes, Saint-Régis, Savoy, Plaza, Sherry Netherlands, Ritz Carban, Ambassador, se rapprochent davantage du type européen; ils sont plus silencieux que les précédents, beaucoup plus chers, les repas s'y prennent dans les chambres ou plutôt dans les appartements, car il n'est pas d'usage de recevoir en bas et il n'y a d'ailleurs presque plus de pièces communes.

VOCABULAIRE

montgolfière	*n. f.*	Aérostat formé d'une enveloppe remplie d'air chauffé. (热气球)
sous-maîtresse	*n. f.*	Surveillante et adjointe d'enseignement dans certains établissements de jeunes filles.
palmeraie	*n. f.*	Plantation de palmiers.
visser	*v. t.*	Fixer, faire tenir.
répartir	*v. t.*	Partager, distribuer d'après certaines règles.
salive	*n. f.*	Liquide produit par les glandes salivaires dans la bouche. (口水)
crachoir	*n. m.*	Petit récipient muni d'un couvercle dans lequel on peut cracher.
sténo-dactylographe	*n.*	Personne qui pratique à titre professionnel l'emploi combiné de la sténographie et de la dactylographie. (速记打字员)
télégraphier	*v. t.*	Transmettre par télégraphe.
supercâble	*n. m.*	Câble à haute vitesse.

NOTES

1. la Pennsylvanie: Etat de l'Est des Etats-Unis.

Georges BERNANOS
(1888—1948)

Formé par les Jésuites, catholique et monarchiste, Bernanos publie des romans qui, dans une atmosphère religieuse, montrent des personnages d'ecclésiastiques aux prises avec des forces maléfiques. A partir des années trente, Bernanos, qui rompt avec l'extrême-droite, écrit plusieurs grands pamphlets inspirés par les événements majeurs de son temps, où il dénonce les dangers de l'esprit de démission et de l'hypocrisie, les atrocités commises par les franquistes, soutenus par les milieux religieux, au cours de la Guerre d'Espagne ou encore le déshonneur de l'attitude de la France vis-à-vis de l'Allemagne nazie. Il poursuit l'écriture romanesque avec une œuvre qui connaît un très grand succès *Le Journal d'un curé de campagne*. Dans ses fictions comme dans ses écrits polémiques se manifestent la même volonté de stigmatiser la perte des valeurs spirituelles chrétiennes, et le même souci de lutter contre toutes les formes du mal et de la barbarie.

L'auteur qui affirme "J'ai la voix juste quand je parle en chrétien", conçoit l'écriture comme une forme d'ascèse: "La langue humaine ne peut être contrainte assez pour exprimer en termes abstraits la certitude d'une présence réelle." Cette œuvre exigeante, parfois véhémente, qui mêle les tons didactique et lyrique, vise, en exerçant sur le lecteur un ébranlement de sa sensibilité, à le sortir de ce que Bernanos nomme "son invraisemblable sécurité".

Le Journal d'un curé de campagne
(1936)

Bernanos choisit, pour mettre en scène les débats intérieurs d'un curé de campagne solitaire, comme exilé parmi les êtres dont il a la charge, la forme du journal intime. Cet extrait est une méditation sur la prière, expérience qui ne peut être décrite, dans le langage, qu'en creux, par la voie négative. Terriblement exigeante, la prière est, chez Bernanos, un mode d'accès privilégié à la joie.

Encore une nuit affreuse, un sommeil coupé de cauchemars. Il pleuvait si fort que je n'ai osé aller jusqu'à l'église. Jamais je ne me suis tant efforcé de prier, d'abord posément, calmement, puis avec une sorte de violence concentrée, farouche, et enfin—le sang-froid retrouvé à grand-peine—avec une volonté presque désespérée (ce dernier mot me fait horreur), un emportement de volonté, dont tout mon cœur tremblait d'angoisse. Rien.

Oh! je sais parfaitement que le désir de la prière est déjà une prière, et que Dieu n'en saurait demander plus. Mais je ne m'acquittais pas d'un devoir. La prière m'était à ce moment aussi indispensable que l'air à mes poumons, que l'oxygène à mon sang. Derrière moi, ce n'était plus la vie quotidienne, familière, à laquelle on vient d'échapper d'un élan, tout en gardant de soi-même la certitude d'y entrer dès qu'on le voudra. Derrière moi il n'y avait rien. Et devant moi un mur, un mur noir.

Nous nous faisons généralement de la prière une si absurde idée! Comment ceux qui ne la connaissent guère—peu ou pas osent-ils en parler avec tant de légèreté? Un trappiste, un chartreux travaillera des années pour devenir un homme de prière, et le premier étourdi venu prétendra juger de l'effort de toute une vie! Si la prière était réellement ce qu'ils pensent, une sorte de bavardage, le dialogue d'un maniaque avec son ombre, ou moins encore—une vaine et superstitieuse requête en vue d'obtenir les biens de ce monde—, serait-il croyable que des milliers d'êtres y trouvassent jusqu'à leur dernier jour, je ne dis pas même tant de douceurs—ils se méfient des consolations sensibles—mais une dure, forte et plénière joie! Oh! sans doute, les savants parlent de suggestion. C'est qu'ils n'ont sûrement jamais vu de ces vieux moines, si réfléchis, si sages, au jugement inflexible, et pourtant tout rayonnants d'entendement et de compassion, d'une humanité si tendre. Par quel miracle ces demi-fous, prisonniers d'un rêve, ces dormeurs éveillés semblent-ils entrer plus avant chaque jour dans l'intelligence des misères d'autrui. Etrange rêve, singulier opium qui, loin de replier l'individu sur lui-même, de l'isoler de ses semblables, le fait solidaire de tous, dans l'esprit de l'universelle charité!

J'ose à peine risquer cette comparaison, je prie qu'on l'excuse, mais peut-être satisfera-t-elle un grand nombre de gens dont on ne peut attendre aucune réflexion personnelle s'ils n'y sont d'abord encouragés par quelque image inattendue qui les déconcerte. Pour avoir quelquefois frappé au hasard, du bout des doigts, les touches d'un piano, un homme sensé se croirait-il autorisé à juger de haut la musique Et si telle symphonie de Beethoven, telle fugue de Bach le laisse froid, s'il doit se contenter d'observer sur le visage d'autrui le reflet des hautes délices inaccessibles, n'en accusera-t-il pas que

lui-même?

Hélas! on en croira sur parole des psychiatres, et l'unanime témoignage des Saints sera tenu pour peu ou pour rien. Ils auront beau soutenir que cette sorte d'approfondissement intérieur ne ressemble à aucun autre, qu'au lieu de nous découvrir à mesure notre propre complexité il aboutit à une soudaine et totale illumination qu'il débouche dans l'azur, on se contentera de hausser les épaules. Quel homme de prières a-t-il pourtant jamais avoué que la prière l'ait déçu?

VOCABULAIRE

trappiste	*n.m.*	Religieux de l'ordre des Cisterciens réformés de la stricte observance ou de la Trappe. (特拉伯苦修会会士)
chartreux, se	*n.*	Religieux, religieuse de l'ordre de Saint-Bruno.
étourdi, e	*a.* et *n.*	Qui agit sans réflexion, sans attention.
plénier, ère	*a.*	Entier, complet, total.
entendement	*n.m.*	Faculté de comprendre.
compassion	*n.f.*	Sentiment qui porte à plaindre et partager les maux d'autrui.
déconcerter	*v.t.*	Faire perdre contenance à qqn., jeter dans l'incertitude
psychiatre	*n.*	Médecin qui traite les maladies mentales.
unanime	*a.*	Qui ont tous la même opinion, le même avis.
miséricordieux, se	*a.*	Qui a de la compassion.
torpeur	*n.f.*	Diminution de la sensibilité, de l'activité; engourdissement.
défaillance	*n.f.*	Evanouissement, faiblesse.
hargneux, se	*a.*	Qui est très en colère, qui est agressif et méchant.

Les Grands Cimetières sous la lune
(1938)

Séjournant aux Baléares, témoin, dans ces îles, de la compromission des autorités religieuses avec les franquistes et leurs alliés (Italie et Allemagne), Bernanos dénonce ici la violence de l'épuration. L'efficacité de ce pamphlet trouve sa source à la fois dans la dramatisation de la mise en scène de

l'épuration et dans la constante prise à partie du lecteur.

La première phase d'épuration dura quatre mois. Au cours de ces quatre mois, l'étranger, premier responsable de ces tueries, ne manqua pas de figurer à la place d'honneur, dans toutes les manifestations religieuses. Il était généralement assisté d'un aumônier recruté sur place, tout culotté, tout botté, la croix blanche sur la poitrine, les pistolets à la ceinture. (Ce prêtre fut d'ailleurs fusillé depuis par les militaires). Nul n'aurait osé mettre en doute les pouvoirs discrétionnaires du général italien. Je sais un pauvre religieux qui le supplia humblement d'épargner la vie de trois jeunes femmes prisonnières d'origine mexicaine, qu'après les avoir confessées, il jugeait sans malice. "C'est bien, répondit le comte qui s'apprêtait à se mettre au lit, j'en parlerai à mon oreiller." Le lendemain matin, il les fit abattre par ses hommes.

Ainsi, jusqu'en décembre, les chemins creux de l'île, aux alentours des cimetières, reçurent régulièrement leur funèbre moisson de mal-pensants. Ouvriers, paysans, mais aussi bourgeois, pharmaciens, notaires. Comme je demandais à un médecin ami le cliché fait quelque temps auparavant par un de ses confrères radiologues—le seul radiologue de Palma—il me répondit en souriant: "Je me demande si on retrouvera l'objet... Ce pauvre X... a été emmené en promenade l'autre jour." Ces faits sont connus de tous.

Une fois presque terminée l'épuration sur place, il fallut penser aux prisons. Elles étaient pleines, vous pensez! Pleins aussi les camps de concentration. Pleins encore les bateaux désarmés[1], les sinistres pontons gardés nuit et jour, sur lesquels, par excès de précaution, dès la nuit close, passait et repassait le lugubre pinceau d'un phare, que je voyais de mon lit, hélas! Alors commença la seconde phase, celle de l'épuration des prisons.

Car un grand nombre de ces suspects, hommes ou femmes, échappaient à la loi martiale[2] faute du moindre délit matériel susceptible d'être retenu par un Conseil de guerre. On commença donc à les relâcher par groupes, selon leur lieu d'origine. A mi-chemin, on vidait la cargaison dans le fossé.

Je sais... Vous ne me laissez pas continuer. Combien de morts? Cinquante?Cent?Cinq cents?Le chiffre que je vais donner a été fourni par un des chefs de la répression palmesane. L'évaluation populaire est bien différente. N'importe. Au début de mars 1937, après sept mois de guerre civile, on comptait trois mille de ces assassinats. Sept mois font deux cent dix jours, soit quinze exécutions par jour en moyenne. Je me permets de rappeler que la petite île peut être facilement traversée en deux heures de bout en bout. Un automobiliste curieux, au prix d'un peu de fatigue, eût donc tenu facilement la gageure de voir éclater quinze têtes mal pensantes par jour. Ces chiffres ne sont pas ignorés de Mgr l'évêque de Palma.

Evidemment, cela vous coûte à lire. Il m'en coûte aussi de l'écrire. Il m'en a plus coûté encore de voir, d'entendre.

VOCABULAIRE

épuration	*n. f.*	Action de rendre pur; notion de nettoyage.
tuerie	*n. f.*	Carnage.
aumônier	*n. m.*	Ecclésiastique qui desservait la chapelle d'un grand, d'un prélat. (小教堂主持神甫;布道神甫)
culotté, e	*a.*	Noirci.
botté, e	*a.*	Chaussé de bottes.
discrétionnaire	*a.*	Qui est laissé à discuter, à juger.
pouvoir discrétionnaire		faculté qui lui est laissé de prendre des mesures hors de règles établies.
confesser	*v. t.*	Déclarer ses péchés à un prêtre.
cliché	*n. m.*	Plaque ou pellicule impressionnée par la lumière.
ponton	*n. m.*	Plate-forme flottante reliée à la terre.
lugubre	*a.*	Qui a le caractère sombre du deuil.
pinceau	*n. m.*	Etroit faisceau de rayons lumineux.
cargaison	*n. f.*	Ensemble des marchandises dont est chargé un navire ou un avion.
exécution	*n. f.*	Action de mettre à mort.
gageure	*n. f.*	Action si étrange, si difficile qu'elle semble relever d'un défi.

NOTES

1. les bateaux désarmés: les bateaux débarrassés de leur matériel mobile.
2. la loi martiale: la loi qui autorise l'emploi de la force armée pour le maintien de l'ordre.

Louis-Ferdinand CELINE, pseudonyme de Louis Destouches (1894—1961)

C'est dans les différents événements de son existence mouvementée que

Céline puisera la matière de ses romans, qualifiés par la critique de "romans-autobiographies". Né près de Paris, dans une famille de la petite bourgeoisie aisée, Céline s'engage dans les cuirassiers dès 1912. Blessé au cours des premiers mois de la Grande Guerre, il est affecté à Londres, ville qui lui fournira le cadre de *Guignol's Band I* (1944) et *Guignol's Band II* (1964). Réformé, il voyage au Cameroun. Après la guerre, il entreprend des études de médecine et effectue des missions sanitaires en Afrique et en Amérique du Nord pour la Société des Nations. Rentré à Paris en 1928, il exerce dans un dispensaire de la banlieue pauvre et publie un premier roman qui connaît un très grand succès, *Voyage au bout de la nuit* (1932). Après un second ouvrage, qui obtient un succès de scandale, *Mort à crédit* (1936), Céline écrit des pamphlets anticommunistes (*Mea Culpa*, 1936), antisémites et prohitlériens (*Bagatelles pour un massacre*, 1937; *L'Ecole des Cadavres*, 1938; *Les Beaux Draps*, 1941). Il s'enfuit de Paris en juin 1944 et erre à travers l'Allemagne. De novembre 1944 à mars 1945, il séjourne à Sigmaringen, où s'est réfugié le gouvernement de Vichy. Emprisonné au Danemark de 1945 à 1946, il ne rentre en France qu'après son amnistie en 1951.

Il ouvre un cabinet médical à Meudon, près de Paris, mais se consacre avant tout à la publication de ses derniers romans, qui sont tous inspirés par différents épisodes de la guerre. *Féerie pour une autre fois I* (1952) et *Féerie pour une autre fois II—Normance* (1954) évoquent l'épuration et l'emprisonnement au Danemark; la trilogie *D'un château l'autre* (1957), *Nord* (1960) et *Rigodon* (1969) se réfère au séjour à Sigmaringen et aux pérégrinations dans l'Allemagne de la débâcle.

Céline est tenu pour l'un des écrivains majeurs du XXe siècle. L'originalité de son œuvre réside dans la mise au point d'un "style émotif", fondé sur l'invention verbale, la création de néologismes, la collision des différents registres de la langue, l'imitation du parler populaire ou argotique dans l'écrit. L'émotion naît également d'un travail spécifique sur le démantèlement de la syntaxe, le rythme et le souffle, ce que l'auteur nomme sa "petite musique". La fascination de Céline pour les processus mortifères, la représentation souvent abjecte qu'il donne de la nature humaine, surtout, la violence des propos antisémites font de cette œuvre l'objet de constantes polémiques.

Voyage au bout de la nuit
(1932)

L'expérience de la guerre de 1914—1918, dont il garde des séquelles à la fois physiques et psychiques, fut décisive pour Céline. Elle constitue l'étape initiale et emblématique de la trajectoire du héros de Voyage au bout de la nuit*: la critique de la folie meurtrière des hommes en guerre, le regard distancié du narrateur-personnage, le choix d'une parole quasi pamphlétaire, donnent, dès les premières pages, la tonalité fondamentale du roman.*

Une fois qu'on y est, on y est bien. Ils nous firent monter à cheval et puis au bout de deux mois qu'on était là-dessus, remis à pied. Peut-être à cause que ça coûtait trop cher. Enfin, un matin, le colonel cherchait sa monture, son ordonnance était parti avec, on ne savait pas où, dans un petit endroit sans doute où les balles passaient moins facilement qu'au milieu de la route. Car c'est là précisément qu'on avait fini par se mettre, le colonel et moi, au beau milieu de la route, moi tenant son registre où il inscrivait des ordres.

Tout au loin sur la chaussée, aussi loin qu'on pouvait voir, il y avait deux points noirs, au milieu, comme nous, mais c'était deux Allemands bien occupés à tirer depuis un bon quart d'heure.

Lui, notre colonel, savait peut-être pourquoi ces deux gens-là tiraient, les Allemands aussi peut-être qu'ils savaient, mais moi, vraiment, je savais pas. Aussi loin que je cherchais dans ma mémoire, je ne leur avais rien fait aux Allemands. J'avais toujours été bien aimable et bien poli avec eux. Je les connaissais un peu les Allemands, j'avais même été à l'école chez eux, étant petit, aux environs de Hanovre. J'avais parlé leur langue. C'était alors une masse de petits crétins gueulards avec des yeux pâles et furtifs comme ceux des loups; on allait toucher ensemble les filles après l'école dans les bois d'alentour, où on tirait aussi à l'arbalète et au pistolet qu'on achetait même quatre marks. On buvait de la bière sucrée. Mais de là à nous tirer maintenant dans le coffret, sans même venir nous parler d'abord et en plein milieu de la route, il y avait de la marge et même un abîme. Trop de différence.

La guerre en somme c'était tout ce qu'on ne comprenait pas. Ça ne pouvait pas continuer. Il s'était donc passé dans ces gens-là quelque chose d'extraordinaire? Que je ne ressentais, moi, pas du tout. J'avais pas dû m'en apercevoir...

Mes sentiments toujours n'avaient pas changé à leur égard. J'avais comme envie malgré tout d'essayer de comprendre leur brutalité, mais plus encore j'avais envie de m'en aller, énormément, absolument, tellement tout cela m'apparaissait soudain comme l'effet d'une formidable erreur.

"Dans une histoire pareille, il n'y a rien à faire, il n'y a qu'à foutre le camp[1]", que je me disais, après tout...

Au-dessus de nos têtes, à deux millimètres, à un millimètre peut-être des tempes, venaient virer l'un derrière l'autre ces longs fils d'acier tentants que tracent les balles qui veulent vous tuer, dans l'air chaud d'été.

Jamais je ne m'étais senti aussi inutile parmi toutes ces balles et les lumières de ce soleil. Une immense, universelle moquerie.

Je n'avais que vingt ans d'âge à ce moment-là.

VOCABULAIRE

monture	*n. f.*	La bête sur laquelle on monte pour se faire transporter.
ordonnance	*n. f.*	Cavalier servant de messager à un officier supérieur ou général.
registre	*n. m.*	Cahier sur lequel on note ce dont on veut garder la mémoire.
crétin, e	*n.*	Idiot.
gueulard, e	*a.* et *n.*	(Région) Gourmand.
arbalète	*n. f.*	Arme de trait composé d'un arc monté sur un fût tendu à la main ou par un mécanisme. (弩)

NOTES

1. à foutre le camp: S'en aller, s'enfuir, partir.

Mort à crédit
(1936)

A contre-courant des auteurs qui font de leur enfance un paradis perdu, Céline donne, dans son roman-autobiographie Mort à crédit, une vision de ses expériences d'enfant et d'adolescent qui vise souvent à provoquer

indistinctement pitié et répulsion. Dans cet extrait, l'échec d'une invention imaginée par le patron de Ferdinand (la création d'une nouvelle variété de pomme de terre) donne lieu à la description quasi apocalyptique d'une putréfaction généralisée.

Ce fut vraiment impossible de dissimuler très longtemps une telle invasion de vermine... Le champ grouillait, même en surface... La pourriture s'étendait encore... on avait beau émonder, extirper, sarcler, toujours davantage... ça n'y faisait rien du tout... Ça a fini par se savoir dans toute la région... Les péquenots sont revenus fouiner... Ils déterraient nos pommes de terre pour se rendre mieux compte!... Ils ont fait porter au Préfet des échantillons de nos cultures!... avec un rapport des gendarmes sur nos agissements bizarres!... Et même des bourriches entières qu'ils ont expédiées, absolument farcies de larves, jusqu'à Paris, au Directeur du Muséum!... Ça devenait le grand événement!... D'après les horribles rumeurs, c'est nous qu'étions les fautifs, les originaux créateurs d'une pestilence agricole!... entièrement nouvelle... d'un inouï fléau maraîcher!...

Par l'effet des ondes intensives, par nos "inductions" maléfiques, par l'agencement infernal des mille réseaux en laiton nous avions corrompu la terre!... provoqué le Génie des larves[1]!... en pleine nature innoncente!... Nous venions là de faire naître, à Blême-le-Petit, une race tout à fait spéciale d'asticots entièrement vicieux, effroyablement corrosifs, qui s'attaquaient à toutes les semences, à n'importe quelle plante ou racine!... aux arbres même! aux récoltes! aux chaumières! à la structure des sillons! à tous les produits laitiers!... n'épargnaient absolument rien!... Corrompant, suçant, dissolvant... Croûtant même le soc des charrues!... Résorbant, digérant la pierre, le silex, aussi bien que le haricot! Tout sur son passage! En surface, en profondeur!... Le cadavre ou la pomme de terre!... Tout absolument!... Et prospérant, notons-le, au cœur de l'hiver!... Se fortifiant de froids intenses!... Se propageant à foison, par lourdes myriades!... de plus en plus inassouvibles!... à travers monts! plaines! et vallées!... et à la vitesse électrique!... grâce aux effluves de nos machines!... Bientôt tout l'arrondissement ne serait plus autour de Blême qu'un énorme champ tout pourri!... Une tourbe abjecte!... Une vasque cloaque d'asticots!... Un séisme en larves grouilleuses!... Après ça serait le tour de Persant!... et puis celui de Saligons!... C'était ça les perspectives!... On pouvait pas encore prédire où et quand ça finirait!... Si jamais on aurait le moyen de circonscrire la catastrophe!... Il fallait d'abord qu'on attende le résultat des analyses!...

Ça pouvait très bien se propager à toutes les racines de la France... Bouffer complètement la campagne!... Qu'il reste plus rien que des cailloux sur tout le territoire!... Que nos asticots rendent l'Europe absolument incultivable... Plus qu'un désert de pourriture!... Alors du coup, c'est le cas de le dire, on parlerait de notre grand fléau de Blême-le-Petit... très loin à travers les âges... comme on parle de ceux de la Bible encore aujourd'hui...

VOCABULAIRE

vermine	*n. f.*	Insectes parasites. Sens figuré: Ensemble nombreux d'individus méprisables.
grouiller	*v. i.*	Remuer, s'agiter en masse confuse.
pourriture	*n. f.*	Altération profonde, décomposition des tissus organiques.
émonder	*v. t.*	Débarrasser (un arbre) des branches mortes ou inutiles.
extirper	*v. t.*	Arracher (une plante) avec ses racines, de sorte qu'elle ne puisse pas repousser.
sarcler	*v. t.*	Arracher en extirpant les racines, avec un outil.
péquenot	*n. m.*	Paysan.
fouiner	*v. i.*	Fouiller indiscrètement.
échantillon	*n. f.*	Spécimen remarquable d'une espèce, d'un genre.
agissements	*n. m. pl.*	Suite de procédés et de manœuvres.
bourriche	*n. f.*	Panier sans anse.
farcir	*v. t.*	Remplir.
larve	*n. m.*	Forme embryonnaire (des animaux à métamorphoses), à vie libre hors de l'œuf. (幼虫) (Sens figuré) Fantôme.
fautif	*n.*	Qui est en faute.
pestilence	*n. f.*	Odeur infecte.
fléau	*n. m.*	Calamité qui s'abat sur un peuple. (灾祸)
maraîcher	*n.*	Exploitant agricole qui cultive des légumes.
induction	*n. f.*	Transmission d'énergie électrique ou magnétique par l'intermédiaire d'un aiment ou d'un courant.
maléfique	*a.*	Doué d'une action néfaste et occulte.
agencement	*n. m.*	Arrangement résultant d'une combinaison.
infernal	*a.*	Qui évoque l'enfer ou le mal, qui est difficilement supportable.
laiton	*n. m.*	Alliage de cuivre et de zinc.

provoquer	*v. t.*	Inciter, pousser qqn à une action.
asticot	*n. m.*	Larve de la mouche à viande utilisée comme appât pour la pêche. (Sens figuré) Bonhomme, type.
vicieux	*a.*	Qui a des vices, de mauvais penchants.
corrosif	*a.*	Qui a la propriété de détruire lentement, progressivement, par une action chimique.
chaumière	*n. f.*	Petite maison couverte de paille.
croûter	*v. i.*	Manger.
soc	*n. m.*	Lame de la charrue qui tranche horizontalement la terre.
résorber	*v. t.*	Faire disparaître par la circulation sanguine ou lymphatique.（吸收，使消失）
silex	*n. m.*	Roche sédimentaire siliceux, très dure, à grain très fin.（火石）
à foison		En grande quantité
myriade	*n. f.*	Très grand nombre, quantité immense.
inassouvible	*a.*	Qui n'est pas satisfait.
effluves	*n. m. pl.*	Emanations qui se dégagent d'un corps vivant, ou de certaines substances.
circonscrire	*v. t.*	Limiter, empêcher de dépasser une limite.
bouffer	*v. i.*	(Vulg.) Se gonfler et augmenter de volume.

NOTES

1. le Génie des larves: Dans l'antiquité romaine, esprits des morts, dangereux pour les vivants.

Guignol's Band I
(1944)

Dans cet extrait qui se présente sous la forme d'un dialogue fictif avec un lecteur critique, Céline expose la nature et les enjeux de son écriture: l'introduction de termes argotiques, l'obscénité des propos, la torsion de la phrase, l'utilisation d'une ponctuation souvent jugée excessive visent à se démarquer de la rhétorique académique, dont il est l'héritier, et à créer un

langage qui soit au plus près de l'émotion.

—Ah! mais il y a les "merde"! Grossièretés! C'est ça qu'attire votre clientèle!

—Oh! je vous vois venir! C'est bien vite dit! Faut les placer! Essayez donc! Chie pas juste qui veut! Ça serait trop commode!

Je vous mets un petit peu au courant, je vous fais passer par la coulisse pour que vous vous fassiez pas d'idées... au début je m'en faisais aussi... maintenant je m'en fais plus... l'expérience...

C'est même drôle ça bavache s'échauffe là tout autour... Ça discute des trois points ou pas... si c'est se foutre du monde... et puis encore et ci et ça... le genre qu'il se donne!... l'affectation... etc... et patati!... et les virgules!... mais personne me demande moi ce que je pense!... et l'on fait des comparaisons... Je suis pas jaloux je vous prie de le croire!... Ah! ce que je m'en fous! Tant mieux pour les autres de livres!... Mais moi n'est-ce pas je peux pas les lire... Je les trouve en projets, pas écrits, mort-nés, ni faits ni à faire, la vie qui manque...[1] c'est pas grand'chose... ou bien alors ils ont vécu tout à la phrase[2], tout hideux noirs, tout lourds à l'encre, morts phrasibules, morts rhétoreux. Ah! que c'est triste! Chacun son goût.

Au diable l'infirme! vous direz-vous... Je vous passerai mon infirmité, vous pourrez plus lire une seule phrase! Et puisqu'on est dans les secrets je vais encore vous en dire un autre... abominable alors horrible!... vraiment absolument funeste... que j'aime mieux le partager tout de suite!... et qui m'a tout faussé la vie...

Faut que je vous avoue mon grand-père, Auguste Destouches par son nom, qu'en faisait lui de la rhétorique, qu'était même professeur pour ça au lycée du Havre et brillant vers 1855.

C'est dire que je me méfie atroce! Si j'ai l'inclination innée!

Je possède tous ses écrits de grand-père, ses liasses, ses brouillons, des pleins tiroirs! Ah! redoutables! Il faisait les discours du Préfet, je vous assure dans un sacré style! Si il l'avait l'adjectif sûr! s'il la piquait bien la fleurette! Jamais un faux pas[3]! Mousse et pampre! Fils des Gracques! la Sentence et tout! En vers comme en prose! Il remportait toutes les médailles de l'Académie Française.

Je les conserve avec émotion.

C'est mon ancêtre! Si je la connais un peu la langue et pas d'hier comme tant et tant! Je le dis tout de suite! dans les finesses!

J'ai débourré tous mes "effets", mes "litotes" et mes "pertinences" dedans mes couches...[4]

Ah! j'en veux plus! je m'en ferais crever! Mon grand-père Auguste est d'avis. Il me le dit de là-haut, il me l'insuffle, du ciel au fond...

—Enfant, pas de phrases!...

Il sait ce qu'il faut pour que ça tourne. Je fais tourner!

Ah! je suis intransigeant farouche! Si je retombais dans les "périodes"[5]!... Trois points!... dix! douze points! au secours! Plus rien du tout s'il le fallait! Voilà comme je suis!

Le Jazz a renversé la valse, l'Impressionnisme a tué le "faux-jour", vous écrirez "télégraphique" ou vous écrirez plus du tout!

L'Emoi c'est tout dans la Vie!
Faut savoir en profiter!
L'Emoi c'est tout dans la Vie!
Quand on est mort c'est fini!

VOCABULAIRE

merde	*interj.*	(Fam.) Exclamation de colère, d'impatience, de mépris.
chier	*v. i.*	(Très vulgaire) Se décharger le ventre des excréments.
coulisse	*n. f.*	Partie d'un théâtre située les côtés et en arrière de la scène, derrière les décors, et qui est cachée aux spectateurs.
se foutre (de)	*v. pr.*	Se moquer (de).
patati (patata)	*interj.*	(Fam.) Evoque un long bavardage.
infirme	*a.*	Invalide.
infirmité	*n. f.*	Invalidité.
fausser	*v. t.*	Rendre faux, déformer la vérité.
rhétorique	*n. f.*	Art de bien parler, de bien écrire.
atroce	*a.*	Qui est horrible.
liasse	*n. f.*	Amas de papiers liés ensemble.
pampre	*n. m.*	Branche de vigne avec ses feuilles et ses grappes.
débourrer	*v. t.*	Débarrasser (de la bourre, du poil qui n'est plus bon).
litote	*n. f.*	Figure rhétorique qui consiste à atténuer l'expression de sa pensée pour faire entendre le plus en disant le moins.
pertinence	*n. f.*	Qualité de ce qui convient à l'objet dont il s'agit, de ce qui est conforme à la raison, au bon sens.
intransigeant, e	*a.*	Qui n'admet aucune concession.

faux-jour	*n.m.*	Eclairement oblique ou faible qui ne permet pas de distinguer nettement ce qu'on voit.
émoi	*n.m.*	Agitation.

NOTES

1. Je les trouve en projets, pas écrits, morts-nés, ni fait ni à faire... : Je trouve que ces livres n'ont pas encore été écrits, ils sont seulement en projet. Je trouve que ces livres ne sont pas encore faits et ne sont pas à faire. Quoi que ces livres ne soient pas encore nés, ils sont déjà morts.
2. ... alors ils ont vécu tout à la phrase, ... : ... alors, il n'y a que la phrase, le texte n'existe pas, ...
3. Jamais un faux pas! : Il n'y a jamais une erreur.
4. J'ai débourré tous mes "effets", mes "litotes" et mes "pertinences" dedans mes couches... : Je n'accorde aucune attention aux effets, aux litotes et aux pertinences dans tous mes écrits.
5. Si je retombais dans les "périodes"! : Si je retombais dans des phases académiques!

Jean GIONO
(1895—1970)

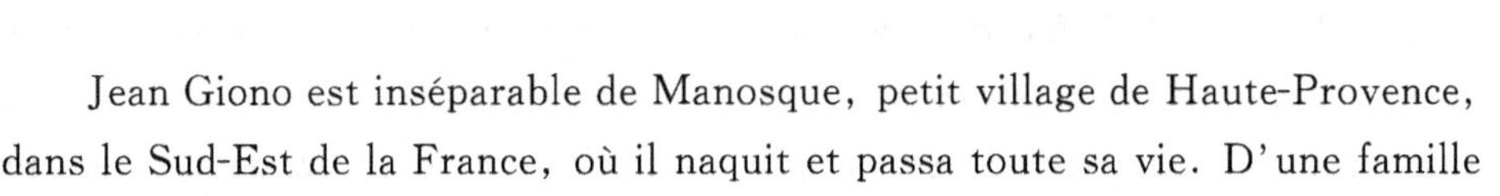

Jean Giono est inséparable de Manosque, petit village de Haute-Provence, dans le Sud-Est de la France, où il naquit et passa toute sa vie. D'une famille d'origine italienne très modeste, Giono a compensé la brièveté de ses études par la lecture personnelle des classiques (Homère, Virgile, la Bible).

La guerre de 1914—1918 dont il évoquera le souvenir horrifié dans *Le Grand Troupeau* (1931), déterminera son inconditionnel pacifisme. Dans ses premiers livres (*Colline*, 1928; *Un de Baumugnes*, 1929; *Regain*, 1930; *Jean le Bleu* 1932, en partie autobiographique...), Giono chantre de la Provence, exalte la terre et la nature, dont l'homme n'est qu'un élément. Bientôt, Giono devient le propagandiste des valeurs du retour à la terre, avec pour corollaire la condamnation de la civilisation urbaine et industrielle—*Que ma joie demeure* (1935), *Les vraies Richesses* (1936). Les *Cahiers* se feront l'écho de ce pacifisme doublé d'un socialisme utopique.

Après la sévère désillusion de la Seconde Guerre mondiale, le militant

cèdera la place au conteur, réaliste et classique, des *Chroniques*: *Un Roi sans divertissement* (1947), *Noé* (1947), *Les Ames fortes* (1949), *Le Hussard sur le toit* (1951).

Le Hussard sur le toit
(1951)

Le Hussard sur le toit est salué comme le chef-d'œuvre de Giono. Angelo, le héros, est un jeune colonel italien de hussards, fils naturel d'une duchesse qui lui a acheté son titre de colonel (d'où l'allusion à la condition de "bâtard" et aux "lettres de noblesse"). En 1838, par un été torride, il traverse la Haute-Provence, ravagée par le choléra. A Manosque, il seconde une vieille nonne qui nettoie et ensevelit les cadavres; c'est pour lui l'occasion de s'interroger, en rappelant le souvenir d'un jeune médecin français mort à la tâche, sur les raisons profondes du dévouement. Ce monologue est caractéristique de la chronique, par un style rapide et dépouillé, par la réflexion qu'il fait sur la condition humaine et par l'ironie, le détachement et la lucidité du ton.

Il était certes l'image même de la conscience, seul vivant au milieu des cadavres et cherchant à sauver. Mais, est-ce qu'il était là pour faire son devoir ou pour se satisfaire? Est-ce qu'il était obligé de se contraindre ou est-ce qu'il prenait du plaisir? Sa façon de chercher ceux qu'il appelait *les derniers* jusque derrière les lits, est-ce que ce n'est pas la façon des chiens de chasse? Et s'il avait réussi à en sauver un, est-ce que sa satisfaction serait venue simplement de voir la vie recréée ou bien de se sentir capable de recréer la vie? Est-ce qu'il n'était pas tout simplement en train de faire enregistrer ses lettres de noblesse? Tous les bâtards en sont là. N'est-ce pas pourquoi je l'admirais; c'est-à-dire je l'enviais? N'est-ce pas pour avoir les mêmes cachets que lui sur mes patentes que je suis resté avec lui? Les hommes de valeur ont toujours tous, plus ou moins, le cul entre deux chaises. Y aurait-il dévouement sans envie de se faire plaisir à soi-même? Et envie irrésistible? Voilà un saint. Un héros lâche, voilà l'ange. Mais, un héros courageux, quel mérite y a-t-il? Il se faisait plaisir. Il se satisfait. Ce sont les hommes, mâle et femelle dont parlent les prêtres; qui s'y entendent: ils se satisfont d'eux-mêmes. Y a-t-il jamais dévouement désintéressé? Et même, ajoutait-il, s'il existe, l'absence totale d'intérêt n'est-elle pas alors le signe de l'orgueil le plus pur?

Soyons franc jusqu'au bout, se disait-il, cette lutte pour la liberté, et même pour la liberté du peuple que j'ai entreprise, pour laquelle j'ai tué (avec mes grâces habituelles, il est vrai), pour laquelle j'ai sacrifié une situation honorifique (achetée à beaux deniers par ma mère, il est vrai), est-ce que je l'ai entreprise vraiment parce que je la crois juste? Oui et non. Oui parce qu'il est très difficile d'être franc avec soi-même. Non parce qu'il faut faire un effort de franchise et qu'il est inutile de se mentir à soi-même (inutile mais commode et habituel). Bon. Admettons que je la crois juste. Tout le plaisir quotidien de la lutte, tous les avantages d'orgueil et de classement que cette lutte me procure, n'y pensons pas, repoussons tout ça dans les trente-sixièmes dessous. Cette lutte est juste et c'est pour sa justice que je l'ai entreprise. Sa justice... Sa justice pure et simple, ou bien l'estime que j'ai pour moi-même du moment que j'entreprends de combattre pour la justice? Il est incontestable qu'une cause juste, si je m'y dévoue, sert mon orgueil. Mais je sers les autres. Par surcroît seulement. Tu vois bien que déjà le mot peuple peut être enlevé du débat sans inconvénient. Je pourrais même mettre n'importe quoi à la place du mot liberté, à la seule condition que je remplace le mot liberté par un équivalent. Je veux dire un mot qui ait la même valeur générale, aussi noble et *aussi vague*. Alors, la lutte? Oui, ce mot-là peut rester. La lutte. C'est-à-dire une épreuve de force. Dans laquelle j'espère être le plus fort. Au fond, tout revient à: "Vive moi!"

VOCABULAIRE

se contraindre	*v. pr.*	S'obliger (à).
bâtard	*n. et a.*	Qui est né hors du mariage.
cachet	*n. m.*	Tampon en métal ou en caoutchouc portant en relief le nom, la raison sociale, etc. de son possesseur; empreinte apposée à l'aide de ce tampon.
patente	*n. f.*	Ecrit émanant du roi, d'un corps qui établissait un droit ou un privilège.
dévouement	*n. m.*	Action de se dévouer à qqn, à qqch; disposition à servir.
procurer	*v. t.*	Obtenir, apporter pour qqn.

Henri de MONTHERLANT
(1896—1972)

Fasciné à la fois par le christianisme, qui imprègne son éducation, et par les modèles de la Rome antique, tour à tour apologiste du sacrifice guerrier, de la tauromachie et des mythes solaires auxquels elle est liée (*Les bestiaires*, 1926), Montherlant développe dans son œuvre romanesque (*Les jeunes filles*, 1936—1939; *La Rose de sable*, 1967, *Les célibataires*, 1934; *Un assassin est mon maître*, 1971) et dans son œuvre théâtrale (*Malatesta*, 1950; *Le maître de Santiago*, 1948; *La reine morte*, 1942) une morale singulière et exigeante caractérisée à la fois par un ascétisme aristocratique et virtuellement nihiliste, et par une recherche savante du bonheur identique à une revendication associale de liberté.

La Rose de sable[1]
(1967)

Dans le passage qui suit, l'auteur nous fait assister à la transformation du personnage principal, le jeune lieutenant Auligny, en train de s'éprendre d'une jeune prostituée marocaine du nom de Ram.

Ce soir-là, à huit heures et demie, le lieutenant est assis dans sa chambre, à sa table couverte de sable qu'il n'a pas épousseté, la porte ouverte sur la cour du bord. Ce n'est pas un amant ordinaire, avec seulement un amour qui a éclaté et qui lui fait dans le cœur un grand murmure. Derrière ce qu'il aime, il a atteint un monde qui à son contact s'est mis à bouger. Tous ces mouvements de sympathie qu'il a eus pour l'indigène, depuis son arrivée à Birbatine, il fallait qu'une émotion puissante et intime, telle qu'en donne l'amour, vînt les lier, leur donner l'unité, et puis les inonder de sa sève impétueuse qui les fait germer tout d'un coup, comme par une sorte de miracle. Les civilisations, les doctrines, les paysages sont des palais de Belles au Bois dormant[2], inanimées et inertes jusqu'à ce qu'un baiser les éveille. Hier, il était recouvert pour nous d'une mer d'indifférence, ce domaine spirituel ou réel dans lequel nous

n'avions pas aimé. Et soudain voici qu'il existe, qu'il compte intensément pour nous. Nous le cultivons, nous l'approfondissons, nous en faisons notre chose. Et nul ne se doute de ce qu'il y eut de passionnel à l'origine de cette action aujourd'hui désintéressée. Et c'est tant mieux, il faut bien le croire: on tiendrait pour suspecte une aventure de l'esprit ou de la conscience qui aurait commencé par être une aventure du cœur.

VOCABULAIRE

épousseter	*v. t.*	Nettoyer en ôtant la poussière avec un chiffon, un plumeau, etc.
indigène	*n.*	Qui est originaire du pays où il vit.
sève	*n. f.*	Principe vital, énergie, vigueur.
impétueux	*a.*	Qui a de la rapidité et de la violence dans son comportement.
germer	*v. i.*	Commencer à se développer.
inerte	*a.*	Qui n'a ni activité ni mouvement propre.

NOTES

1. la rose de sable: Cristallisation de gypse, en forme de rose. (沙玫瑰)
2. Belles au Bois dormant: La Belle au Bois dormant (睡美人), conte de Perrault.

Louis ARAGON

Aurélien
(1944)

Dans Les Incipit ou je n'ai jamais appris à écrire (1969) Aragon expliquera qu'à l'origine de chacun de ses romans se trouve cette "phrase seuil", l'incipit, qui donne l'impulsion à l'invention, en rien préméditée.

Dans Aurélien, *la fécondité de l'incipit est remarquable: il semble saboter le roman d'amour qui commence, tandis qu'il appelle la réminiscence de la tragédie de Racine. Le style syncopé d'Aragon, qui fait une large part au dialogisme et à l'oralité, apparaissent également dans cette première page d'Aurélien.*

La première fois qu'Aurélien vit Bérénice[1], il la trouva franchement laide. Elle lui déplut, enfin. Il n'aima pas comment elle était habillée. Une étoffe qu'il n'aurait pas choisie. Il avait des idées sur les étoffes. Une étoffe qu'il avait vue sur plusieurs femmes. Cela lui fit mal augurer de celle-ci qui portait un nom de princesse d'Orient sans avoir l'air de se considérer dans l'obligation d'avoir du goût. Ses cheveux étaient ternes ce jour-là, mal tenus. Les cheveux coupés, ça demande des soins constants. Aurélien n'aurait pas pu dire si elle était blonde ou brune. Il l'avait mal regardée. Il lui en demeurait une impression vague, générale, d'ennui et d'irritation. Il se demanda même pourquoi. C'était disproportionné. Plutôt petite, pâle, je crois... Qu'elle se fût appelée Jeanne ou Marie, il n'y aurait pas repensé, après coup[2]. Mais Bérénice. Drôle de superstition. Voilà bien ce qui l'irritait.

Il y avait un vers de Racine que ça lui remettait dans la tête, un vers qui l'avait hanté pendant la guerre, dans les tranchées, et plus tard, démobilisé.

Un vers qu'il ne trouvait même pas un beau vers, ou enfin dont la beauté lui semblait douteuse, inexplicable, mais qui l'avait obsédé, qui l'obsédait encore:

Je demeurai longtemps errant dans Césarée[3]...

En général, les vers, lui... Mais celui-ci revenait et revenait. Pourquoi? C'est ce qu'il ne s'expliquait pas. Tout à fait indépendamment de l'histoire de Bérénice... l'autre, la vraie... D'ailleurs il ne se rappelait que dans ses grandes lignes cette romance, cette scie. Brune alors, la Bérénice de la tragédie. Césarée, c'est du côté d'Antioche[4], de Beyrouth[5]. Territoire sous mandat. Assez moricaude même, des bracelets en veux-tu en voilà, et des tas de chichis, de voiles. Césarée... un beau nom pour une ville. Ou pour une femme. Un beau nom en tout cas. Césarée... Je demeurai longtemps... je deviens gâteux. Impossible de se souvenir: comment s'appelait-il, le type qui disait ça, une espèce de grand bougre ravagé, mélancolique, flemmard, avec des yeux de charbon, la malaria... qui avait attendu pour se déclarer que Bérénice fût sur le point de se mettre en ménage, à Rome, avec un bellâtre potelé, ayant l'air d'un marchand de tissus qui fait l'article, à la manière dont

il portait la toge. Tite. Sans rire. Tite.

Je demeurai longtemps errant dans Césarée...

Ca devait être une ville aux voies larges, très vide et silencieuse. Une ville frappée d'un malheur. Quelque chose comme une défaite. Désertée. Une ville pour les hommes de trente ans qui n'ont plus de cœur à rien[6]. Une ville de pierre à parcourir la nuit sans croire à l'aube. Aurélien voyait des chiens s'enfuir derrière des colonnes, surpris à dépecer une charogne. Des épées abandonnées, des armures. Les restes d'un combat sans honneur.

Bizarre qu'il se sentît si peu un vainqueur. Peut-être d'avoir voyagé au Tyrol[7] et dans le Salzkammergut[8], d'avoir vu Vienne[9] à cet instant quand le Danube[10] charriait des suicides, et la chute des monnaies donnait un vertige hideux aux touristes. Il semblait à Aurélien, non qu'il se le formulât, mais comme ça, d'instinct, qu'il avait été battu, là, bien battu par la vie. Il avait beau se dire: mais, voyons, nous sommes les vainqueurs...

Il ne s'était jamais remis tout à fait de la guerre.

Elle l'avait pris avant qu'il eût vécu. Il était de cette classe qui avait fait trois ans, et qui se sentait libérable quand survint août 1914. Près de huit ans sous les drapeaux... Il n'avait pas été un jeune homme précoce. La caserne l'avait trouvé pas très différent du collégien débarqué de sa famille au Quartier Latin à l'automne de 1909. La guerre l'avait enlevé à la caserne et le rendait à la vie après ces années interminables dans le provisoire, l'habitude du provisoire. Et pas plus les dangers que des filles faites pour cela n'avaient vraiment marqué ce cœur. Il n'avait ni aimé ni vécu. Il n'était pas mort, c'était déjà quelque chose, et parfois, il regardait ses longs bras maigres, ses jambes d'épervier, son corps jeune, son corps intact, et il frissonnait, rétrospectivement, à l'idée des mutilés, ses camarades, ceux qu'on voyait dans les rues, ceux qui n'y viendraient plus.

Cela faisait bientôt trois ans qu'il était libre, qu'on ne lui demandait plus rien, qu'il n'avait qu'à se débrouiller, qu'on ne lui préparait plus sa pitance tous les jours avec celle d'autres gens, moyennant quoi il ne saluait plus personne. Il venait d'avoir trente-deux ans, oui, ça les avait comptés en juin. Un grand garçon. Il ne pouvait pas tout à fait se prendre au sérieux et penser: un homme. Il se reprenait à regretter la guerre. Enfin, pas la guerre. Le temps de la guerre. Il ne s'en était jamais remis. Il n'avait jamais retrouvé le rythme de la vie. Il continuait l'au-jour-le-jour d'alors. Malgré lui. Depuis près de trois ans, il remettait au lendemain l'heure des décisions. Il se représentait son avenir, après cette heure-là, se déroulant à une allure tout autre, plus vive, harcelante. Il aimait à se le représenter ainsi. Mais pas plus.

Trente ans. La vie pas commencée. Qu' attendait-il? Il ne savait faire autrement que flâner. Il flânait.

...Je demeurai longtemps errant dans Césarée...

C' était peut-être le sens de cette réminiscence classique... Il avait rapporté le paludisme de l' armée d' Orient où il avait fini la campagne. Il se rappelait avec une certaine nostalgie cette facilité de Salonique[11], les femmes grecques, les faux romans qui ne trompent personne, la diversité des races, ce maquerellage intense, partout, dans la rue, aux bains...

VOCABULAIRE

augurer	*v. t.*	Tirer une conjecture, un présage de qqch.
disproportionné	*a.*	Qui n' a pas un rapport normal avec.
superstition	*n. f.*	Attitude irrationnelle, magique; respect maniaque.
hanter	*v. t.*	Fréquenter un lieu d' une manière habituelle.
tranchée	*n. f.*	Fossé allongé, creusé à proximité des lignes ennemies, et où les soldats demeurent à couvert.
démobiliser	*v. t.*	Libérer les combattants de leurs obligations une fois la guerre achevée.
obséder	*v. t.*	Tourmenter de manière incessante; s' imposer sans répit à la conscience.
mandat	*n. m.*	Mission conférée par voix électorale.
moricaude	*a.*	De teint très brun.
chichi	*n. m.*	Comportement qui manque de simplicité.
gâteux	*a.*	Qui devient stupide sous l' empire d' un sentiment violent.
bougre, esse	*n.*	Gaillard.
ravager	*v. t.*	Apporter de graves perturbations physiques ou morales à.
flemmard	*a.*	Qui n' aime pas faire d' efforts, travailler.
malaria	*n. m.*	Paludisme.（疟疾）
bellâtre	*n. m.*	Bel homme fat et niais.
potelé	*a.*	Qui a des formes rondes et pleines.
toge	*n. f.*	Robe de cérémonie, dans certaines professions.
dépecer	*v. t.*	Mettre en pièces, en morceaux.
charogne	*n. f.*	Corps de bête morte ou cadavre abandonné en putréfaction.
armure	*n. f.*	Ce qui couvre, défend, protège.

charrier	*v. t.*	Entraîner, emporter dans son cours.
hideux	*a.*	D'une laideur repoussante, horrible.
épervier	*n. m.*	Oiseau rapace diurne de taille moyenne. (雀鹰)
rétrospectivement	*adv.*	Qui concerne le passé, l'évolution antérieure de qqch.
mutilé	*n.*	Personne qui souffre une perte partielle ou complète d'un membre ou d'un organe externe.
pitance	*n. f.*	Nourriture.
au-jour-le-jour		Régulièrement, sans omettre un jour; en ne considérant que le temps présent, sans se préoccuper de lendemain
réminiscence	*n. f.*	Souvenir imprécis, où domine la tonalité affective.
paludisme	*n. m.*	Maladie infectieuse tropicale, due à un parasite transmis par la piqûre de certains moustiques et qui cause des accès de fièvre. (疟疾)
maquerellage	*n. m.*	Organisation de la prostitution.

NOTES

1. Bérénice reine de la Balestine: Fille de Magas, roi de Cyrène, elle épousa Ptolémée III.
2. après coup: Une fois la chose faite, l'événement s'étant déjà produit.
3. Césarée: Nom de plusieurs villes romaines d'Asie Mineure, de Palestine, de Syrie et de Mauritanie, donnée en l'honneur d'Auguste et d'autres empereurs romains.
4. Antioche: Ville de Turquie, chef-lieu de la province de Hatay sur l'Oronte inférieur, près de la frontière syrienne.
5. Beyrouth: Capitale du Liban située en bordure de la Méditerranée, et qui s'adosse aux derniers contreforts de la chaîne du pays.
6. ...qui n'ont plus de cœur à rien.: ...qui n'ont plus d'intérêt de courage à rien.
7. Tyrol: Etat confédéral d'Autriche.
8. le Salzkammergut: Région montagnarde de Haute-Autriche, de Syrie et de la province du Salzbourg au nord-ouest de l'Autriche.
9. Vienne: Ville et capitale de la République fédérale d'Autriche.
10. le Danube: Fleuve de l'Europe centrale et orientale, le deuxième du continent européen par sa longueur (2850 km), l'étendue de son bassin et le volume de son débit.
11. Salonique: Ville de Grèce.

Louis GUILLOUX
(1899—1980)

Fils d'un militant socialiste, Louis Guilloux est traditionnellement rangé parmi les écrivains populistes. Engagé dans le combat antifasciste des années trente, l'auteur accorde une place décisive, dans son œuvre romanesque, aux tableaux sociaux et à l'histoire contemporaine. Centré autour d'un personnage à la fois tragique et dérisoire, son ouvrage le plus célèbre, *Le Sang noir* (1935), fait le récit d'une journée de 1917 dans une ville de l'Arrière. Après la guerre, Guilloux, dont le pessimisme révolté lui vaudra le titre de "romancier de la douleur" (Albert Camus), publie plusieurs romans dont *Le Jeu de Patience* (1949), chronique critique de l'entre-deux-guerres.

Le Sang noir
(1935)

Ce texte est exemplaire de la façon dont Guilloux dénonce, dans Le Sang noir, l'idéologie patriotique de l'Arrière lors de Première Guerre mondiale. Le point de vue est celui du professeur de philosophie Cripure, être à la fois révolté et grotesque, qui, dans un long monologue intérieur, démystifie la rêverie héroïque qui fait le fond de cette cérémonie de décoration.

Cripure baissait la tête, cachait son regard noir de colère. Quelle comédie! Et quels comédiens! A aucun moment il ne leur viendrait à l'esprit de dépouiller leur déguisement, de renoncer à débiter leurs fables si péniblement apprises. "Un ruban rouge, oh, nom de Dieu[1]! Ce qu'il leur faudrait, ce ne sont pas des rubans ni des médailles, mais..." Et il hocha le menton, geste que personne heureusement ne surprit, car ce geste eût passé pour une désapprobation de ce que racontait Nabucet. "Non. Pas des rubans. En bonne justice il faudrait leur remettre aux uns: une tête, aux autres: une jambe ou un bras. Hein? Que serait cette Mme Faurel avec la tête de son valet de chambre accrochée par les cheveux à son sein? Et Nabucet, avec une jambe rivée à la boutonnière de sa requimpette? Et ainsi de suite! Aux femmes amoureuses,

aux belles Yseult, on ferait de splendides colliers avec les yeux pétrifiés de leurs Tristans—tu ne me quitteras jamais, dis, mon chéri, tu n'es qu'à moi et je saurai bien te garder! —Quant à M. Babinot, oh, celui-là, il aurait droit à un cadavre tout entier. Celui d'un général? Pas très courant, hélas! Celui d'un commandant par exemple. Cela donnerait lieu à une émouvante cérémonie qui se déroulerait en grande pompe au Champ-de-Mars, les troupes de la garnison étant rassemblées pour une prise d'armes. Le cadavre serait amené sur un affût de canon, un cadavre bien entier, de préférence un gazé ou un étranglé—puisqu'on s'étranglait aussi! bref, un cadavre à qui il ne manquerait rien du tout que de n'en être pas un. De sa belle voix claironnante, le Général en ferait la remise solennelle à Babinot qui le chargerait sur ses épaules en décomposant—un-deux-trois! —tandis qu'on sonnerait Aux Champs. Ça, ça serait du beau travail! Ça, ça pourrait s'appeler décorer les gens! Voilà qui ne tromperait personne! Plus tard, quand de loin on verrait apparaître Babinot dans la rue, sa décoration sur les épaules, on saurait tout de suite à qui l'on avait affaire, et que ce monsieur avait atteint la plus haute dignité dans la hiérarchie des décorés, qu'il était super-hyper-chevalier commandeur de la Mort. Et ceux qui n'auraient touché qu'une petite oreille arrachée, un petit pied gelé, voire une dent, qu'ils feraient monter en broche ou en épingle de cravate, ils n'auraient, ceux-là, qu'à saluer bien bas. Petite bière. Et les cœurs? Les cœurs seraient pour les généraux—exclusivité—qui en feraient des pompons à leurs képis, des cocardes à la dragonne de leurs épées, et quand ils seraient à la retraite et dûment gâteux: des bilboquets."

VOCABULAIRE

dépouiller	*v. t.*	Enlever la peau; priver de ce qui couvre ou garnit.
déguisement	*n. m.*	Action de vêtir de manière à rendre méconnaissable.
désapprobation	*n. f.*	Action de ne pas agréer, de juger mauvais.
river	*v. t.*	Fixer, assembler au moyen de rivets.
pétrifier	*v. t.*	Changer en pierre.
pompe	*n. f.*	Cérémonial somptueux.
en grande pompe		En grande cérémonie.
garnison	*n. f.*	Troupe casernée dans une ville, une place forte.
affût	*n. m.*	Ensemble de montants et de traverses destiné à supporter et à mouvoir un canon.
gazé, e	*a.* et *n.*	Celui qui a été soumis à l'action d'un gaz nocif.
étranglé, e	*n.*	Celui qui a le cou serré.
claironnant, e	*a.*	Voix claironnante, voix forte.

exclusivité	*n. f.*	Droit exclusif.
pompon	*n. m.*	Mèche de laine, de soie, servant d'ornement.
képis	*n. m.*	Chapeau porté notamment par les officiers.
cocarde	*n. f.*	Ornement de ruban.
dragonne	*n. f.*	Longue et étroite bande ornée la poignée d'une épée ou d'un sabre.
dûment	*ad.*	Selon les formes commandées.
gâteux, se	*a.*	Dont les facultés notamment mentales, sont amoindries par l'âge ou la maladie.
bilboquet	*n. m.*	Jouet formé d'une boule percée d'un trou et reliée par une ficelle à un manche à bout pointu qu'il faut faire pénétrer dans le trou de la boule lancée en l'air.

NOTES

1. nom de dieu: Expression traduisant l'émotion, la surprise.

Antoine de SAINT-EXUPERY
(1900—1944)

Né à Lyon dans une famille de l'aristocratie, il se tourne très tôt vers l'aviation. C'est cette carrière de pilote d'avion, lui faisant parcourir l'Afrique, l'Amérique du Sud, l'Indochine, qui forme la plus substance de son œuvre avec son premier récit *Courrier Sud* (1928), puis, *Vol de nuit* (1931) qui, selon André Gide, exempte le roman de toute intrigue sentimentale pour nous mener, par l'aventure, au "surhumain". Mais c'est sans doute avec *Terre des hommes* (1939) que, sous forme de notations fragmentaires, il parvient à donner à cette expérience du ciel une dimension mythique fondée sur l'héroïsme, la communauté chevaleresque des aviateurs, la fascination pour la technique et, comme le remarquera Jean-Paul Sartre, la confrontation poétique de la terre et de l'espace. Aviateur militaire au début de la seconde guerre mondiale, il passe en Afrique du Nord après la défaite, puis se rend aux Etats-Unis où il publie *Pilote de guerre* (1942), exil déprimant en raison notamment des conflits qui l'opposent aux gaullistes qu'il juge fanatiques. Ce repli sur soi l'amène à écrire *Le Petit Prince* (1943) son unique

livre pour enfant, qu'il a illustré lui-même. Malgré son âge, qui lui interdit en principe les missions militaires, il en effectue plusieurs à partir de 1943 avec les Alliés. C'est au cours de l'une d'elles qu'il meurt le 31 juillet 1944 au-dessus du continent européen encore partiellement occupé par les nazis.

Le Petit Prince
(1943)

J'ai ainsi vécu seul, sans personne avec qui parler véritablement, jusqu'à une panne dans le désert du Sahara, il y a six ans. Quelque chose s'était cassé dans mon moteur. Et comme je n'avais avec moi ni mécanicien, ni passagers, je me préparai à essayer de réussir, tout seul, une réparation difficile. C'était pour moi une question de vie ou de mort. J'avais à peine de l'eau à boire pour huit jours.

Le premier soir je me suis donc endormi sur le sable à mille milles de toute terre habitée. J'étais bien plus isolé qu'un naufragé sur un radeau au milieu de l'Océan. Alors vous imaginez ma surprise, au lever du jour, quand une drôle de petite voix m'a réveillée. Elle disait:

—S'il vous plaît... dessine-moi un mouton!

—Hein!

—Dessine-moi un mouton...

J'ai sauté sur mes pieds comme si j'avais été frappé par la foudre. J'ai bien frotté mes yeux. J'ai bien regardé. Et j'ai vu un petit bonhomme tout à fait extraordinaire qui me considérait gravement. Voilà le meilleur portrait que, plus tard, j'ai réussi à faire de lui. Mais mon dessin, bien sûr, est beaucoup moins ravissant que le modèle. Ce n'est pas ma faute. J'avais été découragé dans ma carrière de peintre par les grandes personnes, à l'âge de six ans, et je n'avais rien appris à dessiner, sauf les boas fermés et les boas ouverts.

Je regardai donc cette apparition avec des yeux tout ronds d'étonnement. N'oubliez pas que je me trouvais à mille milles de toute région habitée. Or mon petit bonhomme ne me semblait ni égaré, ni mort de fatigue, ni mort de faim, ni mort de soif, ni mort de peur. Il n'avait en rien l'apparence d'un enfant perdu au milieu du désert, à mille milles de toute région habitée. Quand je réussis enfin à parler, je lui dis:

—Mais... qu'est-ce que tu fais là?

Et il me répéta alors, tout doucement, comme une chose très sérieuse:

—S'il vous plaît... dessine-moi un mouton...

Quand le mystère est trop impressionnant, on n'ose pas désobéir. Aussi absurde que cela me semblât à mille milles de tous les endroits habités et en danger de mort, je sortis de ma poche une feuille de papier et un stylographe. Mais je me rappelai alors que j'avais surtout étudié la géographie, l'histoire, le calcul et la grammaire et je dis au petit bonhomme (avec un peu de mauvaise humeur) que je ne savais pas dessiner. Il me répondit:

—Ça ne fait rien. Dessine-moi un mouton (...)

Alors j'ai dessiné.

Il regarda attentivement, puis:

—Non! Celui-là est déjà très malade. Fais-en un autre.

Je dessinai:

Mon ami sourit gentiment, avec indulgence:

—Tu vois bien... ce n'est pas un mouton, c'est un bélier. Il a des cornes...

Je refis donc encore mon dessin:

Mais il fut refusé, comme les précédents:

—Celui-là est trop vieux. Je veux un mouton qui vive longtemps.

Alors, faute de patience, comme j'avais hâte de commencer le démontage de mon moteur, je griffonnai ce dessin-ci.

Et je lançai:

—Ça c'est la caisse. Le mouton que tu veux est dedans. Mais je fus bien surpris de voir s'illuminer le visage de mon jeune juge:

—C'est tout à fait comme ça que je le voulais! Crois-tu qu'il faille beaucoup d'herbe à ce mouton?

—Pourquoi?

—Parce que chez moi c'est tout petit...

—Ça suffira sûrement. Je t'ai donné un tout petit mouton.

Il pencha la tête vers le dessin:

—Pas si petit que ça... Tiens! Il s'est endormi...

Et c'est ainsi que je fis la connaissance du petit prince.

VOCABULAIRE

boa	*n. m.*	Serpent d'Amérique tropicale, non venimeux, se nourrissant d'animaux qu'il étouffe. (蟒蛇)
bélier	*n. m.*	Mouton mâle.

démontage	*n. m.*	Action de séparer, désassembler les parties d'un objet.
griffonner	*v. t.*	Réaliser une esquisse, crayonner.

André MALRAUX
(1901—1976)

L'œuvre romanesque de Malraux est indissociable de l'époque qui l'a vu naître: révolution chinoise, montée du péril fasciste, guerre d'Espagne. Tour à tour aventurier (Malraux fait en 1923 une expédition au Cambodge à la recherche de vestiges khmers, qu'il évoquera dans *La Voie royale*, 1930), intellectuel et ministre (il crée les "Maisons de la Culture"), Malraux n'a de cesse de se mesurer aux grands événements de l'Histoire de son temps.

Fasciné par l'Orient, Malraux lui consacre son premier essai (*La Tentation de l'Occident*, 1926) et ses trois premiers romans: *Les Conquérants* (1928, chronique fictive des événements de Canton du 25 juin au 18 août 1925), *La Voie Royale* (1930) et *La Condition humaine* (1933, roman sous forme de reportage "couvrant les événements de Shanghaï de mars à avril 1927").

Récusant les modèles esthétiques antérieurs, les romans de Malraux empruntent leur forme au reportage et au cinéma. Le reportage suppose que l'événement et son récit soient pratiquement simultanés. Le cinéma, lui, fournit le modèle d'une écriture dont la technique repose principalement sur le montage, parfois heurté, de scènes retenues pour leur qualité expressive. L'impatience d'un récit où les personnages sont constamment tendus vers l'acte à accomplir est contrebalancée par le souci permanent de méditer sur le sens de l'action. L'œuvre dépasse ainsi les données historiques ou politiques pour s'interroger sur la "condition humaine". Obsédés par la conscience d'être mortels, les personnages affirment néanmoins leur volonté de puissance et ne s'affirment pleinement que dans le défi: il s'agit de lutter contre toutes les formes d'assujetissement, qu'elles viennent de soi (les fatalités de l'inconscient) ou de l'autre (l'oppression politique et sociale). Après la Seconde Guerre mondiale, Malraux abandonne l'écriture romanesque pour se consacrer à une vaste réflexion sur l'art, considéré comme un "antidestin".

La Condition humaine
(1933)

Ce texte met en scène un attentat manqué contre Chang Kaï-shek. Le récit se fait sur le mode de la focalisation interne et s'ordonne en fonction des sensations du personnage. La résistance qu'oppose le personnage à la douleur, ajoutée à la volonté de s'affirmer en se donnant la mort, donne à cette scène une valeur exemplaire en dressant le tableau d'une volonté que semble excéder les limites de l'humain.

La Ford passa, l'auto arrivait: une grosse voiture américaine flanquée de deux policiers accrochés à ses marchepieds; elle donnait une telle impression de force que Tchen senti que, s'il n'avançait pas, s'il attendait, il s'en écarterait malgré lui. Il prit la bombe par l'anse comme une bouteille de lait. L'auto du général était à cinq mètres, énorme. Il courut vers elle avec une joie extatique, se jeta dessus, les yeux fermés.

Il revint à lui quelques secondes plus tard: il n'avait ni senti ni entendu le craquement d'os qu'il attendait, il avait sombré dans un globe éblouissant. Plus de veste. De sa main droite il tenait un morceau de capot plein de boue ou de sang. A quelques mètres un amas de débris rouges, une surface de verre pilé où brillait un dernier reflet de lumière, des... déjà il ne distinguait plus rien: il prenait conscience de la douleur, qui fut en moins d'une seconde au-delà de la conscience. Il ne voyait plus clair. Il sentait pourtant que la place était encore déserte; les policiers craignaient-ils une seconde bombe? Il souffrait de toute sa chair, d'une souffrance pas même localisable: il n'était plus que souffrance. On s'approchait. Il se souvint qu'il devait prendre son revolver. Il tenta d'atteindre sa poche de pantalon. Plus de poche, plus de pantalon, plus de jambe: de la chair hachée. L'autre revolver, dans la poche de sa chemise. Le bouton avait sauté. Il saisit l'arme par le canon, la retourna sans savoir comment, tira d'instinct le cran d'arrêt avec son pouce. Il ouvrit enfin les yeux. Tout tournait, d'une façon lente et invincible, selon un très grand cercle, et pourtant rien n'existait que la douleur. Un policier était tout près. Tchen voulut demander si Chang Kaï-shek était mort, mais il voulait cela dans un autre monde; dans ce monde-ci, cette mort même lui était indifférente.

De toute sa force, le policier le retourna d'un coup de pied dans les côtes. Tchen hurla, tira en avant, au hasard, et la secousse rendit plus intense encore

cette douleur qu'il croyait sans fond. Il allait s'évanouir ou mourir. Il fit le plus terrible effort de sa vie, parvint à introduire dans sa bouche le canon du revolver. Prévoyant la nouvelle secousse, plus douloureuse encore que la précédente, il ne bougeait plus. Un furieux coup de talon d'un autre policier crispa tous ses muscles: il tira sans s'en apercevoir.

VOCABULAIRE

flanquer (de)	*v. i.*	Etre disposé de, placé de part et d'autre part de qqch.
anse	*n. f.*	Partie recourbée en arc, en anneau par laquelle on prend un récipient.
extatique	*a.*	Avoir une vive admiration, un plaisir extrême causé par une personne ou par une chose.
sombrer	*v. i.*	S'anéantir, se perdre.
capot	*n. m.*	Couvercle amovible protégeant les parties fragiles ou dangereuses d'une machine.
amas	*n. m.*	Accumulation de choses réunies de façon désordonnée.
piler	*v. i.*	Broyer, réduire en poudre ou en très petits morceaux.
cran	*n. m.*	Entaille faite à un corps dur et destinée à accrocher, à arrêter qqch.
cran d'arrêt		Qui cale la gâchette d'une arme à feu, la lame d'un couteau.
crisper	*v. t.*	Contracter les muscles, la peau de qqn.

L'Espoir
(1937)

Exploitant tous les effets dramatiques de la restriction de champ, ce récit d'un combat vu d'avion est mené à partir de la perspective de l'équipage. Accordant une importance fondamentale aux sensations visuelles, le narrateur joue ici sur les illusions d'optique, le paysage prenant un caractère insolite, presque irréel.

Au-dessus des nuages, le ciel était extraordinairement pur. Là-haut, aucun avion ennemi ne patrouillait vers la ville; une paix cosmique régnait sur la perspective blanche. Au calcul, l'avion approchait de Tolède: il prit sa plus

grande vitesse. Jaime chantait; les autres regardaient de toute leur force, le regard fixe comme celui des distraits. Quelques montagnes dépassaient au loin la plaine de neige; de temps à autre, dans un trou de nuages, apparaissait un morceau des blés.

L'avion devait être au-dessus de la ville. Mais aucun appareil n'indiquait la dérive qu'impose un vent perpendiculaire à la marche d'un avion. S'il descendait à travers les nuages, il serait presque à coup sûr en vue de Tolède; mais s'il en était trop éloigné, les appareils de chasse ennemis auraient le temps d'arriver avant le bombardement.

L'avion piqua.

Attendant à la fois la terre, les canons de l'alcazar et la chasse ennemie, le pilote et Marcelino regardaient l'altimètre avec plus de passion qu'ils ne regarderaient jamais aucun visage humain. 800—600—400... toujours les nuages. Il fallait remonter, et attendre qu'un trou passât au-dessous d'eux. Ils retrouvèrent le ciel, immobile au-dessus des nuages qui semblaient suivre le mouvement de la terre. Le vent les poussait d'est en ouest; les trous y étaient relativement nombreux. Ils commencèrent à tourner, seuls, dans l'immensité, avec une rigueur d'étoile.

Jaime, mitrailleur avant, fit un signe à Marcelino: pour la première fois, tous deux prenaient conscience dans leur corps du mouvement de la terre. L'avion qui tournait, comme une minuscule planète, perdu dans l'indifférente gravitation des mondes, attendait que passât sous lui Tolède, son alcazar rebelle et ses assiégeants, entraînés dans le rythme absurde des choses terrestres.

Dès le premier trou—trop petit, —l'instinct de l'oiseau de chasse passa de nouveau en tous. Avec le cercle des éperviers, l'avion tournait dans l'attente d'un trou plus grand, les yeux de tous les hommes d'équipage baissés, à l'affût de la terre. Il semblait que le paysage entier des nuages tournât avec une lenteur planétaire autour de l'appareil immobile.

De la terre, soudain réapparue à la lisière d'un trou de nuages, arriva, à deux cents mètres de l'avion, un tout petit cumulus: l'alcazar tirait.

L'avion piqua de nouveau.

L'espace se contracta: plus de ciel, l'avion était maintenant sous les nuages; plus d'immensité, l'alcazar.

Tolède était à gauche et, sous l'angle de la descente, le ravin qui domine le Tage était plus apparent que toute la ville, et que l'alcazar même, qui continuait à tirer; ses pointeurs étaient des officiers de l'école d'artillerie. Mais l'adversaire réel de l'équipage était la chasse ennemie.

Tolède, oblique, devenait peu à peu horizontale. Elle avait toujours le

même caractère décoratif, si étrange à ce moment; et, une fois de plus, la rayaient de longues fumées transversales d'incendies. L'avion commença de tourner, l'alcazar à la tangente. Les circonférences d'épervier étaient nécessaires à un bombardement précis—les assiégeants étaient tout près, — mais chaque circonférence donnait à la chasse ennemie plus de temps. L'avion était à trois cents mètres. En bas, devant l'alcazar, des fourmis en chapeaux ronds tout blancs.

Marcelino entrouvrit la trappe, prit sa visée, passa, ne lâcha aucune bombe, contrôla: au calcul, la visée était bonne. Comme l'alcazar était petit et que Marcelino craignait l'éparpillement des bombes légères, il voulait lancer seulement les lourdes; il n'avait donné aucun signal, et tout l'équipage attendait. Pour la seconde fois l'indicateur d'ordres dit au pilote de tourner. Les petits nuages des obus approchaient.

"Contact!" cria Marcelino.

Debout dans la carlingue, avec sa combinaison toujours sans ceinture, il semblait extraordinairement godiche. Mais il ne quittait pas l'alcazar de l'œil. Il tira cette fois la trappe toute grande, s'accroupit: à l'air frais qui envahit l'avion, tous comprirent que le combat commençait.

C'était le premier froid de la guerre d'Espagne.

VOCABULAIRE

patrouiller	*v. t.*	Faire une ronde de surveillance.
cosmique	*a.*	Relatif au cosmos, à l'Univers.
dérive	*n. f.*	Déviation d'un navire, d'un avion, sous l'effet des vents et des courants.
perpendiculaire	*a.*	Qui fait un angle droit.
appareil de chasse		Avion léger et rapide.
piquer	*v. i.*	Effectuer une descente suivant une trajectoire de très forte pente.
alcazar	*n. m.*	Palais arabe fortifié.
mitrailleur	*n. m.*	Servant d'une arme automatique à tir rapide. (机枪手)
gravitation	*n. f.*	Phénomène par lequel deux corps quelconques s'attirent avec une force proportionnelle au produit de leur distance. (万有引力)
assiégeant	*n.*	Personnes qui entourent un lieu dans un but agressif.
épervier	*n. m.*	Filet de pêche conique, garni de plomb. (圆锥形鱼网)
à l'affût de		Guetter le moment favorable pour s'emparer de qqch, guetter l'apparition de.

planétaire	*a.*	Relatif aux planètes.
lisière	*n. f.*	Partie extrême.
à la lisière de		Au bord de.
cumulus	*n. m.*	Gros nuage arrondi présentant des parties éclairée.
se contracter	*v. pr.*	Réduire dans sa longueur, son volume.
ravin	*n. m.*	Petite vallée étroite à versants abrupts.
pointeur, se	*n.*	Personnes chargées de cibler un point, une direction.
transversal	*a.*	Disposé en travers, qui coupe en travers.
à la tangente		De façon transversale, non frontable.
circonférence	*n. f.*	Particularité qui accompagne un évènement, une situation.
trappe	*n. f.*	Ouverture pratiquée dans un plancher ou un plafond et munie d'une fermeture qui se rabat. (翻板活门)
visée	*n. f.*	Action de diriger la vue, le regard vers un but, un objectif.
éparpillement	*n. m.*	Action de jeter ça et là.
carlingue	*n. f.*	Partie habitable d'un avion.
godiche	*a.*	Benêt, maladroit.

L'existentialisme

Si Sartre fut le théoricien et le principal représentant de l'existentialisme, on ne saurait manquer de lui adjoindre le nom et l'œuvre de Simone de Beauvoir, sa compagne. Camus, quant à lui, a nettement marqué son refus d'être associé à Sartre, et la publication de *L'Homme révolté* en 1951 provoqua entre les deux hommes une rupture violente. Cependant, malgré de profondes divergences avec les existentialistes, sa méditation sur l'absurde confère à Camus la stature d'un penseur qui apparaît ainsi comme le pendant de la figure de Sartre.

Le terme même d'existentialisme désigne des fondements proprement philosophiques: au regard des deux aspects complémentaires de l'être que sont l'essence et l'existence, les philosophies traditionnelles avaient en effet plutôt eu tendance à considérer l'être avant tout comme une essence et à mettre l'existence entre parenthèses. Sartre va renverser la perspective par la fameuse formule:

"L'existence précède l'essence."

Mais au-delà, l'existentialisme apparaît comme une vision du monde issue de divers courants de la modernité, et qui s'exprimera à la veille de la Seconde Guerre mondiale par deux romans, *La Nausée* de Sartre et *L'Etranger* de Camus. Car l'existentialisme est inséparable de la "mort de Dieu" annoncée par Nietzsche et la crise des valeurs qui lui est consécutive: "l'existentialisme n'est autre chose qu'un effort pour tirer toutes les conséquences d'une position athée cohérente"(Sartre). Dieu n'est plus là pour garantir ni le sens de l'existence, ni des valeurs justifiant notre conduite, en sorte que l'homme est défini par sa liberté. Terrible liberté, à laquelle il est "condamné": "la liberté n'est pas une qualité surajoutée...; elle est très exactement l'étoffe de mon être".

Sartre et Camus ont l'un et l'autre médité les analyses du philosophe allemand Martin Heidegger (*Etre et Temps*, 1927) selon qui l'homme, jeté dans l'existence, vit sur le mode du souci, c'est-à-dire que son être (*Dasein*) se fuit, s'échappe, s'éloigne sans cesse de lui-même; en un mot il existe, et cette aversion ontologique par laquelle le *Dasein* se détourne de lui-même provoque son angoisse. Le *Dasein* se retrouve dans l'angoisse devant cette inévitable question du "pouvoir-être" qu'il est déjà chaque fois en tant que Dasein, angoisse d'un être qui se découvre libre pour une authentique existence angoisse d'un sens à trouver à sa vie par cela même que l'on sera, angoisse d'un choix qui engage son être propre et partant, où est aussi en cause son propre néant.

Sartre fait écho à ces thèses, en introduisant la notion de "délaissement", celui d'un homme livré à lui-même, sans rien sur quoi s'appuyer, aucune morale a priori, aucun dieu, —délaissement qui s'assortit du "désespoir", c'est-à-dire du sentiment de ne pouvoir précisément attendre aucun secours, et de l' "angoisse", qui est la conscience de notre "totale et profonde responsabilité".

Chez Camus, la condition humaine prend le visage de l'absurde. La méditation de ses propres souffrances, la lecture de philosophes comme Kierkegaard, Jaspers ou Heidegger, de romanciers comme Dostoïevski ou Kafka, la détresse enfin d'une époque tourmentée ont été autant de facteurs propres à le convaincre que le monde est plongé dans l'absurdité, et que cela d'autant plus qu'est absent l'espoir d'une autre vie. En fait, ce n'est pas le monde qui est absurde mais la confrontation de son caractère irrationnel et de ce désir éperdu de clarté dont l'appel résonne au plus profond de l'homme. Ainsi l'absurde n'est ni dans l'homme ni dans le monde, mais dans leur présence commune. Il naît de leur antinomie. Rien n'est absurde en soi ou par soi: l'absurde, remarque Camus, naît toujours d'une "comparaison" entre deux ou plusieurs termes disproportionnés, antinomiques ou contradictoires, et "l'absurdité sera d'autant plus grande que l'écart croîtra entre les termes de (la) comparaison" (*Le Mythe de Sisyphe*). Ainsi, "si je vois un homme attaquer à l'arme blanche un groupe de mitrailleuses, je jugerai que son acte est absurde" (*ibid*). L'absurdité n'est donc pas l'absence de sens, mais ce sens est contradictoire: par exemple, un homme qui se jette sabre au clair contre un nid de mitrailleuses; son acte peut bien avoir un sens, et même il en a sans doute un, mais il n'en sera pas moins jugé absurde "en vertu de la disproportion qui existe entre son intention et la réalité qui l'attend, de la contradiction que je puis saisir entre ses forces réelles et le but qu'il se propose". Qui dit absurde, dit donc dualité, rencontre (mais rencontre impossible ou paradoxale), affrontement: "l'absurde est essentiellement un divorce. Il n'est ni dans l'un ni dans l'autre des éléments comparés. Il naît de leur confrontation". "L'absurde naît de cette confrontation entre l'appel humain et le silence déraisonnable du monde", il naît de la rencontre insatisfaite, en l'homme, de son désir (désir de raison, d'unité, de bonheur, de sens...) et du monde: l'absurde, "c'est ce divorce entre l'esprit qui désire et le monde qui déçoit". Aussi, "dans un univers privé soudain d'illusions et de lumière, l'homme se sent un étranger. Cet exil est sans recours" (*ibid*); le cycle de l'absurde—illustré par *Le Mythe de Sisyphe*, *L'Etranger*, *Caligula*, *Le Malentendu*—sera donc

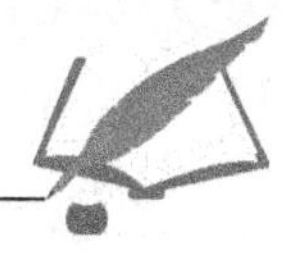

étroitement lié au sentiment de la solitude et à l'exil.

Pour autant, l'existentialisme n'en reste pas à ce constat négatif. Camus oppose à l'absurde la réaction de la révolte: "Qu'est-ce qu'un homme révolté? C'est d'abord un homme qui dit non. Mais s'il refuse, il ne renonce pas: c'est un homme qui dit oui dès son premier mouvement". On distingue en effet dans la révolte une part positive et une part négative.

Tout mouvement de révolte commence par un non. En effet, on ne peut se révolter qu'en se dressant contre une situation injuste; en tant qu'elle est opposition, la révolte a toutes les apparences d'une négation pure et simple.

Mais ce n'est là qu'un premier aspect car une affirmation s'y révèle aussitôt. "L'esclave révolté dit à la fois oui et non", ainsi la révolte est plus positive qu'il ne paraît, elle équivaut à affirmer une nature humaine et, par là, une solidarité entre les hommes. En effet, l'esclave en révolte ne lutte pas seulement pour sauver son individualité, puisqu'au contraire, il est décidé à la perdre, s'il le faut, en sacrifiant sa vie; il agit donc, non point au nom d'un bien qui lui serait particulier, mais au nom d'une valeur qui est commune avec tous les hommes. Par conséquent, "l'analyse de la révolte conduit au moins au soupçon qu'il y a une nature humaine". La révolte la plus négative contient nécessairement un élément positif: elle atteste "qu'il y a dans l'homme quelque chose à quoi l'homme peut s'identifier, fût-ce pour un temps". Par conséquent, "je me révolte donc je suis". Cependant, la révolte peut surgir aussi au spectacle de l'oppression des autres: l'individu révolté a donc le pouvoir de s'identifier également à un autre. Par conséquent, "je me révolte, donc nous sommes".

Précisons que la révolte peut être historique mais aussi métaphysique: "la révolte métaphysique est le mouvement par lequel un homme se dresse contre sa condition et la création toute entière... Le révolté métaphysique...se dresse sur un monde brisé pour en réclamer l'unité. Il oppose le principe de justice qui est en lui au principe d'injustice qu'il voit dans le monde".

Dès 1945, Camus, contre l'Absurde, va faire appel à la "communauté des hommes"; il refuse de s'enfermer dans une négation stérile. Sisyphe, dans sa dignité courageuse, était "plus pur que son rocher". Ainsi tend à se définir une sagesse généreuse qui triomphe du désespoir: "Pessimiste quant à la condition humaine, je suis optimiste quant à l'homme". La révolte a des vertus créatrices et positives, et la nature humaine qu'elle met en évidence justifie la sympathie, la communion, le service des autres: dans *La Peste*, Grand est, sans s'en douter, une sorte de saint; le journaliste Rambert, que hante l'amour d'une maîtresse à Paris, renonce pourtant à quitter la ville contaminée car "il peut y avoir de la honte à être heureux tout seul".

Tarrou, devant la souffrance, éprouve les sentiments de l'homme révolté et sera volontaire pour combattre le fléau, afin de trouver la paix intérieure; enfin le docteur Rieux, inlassable adversaire de la peste, et l'interprète des idées de l'auteur, donne

l'exemple d'une action fraternelle et efficace.

Sartre, pour sa part, lie l'existentialisme à la nécessité de l'engagement. Il dénonce toute conduite de "mauvaise foi", celle de l'homme qui évite d'assumer sa responsabilité dans le plein exercice de sa liberté, et se retranche derrière des traditions, des habitudes ou s'égare dans des rêveries chimériques. Il rejette tout autant l'idéalise du "lâche" qui consiste à nier les contraintes du monde au nom de la transcendance, que l'attitude du "salaud" qui invoque les déterminismes biologiques, psychanalytiques ou historiques pour nier l'absolue liberté humaine. Au contraire, l'"authenticité" seule garantit la validité de l'action: "cette authenticité résulte d'une analyse objective des situations toujours neuves que nous ménage une vie en perpétuel devenir. Chaque situation nous impose un choix original, qui nous engage et qui engage autrui. Il est impossible de faire face et de chercher, pour chaque problème, la solution qui nous paraît convenir à notre dignité: la morale est une invention de chaque instant. On comprend dès lors qu'il n'y a pas de morale générale". "Vous êtes libre, choisissez, c'est-à-dire inventez", tel est le précepte majeur; Sartre ne cessera jamais de répéter que "l'homme n'est rien d'autre que ce qu'il se fait", qu'il se confond avec son acte.

On comprend dès lors que l'engagement politique ait eu une importance fondamentale: Sartre verra ainsi dans le marxisme le complément nécessaire de l'existentialisme; et toute sa vie, insoucieux de la ligne adoptée par le Parti communiste français, il déploiera son activité politique dans les directions les plus diverses (opposition au gaullisme, à la guerre d'Algérie, appui à tous les mouvements d'indépendance nationale dans les pays colonisés, idéologie tiers-mondiste, dénonciation de la guerre américaine au Viêt-nam...)

Cet engagement doit aussi se traduire dans la littérature: l'écrivain est "en situation dans son époque"; qu'il le veuille ou non, son œuvre manifeste des choix politiques, il est responsable de ses silences mêmes. C'est pourquoi il doit s'engager délibérément dans l'histoire de son temps. Il y a plus cependant: il ne s'agit pas seulement de l'engagement personnel de l'individu qu'est l'écrivain, mais bien d'une tentative d'engagement de la littérature en tant que telle: "la fonction de l'écrivain est de faire en sorte que nul ne puisse ignorer le monde et que nul ne s'en puisse dire innocent" (*Qu'est-ce que la littérature?*).

L'existentialisme a donc ceci de spécifique qu'il s'est traduit par une expérience littéraire, l'œuvre littéraire étant l'expression de l'engagement définitif de la pensée. C'est ce que signifie Simone de Beauvoir, dans *Les Mandarins* (1954), par ces propos: si on fait du merveilleux à propos de ces petites lumières en oubliant ce qu'elles signifient, on est un salaud; mais justement, trouvez une manière d'en parler qui ne soit pas celle des esthètes de droite, faites sentir à la fois ce qu'elles ont de joli, et la misère des faubourgs; c'est ça que devrait se proposer une littérature de gauche. C'est ainsi qu'à travers la chronique vécue d'une génération littéraire, Simone de Beauvoir raconte la grande aventure

existentialiste de l'engagement politique; y font pendant les trois volumes des *Chemins de la liberté* que Sartre abandonnera pour le théâtre, avant de se rendre compte que cette tentative était une gageure: la littérature engagée risque de redevenir une littérature à thèse, l'expression littéraire n'étant plus que l'instrument d'une philosophie qui se veut avant tout une règle d'action. Sartre constatera lui-même cet échec dans *Les Mots*—s'il continue d'écrire, c'est "qu'on ne se guérit pas de soi"—avant de privilégier définitivement le mode d'expression orale.

Enfin, la conférence-manifeste de l'existentialisme définit celui-ci comme un humanisme (*L'existentialisme est un humanisme*, 1946). Humanisme d'un nouvel ordre, sans rapport avec l'humanisme traditionnel dont Sartre s'est moqué dans *La Nausée*: "L'existentialisme ne prendra jamais l'homme comme fin, car il est toujours à faire"; l'existence précédant l'essence, il n'y a point de nature humaine à priori, universelle et permanente, comme Camus, se séparant sur ce point des existentialistes, pouvait la reconnaître à travers la révolte. En revanche, l'humanisme existentialiste consiste à rappeler à l'homme d'une part, "qu'il n'y a d'autre législateur que lui-même, et que c'est dans le délaissement qu'il décidera de lui-même", et d'autre part que "l'homme est constamment hors de lui-même", et que "c'est en se projetant et en se perdant hors de lui qu'il fait exister l'homme". Par là, l'humaniste est créateur de valeurs, il donne, à la vie qui n'en a pas a priori, un sens.

Béatrice MARCHAL

Georges Bataille, Maurice Blanchot: pensée de l'existence et existentialisme critique

Georges Bataille et Maurice Blanchot: dans une histoire parallèle, marginale et critique de l'existentialisme, la conjonction de ces deux noms s'imposent. Pour l'amitié qui les a liés, et qui a fait dire à l'un comme l'autre qu'elle était les plus rares qui pussent compter. Pour la pensée qu'ils ont engagée, l'engagement de la pensée dans l'amitié, de l'amitié dans la pensée, sans illusion fusionnelle, hors de toute mythologie de l'assomption, mais dans le sentiment d'une distance fondatrice, d'une interruption nécessaire à l'exercice et au rapport de la *communication* la plus singulière. De cela, témoigne le premier livre publié par Bataille après leur rencontre: dans *L'expérience intérieure*, Blanchot est l'écrivain contemporain le plus souvent cité, celui de qui l'auteur a reçu le principe fondamental de toute expérience excessive, irréductible, illimitée: qu'elle est à soi-même l'autorité "s'expie".

Leur rencontre, à Paris, date de décembre 1940. Dans l'histoire des esthétiques, des idées, des régimes, des peuples, des guerres, une telle date importe.

Bataille a 43 ans: il est l'auteur d'une œuvre à la fois mince et prolifique, exigeante et scandaleuse. Ses brefs récits érotiques engagent l'être "dans un dépassement *intolérable* de

l'être, non moins intolérable que la mort" (préface à *Madame Edwarda*). Ses multiples articles lui ont permis, peu à peu, d'esquisser une philosophie paradoxale, qui emprunte à la fois à Nietzsche, au marxisme, à l'ethnologie, à la psychanalyse, à l'histoire, qui s'appuie sur les notions instables d'hétérogène, de *consumation* ou de *dépense*, dont elle oppose les principes de prodigalité et d'épuisement à l'ordonnance confortable, progressiste et désacralisée qui caractérise, par exemple, la société occidentale, dans ses instances de pouvoir, sa rigueur dogmatique ou ses récits de fondation.

Blanchot a 33 ans: journaliste de droite extrême, dissident maurmassien, antiparlementaire, nationaliste, spiritualiste, lié cependant à la communauté juive, il a dénoncé dans le journal de Paul Lévy. *Le Rempart*, les premières exactions du régime hitlérien. Abandonnant progressivement ses chroniques politiques, s'adonnant de plus en plus à la critique littéraire, il néglige le surréalisme, s'intéresse encore à Bernanos et à Mauriac, mais commente déjà Mann, Woolf ou Sartre. En mai 1940, il a remis à Paulhan le manuscrit enfin achevé de son premier roman, *Thomas l'obscur*, publié par Gallimard l'année suivante.

Politiquement, littérairement, tout pourrait donc les séparer. Pourtant un sens profond de l'expérience intérieure, de l'expérience littéraire, du rapport difficile de la seconde à la première, les rapproche. Chacun séparément s'est intéressé de près à ces pensées qui ne sont encore guère connues en France: la phénoménologie, l'existentialisme naissant ou renaissant, Hegel et Heidegger (via Kojève pour Bataille, via Levinas pour Blanchot). Leur approbation critique de ces enjeux philosophiques se rejoint sourdement. Pour eux, l'athéisme cohérent, la liberté nécessaire, l'angoisse responsable de Sartre ou la solitude exilée de Camus restent pour une part des positions d'écrivain, des postures de philosophe, qui pour leur propre salut n'épuisent pas leurs enjeux, n'épuisent pas ce qui par elles pourrait "épuiser les possibles de l'homme". La teneur du dépassement qu'ils proposent a le don d'irriter Jean-Paul Sartre, qui consacre à l'un comme à l'autre des articles féroces, "un nouveau mystique", "Du fantastique considéré comme un langage" (repris dans *Situations*, I).

Bataille cherche à témoigner d'une expérience qui échappe à toute mise en discours, à toute catégorisation, à toute conceptualisation, qui indique en cela à la philosophie, fût-ce existentielle, le champ de ses propres limites. C'est l'expérience mystique, si son fondement *athéologique* ne refusait toute assignation confessionnelle, toute appropriation dogmatique.

C'est pourquoi Bataille la nomme simplement intérieure, tout en reconnaissant qu'elle est l'expérience qui brise toute intériorité, met l'individu en lambeaux, accorde une confiance sans réserve à l'oubli, efface la distinction du sujet et de l'objet pour s'annuler en tant que rapport. Précisément, elle est de l'ordre du non-rapport, impossible à rapporter dans le langage: le récit, nécessairement, la trahit. Cette nécessité, cependant, est perfide, et c'est sur ce point que l'intervention de Blanchot se révèle décisive: si le

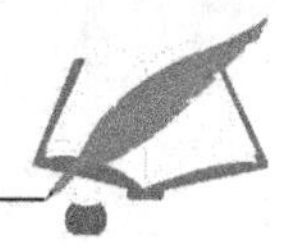

récit ne peut rapporter l'expérience (en quoi Bataille dira de la poésie qu'elle est *l'impossible*), il est aussi la seule instance qui puisse dire son existence, qui puisse ainsi la reconnaître, la faire être, être-pour-autrui, qui puisse lui donner un sens, en son impouvoir ou son impuissance mêmes. C'est pourquoi le récit de l'expérience, devenu l'expérience comme récit et le récit comme expérience, dans un envoi dialectique sans fin, s'accomplit par une trahison sans faille (sans transgression). Il y puise sa double nécessité, esthétique et éthique. On comprend ainsi que Bataille, dans *l'Expérience intérieure*, puisse renvoyer à l'écriture de Blanchot: "En dehors des notes de ce volume, je ne connais que *Thomas l'obscur* où soient instantes, encore qu'elles y demeurent cachées, les questions de la nouvelle théologie (qui n'a que l'inconnu pour objet)".

Juste après la guerre, en 1947, Emmanuel Levinas publie un livre où il est également question de *Thomas l'Obscur*, pour la description phénoménologique "admirable" de l'expérience que le roman propose: "la présence de l'absence, la nuit, la dissolution du sujet dans la nuit, l'horreur d'être, le retour d'être au sein de tous les mouvements négatifs, la réalité de l'irréalité", bref, tout ce qui désigne ce que le philosophe nomme *l'il y a*, plus loin que "le néant pur de l'angoisse heideggerienne" (*De l'existence à l'existant*). Rendant compte de ce livre dans la revue qu'il vient de fonder, *Critique*. Bataille approuve, ne rectifiant que ceci: Blanchot ne décrit pas *l'il y a*, il *le crie*. Bataille récuse l'accusation sartrienne de "supercherie" pour renvoyer les philosophes de métier à leur hypocrisie: à leur "négation de la poésie", à leur pensée "fuyante", à l'"hypertrophie de leur démarche intellectuelle". Il en appelle à une pensée qui ne se contente pas de poser la subjectivité ou l'intériorité, mais qui implique "la ruine du sujet posé", qui envisage "l'existence donnée indépendamment de tout sujet et de tout objet". Seule une parole susceptible de se contester à l'infini en est capable. "C'est la souveraineté de la poésie. En même temps la haine de la poésie—puisqu'elle n'est pas accessible".

Cette instabilité foncière donne son caractère sulfureux, intouchable et nécessairement déconstruit au livre de Bataille, dont on sait qu'il lisait certaines pages, au fur et à mesure de leur rédaction, à deux groupes d'amis dont le seul membre commun était Blanchot. Ce mode de complicité, cette intervention de chacun dans le texte de l'autre se retrouve dans les textes ultérieurs, dans certains récits fortement batailliens de Blanchot (comme *L'Arrêt de mort*, que Bataille citera aux côtés de ceux de Proust, Sade ou Dostoïevski parmi les rares à révéler les "possibilités *excessives*" de la vie), dans certains essais forcément blanchotiens de Bataille (comme les textes sur l'art ou la littérature). Nombreuses, les formes d'hommage, de salutation ou de reconnaissance ponctuent leurs parcours respectifs: il n'est qu'à lire les articles de chacun sur les récits de l'autre pour saisir l'admiration portée à l'œuvre amie. La correspondance, dont Michel Surya a publié quelques extraits, témoigne de leur attention respective, de leur scrupule infini (respect et scrupule portés, comme le demandait Blanchot à l'égard de Sade, jusqu'au scandale), de leur refus de sombrer dans toute forme de pessimisme déclaré ou de nihilisme définitif (le

"oui" nietzschéen leur est commun). Ainsi, le 8 août 1961, Blanchot peut-il écrire à Bataille: "que les choses en leur fond soient sans issue, je ne vois rien qui me détournerait de le dire avec vous; j'ajouterai seulement que ce"sans issue"ne peut s'affirmer que par la nécessité de toujours chercher une issue, par la décision, inexorable, de ne jamais renoncer à en trouver une". Nous sommes en pleine guerre d'Algérie, et Blanchot est celui qui vient de rédiger la "Déclaration sur le droit de l'insoumission", mieux connue sous le nom de "Manifeste des 121".

Bataille meurt en 1962. On note alors (simple coïncidence?) qu'à une brévissime exception près *(L'instant de ma mort, en* 1994, un texte pour une part testamentaire), Blanchot ne publie plus de récit. Il n'en poursuit pas moins un travail considérable de critique et de philosophie. Les années cinquante pour Bataille, les années soixante pour Blanchot avaient été l'occasion de donner à leurs travaux une allure plus sommative, sommes critiques et théoriques, exigeantes et injonctives, dépourvues cependant de tout esprit de système. C'est que l'un et l'autre s'étaient opposés très tôt à toute forme de domination idéologique. Leur communisme critique, leur rupture avec la foi chrétienne ou humaniste les séparent encore des philosophes ou des écrivains objectivement existentialistes. Aussi est-ce à leur pensée que s'adressera Jean-Luc Nancy quand il lui s'agira de reprendre, dans les années quatre-vingt, en pleine déliquescence du soviétique d'abord, puis à la chute effective du mur de Berlin, la question de la communauté. C'est que Bataille et Blanchot avaient été les premiers à maintenir, après le désastre de la Shoah, par-delà l'effondrement des idéologies communistes et des mythologies communielles, l'exigence et la nécessité d'une pensée communautaire, tout en sachant que cette pensée ne pouvait prendre pour autre objet qu'une "communauté inavouable", une "communauté sans communauté". Cette anticipation, cette avance de lecture est bien ce qui avait dirigé vers eux toute une nouvelle génération de philosophes, post-existentialistes: Deleuze, Foucault ou Derrida s'en réclamèrent. Mais ce sont aussi les poètes, les écrivains et les artistes qui reconnurent parallèlement dans les textes de Bataille et de Blanchot la description existentielle (ou le cri) de leur aventure créatrice. De Beckett à Des Forêts, de Dupin à Du Bouchet, de Godard à Régy... Beaucoup surent lire, dès les années cinquante, la quête épuisante et cependant inépuisable de l'œuvre, rapportée par Blanchot dans *L'Espace littéraire*, l'éclairage impossible et cependant projeté de sa part maudite, rapporté par Bataille dans *La Littérature et le mal*. Sur les œuvres de Baudelaire ou de Genet, sur l'essence de la création littéraire ou artistique, un débat s'engagea où leur appréciation sur l'essence de la création littéraire ou artistique divergea, à nouveau, de la lecture sartrienne. Bataille et Blanchot voient en l'œuvre, jamais atteinte, toujours dérobée au cœur de la nuit, *de l'autre nuit*, la puissance d'accueillir l'insomnie souveraine de l'artiste, ouverte à la *dissimulation de l'être*, à l'absence de l'être au fond de l'être, du mal au fond du mal, à l'origine de la parole qui n'est encore que murmure, au "ruissellement du dehors éternel", à cette écriture transgressive, décentrée de tout sujet et

privée de tout objet, qui noue les points obscurs où l'entente commune et anonyme peut jaillir, dans l'espace infini d'où les dieux se sont retirés, à l'horizon bouleversant qui extasie le corps, et aveugle de toute représentation. L'expérience esthétique comme expérience intérieure, transmise au "partenaire invisible" qu'est pour Blanchot le lecteur: tout à la fois acmé et évanouissement de l'existence.

Christophe BIDENT

Georges BATAILLE
(1897—1962)

Georges Bataille est né en 1897 à Billom, en Auvergne, dans le centre de la France. On le tient pour un écrivain maudit. Il explique ainsi la difficulté à se faire connaître: "Je fais peur, non pour mes cris, mais je ne peux laisser personne en paix." On lie son œuvre à la transgression, à l'impossible, à un érotisme noir. Il a cassé le fil ordinaire des récits. Après d'adolescentes tentations de vie religieuse et un retour sans reste à l'athéisme, il commence d'écrire, voyage en Espagne et achève ses études de chartiste. De la Bibliothèque nationale à Paris, à celle d'Orléans en passant par Carpentras, il mène scrupuleusement sa carrière de conservateur. Il est avec Michel Leiris qu'il rencontre en 1922 le premier écrivain français à avoir suivi une psychanalyse (1924). Son petit récit, *Histoire de l'œil*, longtemps clandestin et interdit, en découle.

Sans entrer dans le groupe surréaliste qu'il fréquente, il dirige la revue *Documents* (de l'ethnologie au bizarre), guerroie avec André Breton dont il se rapproche une première fois en 1934 (fondant le groupe anti-fasciste *Contre-Attaque*), participe aux publications de *La Critique sociale*. Avec Raymond Queneau, il publie dans cette revue gauchiste une analyse de Hegel, mal connu en France à ce moment. A distance cassante des philosophes et des économistes, il travaille à "la notion de dépense" qui devient, en 1949, l'idée force de son traité paradoxal d'économie politique, *La Part maudite*. Son auteur le plus fréquenté est Nietzsche dont on reconnaît la marque dans l'activité intellectuelle (le Collège de sociologie qu'il anime avec Leiris et Caillois de 1937 à 1939) ou les initiatives secrètes (la société *Acéphale* avec André Masson et Klossowski).

Par sa femme, la comédienne Sylvia Bataille (on la voit dans les films de

Jean Renoir), il est le beau-frère du peintre Masson. Après leur divorce, elle épouse le psychanalyste Jacques Lacan. La première œuvre publique de Bataille, tardive, est *L'Expérience intérieure* (1943). Ses lecteurs rares mais singulièrement attentifs connaissent déjà *Madame Edwarda* (édité sous le manteau en 1941), *L'Impossible ou Haine de la poésie* (1946), *L'Alleluiah* (1947). Il dirige la revue qu'il a fondée, *Critique*, travaille à une *Théorie de la religion* et entreprend une *Histoire universelle*.

Sa vie jusqu'au bout est marquée par la maladie. En 1957, paraissent ensemble trois textes décisifs, *L'Erotisme* (essai philosophique), *La Littérature et le mal* (recueil d'études littéraires) et *Le Bleu du ciel* (récit). Son dernier texte, une analyse d'histoire de l'art, *Les larmes d'Eros*, est rédigé dans un épuisement sensible, comme arraché à la mort qui vient (juillet 1962).

La publication des *œuvres complètes* (de 1970 à 1989, aux éditions Gallimard) lancée par le philosophe Michel Foucault rend manifeste un ensemble disparate d'essais, récits, articles, fragments, poésie touchant à tous les domaines de la pensée—dont personne n'avait mesuré la quantité, l'importance et l'ampleur. Elle est l'écriture mise à nu du néant, de l'animalité en l'être et de l'érotisme, ce scandale de la pensée dont il est possible de dire *"qu'il est l'approbation de la vie jusque dans la mort"*, inséparable de l'histoire des religions et de celle du travail.

Le Bleu du ciel
(1957)

Dans les dernières lignes du Bleu du ciel, rédigé en 1935 et publié plus de vingt ans après, le narrateur, Troppmann (c'est le nom d'un assassin célèbre) assiste dans une ville d'Allemagne, sous une pluie battante, à un défilé musical d'enfants en costumes hitlériens. Tous les signes annoncés de la "marée montante du meurtre" (la guerre, le nazisme, l'effondrement de l'Europe) sont là, étalés, ni dans une description classique, ni dans une conscience de référence: dans les gestes, les corps, les mots et les sensations d'un personnage grimaçant devant la vision même de l'avenir.

J'étais devant des enfants en ordre militaire, immobiles, sur les marches de ce théâtre: ils avaient des culottes courtes de velours noir et petites vestes ornées d'aiguillettes, ils étaient nu-tête; à droite des fifres, à gauche des tambours plats.

Ils jouaient avec tant de violence, à un rythme si cassant que j'étais devant eux le souffle coupé. Rien de plus sec que les tambours plats qui battaient, ou de plus acide, que les fifres. Tous ces enfants nazis (certains d'entre eux étaient blonds, avec un visage de poupée) jouant pour de rares passants, dans la nuit, devant l'immense place vide sous l'averse, paraissaient en proie[1], raides comme des triques, à une exultation de cataclysme: devant eux, leur chef, un gosse d'une maigreur de dégénéré, avec le visage hargneux d'un poisson (de temps à autre, il se retournait pour aboyer des commandements, il râlait), marquait la mesure[2] avec une longue canne de tambour-major. D'un geste obscène, il dressait cette canne, pommeau sur le bas-ventre (elle ressemblait alors à un pénis de singe démesuré, décoré de tresses de cordelettes de couleur); d'une saccade de sale petite brute, il élevait alors le pommeau à hauteur de la bouche. Du ventre à la bouche, de la bouche au ventre, chaque allée et venue, saccadée, hachée par une rafale de tambours. Ce spectacle était obscène. Il était terrifiant: si je n'avais disposé d'un rare sang-froid, comment serais-je resté debout regardant ces haineuses mécaniques, aussi calme que devant un mur de pierre. Chaque éclat de musique, dans la nuit, était une incantation, qui appelait à la guerre et au meurtre. Les battements de tambour étaient portés au paroxysme, dans l'espoir de se résoudre finalement en sanglantes rafales d'artillerie: je regardais au loin... une armée d'enfants rangée en bataille. Ils étaient cependant immobiles, mais en transe[3]. Je les voyais, non loin de moi, envoûtés par le désir d'aller à la mort. Hallucinés par des champs illimités où, un jour, ils s'avanceraient, riant au soleil: ils laisseraient derrière eux les agonisants et les morts.

A cette marée montante du meurtre, beaucoup plus acide que la vie (parce que la vie n'est pas aussi lumineuse de sang que la mort), il serait impossible d'opposer plus que des vétilles, les supplications comiques de vieilles dames. Toutes choses n'étaient-elles pas destinées à l'embrasement, flamme et tonnerre mêlés, aussi pâle que le soufre allumé, qui prend à la gorge. Une hilarité me tournait la tête: j'avais, à me découvrir en face de cette catastrophe une ironie noire, celle qui accompagne les spasmes dans les moments où personne ne peut se tenir de crier. La musique s'arrêta: la pluie avait cessé. Je rentrai lentement vers la gare: le train était formé. Je marchai quelque temps, le long du quai, avant d'entrer dans un compartiment; le train ne tarda pas à partir.

Mai 1935

VOCABULAIRE

trique	*n. f.*	Gros bâton court.
exultation	*n. f.*	Transport de joie.
cataclysme	*n. m.*	Bouleversement de la surface terrestre.
dégénéré, e	*a.*	Qui a perdu les qualités morales et intellectuelles, de son mérite.
râler	*v. i.*	Parler avec mauvaise humeur.
obscène	*a.*	Qui offense la pudeur.
pommeau	*n. m.*	Boule servant de poignée à une canne.
saccade	*n. f.*	Mouvement brusque et irrégulier.
brute	*n. f.*	Personne grossière, violente.
saccadé, e	*a.*	Qui va, qui est fait par saccades.
incantation	*n. f.*	Récitation de formules ayant pour but de produire des sortilèges, des enchantements.
paroxysme	*n. m.*	Point le plus aigu.
rafales	*n. f. pl.*	Coups de feu répété.
envoûter	*v. t.*	Charmer comme par un effet magique.
halluciner	*v. t.*	Produire des perceptions de faits, d'objets qui n'existent pas.
vétille	*n. f.*	Chose insignifiante.
hilarité	*n. f.*	Accès brusque de gaieté qui se manifeste par le rire.
spasme	*n. m.*	Contraction musculaire involontaire, intense et passagère.

NOTES

1. ... paraissaient en proie, ... : ... paraissaient pris par, ...
2. marquer la mesure: Battre la mesure.
3. en transe: Etat de perdre tout contrôle de soi sous l'effet d'une surexcitation ou d'une émotion intense.

Jean-Paul SARTRE
(1905—1980)

Jean-Paul Sartre, penseur engagé dans son temps, a été la dernière grande figure de l'intellectuel total. N'hésitant pas à donner le pas à la politique sur la littérature, il est souvent descendu dans l'arène pour soutenir les causes qui lui tenaient à cœur. La revue *Les Temps Moderne*, qu'il fonde en 1945, témoigne de cet engagement dans les combats de l'époque.

Il est né dans une famille bourgeoise et cultivée. Son enfance a été marquée par l'amour des livres et de la littérature, ainsi qu'il le raconte dans *Les Mots* (1963), ouvrage à caractère autobiographique, unanimement salué comme un chef-d'œuvre par la critique. Comme beaucoup de jeunes gens de sa génération il s'est d'abord senti appelé par la littérature. La découverte de la phénoménologie de Husserl qui permet d'enraciner la réflexion philosophique dans le concret de la vie, lui offre la possibilité de réconcilier sa double vocation, littéraire et philosophique.

L'Etre et le Néant (1943) développe deux notions qui sont au cœur de la réflexion sartrienne, celle de *contingence*, illustrée par *La Nausée* (1938), tout particulièrement par la fameuse méditation de Roquentin sur la racine de marronnier, et celle de *liberté*. Contre tout système réductionniste, Jean-Paul Sartre avance l'idée que l'individu se détermine librement par ses choix au sein des situations dans lesquelles il se trouve. Il en résulte que nos actes nous jugent. Ce point de vue donne naissance à une morale nouvelle fondée sur l'authenticité que Jean-Paul Sartre expose aussi bien dans son théâtre: *Les Mouches* (1943), *Huis clos* (1944), *Les Mains sales* (1948), *Le Diable et le Bon Dieu* (1951), *Les Séquestrés d'Altona* (1959), que dans ses romans: *Les Chemins de la liberté* (1945), ou dans ses essais critiques: *Baudelaire* (1948), *Saint Genet comédien et martyr* (1952).

Le nom de Jean-Paul Sartre est attaché à l'existentialisme. C'est une philosophie qui, selon les termes de S. de Beauvoir, “veut dépasser l'opposition de l'idéalisme et du réalisme et affirmer à la fois la souveraineté de la conscience, et la présence au monde tel qu'il se donne à nous.” Jean-Paul Sartre a fait connaître cette philosophie par son œuvre littéraire et essayistique, plus accessible que les grosses sommes philosophiques que sont *L'Etre et le Néant* ou *La Critique de la raison dialectique* (1960). Dans l'immédiat après-guerre le mode de penser existentialiste est devenue une mode. Le structuralisme qui se développe dans les années soixante mettra un terme au magistère intellectuel de Jean-Paul Sartre. Ce dernier meurt en 1980, alors qu'il travaillait au quatrième tome du très long essai critique consacré à Gustave Flaubert: *L'Idiot de la famille.*

Saint Genet comédien et martyr
(1952)

L'essai que Jean-Paul Sartre consacre à l'écrivain Jean Genet, Saint Genet comédien et martyr, est une illustration de la méthode de psychanalyse existentielle. Le philosophe montre, dans l'extrait qui suit, comment le destin d'un homme peut basculer à partir d'une première expérience traumatisante faite dans l'enfance.

Pris la main dans le sac: quelqu'un est entré qui le regarde. Sous ce regard l'enfant revient à lui. Il n'était encore personne, il devient tout à coup Jean Genet. Il se sent aveuglant, assourdissant: il est un phare, une sonnette d'alarme qui n'en finit pas de carillonner. *Qui* est Jean Genet? Dans un moment tout le village le saura... Seul, l'enfant l'ignore; il continue dans la peur et la honte son tintamarre de réveille-matin. Soudain

... un mot vertigineux
Venu du fond du monde abolit le bel ordre...

Une voix déclare publiquement: "Tu es un voleur." Il a dix ans.

Cela s'est passé ainsi ou autrement. Selon toute vraisemblance il y a eu des fautes et des châtiments, des serments solennels et des rechutes. Peu importe: ce qui compte, c'est que Genet a vécu et ne cesse de revivre cette période de sa vie comme si elle n'avait duré qu'un instant.

C'est l'instant du réveil: l'enfant somnambule ouvre les yeux et s'aperçoit qu'il vole. On lui découvre qu'il *est* un voleur et il plaide coupable, écrasé par un sophisme qu'il ne peut pas réfuter: il a volé, il est donc voleur: quoi de plus évident? Ebahi, Genet considère son acte, le retourne sous toutes les faces; il n'y a pas de doute: c'est un vol. Et le vol est un délit, un crime. Ce qu'il *voulait*, c'était voler; ce qu'il *faisait*, c'était un vol; ce qu'il était: un voleur. Une voix timide proteste encore en lui: il ne *reconnaît* pas son intention. Mais bientôt la voix se tait: l'acte est si lumineux, si nettement

défini qu'on ne peut se tromper sur sa nature. Il essaie de revenir en arrière, de se comprendre: mais il est trop tard; il ne se retrouve plus. Ce présent éblouissant d'évidence confère sa signification au passé: Genet *se rappelle* à présent qu'il a cyniquement décidé de voler. Que s'est-il produit? Presque rien en somme: une action entreprise sans réflexion, conçue et menée dans l'intimité secrète et silencieuse où il se réfugie souvent, vient de *passer à l'objectif*. Genet apprend ce qu'il *est objectivement*. C'est ce passage qui va décider de sa vie entière. A l'instant s'opère la métamorphose: il n'est rien de plus que ce qu'il était, pourtant le voilà méconnaissable. Chassé du paradis perdu, exilé de l'enfance, de l'immédiat, condamné à se voir, pourvu soudain d'un "moi" monstrueux et coupable, isolé, séparé, bref, changé en vermine.

VOCABULAIRE

serment	*n.m.*	Affirmation ou promesse solennelle faite en invoquant un être ou un objet sacré, une valeur morale reconnue.
rechute	*n.f.*	Nouvel accès d'une maladie qui était en voie de guérison.
somnambule	*n.*	Personne qui, dans un sommeil hypnotique, peut agir ou parler.
sophisme	*n.m.*	Argument, raisonnement faux malgré une apparence de vérité.
réfuter	*v.t.*	Repousser un raisonnement en prouvant sa fausseté.
ébahir	*v.t.*	Frapper d'un grand étonnement.
délit	*n.m.*	Fait prohibé ou dont la loi prévoit la sanction par une peine.
conférer	*v.t.*	Accorder qqch à qqn en vertu du pouvoir qu'on a de le faire.
cyniquement	*ad.*	D'une façon qui exprime sans ménagement des sentiments, des opinions contraires à la morale reçue.
vermine	*n.f.*	Ensemble nombreux d'individus méprisables.

La Nausée
(1938)

En rentrant d'une promenade au bord de la mer, Roquentin, le héros de

La Nausée, éprouve les premiers symptômes de ce mal qui ne va plus le lâcher et qu'il nomme: la nausée. Les choses et les êtres lui semblent différents. Est-ce le monde ou est-ce lui qui a changé? Il aura la révélation de ce qui lui arrive au cours d'une méditation dans un jardin public, devant une racine de marronnier.

Je ne peux pas dire que je me sente allégé ni content; au contraire, ça m'écrase. Seulement mon but est atteint: je sais ce que je voulais savoir; tout ce qui m'est arrivé depuis le mois de janvier, je l'ai compris. La nausée ne m'a pas quitté et je ne crois pas qu'elle me quittera de sitôt; mais je ne la subis plus, ce n'est plus une maladie ni une quinte passagère: c'est moi. Donc j'étais tout à l'heure au Jardin public. La racine du marronnier s'enfonçait dans la terre, juste au-dessous de mon banc. Je ne me rappelais plus que c'était une racine. Les mots s'étaient évanouis et, avec eux, la signification des choses, leurs modes d'emploi, les faibles repères que les hommes ont tracés à leur surface. J'étais assis, un peu voûté, la tête basse, seul en face de cette masse noire et noueuse, entièrement brute et qui me faisait peur. Et puis j'ai eu cette illumination.

Ça m'a coupé le souffle. Jamais, avant ces derniers jours, je n'avais pressenti ce que voulait dire "exister". J'étais comme les autres, comme ceux qui se promènent au bord de la mer dans leurs habits de printemps. Je disais comme eux "la mer *est* verte; ce point blanc, là-haut, *c'est* une mouette", mais je ne sentais pas que ça existait, que la mouette était une "mouette-existante"; à l'ordinaire l'existence se cache. Elle est là, autour de nous, en nous, elle est *nous*, on ne peut pas dire deux mots sans parler d'elle et, finalement, on ne la touche pas. Quand je croyais y penser, il faut croire que je ne pensais rien, j'avais la tête vide, ou tout juste un mot dans la tête, le mot "être". Ou alors, je pensais... comment dire? Je pensais l'*appartenance*, je me disais que la mer appartenait à la classe des objets verts ou que le vert faisait partie des qualités de la mer. Même quand je regardais les choses, j'étais à cent lieues de songer qu'elles existaient; elles m'apparaissaient comme un décor. Je les prenais dans mes mains, elles me servaient d'outils, je prévoyais leurs résistances. Mais tout ça se passait à la surface. Si l'on m'avait demandé ce que c'était que l'existence, j'aurais répondu de bonne foi que ça n'était rien, tout juste une forme de vide qui venait s'ajouter aux choses du dehors, sans rien changer à leur nature. Et puis voilà: tout d'un coup, c'était là, c'était clair comme le jour: l'existence s'était soudain dévoilée. Elle avait perdu son allure inoffensive de catégorie abstraite: c'était la pâte même des choses, cette racine était pétrie dans de l'existence. Ou plutôt la racine, les grilles du jardin, le

banc, le gazon rare de la pelouse, tout ça s'était évanoui; la diversité des choses, leur individualité n'étaient qu'une apparence, un vernis. Ce vernis avait fondu, il restait des masses monstrueuses et molles, en désordre—nues, d'une effrayante et obscène nudité (...).

Le marronnier se pressait contre mes yeux. Une rouille verte le couvrait jusqu'à mi-hauteur; l'écorce, noire et boursouflée, semblait de cuir bouilli. Le petit bruit d'eau de la fontaine Masqueret se coulait dans mes oreilles et s'y faisait un nid, les emplissait de soupirs; mes narines débordaient d'une odeur verte et putride. Toutes choses, doucement, tendrement, se laissaient aller à l'existence comme ces femmes lasses qui s'abandonnent au rire et disent: "C'est bon de rire" d'une voix mouillée; elles s'étalaient, les unes en face des autres, elles se faisaient l'abjecte confidence de leur existence. Je compris qu'il n'y avait pas de milieu entre l'inexistence et cette abondance pâmée. Si l'on existait, il fallait *exister jusque-là*, jusqu'à la moisissure, à la boursouflure, à l'obscénité. Dans un autre monde, les cercles, les airs de musique gardent leurs lignes pures et rigides. Mais l'existence est un fléchissement. Des arbres, des piliers bleu de nuit, le râle heureux d'une fontaine, des odeurs vivantes, de petits brouillards de chaleur qui flottaient dans l'air froid, un homme roux qui digérait sur un banc: toutes ces somnolences, toutes ces digestions prises ensemble offraient un aspect vaguement comique. Comique... non: ça n'allait pas jusque-là, rien de ce qui existe ne peut être comique; c'était comme une analogie flottante, presque insaisissable, avec certaines situations de vaudeville. Nous étions un tas d'existants gênés, embarrassés de nous-mêmes, nous n'avions pas la moindre raison d'être là, ni les uns ni les autres, chaque existant, confus, vaguement inquiet, se sentait de trop par rapport aux autres. *De trop*: c'était le seul rapport que je pusse établir entre ces arbres, ces grilles, ces cailloux (...)

Et *moi*—veule, alangui, obscène, digérant, ballottant de mornes pensées—*moi aussi j'étais de trop.* Heureusement je ne le sentais pas, je le comprenais surtout, mais j'étais mal à l'aise parce que j'avais peur de le sentir (encore à présent j'en ai peur—j'ai peur que ça ne me prenne par le derrière de ma tête et que ça ne me soulève comme une lame de fond). Je rêvais vaguement de me supprimer, pour anéantir au moins une de ces existences superflues. Mais ma mort même eût été de trop. De trop, mon cadavre, mon sang sur ces cailloux, entre ces plantes, au fond de ce jardin souriant. Et la chair rongée eût été de trop dans la terre qui l'eût reçue et mes os, enfin, nettoyés, écorcés, propres et nets comme des dents eussent encore été de trop: j'étais de trop pour l'éternité.

VOCABULAIRE

quinte	*n. f.*	Accès de toux. (阵咳,呛咳)
mouette	*n. f.*	Oiseau palmipède plus petit que le goéland, au vol puissant mais ne plongeant pas, se nourrissant de mollusques, vivant sur les côtés et remontant parfois les grands fleuves. (海鸥)
pétrir	*v. t.*	Former, façonner qqn, un esprit, etc.
vernis	*n. m.*	Apparence brillante mais superficielle.
obscène	*a.*	Qui blesse ouvertement la pudeur par des représentations d'ordre sexuel.
boursoufler	*v. t.*	Faire enfler, gonfler.
putride	*a.*	Qui est en décomposition.
se pâmer	*v. pr.*	Etre sous le coup d'une sensation, d'une émotion très agréable.
moisissure	*n. f.*	Corruption d'une substance par de petits champignons qui forment une mousse veloutée. (霉)
boursouflure	*n. f.*	Gonflement que présente par endroits une surface unie. (肿胀)
fléchissement	*n. m.*	Action de faire plier progressivement sous un effort, une pression.
vaudeville	*n. m.*	Situation comique et compliquée dans le théâtre de boulevard.
alangui	*a.*	Languissant, langoureux.
ballotter	*v. t.*	Faire aller alternativement dans un sens et dans l'autre.

Les Mots
(1963)

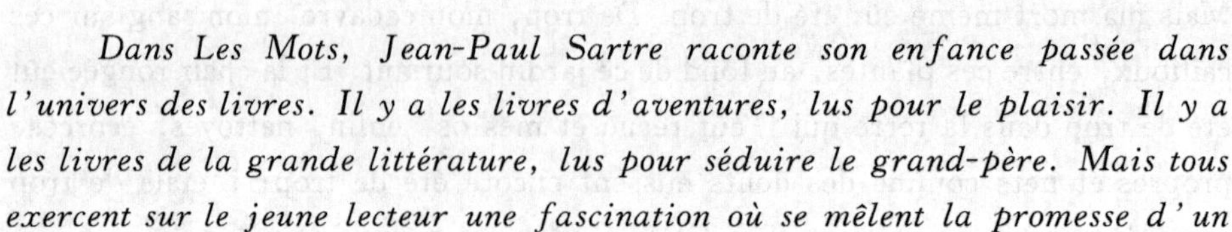

Dans Les Mots, Jean-Paul Sartre raconte son enfance passée dans l'univers des livres. Il y a les livres d'aventures, lus pour le plaisir. Il y a les livres de la grande littérature, lus pour séduire le grand-père. Mais tous exercent sur le jeune lecteur une fascination où se mêlent la promesse d'un bonheur et une crainte quasi religieuse.

J'ai commencé ma vie comme je la finirai sans doute: au milieu des livres. Dans le bureau de mon grand-père, il y en avait partout; défense était faite de les épousseter sauf une fois l'an, avant la rentrée d'octobre. Je ne savais pas encore lire que, déjà, je les révérais, ces pierres levées: droites ou penchées, serrées comme des briques sur les rayons de la bibliothèque ou noblement espacées en allées de menhirs[1], je sentais que la prospérité de notre famille en dépendait. Elles se ressemblaient toutes, je m'ébattais dans un minuscule sanctuaire, entouré de monuments trapus, antiques, qui m'avaient vu naître, qui me verraient mourir et dont la permanence me garantissait un avenir aussi calme que le passé. Je les touchais en cachette pour honorer mes mains de leur poussière mais je ne savais trop qu'en faire et j'assistais chaque jour à des cérémonies dont le sens m'échappait: mon grand-père—si maladroit, d'habitude, que ma mère lui boutonnait ses gants—maniait ces objets culturels avec une dextérité d'officiant. Je l'ai vu mille fois se lever d'un air absent, faire le tour de sa table, traverser la pièce en deux enjambées, prendre un volume sans hésiter, sans se donner le temps de choisir, le feuilleter en regagnant son fauteuil, par un mouvement combiné du pouce et de l'index puis, à peine assis, l'ouvrir d'un coup sec "à la bonne page" en le faisant craquer comme un soulier. Quelquefois je m'approchais pour observer ces boîtes qui se fendaient comme des huîtres et je découvrais la nudité de leurs organes intérieurs, des feuilles blêmes et moisies, légèrement boursouflées, couvertes de veinules noires, qui buvaient l'encre et sentaient le champignon.

Dans la chambre de ma grand-mère les livres étaient couchés; elle les empruntaient à un cabinet de lecture et je n'en ai jamais vu plus de deux à la fois. Ces colifichets me faisaient penser à des confiseries de Nouvel An parce que leurs feuillets souples et miroitants semblaient découpés dans du papier glacé. Vifs, blancs, presque neufs, ils servaient de prétexte à des mystères légers. Chaque vendredi, ma grand-mère s'habillait pour sortir et disait: "je vais *les* rendre"; au retour, après avoir ôté son chapeau noir et sa voilette, elle *les* tirait de son manchon et je me demandais, mystifié: "Sont-ce les mêmes?" Elle les "couvrait" soigneusement puis, après avoir choisi l'un d'eux, s'installait près de la fenêtre, dans sa bergère à oreillettes, chaussait ses besicles, soupirait de bonheur et de lassitude, baissait les paupières avec un fin sourire voluptueux que j'ai retrouvé depuis sur les lèvres de la Joconde; ma mère se taisait, m'invitait à me taire, je pensais à la messe, à la mort, au sommeil: je m'emplissais d'un silence sacré. De temps en temps, Louise[2] avait un petit rire; elle appelait sa fille, pointait du doigt sur une ligne et les deux femmes échangeaient un regard complice. Pourtant, je n'aimais pas ces brochures trop distinguées; c'étaient des intruses et mon grand-père ne cachait

pas qu'elles faisaient l'objet d'un culte mineur, exclusivement féminin. Le dimanche, il entrait par désœuvrement dans la chambre de sa femme et se plantait devant elle sans rien trouver à lui dire; tout le monde le regardait, il tambourinait contre la vitre puis, à bout d'invention, se retournait vers Louise et lui ôtait des mains son roman: “Charles! s'écriait-elle furieuse, tu vas me perdre ma page!” Déjà, les sourcils hauts, il lisait; brusquement son index frappait la brochure: “Comprends pas! —Mais comment veux-tu comprendre? disait ma grand-mère: tu lis par-dedans!” Il finissait par jeter le livre sur la table et s'en allait en haussant les épaules.

VOCABULAIRE

épousseter	*v.t.*	Nettoyer, en ôtant la poussière avec un chiffon.
s'ébattre	*v.pr.*	Se donner du mouvement pour s'amuser.
sanctuaire	*n.m.*	Lieu le plus saint d'un temple, d'une église.
trapu	*a.*	Qui est court et large souvent avec l'idée de robustesse, de force.
boutonner	*v.t.*	Fermer, attacher un vêtement au moyen de boutons.
dextérité	*n.f.*	Adresse manuelle; délicatesse, aisance dans l'exécution de qqch.
officiant	*n.m.*	Personne qui célèbre l'office.
nudité	*n.f.*	Etat d'une personne nue.
veinule	*n.f.*	Ramification extrême des nervures des feuilles.
colifichet	*n.m.*	Petit objet de fantaisie, sans grand valeur.
confiserie	*n.f.*	Produits à base de sucre.
voilette	*n.f.*	Petit voile transparent sur un chapeau de femme, et qui peut couvrir le visage.
bergère à oreillette	*n.f.*	Large fauteuil à dossier rembourré, avec joues pleines et coussin sur le siège.
bésicles	*n.f.pl.*	(Vx.) Lunettes rondes.
voluptueux	*a.*	Qui inspire ou exprime le plaisir.
s'emplir	*v.pr.*	Occuper entièrement le cœur, l'esprit de.
intrus, e	*a.* et *n.*	Qui s'introduit quelque part sans avoir qualité pour y être admis, sans y avoir être invité.
désœuvrement	*n.m.*	Etat d'une personne qui n'a pas d'activité, d'occupation.
tambouriner	*v.i.*	Frapper à coups répétés sur qqch.

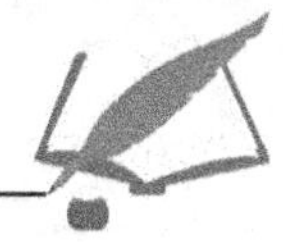

NOTES

1. menhir: (Mot breton) Monument mégalithique constitué d'un seul bloc de pierre verticale.
2. Louise: Un membre de la famille du héros.

Simone de BEAUVOIR
(1908—1986)

Née à Paris, S. de Beauvoir a une enfance choyée de jeune fille surdouée et remporte tous les succès scolaires, jusqu'à l'agrégation de philosophie, qu'elle obtient à l'âge de vingt et un ans, en 1929, en même temps que le philosophe Jean-Paul Sartre avec qui elle vivra une compagnonage littéraire, philosophique, amoureux et existentiel, pendant un demi-siècle.

Multiforme, l'œuvre de S. de Beauvoir est celle d'une romancière, essayiste et autobiographe, dominée par des personnages de femmes souvent vigoureux et acides. Pour elle, la philosophie est avant tout une question de liberté et de responsabilité devant l'existence, qu'elle va rapidement transposer grâce au roman, dans *L'Invitée* (1943). Avec la guerre, le couple Sartre-Beauvoir se politise, participe à des groupes de résistants et aux luttes antifascistes, à la fondation de la revue des *Temps modernes* (1945). En 1948, S. de Beauvoir publie *Le Deuxième sexe*, un essai qui dénonce la condition féminine et déclenche, dans les années 70, les travaux des premières féministes américaines. Avec *Les Mandarins* (1954, Prix Goncourt), la carrière littéraire de S. de Beauvoir prend une orientation autobiographique: après un panorama de la vie des intellectuels de gauche à la Libération et un écho des débats sur "l'engagement", ce sont *Les Mémoires d'une jeune fille rangée* (1958) ou le récit de l'émancipation d'une jeune femme, *La Force de l'âge* (1960), puis *La Force des choses* (1963) qui témoignent de l'engagement politique et de ses désillusions. *Une mort très douce* (1964) relate la maladie et la mort de sa mère, et *Tous comptes faits* (1980) se donne un bilan de la vie de l'écrivain. Après la mort de Sartre en 1980, S. de Beauvoir publie *La Cérémonie des adieux* (1981) et se retire de la vie publique.

Une mort très douce
(1964)

J.-P. Sartre n'était pas loin de regarder Une mort très douce comme le chef-d'œuvre de S. de Beauvoir. Elle s'y livre à un récit sans fard d'un thème pourtant mille fois exploité dans le roman. Loin de toute psychologie et de toute morale, c'est un discours direct qui assume la confidence sur la mort de la mère.

Pourquoi la mort de ma mère m'a-t-elle si vivement secouée? Depuis que j'avais quitté la maison, elle ne m'avait inspiré que peu d'élans. Quand elle avait perdu papa, l'intensité et la simplicité de son chagrin m'avaient remuée, et aussi sa sollicitude: "Pense à toi", me disait-elle, supposant que je retenais mes larmes pour ne pas aggraver sa peine. Un an plus tard, l'agonie de sa mère lui avait douloureusement rappelé celle de son mari: le jour de l'enterrement, elle fut retenue au lit par une dépression nerveuse. J'avais passé la nuit à son côté; oubliant mon dégoût pour ce lit nuptial où j'étais née, où mon père était mort, je l'avais regardée dormir; à cinquante-cinq ans, les yeux fermés, le visage apaisé, elle était encore belle; j'admirais que la violence de ses émotions l'eût emporté sur sa volonté. D'ordinaire, je pensais à elle avec indifférence. Pourtant, dans mon sommeil—alors que mon père m'apparaissait très rarement et d'une manière anodine—elle jouait souvent le rôle essentiel: elle se confondait avec Sartre, et nous étions heureuses ensemble. Et puis le rêve tournait au cauchemar: pourquoi habitais-je de nouveau avec elle? Comment étais-je retombée sous sa coupe[1]? Notre relation ancienne survivait donc en moi sous sa double figure: une dépendance chérie et détestée. Elle a ressuscité dans toute sa force quand l'accident de maman, sa maladie, sa fin eurent cassé la routine qui réglait à présent nos rapports. Derrière ceux qui quittent ce monde, le temps s'anéantit; et plus j'avance en âge, plus mon passé se contracte. La "petite maman chérie" de mes dix ans ne se distingue plus de la femme hostile qui opprima mon adolescence; je les ai pleurées toutes les deux en pleurant ma vieille mère. La tristesse de notre échec[2], dont je croyais avoir pris mon parti, m'est revenu au cœur. Je regarde nos deux photographies, qui datent de la même époque. J'ai dix-huit ans, elle approche de la quarantaine. Je pourrai presque, aujourd'hui, être sa mère et la grand-mère de cette jeune fille aux yeux tristes. Elles me font pitié, moi parce

que je suis si jeune et que je ne comprends pas, elle parce que son avenir est fermé et qu'elle n'a jamais rien compris. Mais je ne saurais pas leur donner de conseil. Il n'était pas en mon pouvoir d'effacer les malheurs d'enfance qui condamnaient maman à me rendre malheureuse et à en souffrir en retour. Car si elle a empoisonné plusieurs années de ma vie, sans l'avoir concerté[3] je lui ai bien rendu. Elle s'est tourmentée pour mon âme. En ce monde-ci, elle était contente de mes réussites, mais péniblement affectée par le scandale que je suscitais dans son milieu. Il ne lui était pas agréable d'entendre un cousin déclarer: "Simone est la honte de la famille."

VOCABULAIRE

agonie	*n. f.*	Moments, heures précédant immédiatement la mort.
dépression nerveuse		Etat de tatique psychologique.
nuptial, e	*a.*	Des noces; relatif aux noces, à la cérémonie du mariage.
apaiser	*v. t.*	Amener qqn à des dispositions plus paisibles, calmer.
ressusciter	*v. i.*	Revenir à la vie normale, après une grave maladie.
routine	*n. f.*	Habitude d'agir ou de penser devenue mécanique.
scandale	*n. m.*	Effet fâcheux, retentissement dans le public d'actes ou de propos considérés comme condamnables.

NOTES

1. être tombé sous la coupe de qqn.: être tombé sous la dépendance de qqn., sous l'emprise de qqn.
2. La tristesse de notre échec, dont je croyais avoir pris mon parti...
3. ...sans l'avoir concerté: sans l'avoir préparé, décidé...

Albert CAMUS
(1913—1960)

Romancier, dramaturge, essayiste, journaliste, Albert Camus a traversé les genres et bousculé le siècle. Séduction de l'homme, engagement du résistant, vivacité du styliste, visage humaniste de l'existentialiste,

rayonnement du Prix Nobel (1957), traductions dans le monde entier ont forgé sa notoriété. Sa mort accidentelle, le 4 janvier 1960, en automobile, aux côtés de son ami Michel Gallimard, a renforcé cette dimension quasi mythique.

Camus est né le 7 novembre 1913 à Mondovi, près d'Alger. Son père meurt sur le front un an plus tard. Enfance pauvre et studieuse dans un quartier populaire d'Alger, études de philosophie sous la direction de Jean Grenier, mise en scène, bref engagement au Parti Communiste et, à partir de 1938, les publications s'égrènent, parmi lesquelles des récits (*Noces*, puis *L'Etranger*, 1942; *La Peste*, 1947; *La Chute*, 1956), du théâtre (*Caligula*, *Le Malentendu*, 1944; *Les Justes*, 1950; et des adaptations pour la scène de Faulkner et de Dostoïevski), des essais (*Le Mythe de Sisyphe*, 1942; *L'Homme révolté*, 1951).

Pendant la Résistance, il dirige le journal clandestin *Combat*. A la Libération, il exerce avec Sartre une influence primordiale sur la jeunesse intellectuelle, jusqu'à ce qu'une vive polémique les oppose, suite à la parution de *L'Homme révolté*. Dans les années cinquante, Camus en sera quelque peu marginalisé, d'autant que la guerre d'Algérie déchire son pacifisme foncier. Il laisse un roman inachevé: *Le Premier homme*.

"Un monde qu'on peut expliquer, même avec de mauvaises raisons, est un monde familier. Mais au contraire, dans un univers soudain privé d'illusions et de lumières, l'homme se sent un étranger", écrit-il dans *Le Mythe de Sisyphe*. Le nom de Camus reste associé à son analyse de l'absurdité et de l'étrangeté de la condition humaine: constat métaphysique doublé de l'appréhension d'une situation historique toujours plus angoissante. Rien de nihiliste, cependant, dans ce désespoir, équilibré par un profond amour de la vie ("le bonheur et l'absurde sont fils d'une même terre", dit-il), et débouchant sur l'exigence éthique d'une révolte lucide et solidaire. Camus a violemment refusé les dogmatismes (qui portaient les noms de christianisme, fascisme, nationalisme, communisme, et même, finalement, existentialisme), tandis qu'à son athéisme radical fait pendant un lyrisme profondément méditerranéen.

Noces
(1938)

Edité à Alger, le livre se compose de quatre récits écrits en 1936 et 1937: Noces à Tipasa, Le Vent à Djemila, L'Eté à Alger, Le Désert. *Il témoigne de la révolte de Camus: de ce refus qui n'est pas un renoncement. C'est aussi le premier volet d'un dyptique: dans* L'Eté, *en 1954, Camus reviendra sur la plénitude sensuelle et la charge historique du paysage algérien. "Alger s'ouvre dans le ciel comme une bouche ou comme une blessure", écrit-il ici. Depuis cette rive de la Méditerranée opposée au cimetière valéryen, Camus ajoute que "tout ce qui exalte la vie accroît en même temps son absurdité".*

C'est le grand libertinage de la nature et de la mer qui m'accapare tout entier. Dans ce mariage des ruines et du printemps, les ruines sont redevenues pierres, et perdant le poli imposé par l'homme, sont rentrées dans la nature. Pour le retour de ces filles prodigues, la nature a prodigué les fleurs. Entre les dalles du forum, l'héliotrope pousse sa tête ronde et blanche, et les géraniums rouges versent leur sang sur ce qui fut maisons, temples et places publiques. Comme ces hommes que beaucoup de science ramène à Dieu, beaucoup d'années ont ramené les ruines à la maison de leur mère. Aujourd'hui enfin leur passé les quitte, et rien ne les distrait de cette force profonde qui les ramène au centre des choses qui tombent.

Que d'heures passées à écraser les absinthes, à caresser les ruines, à tenter d'accorder ma respiration aux soupirs tumultueux du monde! Enfoncé parmi les odeurs sauvages et les concerts d'insectes somnolents, j'ouvre les yeux et mon cœur à la grandeur insoutenable de ce ciel gorgé de chaleur. Ce n'est pas si facile de devenir ce qu'on est, de retrouver sa mesure profonde. Mais à regarder l'échine solide du Chenoua, mon cœur se calmait d'une étrange certitude. J'apprenais à respirer, je m'intégrais et je m'accomplissais. Je gravissais l'un après l'autre des coteaux dont chacun me réservait une récompense, comme ce temple dont les colonnes mesurent la course du soleil et d'où l'on voit le village entier, ses murs blancs et roses et ses vérandas vertes. Comme aussi cette basilique sur la colline Est: elle a gardé ses murs et dans un grand rayon autour d'elle s'alignent des sarcophages exhumés, pour la plupart à peine issus de la terre dont ils participent encore. Ils ont contenu des morts; pour le moment il y pousse des sauges et des ravenelles. La basilique Sainte-

Salsa est chrétienne, mais chaque fois qu'on regarde par une ouverture, c'est la mélodie du monde qui parvient jusqu'à nous: coteaux plantés de pins et de cyprès, ou bien la mer qui roule ses chiens blancs à une vingtaine de mètres. La colline qui supporte Sainte-Salsa est plate à son sommet et le vent souffle plus largement à travers les portiques. Sous le soleil du matin, un grand bonheur se balance dans l'espace.

VOCABULAIRE

libertinage	*n. m.*	Manière de vivre très libre, et manque de la licence des mœurs.
accaparer	*v. t.*	Accaparer qqn = occuper complètement la pensée, le temps de qqn; retenir qqn près de soi.
héliotrophe	*n. m.*	Plante à fleurs odorantes bleues ou blanches, à feuilles souvent alternes, entières ou dentelées. (天芥菜)
géranium	*n. m.*	Plante très commune dont le fruit ressemble au bec d'une grue. (老鹳草)

L'Etranger
(1942)

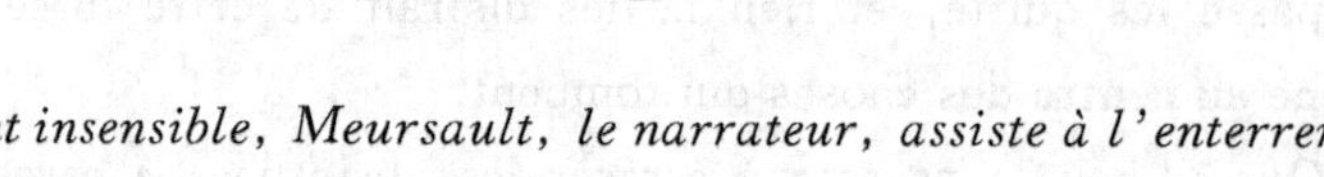

Apparemment insensible, Meursault, le narrateur, assiste à l'enterrement de sa mère. Plus tard, aveuglé par le soleil, il abat un Algérien sur la plage, avec son revolver.

Le plus célèbre récit d'Albert Camus met en scène un personnage sur l'étrangeté duquel nul n'a prise—à commencer par lui-même. L'absurde est ici présenté sous son visage le plus radical: celui de l'incommunicable. Il s'agit à la fois de montrer une personne étrangère au souci de s'analyser ou de se justifier, et de dénoncer l'injustice conformiste qui le condamne à mort pour un crime qu'il a certes commis, mais au nom de principes à la moralité par trop éprouvée.

Cette radicalité dans la description d'un comportement, on la doit pour beaucoup à l'esthétique de Camus: cette "écriture blanche" appréciée par Roland Barthes, "libérée de toute servitude à un ordre marqué du langage".

C'était le même soleil que le jour où j'avais enterré maman et, comme

alors, le front surtout me faisait mal et toutes ses veines battaient ensemble sous la peau. A cause de cette brûlure que je ne pouvais plus supporter, j'ai fait un mouvement en avant. Je savais que c'était stupide, que je ne me débarrasserais pas du soleil en me déplaçant d'un pas. Mais j'ai fait un pas, un seul pas en avant. Et cette fois, sans se soulever, l'Arabe a tiré son couteau qu'il m'a présenté dans le soleil. La lumière a giclé sur l'acier et c'était comme une longue lame étincelante qui m'atteignait au front. Au même instant, la sueur amassée dans mes sourcils a coulé d'un coup sur les paupières et les a recouvertes d'un voile tiède et épais. Mes yeux étaient aveuglés derrière ce rideau de larmes et de sel. Je ne sentais plus que les cymbales du soleil sur mon front et, indistinctement, le glaive éclatant jailli du couteau toujours en face de moi. Cette épée brûlante rongeait mes cils et fouillait mes yeux douloureux. C'est alors que tout a vacillé. La mer a charrié un souffle épais et ardent. Il m'a semblé que le ciel s'ouvrait sur toute son étendue pour laisser pleuvoir du feu. Tout mon être s'est tendu et j'ai crispé ma main sur le revolver. La gâchette a cédé, j'ai touché le ventre poli de la crosse et c'est là, dans le bruit à la fois sec et assourdissant, que tout a commencé. J'ai secoué la sueur et le soleil. J'ai compris que j'avais détruit l'équilibre du jour, le silence exceptionnel d'une plage où j'avais été heureux. Alors, j'ai tiré encore quatre fois sur un corps inerte où les balles s'enfonçaient sans qu'il y parût. Et c'était comme quatre coups brefs que je frappais sur la porte du malheur.

VOCABULAIRE

gicler	*v.i.*	Jaillir ou rejaillir avec force, souvent en éclaboussant, en parlant d'un liquide.
cymbale	*n.f.*	Instrument de percussion fait d'un plateau circulaire en métal, suspendu ou tenu à la main, et que l'on frappe, ou que l'on entrechoque avec un second plateau. (钹)
glaive	*n.f.*	Epée courte à deux tranchants.
crisper	*v.t.*	Contracter vivement les muscles sous l'effet d'une sensation physique.

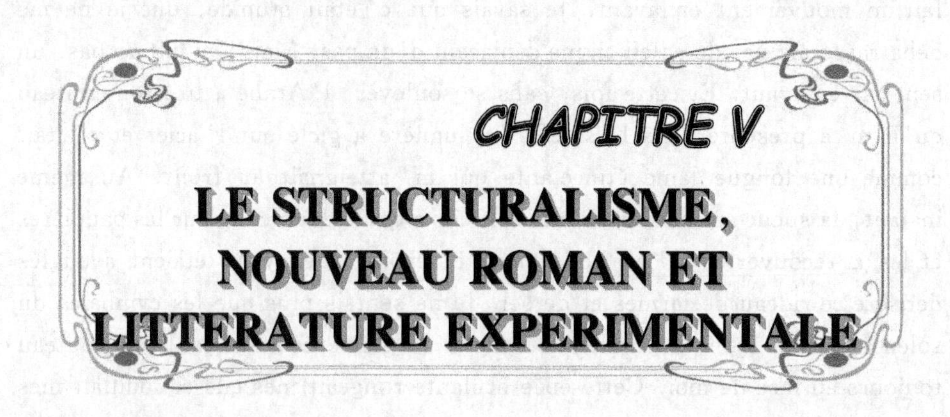

CHAPITRE V
LE STRUCTURALISME, NOUVEAU ROMAN ET LITTERATURE EXPERIMENTALE

Le Structuralisme

En 1961, J. Gracq publie un essai "La littérature" à l'estomac dans lequel il écrit: "On ne sait s'il y a crise de la littérature, mais il crève les yeux qu'il existe une crise du jugement littéraire". En effet, la critique littéraire datant du XIXe siècle se trouve remise en question par une "nouvelle critique" littéraire que l'on désigne, par un effet de raccourci, ***le structuralisme***.

Au point de départ, le structuralisme est une méthode d'analyse linguistique inaugurée par Ferdinand de Saussure au début du XXe siècle, même si le mot "structuralisme" ou "structure" n'apparaissent pas dans le *Cours de linguistique générale*. Ce terme se rencontre initialement chez Lévi-Strauss (*L'anthropologie structurale*, 1958).

Le formalisme russe, entre 1915 et 1930, est une des premières manifestations d'une perspective structurale concernant la littérature. Le texte littéraire est considéré comme une œuvre de langage et, en ce sens, la rencontre avec le point de vue linguistique s'explique puisqu'elle se fait sur un objet commun: le matériel linguistique. Les travaux des formalistes russes porteront sur des types de structures narratives (Tomatcheveski, Propp), stylistiques (le dialogisme de Baktine) ou phonologiques (Jakobson).

Ce n'est qu'à partir de 1960, à la suite de la traduction tardive des formalistes russes et sous la double influence du structuralisme en ethnologie (Lévi-Strauss) et en linguistique (Jakobson et Benveniste) que les premières analyses structurales concernant la poésie et le récit apparaissent. En 1962, Lévi-Strauss et R. Jakobson (linguiste) publient un "commentaire à quatre mains" concernant Les chats de CH. Baudelaire. Ce texte critique est le coup d'envoi d'une méthode d'analyse qui rend compte, dans leur corrélation, du niveau syntaxique, phonétique et métrique du texte poétique. Cette nouvelle critique littéraire est alors systématisée et approfondie par R. Barthes qui propose une réflexion minutieuse et rigoureuse des diverses fonctions du Texte, décrites dans les

termes d'une combinatoire, sans autre considération que le texte lui-même. Le Texte est conçu comme un certain mode de fonctionnement du langage qui ne se confond pas avec la communication verbale ordinaire. Cette perspective s'oppose à une conception d'un langage transparent, représentatif. L'écriture littéraire déjoue alors la dimension descriptive du langage, mettant en place des procédures qui permettent de mettre en action le pouvoir créateur du langage: polysémie, polyphonie et toutes les possibilités de jeu, et de réflexion, sur la personne et le temps.

Le structuralisme en littérature rompt donc avec un idéalisme qui supposerait un sens préalable à l'expression linguistique, pour s'engager dans une aventure formelle où le signifiant lui-même est producteur de sens. Le Texte, en s'éloignant de toute représentation réaliste, est un jeu infini aux lectures multiples. A l'idéologie esthétisante de l'"œuvre d'art" se substitue une écriture conçue comme une pratique spécifique participant au système global du processus social. "Ecrire c'est 'travailler la langue", l'explorer dans la pratique même, sachant que cette investigation ne réfléchit nullement la langue d'usage destinée à la communication courante mais plutôt la langue dans sa matérialité même.

A la même époque, tandis qu'une nouvelle critique s'élabore, une littérature se dégage de toute dimension psychologique, sociologique ou politiquement engagée au profit d'une réflexion sur le langage dans ses multiples aspects. Ce que l'on a coutume de désigner par *le nouveau roman* regroupe des écrivains, certes bien différenciés, mais qui ont en commun une perspective globale sur la littérature tandis que d'autres auteurs s'engagent explicitement dans une écriture plus ouvertement expérimentale.

Le Nouveau Roman

Le Nouveau Roman est d'abord une expression que risque la critique pour tenter de caractériser les écrits de Robbe-Grillet, *Les Gommes* (*Minuit*, 1953), *Le Voyeur* (1955). D'abord péjorative, elle n'est que tardivement reprise en compte par l'auteur de la jalousie, qui réunit ses articles sur le roman dans *pour un nouveau roman* (*Minuit*, 1963). L'appellation de Nouveau Roman rassemble néanmoins des auteurs très différents (Butor, Simon, Beckett, Robbe-Grillet, Sarraute...) et les limites du groupe demeurent d'ailleurs floues (Duras et Beckett n'ont pas répondu à l'invitation de Ricardou à participer à un colloque sur le Nouveau Roman, en 1971; si nombre d'auteurs ont publié, au moins un temps, aux éditions de Minuit, tous n'appartiennent pas à cette maison d'édition). Ce que fédère cette expression, c'est surtout une communauté de refus: les nouveaux romanciers remettent en cause le roman traditionnel; ils refusent que le roman soit conçu comme une représentation de la réalité et comme une forme d'expression de l'auteur. De plus tout rattachement du roman à la philosophie ou à la politique est critiqué alors qu'à cette époque les thèses de Sartre et l'existentialisme comme le pouvoir intellectuel du communisme sont essentiels: le roman ne doit pas être une chambre d'écho

de thèses philosophiques ni d'une quelconque idéologie; il n'a pas de message à délivrer; il ne renvoie qu'à lui-même. Cette tendance à l'autoréférentialité sera de plus en plus marquée, en partie sous l'influence de Jean Ricardou, qui s'affirmera comme le théoricien du *nouveau roman* (*Problèmes du nouveau roman*, 1967; *Pour une théorie du Nouveau Roman*, 1971). Elle conduit à une forte valorisation de tous les lieux de réflexivité du texte, en particulier de la mise en abyme, ainsi qu'à un refus d'accorder à la narration romanesque un pouvoir d'explication ou de révélation d'une quelconque vérité; cet aspect est particulièrement marqué dans l'œuvre de Claude Simon. Selon la formule célèbre de Jan Ricardou, le roman est l'aventure d'une écriture et non l'écriture d'une aventure. L'accent est délibérément mis sur la forme romanesque, sur la quête de l'écriture, et non sur la matière ou le sujet d'une intrigue qui est de moins en moins importante.

La remise en cause du roman traditionnel passe également par le refus du personnage, en tant qu'il est une figure cohérente, bien dessinée, nettement caractérisée psychologiquement, socialement. Les articles, de N. Sarraute, repris dans l'*Ere du soupçon* en 1965, contribuent fortement à une destitution du personnage, essentielle au Nouveau Roman dans son ensemble. Rappelons à cet égard les titres significatifs que sont *Portrait d'un inconnu* (Sarraute) ou *Quelqu'un* (Pinget).

Cette remise en cause du personnage est vite apparue comme un anti-humaniste, d'autant plus que les objets et la description envahissent peu à peu le roman. "Ecole du regard", selon la formule de Roland Barthes, le Nouveau Roman à bouleverser la relation habituelle entre la description et la narration: celle-ci n'est plus l'auxiliaire de la narration, elle peut l'engendrer, par prolifération parfois hallucinatoire (*L'Inquisitoire*, Pinget, Minuit, 1962). On ne saurait toutefois considérer que la personne soit totalement exclue du Nouveau roman: toute l'œuvre de Nathalie Sarraute est une exploration de la matière psychique, en tant que ses liens complexes avec la parole théâtralisent la relation du sujet à soit et à autrui. De même, l'histoire ne disparaît pas de ces œuvres: on sait l'importance de la guerre dans l'œuvre de Claude Simon par exemple.

Quoi qu'il en soit, le Nouveau Roman a connu de nombreuses mutations: certains auteurs ont quitté le strict terrain romanesque (Pinget s'est tourné vers le théâtre et le testes courts, souvent intitulés récits; Butor n'a plus publié de roman après *La Modification* (Minuit, 1957); d'autres ont remis en cause leur appartenance à ce courant de la production littéraires des années 50 et 60; tous ont critiqué les excès théoriques et idéologiques des positions des années 70 (refus de toute relation à un référent; exclusion de toute considération historique ou autobiographique par exemple). C'est le cas, en particulier, de Robbe-Grillet *dans Le Miroir qui revient* (Minuit) texte autobiographique publié en 1984; Malgré une reconnaissance par les prix littéraires du Nouveau Roman (*La Modification* de Butor obtient en 1957 le prix Renaudot; *La Mise en Scène* de Claude Ollier, l'année suivante, le prix Médicis; *La Route des Flandres* de Claude Simon en 1960 le prix de l'Express, etc... Sans oublier le Nobel accordé à Beckett en 1969 et à Simon en

1985), le Nouveau Roman a du mal à rencontrer un lectorat nombreux (les textes qui ont rencontré un réel grand public sont ceux qui appartiennent le moins nettement au Nouveau Roman, comme *l'Amant de Duras* (Minuit, 1884) ou Enfance de Sarraute (Gallimard, 1983), il demeure que l'on ne saurait considérer ni que le Nouveau Roman est un courant homogène et univoque, ni qu'il s'est limité aux expérimentations des années 60—70: Nathalie Sarraute et Claude Simon ont publié en 1997 respectivement "*Quirez*" et *le Jardin des Plantes*.

Oulipo

Dans le même temps qu'une *nouvelle critique* et un *nouveau roman* se configurent, R. Queneau et F. Le Lionnais fondent en 1961 l'Oulipo (*Ou*vroir de *li*ttérature *po*tentielle). Les écrivains oulipiens en comme R. Queneau, G. Perec ou J. Roubaud, pour ne pas citer que les plus connus, privilégient une technique consciente d'écriture, que celle-ci soit poétique ou romanesque.

L'Oulipo est une littérature que l'on peut appeler "expérimentale" dans la mesure où il s'agit de mettre en œuvre des contraintes formelles données au départ, où jeu et sérieux se rencontrent, où mathématiques et littérature ne sont plus contradictoires. Ces contraintes ne détruisent pas l'inspiration créatrice, bien au contraire, puisqu'elles doivent permettre d'exercer cette inspiration régulièrement en évitant les "tics" et les automatismes propres à chaque écrivain.

La notion de "contrainte" concernant la production littéraire n'est, bien évidemment, pas nouvelle (le sonnet, par exemple n'est-il pas une écriture contrainte), mais, pour l'*Oulipo*, les contraintes anciennes d'une part se sont usées et ont puisé leurs *potentialit*és et, d'autre part, se cantonnaient à l'écriture poétique alors que l'*Oulipo* fonde ses expériences littéraires autant dans l'écriture poétique que dans le texte narratif. Les écrivains de ce groupe, très inspirés par l'œuvre de R. Roussel, proposent des techniques d'écriture, véritables prouesses techniques, qui sont des structures mises en mouvement dans leurs propres textes et qui servent d'exemples au lecteur. Le lecteur est potentiellement créateur. En effet, à partir d'un matériel de base fourni par l'*Oulipo*, celui-ci doit pouvoir à son tour composer des Textes inconnus de l'auteur oulipien lui-même. C'est pourquoi l'*Oulipo* est un "ouvroir" "potentiel" de littérature. Ainsi, par exemple, 100000 *milliards de poèmes* de R. Queneau ou *La disparition* de G. Perec dont la contrainte est de ne jamais avoir recours à un mot contenant la lettre e.

L'imagination est ainsi contrainte par la combinaison/sélection des mots analogies, homophonies, métagrammes sont les procédures les plus courantes de *l'Oulipo*. C'est une écriture consciente et concertée qui ne veut laisser aucune place à un hasard non maîtrisé. Potentialité n'est pas Hasard. Au lecteur de découvrir le "secret " des procédures.

Il est un écrivain qui ne s'inscrit ni dans la perspective *structuraliste*, ni dans celle *du nouveau roman* mais n'appartient pas davantage au groupe de l'*Oulipo* mais qui appartient, néanmoins, pleinement à son époque, c'est J. Gracq. En un certain sens, il s'en éloigne considérablement par son refus de tout esprit de *système*, "de toute notion de *combinatoire*". Indépendant et solitaire, l'écriture de J. Gracq est une trajectoire qui interroge sans cesse la relation du langage à la littérature, refuse une littérature "engagée", refuse de distinguer la poésie de la prose. En cela, il rejoint les "écrivains-critiques" et "critiques-écrivains" de la "modernité".

Nathalie PIEGAY-GROS et Françoise VOISIN-ATLANI

Raymond ROUSSEL
(1877—1933)

Fils d'une famille très fortunée, Roussel mène une vie très secrète sur laquelle seuls les témoignages de M. Leiris nous donnent quelques indications. Silencieux sur les événements qui ont marqué sa vie comme sur son emploi du temps quotidien, minutieusement réglé mais mystérieux, Roussel construit une œuvre hors de toute réalité. L'on sait qu'il garde de son enfance un souvenir délicieux et toujours nostalgique. Les circonstances de sa mort à Palerme (Italie) en 1933 restent aussi peu éclaircies que sa vie.

A dix-sept ans, il est saisi par une sensation de "gloire" alors qu'il écrit un long poème, *La doublure* (1896), signe pour lui révélateur de son génie littéraire. Délaissant la composition musicale à laquelle il s'adonnait, il se consacre alors entièrement à l'écriture: des romans en prose, *Impressions d'Afrique* (1910) et *Locus Solus* (1914), un roman en vers *Nouvelles impressions d'Afrique* (1932) et des pièces de théâtre (mises en scène à ses frais et qui provoqueront sa ruine), *L'étoile au front* (1925), *La poussière de Soleils* (1927). Ces œuvres sont suivies, selon son ordre, d'une publication posthume, *Comment j'ai écrit certains de mes livres* (1933), qui prétend dévoiler ses procédés très particuliers d'écriture. Ces procédés, Roussel les avait d'ailleurs décelés dans les œuvres de J. Verne, pour qui il avait une admiration infinie. Ainsi, à partir d'un nombre limité de phrases et de mots à double ou à triple sens, liés par une trame logique et analogique, un monde fabuleux est engendré dont la description rigoureuse n'est qu'une rencontre de mots. Le langage devient l'acteur d'une réalité linguistique, alchimie fascinante qui inspirera aussi bien les surréalistes que l'*Oulipo* ou certains acteurs du Nouveau Roman.

Locus Solus
(1914)

Locus Solus est une grande propriété habitée par Martial Canterel, un savant de génie qui consacre sa vie, et sa fortune, à la Science. Guidé par le maître des lieux, un groupe d'invités visite le parc de ce lieu solitaire dans lequel ils découvrent les inventions extraordinaires de ce savant. A une étape de leur visite, les invités s'arrêtent devant un immense aquarium taillé en forme de diamant, dans lequel évoluent de minuscules personnages.

Canterel avait trouvé le moyen de composer une eau dans laquelle, grâce à une oxygénation spéciale et très puissante qu'il renouvelait de temps à autre, n'importe que être terrestre, homme ou animal, pouvait vivre complètement immergé sans interrompre ses fonctions respiratoires.

Le maître voulut construire un immense récipient de verre, pour rendre bien visibles certaines expériences qu'il projetait touchant plusieurs partis à tirer de l'étrange liquide.

La plus frappante particularité de l'onde en question résidait de prime abord dans son éclat prodigieux; la moindre goutte brillait de façon aveuglante et, même dans la pénombre, étincelait d'un feu qui lui semblait propre. Soucieux de mettre en valeur ce don attrayant, Canterel adopta une forme caractéristique à multiples facettes pour l'édification de son récipient qui, une fois terminé puis rempli d'eau fulgurante, ressembla servilement à un diamant gigantesque.

VOCABULAIRE

oxygénation	*n. f.*	Action de donner l'oxygène à un corps.
immerger	*v. t.*	Prolonger entièrement dans un liquide, particulièrement dans la mer.
respiratoire	*a.*	Relatif à la respiration.
récipient	*n. m.*	Tout ustensile creux capable de contenir des substances liquides, solides, gazeuses. (容器)
pénombre	*n. f.*	Lumière faible, demi-jour.
fulgurant	*a.*	Qui est lumineux, pénétrant.

servilement	*adv.*	De façon servile qui montre une soumission excessive.

Nathalie SARRAUTE
(née en 1902)

Née en Russie en 1902, elle vit son enfance partagée entre la France et son pays natal, après la séparation de ses parents: ces années sont évoquées dans son autobiographie (*Enfance*, 1983). Elle mène une carrière de juriste, avant de se consacrer entièrement à la littérature; son œuvre, d'abord peu reconnue, est aujourd'hui considérée comme essentielle dans le paysage du roman français de l'après-guerre. Nathalie Sarraute a également écrit pour le théâtre: *Irma* (1970), *C'est beau* (1973) *Elle est là* (1978).

Dès les années 50, Nathalie Sarraute s'impose comme une rénovatrice du roman; son recueil d'articles théoriques, *L'Ere du soupçon* (1956), l'inscrit dans le mouvement du Nouveau Roman; elle remet en cause non seulement le personnage classique et sa psychologie traditionnelle mais aussi la nécessité de l'intrigue et les limites habituelles du réalisme. Elle tente avant tout de saisir la parole à son origine et d'explorer ainsi les mouvements infinis du psychisme humain. Pour elle, la parole d'un personnage n'est pas un atout parmi d'autres de son caractère: elle montre qu'elle est "la résultante de mouvements montés des profondeurs, nombreux, emmêlés, que celui qui les perçoit au-dehors embrasse en un éclair et qu'il n'a ni le temps ni le moyen de séparer et de nommer" ("Conversation et sous-conversation"). Il s'agit donc de décaper le langage convenu, celui que le roman estampille et fige, en l'assénant à des fonctions bien définies. La tyrannie du langage (*Les Fruits d'or*, 1963), les effets que provoquent les mots dans la conversation, les sensations que suscite telle parole surprise (le mot "amour" qui rôde autour du couple observé dans un café, dans *L'Usage de la parole*, 1980) sont ainsi longuement approchés par une prose qui se développe en proliférant, au plus près des mouvements fugitifs de la pensée. La sensation est toujours présente, dans ces textes qui traquent les réactions les plus infimes que suscite le contact avec l'autre: ainsi, dans *Portrait d'un inconnu* (1948), elle évoque ces hommes aux visages de masque: "quelque chose d'insaisissable sort d'eux, un mince fil ténu, collant, de petites ventouses délicats comme celles qui se tendent, frémissantes, au bout des poils qui tapissent certaines plantes carnivores, ou bien un suc poisseux comme la soie que secrète la chenille,

quelque chose d'indéfinissable, de mystérieux, qui s'accroche au visage de l'autre et le tire ou qui se répand sur lui comme un enduit gluant sous lequel il se pétrifie". Dans *Ici* (1995), elle explore les liens de la parole et de la mémoire, relatant les tourments qu'impose un mot oublié et le bonheur de le retrouver ("Philippine... Philippine... encore et encore Phi-lip-pine... ses effluves délicieux répandent la certitude, l'apaisement...").

Le Planétarium
(1959)

Dans ce roman où les personnages, contrairement à Portrait d'un inconnu (1948) par exemple, sont pourvus d'un nom, la narration est mobile, la première personne se référant à des personnages différents. Le milieu littéraire (Germaine Lemaire, écrivain, exerce son pouvoir sur le jeune et snob Alain Guimier) est l'objet de satire, comme le milieu familial bourgeois dans lequel évoluent les personnages. Mais, comme le montre le passage qui relate la rencontre hasardeuse, dans une librairie, entre le jeune critique, son père, et l'écrivain ce sont leurs paroles et les plus imperceptibles et muettes réactions des personnages qui sont l'objet de la narration; cet extrait est le second volet de la scène de rencontre, d'abord évoquée comme le jeune homme aurait aimé qu'elle se déroule: "un air de surprise heureuse. Un air d'abandon, de grâce tendre. Les mots se forment n'importe comment, ils jaillissent, transparents et légers, bulles scintillantes qui montent dans un ciel pur et s'évanouissent sans laisser de trace..."

Et il s'en fallut d'un rien—juste d'un certain mouvement de sa part, que ne se déploie pour la joie de son âme et de ses yeux ce spectacle charmant. Mais ce n'est pas d'un rien qu'il s'en est fallu, c'est l'innocence, la pureté, la bonté, la fierté, c'est tout cela réuni qu'il lui aurait fallu posséder. Mais non, la sainteté même ne lui aurait pas permis d'exécuter dès l'abord ce léger mouvement. Rien au monde n'aurait pu—tant les jeux étaient faits d'avance, les rôles depuis longtemps préparés, la scène tant de fois ébauchée en lui, préfigurée, entrevue à la faveur d'un éclair, vécue en de saisissants raccourcis—rien n'aurait pu empêcher qu'au lieu de l'heureuse surprise, de l'air de tendre abandon, ne se dessine sur son visage et ne s'offre aussitôt au regard de son père, debout en face de lui de l'autre côté du comptoir, cette

expression de crainte, de désarroi quand elle est apparue—mais par quelle malchance, par quel coup imprévisible du destin, justement à ce moment, ce jour-là—derrière la porte vitrée de la librairie. Son père l'observe un peu surpris et, se tournant pour suivre la direction de son regard devinant déjà quelque chose—tout était prêt, là aussi, inscrit en creux depuis longtemps—son père voit s'avancer vers eux dans la travée, entre les tables chargées de livres, de revues que son ample mantille de soie noire balaie, une grosse femme curieusement attifée, les traits taillés à la serpe, l'air d'une marchande à la toilette ou d'une actrice démodée, vêtue de bizarres oripeaux. Elle tend la main d'un geste large par lequel elle veut exprimer, qui exprime, on le sent, à ses propres yeux, une royale simplicité... Et lui, honteux, affolé, lui, tiré et jeté là, devant eux, dans une pose ridicule, lui poussé sur la scène à coups de pieds... Allons, qu'est-ce que tu attends? C'est à toi de jouer... titubant, balbutiant d'une voix qui volette et se cogne: “Mais vous ne vous connaissez pas... Permettez-moi... Mon père... Madame Germaine Lemaire...” Et aussitôt, ce qu'il avait prévu, ce petit sourire en coin, cette lueur féroce dans les yeux étroits, entre les lourdes paupières, ce mouvement qu'il perçoit chez son père, un déplacement rapide et silencieux, comme si quelque chose se défaisait, puis se recomposait autrement, prenait une autre forme: “Ah, c'était donc ça...”

Il est un insecte épinglé sur la plaque de liège, il est un cadavre étalé sur la table de dissection et son père, rajustant ses lunettes, se penche... Oui, c'était bien ça, le diagnostic était exact, tout fonctionnait exactement comme il fallait le penser quand on connaissait si bien l'organisme du patient, quand on avait pu le suivre toujours de si près, étudier, se rappeler, depuis sa naissance, toutes ses petites maladies, ses plus insignifiants malaises... Son père n'a pas pu s'y tromper un seul instant: c'était donc cela que signifiait cet air hagard, tout à coup, hébété... Pensez donc, Mme Germaine Lemaire est entrée, et le misérable parvenu, honteux, tremblant, que va-t-elle voir deviner penser ne sera-t-elle pas déçue, choquée sera-t-on assez aimable assez déférent... Rien n'est trop beau pour les autres, pour cette bonne femme idiote, pas une ligne ne restera de ce qu'elle écrit, personne ne se souviendra de son nom dans trente ans, et il le sait bien, parbleu, le petit snob, pas si bête au fond, mais peu lui importe, c'est bon pour les vieux imbéciles, ce qu'ils appellent en ricanant les “valeurs immortelles, les chefs-d'œuvres...”, la vie est trop courte, ils sont tous pressés, on n'est pas éternel, vite, se démener, courbettes et compliments, précautions infinies, suivant en elle avec anxiété le cheminement de chaque mot, de chaque nuance... Jamais assez d'égards... Mais avec son père on n'est pas si délicat... moi je ne suis bon qu'à ça, payer

des livres d'art qu'il lui fera admirer, qu'il lui posera sur les genoux... voulez-vous que je vous le tienne, ce n'est pas trop lourd tandis qu'il tournera vers elle et gardera fixé sur son visage un œil immobile et luisant de chien à l'arrêt, guettant le plus faible mouvement d'intérêt, de satisfaction, attendant patiemment le moment de lui tourner les pages... mais moi, son père, une fois que j'ai servi, vite que je disparaisse, ce serait si commode s'il pouvait se débarrasser de moi, mais voilà, cette fois-ci la malchance s'en est mêlée, nous avons été surpris... un coup du sort cruel... il faut essayer de faire bonne figure... "Mon père..." il le faut bien... comment cacher cette grosse protubérance, cet énorme appendice gênant qui vous tire en arrière, entrave tous vos mouvements... le cocotier, bien sûr ce serait parfait, seulement voilà, c'est un peu trop tôt, je suis encore vivant et fort et jeune, que diable, et, grâce au Ciel, indépendant... "Permettez-moi de vous présenter... Madame Germaine Lemaire..." Et cet air... ce regard... Voyez-vous ça le galopin, taloches qui se sont perdues, passe l'inspection, suis-je assez bien mis mains et col propres, mettez-vous en tenue, mon ami, vous allez être introduit... Il me fait l'honneur... à moi... Je m'en moque, de ses Germaine Lemaire, je n'ai jamais, moi, cherché comme lui, par pur snobisme... Ce marquis, autrefois, à Aix-les-Bains, nous nous étions liés pourtant, il tenait absolument... mais c'est moi, dès le retour à Paris, qui n'ai pas voulu... ce milieu mondain... j'ai coupé court moi-même... mais lui, à ma place, le petit vaurien...

VOCABULAIRE

sainteté	*n. f.*	Qualité de celui ou ce qui est saint.
ébaucher	*v. t.*	Commencer.
préfigurer	*v. t.*	Présenter les caractère d'une chose future, annoncer par avance.
raccourci	*n. m.*	Résumé. (缩影)
désarroi	*n. m.*	Etat d'une personne profondément troublée.
en creux		Selon une forme concave. (阴文的)
travée	*n. f.*	Rangée de bancs.
mantille	*n. f.*	Longue écharpe de dentelle que les femmes portent sur la tête ou sur les épaules.
attifer	*v. t.*	(Fam.) Habiller, parer avec mauvais goût ou d'une manière un peu ridicule.
serpe	*n. f.*	Outil tranchant à manche court, à fer plat et large servant à couper les branches.

oripeaux	*n. m. pl.*	Vêtements usés qui ont conservé un reste de splendeur.
tituber	*v. i.*	Chanceler sur ses jambes.
voleter	*v. i.*	Voler çà et là, légèrement.
se cogner	*v. pr.*	Heurter.
épingler	*v. t.*	Attacher, fixer avec une ou des épingles.（大头针）
liège	*n. m.*	Tissu végétal épais, imperméable et léger, fourni par l'écorce de certain arbres, en particulier du chêne-liège.（软木）
dissection	*n. f.*	Action de disséquer（couper, ouvrir les parties d'un corps organisé pour en faire l'examen anatomique）un corps.
hagard	*a.*	Qui a une expression égarée et farouche.
hébéter	*v. t.*	Faire perdre toute intelligence, toute volonté de réaction à; rendre stupide.
déférent	*a.*	Qui montre de la considération respectueuse, du respect.
snob	*a.* et *n.*	Qui fait preuve d'admiration pour tout ce qui est en vogue dans les milieu tenus pour distingués.
se démener	*v. pr.*	Se donner beaucoup de mal pour obtenir qqch.
courbette	*n. f.*	(Fam.) Action de s'incliner exagérément, avec une politesse obséquieuse.
cheminement	*n. m.*	Avance lents et progressive.
protubérance	*n. f.*	Saillie en forme de bosse à la surface d'un corps.
appendice	*n. m.*	Diverticule creux, en forme de doigt de gant, abouché au cæcum.（阑尾）
entraver	*v. t.*	Gêner, embarrasser dans ses mouvements, ses actes.
galopin	*n. m.*	(Fam.) Petit garçon espiègle, effronté.
taloche	*n. f.*	(Fam.) Coup donné sur la tête ou le figure avec le plat de la main.
snobisme	*n. m.*	Admiration pour tout ce qui est en vogue dans les milieu tenus pour distingués.

Raymond QUENEAU
(1903—1976)

Né au Havre, Raymond Queneau entreprend à Paris des études de philosophie et se lie avec le groupe des Surréalistes. Parallèlement à une carrière littéraire qui débute en 1933 avec Le Chiendent, Queneau occupe des fonctions importantes dans la maison d'édition Gallimard et s'intéresse activement aux mathématiques. Avec François Le Lyonnais il a fondé en 1960 l'Ouvroir de Littérature potentielle (Oulipo), où les rejoignirent entre autres Jacques Roubaud, Georges Perec et Italo Calvino. Parmi les nombreux livres en prose, parfois d'inspiration autobiographique et souvent dans la veine du réalisme poétique, on retiendra *Un rude hiver* (1939), *Pierrot mon ami* (1942), *Loin de Rueil* (1944), *Le Dimanche de la vie* (1952), *Les Fleurs bleues* (1965) et *Le Vol d'Icare* (1968). Mais la poésie n'est pas en reste, avec les recueils *Si tu t'imagines* (1952), *Petite Cosmogonie portative* (1955), *Courir les rues* (1967), *Battre la campagne* (1968), *Fendre les flots* (1969) et *Morale élémentaire* (1975). Trois textes enfin sont devenus des exemples de ce que peut la littérature, quand elle part d'un présupposé théorique. Ce sont *Exercices de style* (1947), autour de l'idée de la variation, *Zazie dans le Métro* (1959), où il expérimente le "français phonétique", et *Cent Mille Milliards de poèmes* (1961), basé sur l'idée de la combinatoire.

Exercices de style
(1947)

Dans ce recueil de textes brefs, Queneau raconte quatre-vingt-dix-neuf fois la même anecdote apparemment insignifiante, le style chaque fois différent en faisant autant de variations autour d'un thème.

"Notations"

Dans l'S, à une heure d'affluence. Un type dans les vingt-six ans, chapeau mou avec cordon remplaçant le ruban, cou trop long comme si on lui avait tiré dessus. Les gens descendent. Le type en question s'irrite contre un voisin. Il lui reproche de le bousculer chaque fois qu'il passe quelqu'un.

Ton pleurnichard qui se veut méchant. Comme il voit une place libre, se précipite dessus.

Deux heures plus tard, je le rencontre Cour de Rome, devant la gare Saint-Lazare. Il est avec un camarade qui lui dit: "Tu devrais faire mettre un bouton supplémentaire à ton pardessus." Il lui montre où (à l'échancrure) et pourquoi.

"Alexandrins"

Un jour, dans l'autobus qui porte la lettre S,
Je vis un foutriquet de je ne sais quelle es-
Pèce qui râlait bien qu'autour de son turban
Il y eut de la tresse en place de ruban.
Il râlait ce jeune homme à l'allure insipide,
Au col démesuré, à l'haleine putride,
Parce qu'un citoyen qui paraissait majeur
Le heurtait, disait-il, si quelque voyageur
Se hissait haletant et poursuivi par l'heure
Espérant déjeuner en sa chaste demeure.
Il n'y eut point d'esclandre et le triste quidam
Courut vers une place et s'assit sottement.
Comme je retournais direction rive gauche
De nouveau j'aperçus ce personnage moche
Accompagné d'un zèbre, imbécile dandy,
Qui disait: "Ce bouton faut pas le mettre icy[1]."

VOCABULAIRE

alexandrin	*n. m.*	Vers français de douze syllabes.
foutriquet	*n. m.*	Personnage insignifiant et incapable.
tresse	*n. f.*	Forme obtenue par entrelacement de fils, de rubans, de brins, etc.
putride	*a.*	En état de putréfaction.
se hisser	*v. pr.*	S'élever avec effort ou difficulté.
chaste	*a.*	Pur, sage, qui s'abstient des plaisirs jugés illicites et des pensées impures.
esclandre	*n. m.*	Bruit confus provoqué par un événement fâcheux.

quidam *n. m.* Un certain individu dont on ignore ou dont on tait le nom.

dandy *n. m.* Homme élégant dans sa mise et ses manières.

NOTES

1. icy = ici

"Antonymique"

Minuit. Il pleut. Les autobus passent presque vides. Sur le capot d'un A1 du côté de Bastille, un vieillard qui a la tête rentrée dans les épaules et ne porte pas de chapeau remercie une dame placée très loin de lui parce qu'elle lui caresse les mains. Puis il va se mettre debout sur les genoux d'un monsieur qui occupe toute sa place.

Deux heures plus tôt, derrière la gare de Lyon, ce vieillard se bouchait les oreilles pour ne pas entendre un clochard qui se refusait à dire qu'il lui fallait descendre d'un cran le bouton inférieur de son caleçon.

VOCABULAIRE

capot *n. m.* Partie relevable de la carrosserie d'une voiture, qui recouvre le moteur. (引擎盖)

clochard, e *n.* Personne qui n'a ni travail ni domicile.

cran *n. m.* Trou fait dans une courroie pour la fixer.

caleçon *n. m.* Sous-vêtement masculin.

Zazie dans le métro
(1959)

Dans ce roman drôle, Queneau s'applique à écrire comme les gens parlent, en vertu de sa théorie du "néo-français".

—Chsuis[1] Zazie, jparie[2] que tu es mon tonton Gabriel.

—C'est bien moi, répond Gabriel en anoblissant son ton. Oui, je suis ton tonton.

La gosse se marre. Gabriel, souriant poliment, la prend dans ses bras, il la transporte au niveau de ses lèvres, il l'embrasse, elle l'embrasse, il la redescend.

—Tu sens rien bon, dit l'enfant.

—Barbouze de chez Fior, explique le colosse.

—Tu m'en mettras un peu derrière les oreilles.

—C'est un parfum d'homme.

—Tu vois l'objet, dit Jeanne Lalochère s'amenant enfin. T'as bien voulu t'en charger[3], eh bien, le voilà.

—Ça ira, dit Gabriel.

—Je peux te faire confiance Tu comprends, je ne veux pas qu'elle se fasse violer par toute la famille.

—Mais, manman, tu sais bien que tu étais arrivée juste au bon moment, la dernière fois.

—En tout cas, dit Jeanne Lalochère, je ne veux pas que ça recommence.

—Tu peux être tranquille, dit Gabriel.

—Bon. Alors, je vous retrouve ici après-demain pour le train de six heures soixante.

—Côté départ, dit Gabriel.

—Natürlich, dit Jeanne Lalochère qui avait été occupée. A propos, ta femme, ça va?

—Je te remercie. Tu viendras pas nous voir?

—J'aurai pas le temps.

—C'est comme ça qu'elle est quand elle a un jules, dit Zazie, la famille ça compte plus pour elle.

—A rvoir[4], ma chérie. A rvoir, Gaby.

Elle se tire.

VOCABULAIRE

tonton	*n. m.*	Oncle (surtout dans le langage enfantin).
anoblir	*v. t.*	Accorder, conférer un titre de noblesse à qqn.
gosse	*n.*	Petit garçon, petite fille.
se marrer	*v. pr.*	S'amuser, rire.
barbouze	*n.*	Agent d'un service secret de police ou de renseignements.

manman		Maman.
jules	*n. m.*	Homme avec lequel une femme vit, maritalement ou non, ou avec lequel elle a une relation plus ou moins suivie.

NOTES

1. Chsuis = Je suis
2. Jparie = Je parie
3. T'as bien voulu t'en charger = Tu as bien voulu t'en charger
4. A rvoir = Au revoir

Claude LEVI-STRAUSS
(né en 1908)

Né à Bruxelles, Claude Lévi-Strauss reçoit d'abord une formation en Philosophie, avant de s'intéresser à l'ethnographie, discipline bien plus neuve. Il fait ensuite un séjour décisif au Brésil entre 1935 et 1939, où il enseigne la sociologie à l'université de Sao Paulo mais surtout effectue plusieurs voyages dans l'est du pays. Pendant la seconde guerre mondiale, il est professeur à New York et s'initie à la linguistique structurale dont Roman Jakobson est alors un éminent représentant, puis, de retour en France, il obtient en 1950 un poste à l'Ecole pratique des Hautes Etudes, avant de succéder à Marcel Mauss en 1959 à la chaire d'anthropologie sociale du Collège de France. Il est élu à l'Académie française en 1973.

Si son ouvrage sur *Les structures élémentaires de la parenté* en 1949, où il applique la méthode structurale aux domaines de l'ethnologie et de l'anthropologie, assure la notoriété de Lévi-Strauss auprès des spécialistes, c'est avec *Tristes Tropiques* en 1955 qu'il connaît la célébrité. Entrepris à partir de son expérience brésilienne, ce livre essentiel présente, en même temps qu'une description minutieuse de la vie des indiens d'Amazonie, une méditation profonde sur le devenir des civilisations et un questionnement de Lévi-Strauss sur son propre parcours intellectuel.

Réflexion théorique et étude de cas concrets demeureront liés dans le travail de Lévi-Strauss, comme en attestent les deux volumes d'*Anthropologie*

structurale (1958 et 1973), dont plusieurs textes importants sont consacrés aux méthodes et concepts fondateurs de la discipline. Parallèlement, les magnifiques études des *Mythologiques* (I. *Le Cru et le Cuit*, 1964; II. *Du Miel aux Cendres*, 1967; III. *L'Origine des manières de table*; 1968; *L'Homme nu*, 1971) démontrent toute la richesse et la complexité des pratiques culturelles amérindiennes, dont Lévi-Strauss s'efforce de formaliser la diversité selon une méthode héritée, adaptée et enrichie, à partir de la linguistique structurale.

Outre l'apport scientifique incontestable de cette œuvre, il faut en souligner la portée philosophique. L'analyse des systèmes d'organisation sociale et symbolique des peuples indigènes est en effet solidaire chez Lévi-Strauss d'une véritable pensée de l'altérité. Cet engagement éthique se marque notamment dans la critique de l'ethnocentrisme qui est faite dans *Race et Histoire* en 1952, ou encore dans la réflexion sur *La pensée sauvage* en 1962. Enfin, les évidentes qualités littéraires de l'œuvre sont partout sensibles dans les pages de *La Voie des masques* (1975), de *La Potière jalouse* (1985) ou d'*Histoire de Lynx* (1991), triptyque où l'analyse comparatiste des formes symboliques (objets et récits mythiques) sait faire sa place à une méditation sur la créativité poétique de l'esprit humain. Figure intellectuelle majeure de l'après-Guerre, principal représentant du structuralisme dans les sciences humaines, Claude Lévi-Strauss est aussi un écrivain considérable.

Tristes Tropiques
(1955)

C'est par une phrase devenue fameuse que s'ouvre le livre: "Je hais les voyages et les explorateurs". Récusant les effets faciles de l'exotisme, Tristes Tropiques instruit donc le procès du monde occidental et ses modes de développement anarchiques. La tonalité désenchantée se mêle ici à la vigueur polémique, dans une prose extrêmement élaborée du point de vue rhétorique (jeu des métaphores et de l'ironie en particulier).

Voyages, coffrets magiques aux promesses rêveuses, vous ne livrerez plus vos trésors intacts. Une civilisation proliférante et surexcitée trouble à jamais le silence des mers. Les parfums des tropiques et la fraîcheur des êtres sont viciés par une fermentation aux relents suspects, qui mortifie nos désirs et nous

voue à cueillir des souvenirs à demi corrompus.

Aujourd'hui où des îles polynésiennes noyées de béton sont transformées en porte-avions pesamment ancrés au fond des mers du Sud, où l'Asie tout entière prend le visage d'une zone maladive, où les bidonvilles rongent l'Afrique, où l'aviation commerciale et militaire flétrit la candeur de la forêt américaine ou mélanésienne avant même d'en pouvoir détruire la virginité, comment la prétendue évasion du voyage pourrait-elle réussir autre chose que nous confronter aux formes les plus malheureuses de notre existence historique Cette grande civilisation occidentale, créatrice des merveilles dont nous jouissons, elle n'a certes pas réussi à les produire sans contrepartie. Comme son œuvre la plus fameuse, pile où s'élaborent des architectures d'une complexité inconnue, l'ordre et l'harmonie de l'Occident exigent l'élimination d'une masse prodigieuse de sous-produits maléfiques dont la terre est aujour d'hui infectée. Ce que d'abord vous nous montrez, voyages, c'est notre ordure lancée au visage de l'humanité.

Je comprends alors la passion, la folie, la duperie des récits de voyage. Ils apportent l'illusion de ce qui n'existe plus et qui devrait être encore, pour que nous échappions à l'accablante évidence que vingt mille ans d'histoire sont joués. Il n'y a plus rien à faire: la civilisation n'est plus cette fleur fragile qu'on préservait, qu'on développait à grand-peine dans quelques coins abrités d'un terroir riche en espèces rustiques, menaçantes sans doute par leur vivacité, mais qui permettaient aussi de varier et de revigorer les semis. L'humanité s'installe dans la monoculture; elle s'apprête à produire la civilisation en masse, comme la betterave. Son ordinaire ne comportera plus que ce plat.

On risquait jadis sa vie dans les Indes ou aux Amériques pour rapporter des biens qui nous paraissent aujourd'hui dérisoires: bois de braise (d'où Brésil): teinture rouge, ou poivre dont, au temps d'Henri IV, on avait à ce point la folie que la Cour en mettait dans des bonbonnières des grains à croquer. Ces secousses visuelles ou olfactives, cette joyeuse chaleur pour les yeux, cette brûlure exquise pour la langue ajoutaient un nouveau registre au clavier sensoriel d'une civilisation qui ne s'était pas doutée de sa fadeur. Dirons-nous alors que, par un double renversement, nos modernes Marco Polo[1] rapportent de ces mêmes terres, cette fois sous forme de photographies, de livres et de récits, les épices morales dont notre société éprouve un besoin plus aigu en se sentant sombrer dans l'ennui?

VOCABULAIRE

proliférant	*a.*	Qui se produit en grand nombre et très rapidement, en parlant d'organismes vivants.
surexcité	*a.*	Qui est dans un état de très vive excitation.
tropique	*n. m.*	Chacun des deux parallèles du globe terrestre, de latitude 23°26' Nord et Sudle long desquels le Soleil passe au zénith à chacun des solstices. (回归线)
les tropiques	*n. m. pl.*	La zone qui se trouve entre les tropiques.
vicier	*v. t.*	Corrompre, gâter la pureté de.
relent	*n. m.*	Mauvaise odeur qui persiste.
mortifier	*v. t.*	Blesser dans son propre-amour.
polynésien	*a.*	De Polynésie. (波利尼西亚的)
ancrer	*v. t.*	Immobiliser au moyen d'une ancre, en parlant d'un bateau.
bidonville	*n. m.*	Agglomération de baraques sans hygiène où vit la population la plus misérable des pays pauvres. (贫民窟)
aviation	*n. f.*	Navigation aérienne au moyen d'avions.
flétrir	*v. t.*	Faner, ôter son éclat, sa fraîcheur à.
candeur	*n. f.*	Naïveté excessive.
mélanésien	*a.*	De Mélanésie. (美拉尼西亚的)
virginité	*n. f.*	Pureté.
évasion	*n. f.*	Distraction, changement.
contrepartie	*n. f.*	Ce qui sert à composer; ce qui est fourni en dédommagement. (抵偿物)
maléfique	*a.*	Qui a une influence novice, malfaisante.
infecter	*v. t.*	Remplir d'émanations puantes et malsaines.
accabler	*v. t.*	Imposer à qn qch. de pénible, de difficile à supporter.
revigorer	*v. t.*	Redonner des forces, de la vigueur à.
semis	*n. m.*	Mise en place des semences dans un terrain préparé à cet effet.
monoculture	*n. f.*	Culture unique ou largement dominante d'une espèce végétale dans une région ou une exploitation. (农业的连作,单作)
betterave	*n. f.*	(Bot.) Plante à racine charnue dont il existe de nombreuses espèces sauvages et quatre sous-espèces cultivées. (甜菜属)
dérisoire	*a.*	Qui est insignifiant, faible.

braise	*n. f.*	Résidu, ardent ou éteint, de la combustion du bois. (木炭)
bonbonnière	*n. f.*	Boîte à bonbons.
visuel	*a.*	Qui a rapport à la vue.
olfactif	*a.*	Relatif à l'odorat. (嗅觉)
exquis	*a.*	D'un charme particulier.
sensoriel	*a.*	Relatif aux organes des sens.
fadeur	*n. f.*	Caractère de ce qui manque de caractère, d'intérêt.
sombrer	*v. t.*	Se perdre.

NOTES

1. Marco Polo: Voyageur italien (Venise, 1254—1324). Avec son père et son oncle, Niccolo et Matteo Polo, commerçants vénitiens, il entreprit un voyage qui, à travers la Mongolie, les mena jusqu'en Chine en 1275. Ils demeurèrent plusieurs années à la cour du grand Khân Qûbilai. Il dicta à son retour le *Livre des merveilles du monde* ou *Livre de Marco Polo*, qui fut considéré depuis comme fournissant la première documentation précise, tant géographique qu'ethnographique, sur les pays et peuples de l'Orient.

Race et Histoire
(1952)

Race et Histoire, texte de commande d'abord publié par l'UNESCO, constitue une démonstration extrêmement claire contre les divers préjugés et raisonnements dont se réclament les tenants de thèses plus ou moins explicitement racistes. Dans son essai, Lévi-Strauss démonte les mythes de la supériorité des races et oppose divers types de développement historique de façon à relativiser les notions de progrès et de hiérarchie entre cultures. Sa critique de l'ethnocentrisme, dont la portée politique est évidente dans le contexte colonial qui prévaut à l'époque, s'achève par un plaidoyer qui n'a rien perdu de son actualité en faveur de la diversité des cultures et d'une attitude d'ouverture réciproque.

La nécessité de préserver la diversité des cultures dans un monde menacé par la monotonie et l'uniformité n'a certes pas échappé aux institutions

internationales. Elles comprennent aussi qu'il ne suffira pas, pour atteindre ce but, de choyer des traditions locales et d'accorder un répit aux temps révolus. C'est le fait de la diversité qui doit être sauvé, non le contenu historique que chaque époque lui a donné et qu'aucune ne saurait perpétuer au-delà d'elle-même. Il faut donc écouter le blé qui lève, encourager les potentialités secrètes, éveiller toutes les vocations à vivre ensemble que l'histoire tient en réserve; il faut aussi être prêt à envisager sans surprise, sans répugnance et sans révolte ce que toutes ces nouvelles formes sociales d'expression ne pourront manquer d'offrir d'inusité. La tolérance n'est pas une position contemplative, dispensant les indulgences à ce qui fut ou à ce qui est. C'est une attitude dynamique, qui consiste à prévoir, à comprendre et à promouvoir ce qui veut être. La diversité des cultures humaines est derrière nous, autour de nous et devant nous. La seule exigence que nous puissions faire valoir à son endroit (créatrice pour chaque individu des devoirs correspondants) est qu'elle se réalise sous des formes dont chacune soit une contribution à la plus grande générosité des autres.

VOCABULAIRE

monotonie	*n. f.*	Caractère, état de ce qui est uniforme, sans imprévu.
choyer	*v. t.*	Entretenir un sentiment, chérir une idée.
répit	*n. m.*	Arrêt momentané de qqch de pénible.
perpétuer	*v. t.*	Rendre incessant, faire durer toujours ou longtemps.
potentialité	*n. f.*	Etat de ce qui existe virtuellement. (潜能)
vocation	*n. f.*	Destination naturelle de qqn, d'un groupe. (天职,使命)
répugnance	*n. f.*	Vif sentiment de dégoût, de mépris pour qqn, qqch.
inusité	*a.*	Qui n'est pas usité. (不使用的,不常用的)

Claude SIMON
(né en 1913)

Claude Simon est né à Tananarive (Madagascar); son père meurt au tout début de la première guerre mondiale; il passera son enfance à Perpignan, puis à Paris. Il entreprend d'abord des études de peinture; mobilisé en 1939, il est fait prisonnier en Allemagne et s'évade en 1940. C'est alors qu'il écrit son

premier roman (*Le Tricheur*, 1945). Mais c'est *Le Vent* (1956) qui consacre véritablement le début de son œuvre. Sa parution aux éditions de Minuit, où il publiera la quasi totalité de son œuvre, contribue à l'intégrer au courant du Nouveau Roman. A bien des égards, en effet, *La Route des Flandres* (1960), *Histoire* (1967), *La Bataille de Pharsale* (1969), *Les Corps conducteurs* (1971), *Leçons de choses* (1975) constituent des remises en cause du roman traditionnel: la description est essentielle, l'intrigue et le personnage s'effacent et la narration s'émancipe de tout souci de représentation. C'est l'ordre de la sensation et de la mémoire qu'entend suivre avant tout Claude Simon dans une écriture qui procède par montage de pans discursifs hétérogènes. Même lorsqu'il s'agit d'écrire la guerre (*La Route des Flandres* retrace l'avancée d'un escadron de cavaliers pendant la débâcle, *Le Palace* évoque la guerre d'Espagne...), le récit ne saurait imposer aux événements un ordre conventionnel qui leur est fondamentalement étranger. En 1985, quatre ans après la parution des *Géorgiques* (1981), roman somme, l'œuvre de Claude Simon est couronnée par le prix Nobel. La parution de *L'Acacia* (1989) permet de mesurer l'unité profonde de cette entreprise romanesque, qui retourne sans cesse à la même matière historique et biographique (interrogation sur l'enfance, sur les ancêtres, sur la mort du père; évocation de la débâcle de 1940 et de l'effondrement de l'histoire qu'elle a pu représenter, préfigurée par la guerre civile espagnole) et développe une écriture dont l'ampleur tend vers un lyrisme épique alors même qu'elle fait la part grande à la discontinuité de la narration. La difficulté de son œuvre, à propos de laquelle le problème de la lisibilité s'est posé de manière insistante, tient donc sans doute moins à ses sujets (l'œuvre de Claude Simon se caractérise essentiellement par leur simplicité: la nature, la violence de la guerre, le caractère primordial de la sensation, la sexualité...) qu'à ses choix esthétiques et stylistiques.

La Route des Flandres
(1960)

Ce roman, d'abord intitulé "Description fragmentaire d'un désastre", brouille toutes les cartes: l'incertitude sur le narrateur (le "je" de Georges est relayé par le "il") est renforcée par l'impossibilité de le situer avec certitude: les récits s'avèrent être des récits de récits (le début du roman apparaît par la suite comme le récit que le narrateur avait fait à Corinne du récit qu'il avait

fait à Blum...). C'est dire qu'il faut se laisser porter par le flux d'une parole qui donne à entendre ce que la mémoire ne peut contenir linéairement. La route, celle de la chevauchée d'un régiment pendant la guerre de 40, renvoie à une errance plus qu'à une trajectoire clairement déterminée. Dans le passage suivant, l'ampleur de la phrase, sans cesse relancée par les approximations, les comparaisons et les parenthèses, traduit le souci d'approcher par le langage une réalité qui résiste à une nomination simple et directe; l'emploi des participes présents, si caractéristiques du style de Claude Simon, traduit bien le souci d'une écriture indéterminée du temps.

Puis il cessa de se demander quoi que ce fût, cessant en même temps de voir quoiqu'il s'efforçat de garder les yeux ouverts et de se tenir le plus droit possible sur sa selle tandis que l'espèce de vase sombre dans laquelle il lui semblait se mouvoir s'épaississait encore, et il fit noir tout à fait, et tout ce qu'il percevait maintenant c'était le bruit, le martèlement monotone et multiple des sabots sur la route se répercutant, se multipliant (des centaines, des milliers de sabots à présent) au point (comme le crépitement de la pluie) de s'effacer, se détruire lui-même, engendrant par sa continuité, son uniformité, comme une sorte de silence au deuxième degré, quelque chose de majestueux, monumental: le cheminement même du temps, c'est-à-dire invisible immatériel sans commencement ni fin ni repère, et au sein duquel il avait la sensation de se tenir, glacé, raide sur son cheval lui aussi invisible dans le noir, parmi les fantômes de cavaliers aux invisibles et hautes silhouettes glissant horizontalement, oscillant ou plutôt se dandinant faiblement au pas cahoté des chevaux, si bien que l'escadron, le régiment tout entier semblait progresser sans avancer, comme au théâtre ces personnages immobiles dont les jambes imitent sur place le mouvement de la marche tandis que derrière eux se déroule en tremblotant une toile de fond sur laquelle sont peints maisons arbres nuages, avec cette différence qu'ici la toile de fond était seulement la nuit, du noir, et à un moment la pluie commença à tomber, elle aussi monotone, infinie et noire, et non pas se déversant mais, comme la nuit elle-même, englobant dans son sein hommes et montures, ajoutant mêlant son imperceptible grésillement à cette formidable patiente et dangereuse rumeur de milliers de chevaux allant par les routes, semblable au grignotement que produiraient des milliers d'insectes rongeant le monde (au reste les chevaux, les vieux chevaux d'armes, les antiques et immémoriales rosses qui vont sous la pluie nocturne le long des chemins, branlant leur lourde tête cuirassée de méplats, n'ont-ils pas quelque chose de cette raideur de crustacés cet air vaguement ridicule vaguement effrayant de sauterelles, avec leurs pattes raides leurs os saillants

leurs flancs annelés évoquant l'image de quelque animal héraldique fait non pas de chair et de muscles mais plutôt semblable—animal et armure se confondant—à ces vieilles guimbardes aux tôles et aux pièces rouillées, cliquetant, rafistolées à l'aide de bouts de fils de fer, menaçant à chaque instant de sen aller en morceaux?), rumeur qui, dans l'esprit de Georges avait fini par se confondre avec l'idée même de guerre, le monotone piétinement qui emplissait la nuit semblable à un cliquetis d'ossements, l'air noir et dur sur les visages comme du métal, de sorte qu'il lui semblait (pensant à ces récits d'expéditions au pôle où l'on raconte que la peau reste attachée au fer gelé) sentir les ténèbres froides adhérer à sa chair, solidifiées, comme si l'air, le temps lui-même n'étaient qu'une seule et unique masse d'acier refroidi (comme ces mondes morts, éteints depuis des milliards d'années et couverts de glaces) dans l'épaisseur de laquelle ils étaient pris, immobilisés pour toujours, eux, leurs vieilles carnes macabres, leurs éperons, leurs sabres, leurs armes d'acier: tout debout et intacts, tels que le jour lorsqu'il se lèverait les découvrirait à travers les épaisseurs transparentes et glauques, semblables à une armée en marche surprise par un cataclysme et que le lent glacier à l'invisible progression restituerait, vomirait dans cent ou deux cent mille ans de cela, pêle-mêle avec tous les vieux lan squenets, reîtres et cuirassiers de jadis, dégringolant, se brisant dans un faible tintement de verre...

Les Géorgiques
(1981)

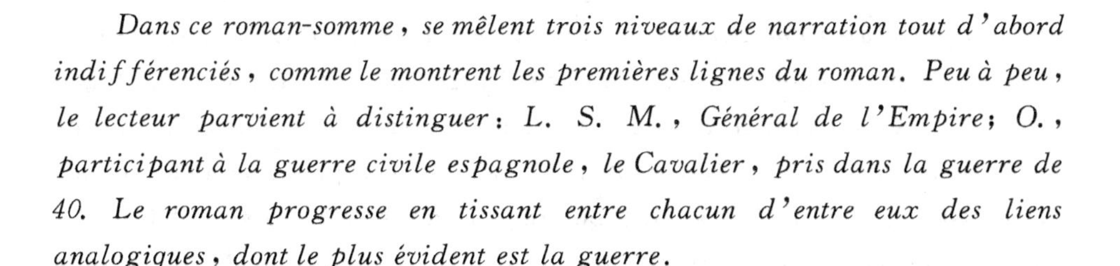

Dans ce roman-somme, se mêlent trois niveaux de narration tout d'abord indifférenciés, comme le montrent les premières lignes du roman. Peu à peu, le lecteur parvient à distinguer: L. S. M., Général de l'Empire; O., participant à la guerre civile espagnole, le Cavalier, pris dans la guerre de 40. Le roman progresse en tissant entre chacun d'entre eux des liens analogiques, dont le plus évident est la guerre.

Il a cinquante ans. Il est général en chef de l'artillerie de l'armée d'Italie. Il réside à Milan. Il porte une tunique au col et au plastron brodés de dorures. Il a soixante ans. Il surveille les travaux d'achèvement de la terrasse de son château. Il est frileusement enveloppé d'une vieille houppelande militaire. Il voit des points noirs. Le soir il sera mort. Il a trente ans. Il est capitaine. Il va

à l'opéra. Il porte un tricorne, une tunique bleue pincée à la taille[1] et une épée de salon. Sous le Directoire il est ambassadeur à Naples. Il se marie une première fois en 1781 avec une jeune protestante hollandaise. A trente-huit ans il est élu membre de l'Assemblée nationale à la fois dans les départements du Nord et du Tarn[2]. Pendant l'hiver 1807 il dirige le siège de Stralsund[3] en Poméranie[4] suédoise. Il achète un cheval à Friedland. C'est un colosse. Il écrit plaisamment à un ami qu'il a pris trop d'embonpoint pour sa petite taille de cinq pieds neuf pouces. En 1792 il est élu à la Convention[5]. Il écrit à son intendante Batti de veiller à regarnir les haies d'épine blanche. Expulsé de Naples il doit affréter précipitamment un navire gênois pour s'enfuir. Il s'associe avec un nommé Garrigou pour l'exploitation des mines de fer de la vallée de l'Aveyron[6]. Il vote la mort du roi. Il est représentant du peuple en mission. Il porte un bicorne orné de plumes tricolores, un uniforme à parements rouges, des bottes à revers et une ceinture également tricolore. Le 16 ventôse de l'an III il entre au Comité de salut public. De Milan il règle le cérémonial de la visite de l'empereur dans le royaume d'Italie. En pleine Terreur[7] il est élu secrétaire de la Convention et sauve une royaliste qu'il épousera en seconde noces. Un rapport dit de lui qu'il est d'une santé de fer et d'un courage à toute épreuve. Pendant plus d'un an il tient tête en Corse avec moins de douze cents hommes aux insurgés paolistes soutenus par les escadres de Hood et de Nelson[8]. Il est blessé à la jambe à Farinole[9]. Le navire sur lequel il s'est embarqué à Naples est capturé en mer par un corsaire turc. *Il bat en retraite avec son régiment à travers la Belgique[10]. Pendant quatre jours il est impossible de desseller les chevaux.* En Poméranie il se plaint du froid, de sa santé et de ses blessures. Il est membre du premier Comité militaire de l'Assemblée législative. Il fait voter un décret punissant de mort les commandants des places assiégées qui les livreraient à l'ennemi. *Ils sont harcelés par l'aviation et le régiment subit de lourdes pertes.* Le corsaire turc le livre au bey de Tunis. Il siège au Conseil des Anciens[11]. Il porte une toque bleu ciel, une cape blanche drapée, une ceinture rouge dont les pans retombent sur le côté, des bas et des souliers à boucles. Il prend la défense des Babouvistes[12]. Il s'emploie à faire construire la route de Cahors[13] à Albi[14]. *Le soir du dimanche de la Pentecôte[15] il repasse précipitamment la Meuse[16] avant que les ponts sautent.* L'inspecteur général d'Orbey[17] lui reconnaît de la fermeté, de l'instruction, des moeurs et de la conduite. Il est décoré de la croix de Saint-Louis. Il capture et fait fusiller le chef des troupes paolistes. A Tunis il achète un étalon arabe auquel il donne le nom de Moustapha en souvenir de Sidi Moustapha, le beau-frère du bey, qui a adouci sa captivité. Il recommande à son intendante de faire beaucoup de fumiers. Avec Carnot[18] et

Bubois-Crancé il obtient le plus grand nombre de voix à l'élection du second Comité militaire. A son retour de Prusse il fait observer à S. M. Impériale[19] qu'il l'a toujours servie avec dévouement et qu'il est le seul des généraux de la Grande Armée à n'avoir pas encore été fait comte ni doté. *La Meuse coule au fond d'une vallée encaissée aux rives escarpées et boisées. Une troupe de religieuses en cornette aux ailes blanches et embarrassées par leurs longues jupes bleues traverse en courant le pont en même temps que les derniers cavaliers en retraite. Il fouette son cheval fourbu avec la dragonne détachée de la coquille de son sabre.* Son mauvais état de santé lui évite d'être nommé au commandement de l'artillerie d'une armée en Espagne. Il écrit à un ami que l'on n'y tirera pas un coup de feu et qu'il n'y a aucune gloire à gagner. Il est grand-officier de la Légion d'honneur[20]. Il donne à son intendante des instructions détaillées pour la mise en bouteilles de son vin. Il est envoyé en mission auprès de l'armée du Nord. Avec son collègue Choudieu il fait grâce aux deux mille Anglais de la garnison de Nieuport[21].

VOCABULAIRE

artillerie	*n. f.*	Ensemble des armes à feu non portatives, de leurs munitions et de leur matériel de transport. (火炮) Partie de l'armée affectée à leur service. (炮兵部队)
tunique	*n. f.*	Longue vareuse d'uniforme. (制服上装)
plastron	*n. m.*	Empiècement cousu sur le devant d'un corsage ou d'une chemise d'homme. (衬胸)
dorure	*n. f.*	(Surtout au pl.) Ornement doré et clinquant. (镀金饰物)
frileusement	*adv.*	D'une façon qui hésite à aller de l'avant; qui manifeste une prudence jugée excessive.
houppelande	*n. f.*	Manteau ample et long, sans manches. (无袖长外套)
tricorne	*n. m.*	Chapeau à bords repliés en trois cornes.
embonpoint	*n. m.*	Etat d'une personne un peu grasse.
intendant, e	*n.*	Personne chargée d'administrer les affaires, le patrimoine d'une collectivité ou d'un particulier.
regarnir	*v. t.*	Remplir encore une fois.
affréter	*v. t.*	Prendre un navire, un avion en louage.
génois	*a.*	De Gênes. (热那亚的)
bicorne	*n. m.*	Chapeau d'uniforme à deux pointes.
parement	*n. m.*	Revers des manches de certains vêtements.

revers *n. m.* Envers, replié sur l'endroit, d'un col, d'un bas de manche ou de pantalon.（衣物的卷边、翻口）

à revers Qui a des revers.

ventôse *n. m.* (Hist.) Sixième mois de l'année républicaine, du 19, 20 ou 21 février au 21 ou 22 mars.（风月）

insurgé *a.* et *n.* Personne qui est en insurrection.

escadre *n. f.* Force navale commandée par un vice-amiral.（舰队）

corsaire *n. m.* Capitaine ou marin d'un navire dont l'équipage était habilité par son gouvernement à poursuivre et prendre à l'abordage des bâtiments de commerce ennemis (XVe—XIXe s.).

desseller *v. t.* Ôter la selle à un animal.

législative *a.* Relatif à la loi, au pouvoir de légiférer.

décret *n. m.* Acte à portée réglementaire ou individuelle, pris par le président de la République ou par le Premier ministre.

harceler *v. t.* Soumettre à des attaques incessantes.

Bey *n. m.* (Hist.) Souverain vassal du sultan.

toque *n. f.* Coiffure sans bords, de forme cylindrique

cape *n. f.* Manteau ample, plus ou moins long, porté sur les épaules, avec ou sans fentes pour passer les bras.（斗篷，披风）

étalon *n. m.* Cheval destiné à la reproduction.

captivité *n. f.* Etat de prisonnier; privation de liberté.

escarpé, e *a.* Qui présente une pente raide, qui est d'accès difficile.

cornette *n. f.* Coiffure que portent certaines religieuses.

fourbu *a.* Harassé de fatigue, épuisé.

dragonne *n. f.* Lanière attachée à un objet et que l'on peut passer, selon les cas, au poignet ou au bras.

garnison *n. m.* Ensemble des troupes stationnées dans une ville ou dans un ouvrage fortifié, la ville elle-même.

NOTES

1. Il porte un tricorne, une tunique bleue pincée à la taille... : Il porte un chapeau à trois cornes, une longue veste d'uniforme serrée à la taille avec des pinces.
2. Tarn: Département du sud de la France, région Midi-Pyrénées.
3. Stralsund: Ville d'Allemagne orientale (Mecklembourg, district de Rostock) et port sur la Baltique, en face de l'île de Rügen et au fond du détroit de Stralsund.
4. Poméranie: Région située sur la Baltique, et qui était comprise entre la

Mecklembourg, la Prusse et le Brandebourg.

5. En 1792 il est élu à la Convention.
   Convention nationale: Assemblée constituante formée en 1792 de 749 de députés élus selon un suffrage quasi universel et se répartissant en une droite, les Girondins (d'abord majoritaire), un centre, la Plaine (ou Marais) et une gauche, les Montagnards. Elle succéda officiellement à l'Assemblée législative le 21 septembre.
6. Aveyron: Département du Sud du Massif central, région Midi-Pyrénées, formé par le Rouergue et une petite partie du Quercy.
7. En pleine Terreur...: Pendant la période des mesures d'exception prises par le gouvernement révolutionnaire depuis la chute des Girondins(juin 1793) jusqu'à celle de Ropespierre (27 juillet 1794, 9 Thermidor).
8. Hood et de Nelson: Hood et Nelson (Burnham Thorpe, Norfolk, 1758—au large de Trafalgar, 1805), tous les deux sont amiraux anglais.
9. Farinole: Ville de Haute-Corse.
10. Il bat en retraite avec son régiment à travers la Belgique.: Il recule avec son armée tout en combattant à travers la Belgique.
11. Conseil des Anciens: Assemblée législative qui, avec le Conseil des Cinq-Cents, fut instituée par la Constitution de l'an III, adoptée par la Convention thermidorienne le 23 août 1795 et mise en application le 23 septembre. Il fut chargé d'approuver ou de rejeter les résolutions du Conseil de Cinq-Cents. En 1799, il décida de transporter les Assemblée à Saint-Cloud, ce qui facilita le coup d'Etat de Bonaparte, après lequel il fut supprimé.
12. Babouvistes: Les gens qui suivent le babouvisme, la doctrine de Babeuf qui était un révolutionnaire français. Cette doctrine tend à un communisme égalitaire.
13. Cahors: Préfecture du Lot, chef-lieu d'arrondissement (12 canton, 135 commune), sur le Lot, au pied des Causses du Quercy.
14. Albi: Préfecture du département du Tarn, chef-lieu d'arrondissement (17 canton, 172 commune), sur le Tarn.
15. Pentecôte: Ile de la Pentecôte, Nouvelles-Hébrides.
16. la Meuse: Département du Nord-Est de la France situé à la frontière belge.
17. Orbey: Commune du Haut-Rhin, arrondissement de Ribeauvillé. Indus. textile.
18. Carnot: Carnot (Lazare Nicolas Marguerite, surnommé l'*Organisateur de la victoire* ou le *Grand Carnot*). Général, homme politique et savant français (Nolay, Bourgogne, 1753—Magdebourg, 1823).
19. S. M. Impériale: Sa Majesté Impériale.
20. Légion d'honneur: Ordre institué le 19 mai 1802 par Bonaparte. Son but était de récompenser les services militaires et civils.
21. Nieuport: Ville de Belgique à 16 km d'Ostende, située à la jonction de canaux importants.

Roland BARTHES
(1915—1980)

Roland Barthes est né en 1915. Son père meurt à la guerre l'année même de sa naissance. Ce déséquilibre familial vécu comme l'expérience d'une liberté sans ancrage, lui donnera, à l'en croire, le goût de la mobilité intellectuelle. Jusqu'à la fin de sa vie il affichera son aversion pour les étiquettes et cultivera son caractère inclassable.

La tuberculose dont il souffre durant sa jeunesse l'oblige à de fréquents séjours en sanatorium qui l'écartent de la voie royale de l'Ecole Normale Supérieure. L'Université révèle sa passion pour le théâtre. Il découvre B. Brecht qui restera pour lui le modèle même du travail critique dans la pensée et dans l'écriture.

Le Degré Zéro de l'écriture (1953) qui rassemble des articles parus dans *Combat*, témoigne tout à la fois de l'influence de Sartre et des idées marxistes, et de la distance prise par Roland Barthes. Si l'écriture reste toujours le lieu de l'engagement de l'écrivain, c'est en tant que réalité formelle. En 1957 il se fait connaître avec *Mythologies*. Ces mini analyses sociologiques portent sur la société française un regard résolument critique. Roland Barthes y dénonce l'alibi du naturel sous lequel se cachent les préjugés de la petite bourgeoisie, et y exprime cette haine des idées reçues et des stéréotypes qui l'animera jusque dans ses derniers ouvrages, pourtant plus apaisés (*Fragment d'un discours amoureux*, 1977). La rencontre avec la linguistique structurale marque un tournant dans son travail. Il participe activement à l'aventure de la sémiologie, cette science des signes qu'il contribue à fonder (*Eléments de sémiologie* 1965, *Le Système de la mode* 1967). En faisant dialoguer la littérature et les sciences humaines, il a proposé une lecture novatrice des œuvres littéraires (*Sur Racine*, 1963; *S/Z* 1970). Cette innovation n'a pas toujours été du goût de l'institution universitaire mais Roland Barthes a connu sa revanche avec son élection au prestigieux Collège de France en 1976. C'est en se rendant à son cours, un jour de 1980, qu'il a été renversé par une camionnette. Il décèdera de ses blessures. Roland Barthes incarne, par excellence, la figure de l'intellectuel critique. Des *Mythologies* à *La Chambre claire* (1980), il a conduit une interrogation passionnée sur le sens et a dérangé tous nos conforts intellectuels.

Roland Barthes par Roland Barthes (1975)

En utilisant tour à tour un souvenir d'enfance et l'histoire de la mythologie grecque, Roland Barthes exprime son aversion pour les idées reçues (la doxa). Le passage est extrait d'un des fragments dont est composé le Roland Barthes par Roland Barthes (1975).

Méduse

La Doxa[1], c'est l'opinion courante, le sens répété, *comme si de rien n'était*. C'est Méduse[2]: elle pétrifie ceux qui la regardent. Cela veut dire qu'elle est *évidente*. Est-elle vue? Même pas: c'est une masse gélatineuse qui colle au fond de la rétine. Le remède Adolescent, je me baignai un jour à Malo-les-Bains[3], dans une mer froide, infestée de méduses (Par quelle aberration avoir accepté ce bain? Nous étions en groupe, ce qui justifie toutes les lâchetés.); il était si courant d'en sortir couvert de brûlures et de cloques que la tenancière des cabines vous tendait flegmatiquement un litre d'eau de Javel[4] au sortir du bain. De la même façon, on pourrait concevoir de prendre un plaisir (retors) aux produits endoxaux de la culture de masse, pourvu qu'au sortir d'un bain de cette culture, on vous tendit à chaque fois, comme si de rien n'était, un peu de discours détergent.

Reine et sœur des hideuses Gorgones[5], Méduse était d'une beauté rare, par l'éclat de sa chevelure. Neptune[6] l'ayant ravie et épousée dans un temple de Minerve[7], celle-ci la rendit repoussante et transforma ses cheveux en serpents. (Il est vrai qu'il y a dans le discours de Doxa d'anciennes beautés endormies, le souvenir d'une sagesse somptueuse et fraîche autrefois; et c'est bien Athéna, la déité sage, qui se venge en faisant de la Doxa une caricature de sagesse.)

VOCABULAIRE

pétrifier	*v. t.*	Changer en pierre.
gélatineux	*a.*	Qui a la nature, la consistance ou l'apparence d'une substance extraite, sous forme de gelée, de certains tissus animaux. (胶质的)

rétine	*n. f.*	Membre interne de l' œil, destinée à recevoir les impressions lumineuses et à les transmettre au nerf optique.（视网膜）
infester	*v. t.*	Ravager, rendre peu sûr (un pays) par des attaques incessantes.
aberration	*n. f.*	Erreur du jugement, absence du bon sens.
cloque	*n. m.*	Boursouflure d'un matériau de revêtement.
tenancier, ière	*n.*	Personne qui dirige, qui gère un établissement soumis à la surveillance des pouvoirs publics.
flegmatiquement	*adv.*	Qui a un caractère calme, qui contrôle facilement ses émotions.
retors	*a.*	Plein de ruse, d'une habileté tortueuse.
détergent	*a.*	Qui nettoie en entraînant par dissolution les impuretés.
somptueux	*a.*	Qui est d'une beauté coûteuse, d'un luxe visible.
déité	*n. f.*	Dieu ou déesse de la mythologie.
caricature	*n. f.*	Représentation qui, par la déformation, l' exagération de détails (traits du visage, proportion), tend à ridiculiser le modèle.

NOTES

1. la Doxa. : Antonyme de l'épistémè (臆断).
2. Méduse: L' une des Gorgones (cf. Note 5), la seule mortelle des trois. Son regard pétrifiait quiconque osait la fixer.
3. Malo-les-Bain: Commune du Nord, arrondissement de Dunkerque, en Flandre.
4. Javel: Village, aujourd' hui quartier de Paris, où se trouvait une usine de produits chimiques.
5. Gorgones: Monstres fabuleux de la génération préolympienne, avec une chevelure de serpents, des dents de sangliers et des alies d'or, et qui changeait en pierre quiconque les fixait.
6. Neptune: Huitième des planètes principales du système solaire dans l'ordre croissant des distances au Soleil.
7. Minerve: Déesse romaine identifiée à l'Athéna grecque.

Mythologies
(1957)

Dans les Mythologies Roland Barthes passe au crible de l'analyse critique les menues croyances, ainsi que les habitudes apparemment les plus innocentes des Français, pour mettre en lumière leur fonctionnalité sociale, idéologique et politique. Il nous parle ici de l'usage du vin.

Le vin et le lait

Le vin est senti par la nation française comme un bien qui lui est propre, au même titre que ses trois cent soixante espèces de fromages et sa culture. C'est une boisson-totem, correspondant au lait de la vache hollandaise ou au thé absorbé cérémonialement par la famille royale anglaise. Bachelard[1] a déjà donné la psychanalyse substantielle de ce liquide, à la fin de son essai sur les rêveries de la volonté, montrant que le vin est suc de soleil et de terre, que son état de base est, non pas l'humide, mais le sec, et qu'à ce titre, la substance mythique qui lui est le plus contraire, c'est l'eau.

A vrai dire, comme tout totem vivace, le vin supporte une mythologie variée qui ne s'embarrasse pas des contradictions. Cette substance galvanique est toujours considérée, par exemple, comme le plus efficace des désaltérants, ou du moins la soif sert de premier alibi à sa consommation ("il fait soif")[2]. Sous sa forme rouge, il a pour très vieille hypostase, le sang, le liquide dense et vital. C'est qu'en fait, peu importe sa forme humorale; il est avant tout une substance de conversion, capable de retourner les situations et les états, et d'extraire des objets de leur contraire; de faire, par exemple, d'un faible un fort, d'un silencieux, un bavard; d'où sa vieille hérédité alchimique, son pouvoir philosophal de transmuter ou de créer *ex nihilo*[3].

Etant par essence une fonction, dont les termes peuvent changer, le vin détient des pouvoirs en apparence plastiques: il peut servir d'alibi aussi bien au rêve qu'à la réalité, cela dépend des usagers du mythe. Pour le travailleur, le vin sera qualification, facilité démiurgique de la tâche ("cœur à l'ouvrage").

Pour l'intellectuel, il aura la fonction inverse: le "petit vin blanc" ou le "beaujolais" de l'écrivain seront chargés de le couper du monde trop naturel des cocktails et des boissons d'argent (les seules que le snobisme pousse à lui offrir); le vin le délivrera des mythes, lui ôtera de son intellectualité, l'égalera au prolétaire; par le vin, l'intellectuel s'approche d'une virilité naturelle, et

pense ainsi échapper à la malédiction qu'un siècle et demi de romantisme continue à faire peser sur la cérébralité pure (on sait que l'un des mythes propres à l'intellectuel moderne, c'est l'obsession "d'en avoir"). [4]

Mais ce qu'il y a de particulier à la France, c'est que le pouvoir de conversion du vin n'est jamais donné ouvertement comme une fin: d'autres pays boivent pour se saouler, et cela est dit par tous; en France, l'ivresse est conséquence, jamais finalité; la boisson est sentie comme l'étalement d'un plaisir, non comme la cause nécessaire d'un effet recherché: le vin n'est pas seulement philtre, il est aussi acte durable de boire: *le geste* a ici une valeur décorative, et le pouvoir du vin n'est jamais séparé de ses modes d'existence (contrairement au whisky, par exemple, bu pour son ivresse "la plus agréable, aux suites les moins pénibles" qui s'avale, se répète, et dont le boire se réduit à un acte-cause).

Tout cela est connu, dit mille fois dans le folklore, les proverbes, les conversations et la Littérature. Mais cette universalité même comporte un conformisme: croire au vin est un acte collectif contraignant: le Français qui prendrait quelque distance à l'égard du mythe s'exposerait à des problèmes menus mais précis d'intégration, dont le premier serait justement d'avoir à s'expliquer. Le principe d'universalité joue ici à plein, en ce sens que la société *nomme* malade, infirme ou vicieux, quiconque ne croit pas au vin: elle ne *comprend* pas (aux deux sens, intellectuel et spatial, du terme). A l'opposé, un diplôme de bonne intégration est décerné à qui pratique le vin: *savoir* boire est une technique nationale qui sert à qualifier le Français, à prouver à la fois son pouvoir de performance, son contrôle et sa sociabilité. Le vin fonde ainsi une morale collective, à l'intérieur de quoi tout est racheté: les excès, les malheurs, les crimes sont sans doute possibles avec le vin, mais nullement la méchanceté, la perfidie ou la laideur; le mal qu'il peut engendrer est d'ordre fatal, il échappe donc à la pénalisation, c'est un mal de théâtre, non un mal de tempérament.

VOCABULAIRE

totem *n. m.* Animal ou végétal considéré comme l'ancêtre et le protecteur d'un clan, objet de tabous et de devoirs particuliers. (图腾)

psychanalyse	*n. f.*	Théorie de la vie psychique, formulée par S. Freud, posant l'inconscient comme instance qui régit certains comportements à partir d'éléments refoulés. (精神分析)
substantiel	*a.*	Important, considérable.
suc	*n. m.*	Liquide susceptible d'être extrait des tissus animaux ou végetaux.
mythique	*a.*	De récit fabuleux, souvent d'origine populaire, qui met en scène des êtres (dieux, héros) symbolisant des énergies, des puissances, des aspects de la condition humaine.
galvanique	*a.*	Relatif aux courants électriques continus de basse tension.
désaltérant	*a.*	Qui apaise la soif de qqn.
alibi	*n. m.*	Circonstance, activité qui cache et justifie autre chose.
hypostase	*n. f.*	Substance distincte.
vital	*a.*	Qui concerne, constitue la vie.
humoral	*a.*	Relatif aux liquides organiques.
hérédité	*n. f.*	Transmission des caractères génétiques des parents à leurs descendants.
transmuter	*v. t.*	Transformer qqch en altérant profondément sa nature; changer en une autre chose.
démiurgique	*a.*	Créatif.
beaujolais	*n. m.*	Vin produit dans la région du Beaujolais.
snobisme	*n. m.*	Comportement d'une personne qui admire et imite sans discernement les manières, les goûts, les modes des milieux dits distingués.
virilité	*n. f.*	Ensemble des attributs et caractères physiques, mentaux et sexuels de l'humain mâle.
cérébralité	*n. f.*	Caractère d'une personne qui vit surtout par la pensée, l'esprit.
saouler	*v. t.*	Enivrer.
étalement	*n. m.*	Action de faire voir, montrer avec excès.
philtre	*n. m.*	Breuvage magique destiné à inspirer l'amour. (春药)
décoratif	*a.*	Agréable, mais accessoire.
acte-cause		La cause d'une action.
universalité	*n. f.*	Caractère de ce qui est universel ou considéré sous son aspect de plus grande généralité.

conformisme	*n. m.*	Respect étroit de la norme, de la tradition, des usages établis, de la morale en usage. (墨守成规的)
contraignant	*a.*	Qui gêne et oblige.
intégration	*n. f.*	Assimilation. (积分)
décerner	*v. t.*	Accorder à qqn une récompense, une distinction.
sociabilité	*n. f.*	Caractère d'une personne sociale.
perfidie	*n. f.*	Caractère d'une personne déloyale.
pénalisation	*n. f.*	Dans un match, désavantage infligé à un concurrent qui a contrevenu à une règle.

NOTES

1. Bachelard: Philosophe français, il a essayé de faire la psychanalyse des éléments naturels.
2. ... la soif sert de premier alibi à la consommation ("il fait soif"): ... la soif sert de premier prétexte à la consommation du vin.
3. ex nihilo: En partant de rien. (从无开始;无中生有)
4. ... on sait que l'un des mythes propres à l'intellectuel moderne, c'est l'obsession "d'en avoir": ... on sait que l'un des mythes propres pour les intellectuels modernes, c'est l'obsession d'avoir des mythes.

Robert PINGET
(1919—1997)

Robert Pinget est né à Genève en 1919. Après des études de droit, il suit l'enseignement de l'Ecole des Beaux-Arts de Paris avant de se consacrer à la littérature. Ses principaux livres, parus aux éditions de Minuit (*Clope au dossier*, 1961; *L'inquisitoire*, 1965; *Quelqu'un*, 1965; *Passacaille*, 1969) l'inscrivent d'abord dans le courant du Nouveau Roman; mais il n'a jamais fait œuvre de théoricien. Toutefois, l'influence de Beckett n'est pas négligeable sur son écriture. Son œuvre dramaturgique est en fait une remise en cause du théâtre, et plus particulièrement du dialogue (*Ici ou ailleurs. Architruc. L'Hypothèse*, 1961; *Identité*, *Abel et Béla*, 1971). On ne saurait toutefois limiter cette écriture à une interrogation sur le langage: certes, la fiction du manuscrit, dans *L'Ennemi* (1987) par exemple, comme la réflexion sur les

possibles de l'écriture (*L'Hypothèse*) et de la lecture sont essentielles; mais l'évocation du quotidien, le choix d'un univers provincial, ou l'appartenance des personnages à des milieux très caractérisés, l'humour, enfin, qui permet de s'échapper hors ce monde souvent sordide, sont des aspects essentiels de cette œuvre, reconnue, mais restée à l'écart des scènes médiatiques et de la faveur populaire.

L'Inquisitoire
(1961)

*Un personnage interroge sans répit un domestique: celui-ci livre, dans une parole qui frôle le vide et la folie, des pans de son existence, comme à son corps défendant: le récit est le produit d'une violence de la parole ("*Oui ou non répondez Oui ou non moi pour ce que j'en sais vous savez, je veux dire je n'étais qu'à leur service l'homme à tout faire on peut dire et ce que je peux en dire, du reste je n'en sais rien, est-ce qu'on se confie à un domestique*"). Mais c'est aussi la vie d'une maisonnée et d'un village qui sont restituées; cet angoissant radotage apparaît comme une parodie des scènes traditionnellement romanesques et de l'enquête judiciaire.*

N'avez-vous pas dit que Marthe s'était placée deux ou trois fois avant d'entrer chez vos patrons.

Oui la première fois à Douves tout de suite après son malheur elle était chez Evincet le banquier, des gens difficiles madame Evincet passait sa journée au lit avec ses masseuses et elle suivait un régime[1] que Marthe disait que c'était un enfer pour elle toujours à cuire quelque chose à part pour elle, lui est très gourmet au contraire Marthe a rapporté de chez eux les tournedos Pavlova ces messieurs aimaient bien ça avec du foie gras, la recette c'est du foie de cygne ils en parlaient avec les Evincet quand ils venaient encore à la maison au tout début ensuite ils se sont brouillés, c'est une recette que madame Evincet tenait de sa grand'mère qui avait épousé un Russe en premières noces bref Marthe se plaisait assez chez eux malgré le régime mais la fille lorsqu'elle est revenue d'Amérique ne voulait plus entendre parler de cuisine au beurre ni sauces ni rien, Marthe n'avait plus de goût à travailler elle s'est placée chez un ami à eux monsieur Drille un vieux piqué d'Agapa que ces messieurs connaissaient

aussi il collectionnait les mouches il allait jusqu'en Océanie pour ça, Marthe a dû apprendre un tas de recettes de ces pays elle nous en a eu fait des fois surtout des plats au riz, Drille s'était amouraché d'elle elle ne pouvait plus faire un pas sans l'avoir sous ses coudes avec ses boîtes à mouches tout juste s'il ne dormait pas avec[2], Marthe ça la dégoûtait de servir à table avec toutes ces mouches piquées sur des cotons ou des bouchons en grosse quantité il paraît que ça sent d'ailleurs Drille ne lui plaisait pas elle n'est restée que deux ans, ensuite elle est allée chez la soeur à Miette madame Monachou son mari est parent du marchand de vin elle est tellement avare elle avait l'œil sur la moindre croûte de fromage et elle n'a pas payé les gages promis à Marthe disant qu'elle avait gaspillé la marchandise pour bien plus que ce qu'elle réclamait même Miette n'y a rien pu, elle est partie son mois fait[3] et elle est venue chez ces messieurs donc par Miette comme Pompon ces messieurs l'appelaient leur bureau de placement

Qui sont ces Evincet

Lui est banquier comme je dis la banque Evincet et Romano ils ont une succursale à Agapa depuis quelques années il est très riche mais malade il va chaque année à Rottard ou à Vichy il paraît qu'il ne finit jamais la cure sans une crise de foie, il ne peut pas s'arrêter de boire et de manger pendant que sa femme se fait masser Marthe disait que c'était une vraie obsession elle avait trois masseuses une qui venait exprès d'Agapa et une salle de bain spéciale pour les douches et tout, elle ne sortait que le soir et quand elle rentrait la tisane purgative devait toujours être prête et surtout pas réchauffée, quand il était trop tard Marthe la mettait en bouteille thermos avant d'aller se coucher des fois sa patronne la réveillait pour lui faire voir qu'elle n'était pas chaude, ça et le régime c'était pénible pour Marthe mais elle était bien payée et sa chambre donnait sur la rue une belle chambre qu'elle a toujours regrettée depuis, quand la fille est revenue de New York il a fallu que Marthe serve tout cru et stérilisé ou cuit à l'eau et qu'elle fasse de la viande hachée tous les jours, la fille venait lui apprendre à bouillir les pommes de terre ou à cuire les oeufs Marthe n'a plus pu supporter elle se disait qu'elle aurait perdu la main le jour où elle devrait se replacer et elle est partie, Evincet était furieux il a fini par retrouver une cuisinière mais d'après ces messieurs

VOCABULAIRE

tournedos *n. m.* Tranche de filet de bœuf à griller. (里脊牛排)

cygne	*n. m.*	Grand oiseau palmipède, à plumage blanc, à long cou flexible. (天鹅)
se brouiller	*v. pr.*	Cesser d'être ami.
piqué	*n.*	Une personne qui fixe des animaux ou des insectes avec des pointes pour faire un spécimen. (制标本者)
s'amouracher	*v. pr.*	Tomber amoureux.
succursale	*n. f.*	Etablissement qui dépend d'un siège central, tout en jouissant d'une certaine autonomie.
cure	*n. f.*	Traitement médical d'une certaine durée.
obsession	*n. f.*	Idée, image, mot qui obsède, s'impose à l'esprit sans relâche.
purgatif	*a.*	Qui a la propriété de débarrasser de ce qui gêne le fonctionnement.
thermos	*n. m.* ou *n. f.*	Récipient isolant qui maintient durant quelques heures la température du liquide qu'il contient.
stériliser	*v. t.*	Détruire les germes microbiens.
hacher	*v. t.*	Couper en petits morceaux avec un instrument tranchant.

NOTES

1. ...elle suivait un régime...
   régime: Ensemble de prescriptions concernant l'alimentation et destinées à maitenir ou rétablir la santé.
2. ...s'il ne dormait pas avec,...: "Avec" n'est plus ici une préposition mais un adverbe.
3. ...elle est partie son mois fait...:...elle est partie après qu'elle a fini un mois de travail.

Alain ROBBE-GRILLET
(né en 1922)

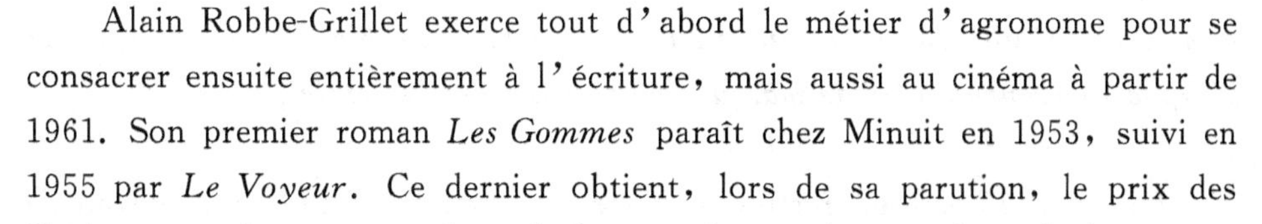

Alain Robbe-Grillet exerce tout d'abord le métier d'agronome pour se consacrer ensuite entièrement à l'écriture, mais aussi au cinéma à partir de 1961. Son premier roman *Les Gommes* paraît chez Minuit en 1953, suivi en 1955 par *Le Voyeur*. Ce dernier obtient, lors de sa parution, le prix des Critiques suscitant néanmoins, de la part de certains membres du jury, une

violente réaction. *Le Voyeur* est stigmatisé par ses détracteurs d'illisibilité, voire d'obscénité. Deux articles, coup d'envoi du succès de ce "nouveau roman", en marquent l'importance : l'un est R. Barthes, l'autre de M. Blanchot. Viennent ensuite, toujours aux éditions de Minuit, *La Jalousie* (1957), *Dans le labyrinthe* (1959), *La maison de rendez-vous* (1965), *Projet pour une révolution à New York* (1970), *Topologie d'une cité fantôme* (1976), *Djinn (un trou rouge entre les pavés disjoints)* (1981).

Diversement interprété par la critique littéraire, selon l'époque, il reste indéniable que Robbe-Grillet entretient une relation privilégiée avec la phénoménologie, et particulièrement avec Husserl. Littérature objectale plus qu'objective, le regard parcourt des surfaces et mesure le décalage inévitable entre un temps de la chronologie et le temps humain. La langue et sa grammaire permettent à Robbe-Grillet une écriture "pragmatique", véritable acte phénoménologique qui s'accompagne, et le fait est nouveau, d'une théorie du Nouveau Roman, métatexte de ses propres romans. Le maintien d'une constante distance entre le Texte et le lecteur permet un acte de lecture qui s'observe au même titre que l'acte d'écriture.

Une écriture du regard liée à une écriture cinématographique importante (scénario et dialogue de *L'année dernière à Marienbad* réalisé en 1961 par A. Resnais, *L'immortelle* 1963, *Trans Europ Express* 1966, *L'Eden et après* 1971, *Glissement progressif du plaisir* 1974, pour ne citer que les plus connus) : nous sommes à "L'école du regard".

Le Voyeur
(1955)

Le Voyeur est un roman policier sans intrigue ni police dans lequel le crime du voyeur est plutôt celui d'un temps vide qui s'est glissé dans une journée parfaitement programmée. Temps plat qui réduit tout mouvement, toute vie intérieure à une surface, un espace. Voici un extrait de ce roman qui provoqua la vindicte de certains critiques. Le personnage est un voy(a)geur de commerce, Mathias, qui relate méticuleusement l'emploi de son temps, et l'espace parcouru, afin de masquer un temps mort, essentiel.

Un trait d'ombre, rectiligne, large de moins d'un pied, barrait la poussière blanche de la route. Un peu de biais, il s'avançait en travers du

passage sans fermer complètement celui-ci: son extrémité arrondie—presque plate—ne dépassait pas le milieu de la chaussée, dont toute la partie gauche demeurait libre. Entre cette extrémité et les herbes rases bordant la route, était écrasé le cadavre d'une petite grenouille, cuisses ouvertes, bras en croix, formant sur la poussière une tache à peine plus grise. Le corps avait perdu toute épaisseur, comme s'il n'était resté là que la peau, desséchée et dure, invulnérable désormais, collant au sol de façon aussi étroite que l'aurait fait l'ombre d'un animal en train de sauter, pattes étendues—mais immobilisé en l'air. Sur la droite, l'ombre véritable, qui était en réalité beaucoup plus foncée, se mit à pâlir progressivement, pour disparaître tout à fait au bout de quelques secondes. Mathias leva la tête vers le ciel.

VOCABULAIRE

rectiligne *a.* Qui est ou qui se fait en ligne droite.
biais *n. m.* Ligne, direction oblique.
invulnérable *a.* Qui ne peut être blessé.

La Jalousie
(1957)

La Jalousie joue de la polysémie de ce terme. Il s'agit, en effet, de la jalousie d'un mari à l'égard de sa femme (dénommée A) et de la jalousie d'une fenêtre. Un mari (dont on ignore le nom) observe sa femme à travers cette jalousie d'une maison de style coloniale et particulièrement lorsqu'elle reçoit, en son absence Franck, qu'il suppose être son amant. Un voyeur, en quelque sorte. Par ailleurs, dans le roman lui-même, il est question d'un roman en train de s'écrire: un roman dans le roman où le point de vue du narrateur et celui du personnage se mêlent.

La maison n'occupe pas toute la largeur du jardin. Ainsi est-elle isolée, de toutes parts, de la masse verte des bananiers.

Sur la terre nue, devant le pignon ouest, se projette l'ombre gauchie de la maison. L'ombre du toit est raccordée à l'ombre de la terrasse par l'ombre oblique du pilier d'angle. La balustrade y forme une bande à peine ajourée, alors que la distance réelle entre les balustres n'est guère plus petite que

l'épaisseur moyenne de ceux-ci (...)

Les fenêtres de sa chambre sont encore fermées. Seul le système de jalousies qui remplace les vitres a été ouvert, au maximum, donnant ainsi à l'intérieur une clarté suffisante. A... est debout contre la fenêtre de droite et regarde par une des fentes sur la terrasse.

L'homme se tient toujours immobile, penché vers l'eau boueuse, sur le pont en rondins recouverts de terre. Il n'a pas bougé d'une ligne[1]: accroupi, la tête baissée, les avant-bras s'appuyant sur les cuisses, les deux mains pendant entre les genoux écartés.

VOCABULAIRE

bananier	*n. m.*	Plante à feuilles longues cultivée dans les régions chaudes pour ses fruits, les bananes, groupés en régime.
pignon	*n. m.*	Partie supérieure, en général triangulaire, d'un mur de bâtiment, parallèle aux fermes et portant les versants du toit. (山墙,人字墙)
gauchir	*v. t.*	Donner une déformation à qqch.
raccorder	*v. t.*	Constituer une jonction entre, relier.
oblique	*a.*	Qui est de biais, dévié par rapport à une ligne, à un plan horizontal, vertical.
balustrade	*n. f.*	Rangée de colonnettes ou de courts piliers renflés et moulurés, couronnée d'une tablette. (栏杆)
ajourer	*v. t.*	Orner avec des jours, des ouvertures. (镂空)
balustre	*n. m.*	Petite colonne renflée supportant un appui.
jalousie	*n. f.*	Dispositif de fermeture de fenêtre composé de lamelles mobiles, horizontales ou verticales. (软百叶窗帘)
boueux, euse	*a.*	Couvert ou taché de boue, plein de boue.
rondin	*n. m.*	Bille de bois non équarrie, dans le commerce des bois tropicaux. (圆材,原木)

NOTES

1. Il n'a pas bougé d'une ligne.: Il n'a pas bougé du tout.

Michel BUTOR
(né en 1926)

Né dans le Nord de la France, M. Butor vient, très jeune, habiter Paris. Après des études de Philosophie, il est nommé successivement professeur en Egypte, en Angleterre, en Grèce et enfin en Suisse. Ses divers séjours à l'étranger ont une place importante dans sa réflexion, tant sur la langue française que sur le mode de perception occidental. Loin de la France il écrit son premier roman *Passage de Milan* en 1954, c'est en Angleterre que se situe *L'Emploi du temps* (1956) et *La Modification* (1957) dure le temps d'un voyage en train de Paris à Rome. Suivent de très nombreux romans dont: *Degrés* (1960), *Intervalle* (1973) et *Boomerang* (1978) pour ne citer que les plus importants. L'œuvre de Butor comprend aussi de très nombreuses études littéraires (Racine, Baudelaire, Verne, Roussel, Joyce, Faulkner...), des analyses sur la singularité du français, des essais sur la musique, la peinture rassemblés dans *Répertoire*.

Si les romans décrivent minutieusement le monde des objets (dénominateur commun des écrivains du Nouveau Roman), il supprime toute distance entre ce monde objectal et l'homme: les objets comme les espaces sont culturels et, à ce titre, méritent une place privilégiée dans l'espace romanesque. En lien avec une dimension culturelle de l'Occident, l'écriture de M. Butor est une expérience du Temps (lié à l'Espace), de l'Histoire, que la lecture, à son tour, met en acte.

L'Emploi du temps
(1956)

Brisant la linéarité traditionnelle de la narration "réaliste", M. Butor s'inspire des structures musicales pour construire une nouvelle forme romanesque apparentée au Nouveau Roman. L'Emploi du temps est structuré à l'image d'une musique polyphonique à cinq voix (dont deux sont en canon), rythmé par le temps du calendrier. Jacques Revel est arrivé dans la ville de Bleston en Angleterre un 1er octobre, il en repartira le 30 septembre de la

même année. Le 1er mai il décide de tenir son journal en relatant les cinq mois précédents tout en essayant de se remémorer les sept mois qui ont suivi son arrivée. Son journal mêle donc le présent de l'écriture au passé du souvenir. Enfin, le 28 juillet, toujours dans son journal, il essaie de reconstituer la journée de ce 1er mai qui fut le premier jour de l'écriture.

J'ai devant les yeux cette première page datée du jeudi 1er mai, mais que j'ai écrite tout entière à la lumière de ce jour finissant, voici trois mois, cette page qui se trouvait tout en bas de la pile s'est amassée lentement devant moi depuis ce temps-là, et qui va s'accroître dans quelques instants de cette autre page que je raye de mots maintenant; et je déchiffre cette phrase que j'ai tracée en commençant: "Les lueurs se sont multipliées", dont les caractères se sont mis à brûler dans mes yeux quand je les ai fermés, s'inscrivant en flammes vertes sur fond rouge sombre, cette phrase dont j'ai retrouvé les cendres sur cette page quand j'ai rouvert mes paupières, ces cendres que je retrouve maintenant.

Le soleil avait quitté ma table; il s'était enfoncé derrière les cheminées de la maison qui est à l'angle de Dew Street, et j'ai écrit cette seconde phrase: "c'est à ce moment que je suis entré, que commence mon séjour dans cette ville, cette année dont plus de la moitié s'est écoulée", m'enfonçant de plus en plus dans ce mois d'octobre, dans cette première nuit.

VOCABULAIRE

rayer	*v. t.*	Ici, ajouter des mots en lignes.

La Modification
(1957)

La Modification, un de ses romans les plus célèbres, est une longue méditation sur la perception occidentale du Temps dont le mouvement imprime une modification constante de la conscience de chacun. Voyageant dans un train allant de Paris à Rome, le personnage (un homme d'affaire lettré) se rend progressivement compte que les relations qu'il entretient avec ses deux femmes (son épouse et sa maîtresse) dépendent de ces deux villes. Trois voix narratives à la deuxième personne (Vous) se font entendre: la première

correspond au voyage qui s'effectue (le présent), la deuxième se souvient d'une arrivée à Rome lors d'un précédent voyage, la troisième enfin se projette dans un futur retour à Paris (futur). L'identité de ce vous devient alors une problématique spatiale.

A droite, au travers de la vitre fraîche à laquelle s'appuie votre tempe, et au travers aussi de la fenêtre du corridor à demi ouverte devant laquelle vient de passer un peu haletante une femme à capuchon de Nylon, vous retrouvez, se détachant à peine sur le ciel grisâtre, l'horloge du quai où l'étroite aiguille des secondes poursuit sa ronde saccadée, marquant exactement huit heures huit, c'est-à-dire deux pleines minutes de répit encore avant le départ, et sans cesser de tenir serré dans votre main gauche le volume que vous avez acheté presque sans vous arrêter dans la Salle des Pas perdus, vous fiant à sa collection, sans lire son titre ni le nom de l'auteur, vous découvrez à votre poignet jusqu'alors caché sous la triple manche blanche, bleue et grise, de votre chemise, de votre veston, de votre manteau, votre montre rectangulaire fixée par une courroie de cuir pourpre, avec ses chiffres enduits d'une matière verdâtre qui brille dans la nuit, qui marque huit heures douze et dont vous corrigez l'avance.

VOCABULAIRE

capuchon *n. m.* Large bonnet formant la partie supérieure d'un vêtement, et que l'on peut rabattre sur la tête.

répit *n. m.* Temps pendant lequel on cesse d'être menacé ou accablé par quelque chose de pénible.

enduire *v. t.* Recouvrir une surface d'une matière molle ou demi-fluide pour la protéger.

Georges PEREC
(1936—1982)

L'œuvre de Georges Perec est marquée par l'humour et l'invention: invention de formes nouvelles, d'abord. Perec appartenait à l'Oulipo, il a écrit un roman "lipogrammatique", *La Disparition*, 1969, qui s'interdit d'employer la voyelle *e*; il a conçu des mots croisés; ses deux romans les plus connus sont composés de façon très originale: *W ou le Souvenir d'enfance*

(1975), d'abord paru en feuilleton dans le journal *La Quinzaine littéraire*, repose sur l'alternance entre un récit de science-fiction d'un réalisme effrayant, et la reconstitution par l'auteur de ses souvenirs d'enfance sous l'Occupation allemande, quand il perdit ses parents du fait des persécutions antisémites. Quant à *La Vie mode d'emploi* (1978), c'est l'entrelacs d'une foule de récits biographiques évoquant les habitants d'un immeuble parisien. Mais derrière ces prouesses formelles, l'œuvre de Perec est sensible, émotive, marquée par la douleur d'une inguérissable perte.

Les Choses
Une histoire des années soixante
(1965)

Nous choisissons une page de son premier roman, Les Choses. Une histoire des années soixante (1965), remarquable à la fois par l'usage du mode conditionnel, apte à exprimer le désir nostalgique et rêveur, et par l'évocation précise d'un couple de jeunes gens captés par l'idéal, alors nouveau, d'une consommation insatiable d'objets.

Le narrateur retrace ici les rêveries intérieures du couple, qui s'imagine avoir cambriolé un appartement de luxe.

Une à une, les vitrines seraient fracturées; une à une les toiles décrochées du mur, déclouées de leurs cadres.

En bas les attendrait leur voiture. Ils auraient fait le plein la veille. Leurs passeports seraient en règle[1]. Depuis longtemps, ils se seraient préparés à partir. Leurs malles les attendraient à Bruxelles. Ils prendraient la route de Belgique, passeraient la frontière sans encombre. Puis, petit à petit, sans précipitation, au Luxembourg, à Anvers, à Amsterdam, à Londres, aux Etats-Unis, en Amérique du Sud, ils revendraient leur butin. Ils feraient le tour du monde. Ils erreraient longtemps, au gré de leur plaisir. Ils se fixeraient enfin dans un pays au climat agréable. Ils achèteraient quelque part, aux bords des lacs italiens, à Dubrovnik[2], aux Baléares[3], à Cefalu[4], une grande maison de pierres blanches, perdue au milieu d'un parc.

Ils n'en firent rien, bien sûr. Ils n'achetèrent même pas un billet de la Loterie nationale. Tout au plus mirent-ils dans leurs parties de poker—qu'ils découvraient alors et qui était en passe de devenir l'ultime refuge de leurs

amitiés fatiguées—un acharnement qui, à certains instants, pouvait paraître suspect. Ils jouèrent, certaines semaines, jusqu'à trois ou quatre parties, et chacune les tenait éveillés jusqu'aux premières heures du jour. Ils jouaient petit jeu, si petit jeu, qu'ils n'avaient que l'avant-goût du risque et que l'illusion du gain. Et pourtant, quand, avec deux maigres paires, ou, mieux encore, avec une fausse couleur, ils avaient jeté sur la table, d'un seul coup, un gros tas de jetons valant, au bas mot[5], trois cents francs (anciens) et ramassé le pot, quand ils avaient fait pour six cents francs de papiers, les avaient perdus en trois coups, les avaient regagnés, et bien plus, en six, un petit sourire triomphant passait sur leur visage: ils avaient forcé la chance; leur mince courage avait porté ses fruits; ils n'étaient pas loin de se sentir héroïques.

VOCABULAIRE

fracturer	*v. t.*	Endommager par une rupture violente.
décrocher	*v. t.*	Détacher, libérer ce qui était accroché.
déclouer	*v. t.*	Défaire ce qui est cloué.
sans encombre		Sans rencontrer d'obstacle, sans ennui, sans incident.
butin	*n. m.*	Produit d'un vol.
acharnement	*n. m.*	Fait d'employer toute son énergie pour obtenir qqch.
jeton	*n. m.*	Pièce ronde et plate en métal, en matière plastiques, etc. , utilisée pour faire marcher certains appareils.

NOTES

1. être en règle: Etre dans une situation régulière au regard de la loi.
2. Dubrovnik: Une ville ancienne de Yougoslavie.
3. Baléares: Une province d'Espagne ou les îles d'Espagne.
4. Cefalu: Un port touristique de Sicile.
5. être en passe de: Etre sur le point de, en situation de...
6. au bas mot: Au moins, en évaluant au plus bas.

CHAPITRE VI

LE THEATRE: TRADITION ET INNOVATION

Le théâtre français du vingtième siècle n'est pas celui dont le retentissement a été le plus décisif: il n'a pas eu l'influence écrasante et durable qu'ont exercée, dans toute l'Europe, les grands dramaturges du dix-septième siècle—Corneille, Molière, Racine—et les théoriciens de la "doctrine classique". Si le rayonnement international des dramaturges français du vingtième siècle est indéniable—de Paul Claudel à Jean Genet, en passant par Jean Giraudoux, Jean Anouilh ou Eugène Ionesco—aucun dramaturge n'a eu une importance internationale comparable à celle d'un Pirandello ou d'un Brecht, sauf peut-être Samuel Beckett. Cela n'a pas empêché la vie théâtrale française de rayonner au-delà des frontières de l'Hexagone, pour des raisons qui tiennent souvent moins à des écritures théâtrales nouvelles qu'au développement des formes du spectacle.

Le repli du texte: développement de la mise en scène et primat du spectacle

L'émergence de la mise en scène

La fonction de metteur en scène a pleinement émergé dans les deux dernières décennies du dix-neuvième siècle, elle est l'héritage le plus visible du théâtre naturaliste. Si le mouvement dont Emile Zola était le chef de file incontestable n'a pas légué d'œuvre dramatique forte, il a laissé une marque durable: il a poussé les chefs de troupe à donner à la représentation une unité visible, en en coordonnant tous les éléments. Les hommes qui dominent la vie théâtrale au début du vingtième siècle (André Antoine, Lugné-Poe, Firmin Gémier ou Jacques Copeau) ne sont pas seulement des directeurs de théâtre, désireux d'attirer le public et de le retenir; ils ont un souci que n'avaient pas les entrepreneurs de théâtre avant eux, celui de veiller à l'impression d'ensemble que produit la représentation et de faire que tout—décor, costumes, musique et bruitage, lumières, jeu des acteurs et réglage de leurs mouvements—relève d'une même esthétique. L'émergence de la mise en

scène modifie sensiblement les données de la vie théâtrale; elle n'implique pas seulement que la représentation soit conçue comme un tout cohérent, elle montre que le sens d'une pièce peut changer complètement selon les principes qui président à la représentation. Chaque reprise d'une pièce ancienne tend à devenir une "relecture" et, au fil du siècle, les spectateurs de théâtre se sont habitués à aller voir, non pas simplement *Le Tartuffe* de Molière mais la vision qu'en proposait tel ou tel metteur en scène. Il est assez souvent arrivé, du reste, que des metteurs en scène connus affrontent leur conception d'une même pièce en la montant presque au même moment.

L'émergence de la mise en scène est liée à des améliorations techniques—en particulier l'utilisation de l'électricité, déjà introduite au siècle précédent mais qui se développe au vingtième et qui permet, mieux que le gaz, de maîtriser les lumières et de produire des effets puissants. Elle est également liée à une promotion du spectacle. Les théoriciens du théâtre étaient en effet souvent enclins à considérer la réalisation scénique comme accessoire. C'est contre cette idée que s'insurge le principal théoricien français du vingtième siècle, Antonin Artaud, qui, en pensant la représentation sur le mode d'une crise dont le public devrait sortir ébranlé, a été l'un des principaux initiateurs de cette conception du théâtre, dominante après la Seconde Guerre mondiale, qui met l'accent sur le contact physique entre des acteurs et un public. Ce primat de l'effet sensible est allé, dans les années 1960, jusqu'à rejeter tout texte préalablement écrit. Le meilleur exemple de cette tendance est le spectacle intitulé 1789, élaboré en 1970 autour de la révolution française par le metteur en scène Ariane Mnouchkine avec sa troupe, le Théâtre du Soleil: avec plus de deux cent mille spectateurs, il a sans doute été le plus grand succès théâtral du siècle en France.

Les générations successives

Cette primauté de la mise en scène n'est pas une exclusivité française—au tournant des dix-neuvième et vingtième siècles œuvrent le Russe Stanislavski, l'Anglais Edward Gordon Craig, le Suisse Adolphe Appia et, plus tard, l'Allemand Erwin Piscator; dans la deuxième moitié du siècle émergera une brillante école polonaise (Jerzy Grotowski, Tadeusz Kantor). Mais la France a connu plusieurs générations successives de grands metteurs en scène. Après celle des pères fondateurs, l'entre-deux guerres est dominé par le "Cartel", association d'entraide fondée en 1927 par Charles Dullin, Georges Pitoëff, Gaston Baty et Louis Jouvet, qui ne sera dissoute qu'avec la Seconde Guerre mondiale. Conçue contre le théâtre commercial, pour essayer de mettre en commun les efforts afin de minimiser les risques financiers que comporte toute tentative novatrice, cette association avait pour but d'aider les quatre metteurs en scène à monter des pièces classiques, mais aussi à élargir leur répertoire à des auteurs étrangers et à des pièces nouvelles. Elle a permis de donner encore plus de relief à la fonction du metteur en scène, qui devient le personnage clef de l'entreprise théâtrale. Ce qui n'a pas été sans retentissement sur

l'écriture théâtrale, car se créent des collaborations entre dramaturge et metteur en scène, par exemple entre Jean Giraudoux et Louis Jouvet ou entre Paul Claudel et Jean-Louis Barrault et, plus tard, entre Samuel Beckett et Roger Blin.

Après la Seconde Guerre mondiale, une autre génération prend la relève, dominée par les figures de Jean Vilar et de Jean-Louis Barrault. Ils ont en commun avec leurs prédécesseurs de vouloir à la fois jouer des classiques—français ou étrangers—et créer un répertoire contemporain. Avec le Théâtre National Populaire, Jean Vilar a cherché à élargir le public, car, au fil du dix-neuvième siècle, le théâtre était devenu un divertissement "élitiste" touchant surtout les classes aisées—à la différence du cinéma qui, dès ses débuts, a touché un public sociologiquement beaucoup plus divers. L'un des moyens était de faire des classiques qu'il montait des lectures délibérément contemporaines, par exemple en transformant *La Paix* d'Aristophane ou *Les Troyennes* d'Euripide (montée dans une adaptation de Jean-Paul Sartre) en machines de propagande contre la guerre d'Algérie. Pour maintenir une activité théâtrale au cœur de l'été—période de relâche des théâtres—il crée, dans une petite ville du midi, Avignon, un festival de théâtre qui prend rapidement une importance internationale (il continue, plus d'un demi-siècle après ses débuts, à être le plus important de France).

La création du festival d'Avignon obéissait aussi à une volonté de rompre avec la concentration de fait qui faisait que toutes les troupes permanentes étaient implantées dans la capitale. A partir des années 1960, l'Etat amorce un processus de décentralisation qui, dans le domaine du théâtre, aboutit à la création, dans les villes de province, de troupes fixes. Cette nouvelle donne a stimulé la vie théâtrale et ce regain d'activité a permis à de nouveaux metteurs en scène d'émerger et d'imposer un style qui leur soit propre (Roger Planchon, Roger Blin, Ariane Mnouchkine, Marcel Maréchal, Antoine Vitez, Patrice Chéreau et Daniel Mesguich sont les principaux).

Les modifications de l'écriture théâtrale

L'importance extrême prise par le spectacle n'est pas sans produire des effets en retour sur l'écriture dramatique: le texte théâtral ne se résume plus au dialogue des personnages, les didascalies (indications sur le décor ou les mouvements et attitudes des personnages) connaissent un développement parfois remarquable. Il y a eu auparavant des dramaturges qui s'efforçaient de décrire précisément ce qui se passe sur la scène—c'est le cas de Beaumarchais, à la fin du dix-huitième siècle. Mais au vingtième siècle, cette attention au détail de l'action scénique tend à se généraliser et prend des formes surprenantes, en particulier dans l'œuvre de Samuel Beckett, où la parole des personnages, qui est souvent rare et pauvre, va parfois jusqu'à disparaître complètement, comme dans *Actes sans paroles*.

Persistance des traditions

Un deuxième trait de l'écriture théâtrale est l'effacement des genres traditionnels. Depuis la Renaissance, la production théâtrale française a été marquée par l'opposition des deux grands genres, comédie et tragédie. Dès le dix-huitième siècle, cette opposition avait été mise à mal par la crise de la tragédie, dont la prééminence est sérieusement mise en cause par l'émergence de nouvelles formes "sérieuses" comme le drame bourgeois. Le dix-neuvième siècle a vu la tragédie péricliter, au profit du drame-fleuron de la dramaturgie romantique. Au vingtième, c'est le souci générique dans son ensemble qui perd de son importance: les dramaturges ne se préoccupent plus de répertorier leur production. Ils écrivent des "pièces", sans spécification particulière. Ou bien ils introduisent des catégories qui leur sont propres et qui sont un pied de nez à la tradition—c'est ainsi que Jean Anouilh répartit sa production en "pièces noires", "pièces roses", "pièces brillantes" et "pièces grinçantes". Mais cette tendance à l'indifférenciation n'exclut pas des résurrections partielles: dans les années 1930 et 1940, période sombre où la Second Guerre mondiale se prépare puis éclate—un certain nombre d'écrivains se mettent, à peu près simultanément, à reprendre les sujets de tragédies antiques. Jean Cocteau reprend l'histoire d'Œdipe (*La Machine infernale*, 1934), Jean Giraudoux écrit une *Electre* (1937), Jean Anouilh une *Antigone* (1942) et une *Médée* (1946), et Jean-Paul Sartre remet en scène l'histoire d'Oreste dans *Les Mouches* (1943). La reprise de sujets qui, depuis les Grecs, ne pouvaient donner matière qu'à des tragédies est significative de ce bouleversement des classifications admises car, même s'ils ne changent rien à des histoires qui mènent toujours les héros à leur perte, les dramaturges introduisent un ton qui attente sciemment à la majesté du genre tragique: un ton familier, avec des ruptures violentes de registre et des moments comiques.

A défaut des classifications génériques reçues, peut-on discerner des genres dans la production théâtrale du vingtième siècle? Plus que de nouveaux genres définis, ce sont des tendances qui se dégagent. Tout d'abord, la persistance d'une production que, depuis le siècle précédent, on appelle le "théâtre de boulevard", c'est-à-dire un théâtre aux préoccupations essentiellement commerciales, qui vise à divertir un public bourgeois, par des pièces bien ficelées, bâties sur des sujets éprouvés comme l'adultère mondain, truffées de mots d'auteur et qui ne risquent pas de surprendre ou de heurter les goûts des spectateurs. Au début du siècle, le meilleur représentant est Henry Bataille, dont l'œuvre prend volontiers une tonalité dramatique; entre les deux guerres, ce sont, dans un registre bien plus comique, Marcel Achard ou Sacha Guitry. Ce dernier s'est distingué par une verve souvent virtuose, qui lui a permis de rénover le vaudeville illustré, au tournant des dix-neuvième et vingtième siècle par Georges Feydeau.

De façon moins conventionnelle, un certain nombre des dramaturges, parmi les plus notables du siècle—Henry de Montherlant, Jean Anouilh, Jean Giraudoux, Albert Camus, Jean-Paul Sartre—poursuivent une tradition bien française de pièces bien

construites et émaillées de réparties éclatantes—ce qu'on appelle des mots d'auteurs. Ils s'inscrivent dans la longue tradition du théâtre occidental en reprenant des sujets souvent traités (si Jean Giraudoux intitule une pièce *Amphitryon* 38, c'est parce qu'il a dénombré trente-sept versions antérieures de cette histoire); ils adaptent les chefs d'œuvre dramatiques d'autrefois (Albert Camus adapte Larivey, Calderon et Lope de Vega, Jean-Paul Sartre adapte Alexandre Dumas ou Euripide); ils transposent même des romans à la scène (Camus adapte Dostoïevski et Faulkner). Ils donnent aussi dans le pastiche, en s'inspirant de dramaturgies anciennes-Montherlant emprunte à la *comedia* espagnole (*La Reine Morte*, 1942), Jean Anouilh réécrit Marivaux (*La Répétition ou l'Amour puni*, 1950). Ces hommages permettent, à l'occasion, d'insuffler un souffle nouveau dans la tradition trop française de la "pièce bien faite", les dramaturges trouvant dans l'imitation une certaine forme de renouvellement.

Volonté de rupture et d'expérimentation

A l'opposé de ce théâtre plus ou moins conventionnel, il y a eu, tout au long du siècle, une série d'expérimentations dont l'objectif premier était de faire scandale et d'"épater le bourgeois", mais qui aussi parfois cherchaient à forger un langage théâtral neuf, rejetant tout ce qui a fait la force du théâtre du dix-neuvième siècle et qui est encore exploité au boulevard: les intrigues bien ficelées, les répliques à effet, le pathos et l'analyse psychologique. Celui qui fait figure de père fondateur, en matière de rejet insolent des conventions, est Alfred Jarry qui, avec son *Ubu roi* (1896), met en scène des personnages-marionnettes dans un univers loufoque truffé de jurons et d'allusions assassines. Ce mélange de provocation et de fantaisie a fait des émules. Se réclameront de Jarry les expérimentateurs: Antonin Artaud a mené, entre les deux guerres, ses expériences de "théâtre de la cruauté" dans le cadre d'un "Théâtre Alfred-Jarry". Creuseront la même veine les avant-gardes, comme le mouvement dada, à la fin de la Première Guerre mondiale, et le mouvement surréaliste, qui prend la suite de dada, dans les années 1920. Le théâtre présente l'avantage, pour ces mouvements, d'expérimenter la subversion en direct: des spectateurs sont là, que l'on peut s'efforcer de faire réagir-quand ils ne sont pas conquis d'avance, car ces pièces n'ont souvent eu que des publics très restreints. Mais le théâtre est fort loin d'avoir, pour ces avant-gardes, le rôle stratégique qu'il avait eu pour les romantiques, au siècle précédent. La bataille déclenchée par la création du *Hernani* de Victor Hugo, en 1830, a été un des grands moyens d'affirmation de la nouvelle école littéraire. Il n'y a rien de tel dans le bruit fait par *Les Mamelles de Tirésias* de Guillaume Apollinaire (1917). Il s'agit moins de faire triompher un théâtre nouveau qui éclipse les formes archaïques (comme le drame romantique veut couper le cou à la tragédie moribonde) que de s'affirmer dans le scandale et la provocation. Du reste, de la production théâtrale des dadaïstes et des surréalistes, peu d'œuvres ont survécu: les pièces piquent la curiosité à cause de la personnalité de ceux qui les ont écrites, comme *Le*

désir attrapé par la queue de Pablo Picasso, joué seulement en privé et publié plusieurs décennies plus tard. La seule œuvre dramatique importante produite dans l'orbite surréaliste est celle de Roger Vitrac dont la pièce la plus célèbre, *Victor ou les enfants au pouvoir* (1928), tire d'une donnée bizarre (le protagoniste est un enfant dans un corps d'adulte) un univers à la fois cocasse et violent.

Si ces textes ont eu assez peu d'échos auprès de leurs contemporains, ils ont eu par la suite une influence réelle, en ouvrant la voie à des expérimentations qui, dans les années 1950, ont eu un tout autre retentissement. Le dadaïsme et le surréalisme ne sont pas étrangers en effet à l'univers outrageusement irréaliste que met en place ce qu'on a appelé globalement le théâtre de l'absurde qui, tout en s'inscrivant dans un univers apparemment quotidien, s'ingénie à le subvertir en le pliant à des lois étranges et surtout en perturbant le fonctionnement du dialogue. Le représentant le plus connu est Eugène Ionesco qui a joui, à partir de la fin des années 1950, d'un large succès international. L'absurde est produit soit par les bizarreries de l'univers scénique (dans *Rhinocéros* [1960], les personnages sont tous peu à peu contaminés par une étrange épidémie qui les transforme en rhinocéros), soit par des dérapages de langue (*La Cantatrice chauve* [1950] met en scène des personnages et des situations des plus banals mais les dialogues sont entièrement tissés de phrases toutes faites empruntées à une méthode d'apprentissage de l'anglais). D'autres ont exploité des procédés analogues, comme le poète Jean Tardieu qui a déployé, dans des pièces courtes dont les titres exposent la formule de base (*Un mot pour un autre*, 1950), une étonnante inventivité verbale qui lui permet de camper un univers d'une authentique cocasserie.

Il y a, dans le théâtre français du vingtième siècle, une inspiration politique qui s'est longtemps exprimée par l'allusion: *La Guerre de Troie n'aura pas lieu*, de Jean Giraudoux (1935), est pleine de la montée des tensions internationales qui prélude à la Deuxième Guerre mondiale; les tragédies jouées sous l'occupation allemande (*Les Mouches* de Sartre ou *Antigone* d'Anouilh) tiennent aussi un discours plein de sous-entendus à un public avide de les déchiffrer. Après la Seconde Guerre mondiale, la politique n'a plus besoin de se voiler; elle s'affiche ouvertement dans les pièces d'Arthur Adamov ou d'Armand Gatti, mais sans qu'aucun de ces deux dramaturges n'ait la force et l'impact d'un Bertolt Brecht. Un cas toutefois se signale à l'attention, celui—très singulier—des *Paravents* de Jean Genet, qui traitent, de manière à la fois frappante et brouillée, de la guerre d'Algérie. Publiée en 1961, la pièce n'est créée en France qu'en 1966 et elle déclenche le scandale théâtral le plus retentissant du siècle: interrompues par des manifestations violentes de groupes d'extrême-droite, les représentations ont lieu sous la protection de la police. Dans ce cas, le théâtre devient un acte politique: la pièce ne se contente pas de représenter la guerre d'Algérie, il en est le dernier épisode, quatre ans après les accords qui avaient mis fin au conflit.

Un théoricien, trois dramaturges

S'il faut, pour finir, signaler particulièrement les œuvres les plus marquantes du siècle, il faudrait, pour ce qui est des théoriciens, citer Antonin Artaud, le seul français dont les idées aient eu un retentissement important. Poète, acteur, metteur en scène et plasticien, il n'a laissé qu'une œuvre dramatique modeste, *Les Cenci* (1935), inspirés d'une nouvelle de Stendhal et d'une pièce de Shelley, apparaissent, à la lecture, très en retrait par rapport à ce "théâtre de la cruauté" qu'ils prétendent illustrer. Mais sa pensée, consignée dans le recueil *Le Théâtre et son double* (1938), a eu une influence décisive, bien au-delà des frontières. Elle accorde le primat à la représentation, en mettant l'accent sur tous les effets (musique, effets sonores et visuels) capables de toucher les sens—et, si possible, violemment—car le théâtre a, selon lui, mission d'ébranler le spectateur, il doit, selon une de ses métaphores favorites, agir comme la peste.

Pour les dramaturges, on peut en signaler trois. Paul Claudel n'est pas seulement l'un des grands poètes du siècle, il est aussi l'auteur d'une œuvre théâtrale à part, écrite très tôt (dans les dernières années du dix-neuvième siècle et les premières années du vingtième) dont l'inspiration, au départ, est fortement liée au symbolisme mais qui transcende très vite ces origines et s'impose par sa démesure dans tous les domaines. Quantitatif d'abord: représenté sans coupure, *Le Soulier de satin* (1924) demande une bonne dizaine d'heures (il n'a été monté intégralement qu'à l'extrême fin du siècle, par Antoine Vitez, pour quelques représentations). Linguistique ensuite: Claudel se débarrasse des conventions du vers classique mais rejette toute tentation d'un langage plus réaliste. Son lyrisme échevelé, qui a très souvent recours à la forme du verset, ne recule ni devant la grandiloquence ni devant la violence, inventant une langue inimitable, jamais entendue sur une scène française et que personne ne s'est risqué à imiter depuis.

On peut citer également Jean Genet qui a, lui aussi, imposé un univers tout à fait particulier, également marqué par la démesure. Son œuvre, qui exhibe une théâtralité exacerbée, cultive les jeux d'illusion chers à la dramaturgie baroque (*Le Balcon*, 1956). Ses dialogues, souvent décalés, fusent en inventions verbales et pratiquent une langue violemment poétique, parfois jusqu'à l'obscurité, ce qui donne souvent à ses pièces une allure de rituel barbare (*Les Nègres*, 1958), voire de messe mortelle (*Les Bonnes*, 1947). La somptuosité de cette langue contraste fortement avec le recours systématique à la profanation et aux outrages. Alors que le théâtre de Claudel exalte des valeurs parfaitement traditionnelles—chrétiennes essentiellement—celui de Genet célèbre des anti-valeurs—le vol, la trahison, le crime—dans une intention affichée de dérision et d'agression.

L'œuvre de Samuel Beckett, qui a été parfois rattachée au "théâtre de l'absurde", n'est pas, comme celle d'Eugène Ionesco, minée par la facilité. Elle va très loin dans la rupture avec les normes théâtrales classiques. Ce n'est pas seulement l'intrigue qui est mise à mal, mais la conception même du personnage, fantoche vidé de toute espèce de

psychologie qui, loin de maîtriser son discours, semblerait plutôt contrôlé par lui. Beckett situe ses pièces, le plus souvent, dans un *no man's land* aride: le décor de *En attendant Godot* (1952) dresse un arbre maladif sur une scène nue, celui de *Oh les beaux jours* (1963) est un tas de sable, d'où émerge à mi-corps la protagoniste, les trois personnages de *Comédie* (1966) sont coincés jusqu'au cou dans trois jarres plantées sur la scène. Dans cet univers radicalement appauvri, les personnages meublent le vide d'une parole précaire, écartelée entre logorrhée et mutisme, qui exerce sur le spectateur une sorte de charme envoûtant, dans un va-et-vient constant entre cocasserie et pathétique.

Si Claudel n'a pas eu de vraie postérité, Genet et Beckett ont laissé une forte empreinte sur leurs successeurs—celle de Genet est sensible en particulier sur Bernard Koltès qui, dans les dernières années du siècle, a connu une vogue internationale étonnante.

François LECERCLE

Paul CLAUDEL

Le Soulier de satin
(1929)

Achevée en 1925, la pièce a été publiée en 1929 et représentée en 1943, dans une version très abrégée car la représentation du texte intégral prendrait près de dix heures. Répartie en quatre journées, elle raconte les amours impossibles et malheureuses de Rodrigue et de Prouhèze, que tout sépare—les hasards de l'existence, la volonté du roi d'Espagne et l'action du vieux mari de Prouhèze, Pélage. Cette action principale, qui est entrelacée d'actions secondaires, s'étale sur des longues années. Dans cette intrigue foisonnante, Claudel retrouve l'inspiration du théâtre élisabéthain et jacobéen et du théâtre espagnol du XVIIe *siècle. Mais surtout il invente une langue tout à fait inhabituelle sur la scène française, une langue rythmée et lyrique qui a recours au verset, forme libre qu'il avait déjà pratiquée dans sa poésie, en particulier dans les Cinq grandes odes. Il réussit le tour de force de créer une tension dramatique—comme dans le dialogue de la scène ci-dessous, où*

Prouhèze annonce à son mentor qu'elle va tout faire pour échapper à la surveillance—et de ménager des plages de pur lyrisme, comme l'invocation à la Vierge qui clôt la scène en expliquant le titre de la pièce.

1ère journée, Scène 5
Dona Prouhèze, Don Balthazar

Même lieu qu'à la scène II. Le soir. Toute une caravane prête à partir. Mules, bagages, armes, chevaux sellés, etc.

Don Balthazar: Madame, puisqu'il a plu à votre époux par une inspiration subite de me confier le commandement de Votre Seigneurie hautement respectée, il m'a paru nécessaire, avant de partir, de vous donner communication des clauses qui doivent régler notre entretien.

Dona Prouhèze: Je vous écoute avec soumission.

Don Balthazar: Ah! je voudrais être encore à la retraite de Bréda! Oui, plutôt que le commandement d'une jolie femme, je préfère celui d'une troupe débandée de mercenaires sans pain que l'on conduit à travers un pays de petits bois vers un horizon de potences!

Dona Prouhèze: Ne vous désolez pas, Seigneur, et donnez-moi ce papier que je vois tout prêt dans votre main.

Don Balthazar: Lisez-le, je vous prie, et veuillez-y mettre votre seing à la marque que j'ai faite. Oui, je me suis senti tout soulagé depuis que j'ai couché ainsi mes ordres sur ce papier[1]. C'est lui qui nous commandera à tous désormais, moi le premier. Vous y trouverez toute chose bien indiquée, les étapes, les heures du départ et des repas, Et ces moments aussi où vous aurez permission de m'entretenir, car je sais qu'on ne saurait condamner les femmes au silence[2]. Alors je vous raconterai mes campagnes, les origines de ma famille, les moeurs de la Flandre[3], mon pays.

Dona Prouhèze: Mais moi aussi, n'aurai-je pas licence de dire un mot parfois[4]?

Don Balthazar: Sirène, je ne vous ai prêté déjà les oreilles que trop[5]!

Dona Prouhèze: Est-il si désagréable de penser que pendant quelques jours mon sort et ma vie ne seront pas moins pour vous que votre propre vie?

Et qu'étroitement associés, vous sentirez bien à chaque minute que j'ai pour défenseur vous seul!

Don Balthazar: Je le jure! on ne vous tirera pas d'entre mes mains.

Dona Prouhèze: Pourquoi essayerais-je de fuir alors que vous me conduisez là précisément où je voulais aller?

Don Balthazar: Et ce que j'avais refusé, c'est votre époux qui me l'enjoint!

Dona Prouhèze : Si vous m'aviez refusé, alors je serais partie seule. Oui-da, j'aurais trouvé quelque moyen.

Don Balthazar : Do a Merveille, je suis fâché d'entendre ainsi parler la fille de votre père.

Dona Prouhèze : Etait-ce un homme qu'on avait habitude de contrarier dans ses desseins?

Don Balthazar : Non, pauvre Comte! Ah! quel ami j'ai perdu! Je me ressens encore de ce grand coup d'épée qu'il me fournit au travers du corps un matin de carnaval. C'est ainsi que commença notre fraternité. Il me semble que je le revois quand je vois vos yeux, vous y étiez déjà.

Dona Prouhèze : Je ferais mieux de ne pas vous dire que j'ai envoyé cette lettre.

Don Balthazar : Une lettre à qui?

Dona Prouhèze : A Don Rodrigue, oui, pour qu'il vienne me retrouver en cette auberge précisément où vous allez me conduire.

Don Balthazar : Avez-vous fait cette folie?

Dona Prouhèze : Et si je n'avais pas profité de l'occasion inouïe de cette gitane qui gagnait directement Avila où je sais qu'est la résidence de ce cavalier, N'aurait-ce pas été un péché, comme disent les Italiens?

Don Balthazar : Ne blasphémez pas-et veuillez ne pas me regarder ainsi, je vous prie, fi! N'avez-vous point vergogne de votre conduite? et aucune crainte de Don Pélage? que ferait-il s'il venait à l'apprendre?

Dona Prouhèze : Il me tuerait, nul doute, sans hâte comme il fait tout et après avoir pris le temps de considérer.

Don Balthazar : Aucune crainte de Dieu?

Dona Prouhèze : Je jure que je ne veux point faire de mal, c'est pourquoi je vous ai tout dit. Ah! ce fut dur de vous ouvrir mon cœur et je crains que vous n'ayez rien compris, Rien que ma bonne affection pour vous. Tant pis! Maintenant c'est vous qui êtes responsable et chargé de me défendre.

Don Balthazar : Il faut m'aider, Prouhèze.

Dona Prouhèze : Ah! ce serait trop facile! Je ne cherche point d'occasion, j'attends qu'elle vienne me trouver.

Et je vous ai loyalement averti, la campagne s'ouvre.

C'est vous qui êtes mon défenseur. Tout ce que je pourrai faire pour vous échapper et pour rejoindre Rodrigue,

Je vous donne avertissement que je le ferai.

Don Balthazar : Vous voulez cette chose détestable?

Dona Prouhèze : Ce n'est point vouloir que prévoir. Et vous voyez que je me défie tellement de ma liberté que je l'ai remise entre vos mains.

Don Balthazar : N'aimez-vous point votre main?

Dona Prouhèze : Je l'aime.

Don Balthazar : L'abandonneriez-vous à cette heure où le Roi lui-même l'oublie,

Tout seul sur cette côte sauvage au milieu des infidèles,

Sans troupes, sans argent, sans sécurité d'aucune sorte.

Dona Prouhèze : Ah! cela me touche plus que tout le reste. Oui, l'idée de trahir ainsi l'Afrique et notre pavillon[6],

Et l'honneur du nom de mon mari, je sais qu'il ne peut se passer de moi,

Ces tristes enfants que j'ai recueillis, à la place de ceux que Dieu ne m'a pas donnés, ces femmes qu'on soigne à l'infirmerie, ces partisans rares et pauvres qui se sont donnés à nous, abandonner tout cela,

Je peux dire que cela me fait horreur.

Don Balthazar : Et qu'est-ce donc qui vous appelle ainsi vers ce cavalier?

Dona Prouhèze : Sa voix.

Don Balthazar : Vous ne l'avez connu que peu de jours.

Dona Prouhèze : Sa voix! Je ne cesse de l'entendre.

Don Balthazar : Et que vous dit-elle donc?

Dona Prouhèze : Ah! si vous voulez m'empêcher d'aller à lui,

Alors du moins liez-moi, ne me laissez pas cette cruelle liberté!

Mettez-moi dans un cachot profond derrière des barres de fer!

Mais quel cachot serait capable de me retenir quand celui même de mon corps menace de se déchirer? Hélas! il n'est que trop solide, et quand mon maître m'appelle, il ne suffit que trop à retenir cette âme, contre tout droit, qui est à lui,

Mon âme qu'il appelle et qui lui appartient!

Don Balthazar: L'âme et le corps aussi?

Dona Prouhèze : Que parlez-vous de ce corps quand c'est lui qui est mon ennemi et qui m'empêche de voler d'un trait jusqu'à Rodrigue?

Don Balthazar : Ce corps aux yeux de Rodrigue n'est-il que votre prison?

Dona Prouhèze : Ah! c'est une dépouille que l'on jette aux pieds de celui qu'on aime!

Don Balthazar : Vous le lui donneriez donc si vous le pouviez?

Dona Prouhèze : Qu'ai-je-moi qui ne lui appartienne? Je lui donnerais le monde entier si je le pouvais!

Don Balthazar : Partez. Rejoignez-le!

Dona Prouhèze : Seigneur, je vous ai déjà dit que je me suis placée non plus en ma propre garde, mais en la vôtre[7].

Don Balthazar : C'est Don Pélage seul qui est votre gardien.

Dona Prouhèze: Parlez. Dites-lui tout.

Don Balthazar: Ah! pourquoi vous ai-je donné si vite ma parole?

Dona Prouhèze: Quoi, la confiance que j'ai mise en vous, n'en êtes-vous pas touché? Ne me forcez pas à avouer qu'il y a des choses que je ne pouvais dire qu'à vous seul.

Don Balthazar: Après tout je ne fais qu'obéir à Don Pélage.

Dona Prouhèze: Ah! que vous allez bien me garder et que je vous aime! je n'ai plus rien à faire, on peut s'en remettre à vous[8].

Et déjà je concerte dans mon esprit mille ruses pour vous échapper.

Don Balthazar: Il y aura un autre gardien qui m'aidera et auquel vous n'échapperez pas si aisément.

Dona Prouhèze: Lequel, Seigneur?

Don Balthazar: L'Ange que Dieu a placé près de vous, dès ce jour que vous étiez un petit enfant innocent.

Dona Prouhèze: Un ange contre les démons! et pour me défendre contre les hommes il me faut une tour comme mon ami Balthazar,

La Tour et l'Epée cheminant d'un seul morceau, et cette belle barbe dorée qui montre de loin où vous êtes!

Don Balthazar: Vous êtes restée Française.

Dona Prouhèze: Comme vous êtes resté Flamand; n'est-ce pas joli, mon petit accent de Franche-Comté[9]?

Ce n'est pas vrai! mais tous ces gens avaient bien besoin de nous pour apprendre à être

Espagnols, ils savent si peu s'y prendre!

Don Balthazar: Comment votre mari a-t-il pu vous épouser, lui vieux déjà, et vous si jeune?

Dona Prouhèze: Je m'arrangeais sans doute avec les parties de sa nature les plus sévèrement maintenues les plus secrètement choyées.

De sorte que quand j'accompagnai mon père à Madrid où les affaires de sa province l'appelaient, L'accord ne fut pas long à établir entre ces deux hauts seigneurs,

Que j'aimasse Don Pélage aussitôt qu'on me l'aurait présenté, par-dessus toute chose et pour tous les jours de ma vie, comme cela est légal et obligatoire entre mari et femme.

Don Balthazar: Lui, du moins, vous ne pouvez pas douter qu'il ne remplisse pas envers vous sa part.

Dona Prouhèze: S'il m'aime, je n'étais pas sourde pour que je l'entende me le dire.

Oui, si bas qu'il me l'aurait avoué, un seul mot, j'avais l'oreille assez

fine pour le comprendre.

Je n'étais pas sourde pour entendre ce mot auquel mon cœur était attentif.

Bien des fois j'ai cru le saisir dans ses yeux dont le regard changeait dès que le mien voulait y pénétrer. J'interprétais cette main qui se posait une seconde sur la mienne.

Hélas! je sais que je ne lui sers de rien, ce que je fais jamais je ne suis sûre qu'il l'approuve,

Je n'ai même pas été capable de lui donner un fils.

Ou peut-être, ce qu'il éprouve pour moi, j'essaye parfois de le croire,

C'est chose tellement sacrée peut-être qu'il faut la laisser s'exhaler seule, il ne faut pas la déranger avec les paroles qu'on y mettrait.

Oui, il m'a fait entendre quelque chose de ce genre une fois, à sa manière étrange et détournée. Ou peut-être est-il si fier pour que je l'aime il dédaigne de faire appel à autre chose que la vérité. Je le vois si peu souvent! et je suis si intimidée avec lui!

Et cependant longtemps je n'imaginais pas que je pouvais être ailleurs qu'à son ombre.

Et vous voyez que c'est lui-même aujourd'hui qui me congédie et non pas moi qui ai voulu le quitter. Presque tout le jour il me laisse seule, et c'est bien lui, cette maison déserte et sombre ici, si pauvre, si fière,

Avec ce tuant soleil au dehors et cette odeur délicieuse qui la remplit!

Oui, on dirait que c'est sa mère qui l'a laissée ainsi dans un ordre sévère et qui vient de partir à l'instant,

Une grande dame infiniment noble et qu'on oserait à peine regarder.

Don Balthazar: Sa mère est morte en lui donnant vie.

Dona Prouhèze, montrant la statue au-dessus de la porte: Peut-être est-ce de celle-ci que je parle.

(*Don Balthazar ôte gravement son chapeau. Tous deux regardent la statue de la Vierge en silence. Dona Prouhèze, comme saisie d'une inspiration*:)

Don Balthazar, voudriez-vous me rendre le service de tenir cette mule?

Don Balthazar, tient la tête de la mule.

Dona Prouhèze, monte debout sur la selle et se déchaussant elle met son soulier de satin entre les mains de la Vierge.

Vierge, patronne et mère de cette maison,

Répondante et protectrice de cet homme dont le cœur vous est pénétrable plus qu'à moi et compagne de sa longue solitude,

Alors si ce n'est pas pour moi, que ce soit à cause de lui,

Puisque ce lien entre lui et moi n'a pas été mon fait, mais votre volonté

intervenante:

Empêchez que je sois à cette maison dont vous gardez la porte, auguste tourière, une cause de corruption!

Que je manque à ce nom que vous m'avez donné à porter, et que je cesse d'être honorable aux yeux de ceux qui m'aiment.

Je ne puis dire que je comprends cet homme que vous m'avez choisi, mais vous, je comprends, qui êtes sa mère comme la mienne.

Alors, pendant qu'il est encore temps, tenant mon cœur dans une main et mon soulier dans l'autre,

Je me remets à vous! Vierge mère, je vous donne mon soulier! Vierge mère, gardez dans votre main mon malheureux petit pied!

Je vous préviens que tout à l'heure je ne vous verrai plus et que je vais tout mettre en œuvre contre vous!

Mais quand j'essayerai de m'élancer vers le mal, que ce soit avec un pied boiteux! la barrière que vous avez mise,

Quand je voudrai la franchir, que ce soit avec une aile rognée! J'ai fini ce que je pouvais faire, et vous, gardez mon pauvre petit soulier,

Gardez-le contre votre cœur, ô grande Maman effrayante!

VOCABULAIRE

seigneurie	*n. f.*	Autorité du seigneur sur sa terre et sur ses personnes.
débander	*v. t.*	Mettre en désordre, disperser (une troupe).
mercenaire	*n.*	Soldat de métier à la solde d'un Etat, d'une milice privée.
potence	*n. f.*	Assemblage de pièces en angles droits, servant de support.
seing	*n. m.*	Signature qui rend un acte valable.
enjoindre	*v. t.*	Ordonner, prescrire.
oui-da	*interj.*	Oui bien sûr.
carnaval	*n. m.*	Période de divertissement précédant le carême.
gitan, ane	*n.* et *a.*	Bohémien d'Espagne.
blasphémer	*v. i.*	Prononcer des paroles qui insultent la religion.
fi	*interj.*	Exprime le dégoût, le mépris.
vergogne	*n. f.*	Honte, pudeur.
cachot	*n. m.*	Cellule de prison, étroite et sombre.
dépouille	*n. f.*	Corps mort;peau enlevé d'un animal.
choyer	*v. t.*	Soigner avec tendresse, entourer de prévenances.

exhaler (se)	*v. t.* et *v. pr.*	Répandre; s'exprimer avec force.
répondant, e	*n.*	Caution, garant.
auguste	*a.*	Vénérable, et solennel.
tourière	*n. f.*	Se dit de la religieuse proposée au tour dans un couvent et chargée des relations avec l'extérieur.
rogner	*v. t.*	Couper sur les bords; retrancher une petite partie.
rogner les ailes à quelqu'un		Diminuer son pouvoir, sa liberté.

NOTES

1. ... depuis que j'ai couché mes ordres sur ce papier. : ... depuis que j'ai écrit mes ordres sur ce papier.
2. ... vous aurez permission de m'entretenir, car je sais qu'on ne saurait condamner les femmes au silence. : ... je vous permettrais de parler avec moi, car je sais qu'on ne peut pas demander aux femmes de ne pas parler.
3. la Flandre: Plaine maritime de l'Europe de Nord-ouest qui s'étend de la France du Nord aux Pays-Bas, le long de la mer du Nord, des collines de l'Artois au Sud à l'Estuaire de l'Escaux au Nord.
4. ... n'aurai-je pas licence de dire un mot parfois?: ... ne pourrai-je pas vous dire quelque chose parfois?
5. Sirène, je ne vous ai prêté déjà les oreilles que trop! : Sirène, je vous ai trop écouté!
6. trahir notre pavillon: trahir notre patrie.
7. ... je me suis placé non plus en ma propre garde, mais en la vôtre. : ... je n'ai été prête à me défendre, mais à vous défendre.
8. ..., on peut s'en remettre à vous. : ... on peut vous faire confiance, se reposer sur vous.
9. Franche-Comté: Province de France, couvrant les départements actuels de la Haute-Saône, du Doubs et du Jura.

Jean GIRAUDOUX
(1882—1944)

Fils d'un petit fonctionnaire, Jean Giraudoux fait de brillantes études qui, du Limousin où il est né, le conduisent à Paris. Il entre au Ministère des Affaires Etrangères, mais sans faire la carrière diplomatique à laquelle il aurait

pu prétendre, car il ne veut pas quitter Paris, où le retient sa véritable vocation, qui est littéraire, et qui lui vaut très vite une large reconnaissance. Il publie, très jeune, des nouvelles, puis il passe au roman (*Siegfried et le Limousin*, 1922, histoire d'un amnésique; *Suzanne et le Pacifique*, 1921; *Juliette au pays des hommes*, 1924). Adaptant son roman *Siegfried* pour la scène (1928), il entame une œuvre théâtrale qui a eu encore plus de retentissement que son œuvre romanesque. Il aime beaucoup reprendre des pièces et des mythes antiques (*Amphitryon* 38, 1929; *Electre*, 1937; *La Guerre de Troie n'aura pas lieu*, 1935), pour jouer de l'anachronisme et de l'allusion à l'actualité (surtout dans la dernière pièce). La guerre ne met pas fin à son œuvre: sa dernière pièce, *La Folle de Chaillot*, sera créée en 1945, après la Libération. Mort en janvier 1944, il ne l'aura pas vue. Son théâtre est servi par une langue d'une grande élégance, un sens très aigu du dialogue (ses pièces abondent en réparties, mots et répliques mémorables). Toutes qualités qu'il a également, dans ses dernières années, mises au service du cinéma (il a écrit des scénarios et des dialogues, notamment pour le cinéaste Robert Bresson).

La Guerre de Troie[1] n'aura pas lieu (1935)

Voilà les premières lignes de cette pièce, qui, sous le déguisement antique, évoque la situation de la France à la veille de la Seconde Guerre mondiale.

Acte Premier

Terrasse d'un rempart dominé par une terrasse et dominant d'autres remparts.

SCENE I Andromaque[2], Cassandre[3].

Andromaque: La guerre de Troie n'aura pas lieu, Cassandre!

Cassandre: Je te tiens un pari, Andromaque.

Andromaque: Cet envoyé des Grecs a raison. On va bien le recevoir. On va bien lui envelopper sa petite Hélène[4], et on la lui rendra.

Cassandre: On va le recevoir grossièrement. On ne lui rendra pas Hélène. Et la guerre de Troie aura lieu.

Andromaque: Oui, si Hector[5] n'était pas là!... Mais il arrive,

Cassandre, il arrive! Tu entends assez ses trompettes... En cette minute, il entre dans la ville, victorieux. Je pense qu'il aura son mot à dire[6]. Quand il est parti, voilà trois mois, il m'a juré que cette guerre était la dernière.

Cassandre: C'était la dernière. La suivante l'attend.

Andromaque: Cela ne te fatigue pas de ne voir et de ne prévoir que l'effroyable?

Cassandre: Je ne vois rien Andromaque. Je ne prévois rien. Je tiens seulement compte de deux bêtises[7], celle des hommes et celle des éléments.

Andromaque: Pourquoi la guerre aurait-elle lieu? Pâris[8] ne tient plus à Hélène. Hélène ne tient plus à Pâris.

Cassandre: Il s'agit bien d'eux.

Andromaque: Il s'agit de quoi?

Cassandre: Pâris ne tient plus à Hélène! Hélène ne tient plus à Pâris! Tu as vu le destin s'intéresser à des phrases négatives?

Andromaque: Je ne sais pas ce qu'est le destin.

Cassandre: Je vais te le dire. C'est simplement la forme accélérée du temps. C'est épouvantable.

Andromaque: Je ne comprends pas les abstractions.

Cassandre: A ton aise. Ayons recours aux métaphores. Figure-toi un tigre. Tu la comprends, celle-là c'est la métaphore pour jeunes filles. Un tigre qui dort?

Andromaque: Laisse-le dormir.

Cassandre: Je ne demande pas mieux. Mais ce sont les affirmations qui l'arrachent à son sommeil. Depuis quelque temps, Troie en est pleine.

Andromaque: Pleine de quoi?

Cassandre: De ces phrases qui affirment que le monde et la direction du monde appartiennent aux hommes en général, et aux Troyens ou Troyennes en particulier...

Andromaque: Je ne te comprends pas.

Cassandre: Hector en cette heure rentre dans Troie?

Andromaque: Oui. Hector en cette heure revient à sa femme.

Cassandre: Cette femme d'Hector va avoir un enfant?

Andromaque: Oui, je vais avoir un enfant.

Cassandre: Ce ne sont pas des affirmations, tout cela?

Andromaque: Ne me fais pas peur, Cassandre.

Une jeune servante, qui passe avec du linge: *Quel beau jour, maîtresse!*

Cassandre: Ah! oui? Tu trouves?

La jeune servante, qui sort: Troie touche aujourd'hui son plus beau jour de printemps.

Cassandre: Jusqu'au lavoir qui affirme!

Andromaque: Oh! justement, Cassandre! Comment peux-tu parler de guerre en un jour pareil Le bonheur tombe sur le monde!

Cassandre: Une vraie neige.

Andromaque: La beauté aussi. Vois ce soleil. Il s'amasse plus de nacre sur les faubourgs de Troie qu'au fond des mers. De toute maison de pêcheur, de tout arbre sort le murmure des coquillages. Si jamais il y a eu une chance de voir les hommes trouver un moyen pour vivre en paix, c'est aujourd'hui... Et pour qu'ils soient modestes... Et pour qu'ils soient immortels...

Cassandre: Oui les paralytiques qu'on a traînés devant les portes se sentent immortels.

Andromaque: Et pour qu'ils soient bons!... Vois ce cavalier de l'avant-garde se baisser sur l'étrier pour caresser un chat dans ce créneau... Nous sommes peut-être aussi au premier jour de l'entente entre l'homme et les bêtes.

Cassandre: Tu parles trop. Le destin s'agite, Andromaque!

Andromaque: Il s'agite dans les filles qui n'ont pas de mari. Je ne te crois pas.

Cassandre: Tu as tort. Ah! Hector rentre dans la gloire chez sa femme adorée!... Il ouvre un oeil... Ah! Les hémiplégiques se croient immortels sur leurs petits bancs!... Il s'étire... Ah! Il est aujourd'hui une chance pour que la paix s'installe sur le monde!... Il se pourlèche... Et Andromaque va avoir un fils! Et les cuirassiers se baissent maintenant sur l'étrier pour caresser les matous dans les créneaux!... Il se met en marche!

Andromaque: Tais-toi!

Cassandre: Et il monte sans bruit les escaliers du palais. Il pousse du mufle les portes... Le voilà... Le voilà...

La voix d'Hector: Andromaque!

Andromaque: Tu mens!... C'est Hector!

Cassandre: Qui t'a dit autre chose?

VOCABULAIRE

tenir un pari		Accepter un pari.
tenir à qqn, à qqch		Y être attaché.
métaphore	*n. f.*	Procédé de langage qui consiste dans un transfert de sens par substitution analogique.

nacre	*n. f.*	Substance calcaire et organique, dure et brillante qui couvre la face interne de la coquille de certains mollusques.
paralytique	*n.*	Personne qui est atteint de paralysie.
étrier	*n. m.*	Sorte d'anneau métallique qui pend de chaque côté de la selle et soutient le pied du cavalier.
créneau	*n. m.*	Ouverture pratiquée au sommet d'un rempart, d'une tour, et qui servait à la défense.
hémiplégique	*n.*	Personne qui est atteinte d'une paralysie complète ou incomplète, frappant une moitié du corps.
se pourlécher	*v. t.*	Se passer la langue sur les lèvres.
cuirassier	*n. m.*	Cavalier qui porte une armure pour se protéger le tronc.
matou	*n. m.*	Chat domestique mâle.

NOTES

1. Troie: Troie était la capitale de la Troade, enjeu d'une guerre relatée dans l'*Iliade* d'Homère.
2. Andromaque: Dans la mythe grec, Andromaque était l'épouse d'Hector et mère d'Astyanax, tous deux tués lors de la chute de Troie; elle fut donnée comme esclave à Pyrrhus, dont elle avait un enfant. Pyrrhus épouse Hermione qui n'avait pas d'enfant. Elle se montra jalouse d'Andromaque et s'enfuit avec Oreste.
3. Cassandre: Cassandre était princesse troyenne, fille de Priam et d'Hécube. Elle fut aimée d'Apollon, qui la dota du don de prophétie. Repoussé par elle, le dieu décida que personne ne la croirait.
4. Hélène: Hélène était, dans la mythe grec, fille de Léda, sœur de Castor et de Pollux. Epouse de Ménélas, célèbre par sa beauté, elle fut enlevée par le Troyen Pâris, ce qui provoqua la guerre de Troie.
5. Hector: Hector était le héros de l'*Iliade* d'Homère, fils aîné de Priam et d'Hécube, époux d'Andromaque. Vaillant défenseur de Troie, il tua Patrocle, mais fut tué par Achille.
6. ... il aura son mot à dire: ... il sera en droit d'exprimer son opinion.
7. Je tiens seulement compte de deux bêtises, ... : J'accorde de l'importance seulement à deux bêtises, ...
8. Pâris: Dans la mythe grec, il était le prince troyen, fils de Priam et d'Hécube, amant d'Oenone, Aphrodite lui avait promis l'amour d'Hélène de Sparte.

Jean COCTEAU
(1889—1963)

Jean Cocteau s'est toujours voulu avant tout poète, dans les nombreuses facettes de son activité: il divisait son œuvre en "poésie", "poésie de roman", "poésie de théâtre", "poésie graphique" et "poésie cinématographique". Mais poète, il l'a été d'abord dans sa vie: né dans une famille de la bourgeoisie parisienne, il commence très jeune une carrière mondaine assez brillante et devient assez vite une figure en vue, participant activement aux scandales qui agitent la vie culturelle parisienne (il écrit pour Erik Satie et Darius Milhaud l'argument des ballets *Parades*, 1917, et *Le bœuf sur le toit*, 1920). Cette double carrière mondaine et littéraire—dont témoigne son journal, publié en plusieurs volumes bien après sa mort—le mènera jusqu' à l' Académie française, en 1955. Poète, il l'est surtout, évidemment, par des recueils de vers dont le plus célèbre est *Opium* (1930), où il mêle poèmes, dessins et collages. Car son activité poétique est indissociable d'une activité de plasticien: il laisse une œuvre abondante (des dessins en particulier), qui, bien qu' influencée par celle de Picasso, n'en est pas moins personnelle. Il a également abordé, très tôt, le roman (*Thomas l'imposteur*, 1923, et *Les Enfants terribles*, 1929), le théâtre (*La Machine infernale*, 1934, et *Les Parents terribles*, 1938). Le dernier pan de son œuvre multiple est le cinéma. Il commence comme scénariste (*L' éternel retour*, 1943, tourné par Jean Delannoy) et continue comme metteur en scène (*La Belle et la bête*, 1945, et *Orphée*, 1951). Jean Cocteau a beaucoup séduit et beaucoup agacé. Sachant admirablement capter l'air du temps (par exemple, le néo-classicisme des années 1920 qui remet la Grèce antique à la mode), et conjuguant plusieurs talents, il laisse une œuvre d'une étonnante variété.

La Machine infernale
(1934)

Après Sophocle et une longue série de dramaturges européens, à travers les siècles, Cocteau reprend l'histoire d'Œdipe. La pièce commence par une

sorte de prologue dit par une "voix" qui raconte toute l'histoire du héros grec, pour finir par expliquer le titre de la pièce en une formule qui donne une définition-devenue très célèbre—du destin tragique et de la tragédie.

La voix

"*Il tuera son père. Il épousera sa mère.*"

Pour déjouer cet oracle d'Apollon[1], Jocaste[2], reine de Thèbes[3], abandonne son fils, les pieds troués et liés, sur la montagne. Un berger de Corinthe[4] trouve le nourrisson et le porte à Polybe. Polybe et Mérope, roi et reine de Corinthe, se lamentaient d'une couche stérile[5]. L'enfant, respecté des ours et des louves, Œdipe, ou *Pieds percés*, leur tombe du ciel. Ils l'adoptent.

Jeune homme, Œdipe interroge l'oracle de Delphes[6]. Le dieu parle: *Tu assassineras ton père et tu épouseras ta mère*. Donc il faut fuir Polybe et Mérope. La crainte du parricide et de l'inceste le jette vers son destin.

Un soir de voyage, au carrefour où les chemins de Delphes et de Daulie se croisent, il rencontre une escorte. Un cheval le bouscule, une dispute éclate; un domestique le menace; il riposte par un coup de bâton. Le coup se trompe d'adresse et assomme le maître. Ce vieillard est Laïus, roi de Thèbes. Et voici le parricide.

L'escorte craignant une embuscade a pris le large[7]. Œdipe ne se doute de rien; il passe. Au reste, il est jeune, enthousiaste, il a vite oublié cet accident.

Pendant une de ses haltes, on lui raconte le fléau du Sphinx[8]. Le Sphinx, "la Jeune Fille ailée", "la Chienne qui chante", décime la jeunesse de Thèbes. Ce monstre pose une devinette et tue ceux qui ne la devinent pas. La reine Jocaste, veuve de Laïus, offre sa main et sa couronne au vainqueur du Sphinx.

Comme s'élancera le jeune Siegfried, Œdipe se hâte. La curiosité, l'ambition le dévorent. La rencontre a lieu. De quelle nature cette rencontre Mystère. Toujours est-il que le jeune Œdipe entre à Thèbes en vainqueur et qu'il épouse la reine. Et voilà l'inceste.

Pour que les dieux s'amusent beaucoup, il importe que leur victime tombe de haut. Des années s'écoulent, prospères. Deux filles, deux fils, compliquent les noces monstrueuses. Le peuple aime son roi. Mais la peste éclate. Les dieux accusent un criminel anonyme d'infecter le pays et ils exigent qu'on le chasse. De recherche en recherche et comme enivré de malheur, Œdipe arrive au pied du mur. Le piège se ferme. Lumière est faite. Avec son écharpe rouge Jocaste se pend. Avec la broche d'or de la femme pendue, Œdipe se crève les yeux.

Regarde, spectateur, remontée à bloc[9], de telle sorte que le ressort se

déroule avec lenteur tout le long d'une vie humaine, une des plus parfaites machines construites par les dieux infernaux pour l'anéantissement mathématique[10] d'un mortel.

VOCABULAIRE

déjouer	*v. t.*	Faire échouer.
oracle	*n. m.*	Réponse d'une divinité à ceux qui la consultaient; la divinité elle-même.
parricide	*n. m.*	Crime de celui qui tue son père, sa mère ou tout autre de ses ascendants.
inceste	*n. m.*	Relations sexuelles entre personnes dont le degré de parenté l'interdit.
escorte	*n. f.*	Troupe armée pour assurer une protection, exercer une surveillance.
embuscade	*n. f.*	Stratagème qui consiste à se cacher pour surprendre l'ennemi.
décimer	*v. t.*	Mettre à mort un homme sur dix par tirage au sort.
anonyme	*a.* et *n.*	Se dit d'une personne dont on ignore le nom ou d'une œuvre sans nom d'auteur.
infecter	*v. t.*	Contaminer de germes infectieux.
enivrer	*v. t.*	Rendre ivre.
broche	*n. f.*	Bijou de femme muni d'un fermoir à épingle que l'on pique dans l'étoffe d'un vêtement.
infernal, aux	*a.*	de l'enfer, des Enfers

NOTES

1. Apollon ou Phébus: Dieu grec du Jour, personnifications du Soleil, symbole de la lumière civilisatrice.
2. Jocaste: Dans le mythe grec, femme de Laïos, roi de Thèbes, et mère d'Œdipe, qu'elle épousa après la mort de Laïos, ignorant qu'il était son fils.
3. Thèbes: Ville de l'ancienne Egypte, sur le Nil à 700km environ au Sud du Caire.
4. Corinthe: Port de Grèce, au fond du golf de Corinthe.
5. Polybe et Mérope, roi et reine de Corinthe, se lamentaient d'une couche stérile. : Polybe et Mérope, roi et reine de Corinthe, se plaignaient de ne pas avoir d'enfant.
6. Delphes: Ancienne ville de Grèce.
   Daulie: Ancienne ville de Grèce.

7. prendre le large: S'éloigner du rivage et s'en aller.
8. Sphinx: Monstre hybride originaire de l'ancienne Egypte, surtout présent dans la légende d'Œdipe sous l'aspect d'un lion ailé à buste et tête de femme, qui soumet une énigme aux voyageurs se rendant à Thèbes, les dévore s'ils ne peuvent la résoudre.
9. ... remontée à bloc: (une des plus parfaites machines) remontée complètement.
10. ... pour l'anéantissement mathématique d'un mortel: pour l'anéantissement sûr d'un mortel.

Antonin ARTAUD
(1896—1948)

Né à Marseille d'une famille d'armateurs aisés, Antoine Artaud (dit Antonin) entame d'abord une carrière d'acteur (au théâtre puis au cinéma) en même temps que paraissent ses premiers recueils de poèmes (*Tric Trac du Ciel*, 1923). En 1924, remarqué par Breton, il devient un membre actif du mouvement surréaliste avant d'en être exclu trois ans plus tard, sa radicalité "insurrectionnelle" et sa véhémence ne laissant pas d'inquiéter les membres du groupe. Les troubles "d'origine nerveuse" dont il souffre depuis l'enfance constituent d'abord le thème de textes poétiques d'une force extrême où il analyse avec acuité son "effroyable maladie de l'esprit" (*L'Ombilic des Limbes* et *Le Pèse-Nerfs*, 1925).

Fondateur en 1927 du Théâtre Alfred Jarry, il définit peu à peu une nouvelle dramaturgie, le "Théâtre de la cruauté", dans des textes à la fois théoriques et poétiques, réunis plus tard dans un recueil majeur, *Le Théâtre et son double* (1938).

Son rejet de la civilisation occidentale le conduit en 1936 au Mexique, à la recherche d'une "nouvelle idée de l'homme" (*D'un voyage au pays des Tarahumaras*). Interné d'office en hôpital psychiatrique, il n'en sortira que neuf ans plus tard sur l'intervention d'écrivains et d'amis. Les innombrables cahiers qu'il écrit durant son internement forment le creuset des derniers textes qu'il publie (*Artaud le Mômo*, *Suppôts et suppliciations*): textes poétiques souvent éblouissants, d'une rare violence parfois, où il crie sa rage contre Dieu, le sexe, la mort, la société qui l'a "suicidé" comme elle l'avait déjà fait de Nerval, Lautréamont, Poe, Baudelaire ou Van Gogh (*Van Gogh, le suicidé de la société*, 1947).

Artaud est le fils spirituel de cette lignée de poètes maudits ou illuminés qui marquèrent la littérature française du XIXe siècle. Visionnaire inspiré, explorateur du mysticisme et de la folie, il a poussé jusqu'à l'extrême l'expérience des limites de l'humain. Sa réflexion sur le théâtre continue par ailleurs d'inspirer nombre de recherches théâtrales dans toute l'Europe.

Le Théâtre et son double
(1938)

Ce recueil célèbre est constitué de textes qu'Artaud écrivit de 1932 à 1936 Dans cette conférence, "le Théâtre et la Peste", prononcée en Sorbonne en 1933, il développe quelques-uns des thèmes essentiels de sa théorie théâtrale. Le Théâtre de la Cruauté, souligne-t-il, n'est pas un art mais un acte. Abolissant les limites entre la scène et la salle, il est une force contagieuse qui broie et brûle.

Si le théâtre est comme la peste, ce n'est pas seulement parce qu'il agit sur d'importantes collectivités et qu'il les bouleverse dans un sens identique. Il y a dans le théâtre comme dans la peste quelque chose à la fois de victorieux et de vengeur. Cet incendie spontané que la peste allume où elle passe, on sent très bien qu'il n'est pas autre chose qu'une immense liquidation...

Un désastre social si complet, un tel désordre organique, ce débordement de vices, cette sorte d'exorcisme total qui presse l'âme et la pousse à bout, indiquent la présence d'un état qui est d'autre part une force extrême et où se retrouvent à vif toutes les puissances de la nature au moment où celle-ci va accomplir quelque chose d'essentiel.

La peste prend des images qui dorment, un désordre latent et les pousse tout à coup jusqu'aux gestes les plus extrêmes; et le théâtre lui aussi prend des gestes et les pousse à bout: comme la peste refait la chaîne entre ce qui est et ce qui n'est pas, entre la virtualité du possible et ce qui existe dans la nature matérialisée. Il retrouve la notion des figures et des symboles-types, qui agissent comme des coups de silence, des points d'orgue, des arrêts de sang, des appels d'humeur, des poussées inflammatoires d'images dans nos têtes brusquement réveillées; tous les conflits qui dorment en nous, il nous les restitue avec leurs forces et il donne à ces forces des noms que nous saluons comme des symboles: et voici qu'a lieu devant nous une bataille de symboles,

rués les uns contre les autres dans un impossible piétinement; car il ne peut y avoir théâtre qu'à partir du moment où commence réellement l'impossible et où la poésie qui se passe sur la scène alimente et surchauffe des symboles réalisés.

Ces symboles qui sont le signe de forces mûres, mais jusque-là tenues en servitude, et inutilisables dans la réalité, éclatent sous l'aspect d'images incroyables qui donnent droit de cité et d'existence à des actes hostiles par nature à la vie des sociétés.

Une vraie pièce de théâtre bouscule le repos des sens, libère l'inconscient comprimé, pousse à une sorte de révolte virtuelle et qui d'ailleurs ne peut avoir tout son prix que si elle demeure virtuelle, impose aux collectivités rassemblées une attitude héroïque et difficile.

VOCABULAIRE

exorcisme	*n. m.*	Pratique religieuse dirigée contre les démons.
latent, e	*a.*	Qui demeure caché, ne se manifeste pas.
virtualité	*n. f.*	Caractère de ce qui existe en puissance.
poussée	*n. f.*	Manifestation subite d'un mal.
inflammatoire	*a.*	Réaction à une agression microbienne de l'organisme et qui se manifeste par la fièvre, rougeur et douleur.
se ruer	*v. pr.*	Se jeter, se précipiter.
piétinement	*n. m.*	Marcher sur place.
servitude	*n. f.*	Etat de dépendance totale d'une personne soumise à une autre.
virtuel, le	*a.*	Qui existe en puissance.

Samuel BECKETT
(1906—1989)

Né en Irlande, dans une famille protestante de la banlieue de Dublin, Samuel Beckett fait des études de français et d'italien à Dublin (Trinity College), qui l'amenèrent à passer un an à Paris en 1928. Il se lance dans la carrière des lettres, commence à publier très tôt des poèmes (*Whoroscope*, 1930), des essais (*Sur Proust*, 1931). Il passe ensuite au roman (*Murphy*, 1938; *Watt*, 1943). Avec *Molloy* (1951), Beckett, installé en France depuis

1937, continue son œuvre romanesque en français: *Malone meurt* (1951), *L'innommable* (1953). Par la suite, il a davantage écrit en français qu'en anglais, mais il s'est employé à traduire lui-même ses textes, si bien que la plupart de ses œuvres existent en deux versions sorties de sa plume.

Assez marqué par Marcel Proust et James Joyce, dont il a été un moment le secrétaire, S. Beckett n'en élabore pas moins un univers romanesque très singulier. Sans véritable intrigue, situés dans un espace et un temps assez indécis, ses romans mettent volontiers en scène des héros privés de tout, jusqu'à la capacité de se mouvoir (*Malone meurt*), dont l'esprit erre entre la perception de la réalité présente, le souvenir de plusieurs passés qui se confondent et des phantasmes ou des fictions qui viennent interférer. Ce qui donne un récit fait de fragments hétéroclites où le lecteur doit s'efforcer de trouver des repères. Après les années 50, Beckett n'écrit plus de romans mais des textes courts, publiés comme recueils de nouvelles (*Nouvelles et textes pour rien*, 1958) ou comme minuscules volumes de quelques pages (*L'image*, 1988). Difficile d'accès, l'œuvre narrative de S. Beckett a suscité assez vite l'admiration de la critique, mais a touché relativement peu de lecteurs.

Il en va différemment du second volet de son œuvre: ses pièces de théâtre lui ont valu une très large reconnaissance internationale qu' est venue couronner, en 1969, l'attribution du Prix Nobel de Littérature. Son premier grand succès est *En attendant Godot* (1953), qui est reçu comme l'incarnation exemplaire de ce qu'on appelle alors le théâtre de l'absurde. Suivent notamment *Fin de partie* (1957), *Oh les beaux jours* (1963) et *Comédie* (1966). Sur une scène assez nue, des personnages meublent une attente dont on ne sait rien. Gestes dérisoires (Winnie, dans *Oh les beaux jours*, prisonnière d'un tas de sable, passe en revue ses souvenirs et le contenu de son sac à main), parole bégayante et ressassante: l'œuvre théâtrale de S. Beckett est parmi les plus novatrices du vingtième siècle. Adoptant un ton tragique et comique à la fois, elle prend des airs de clownerie métaphysique.

Malone meurt
(1951)

Malone meurt se présente, au départ, moins comme un roman que comme un monologue à la première personne, découpé en séquences de longueur très variable (de deux mots à huit pages) que délimitent des blancs

typographiques. Dans ces séquences surgissent tour à tour, et de façon imprévisible et fragmentaire, le discours intérieur du héros, les histoires qu'il se raconte pour passer le temps, des bribes de souvenirs. La discontinuité de ce récit hétéroclite demande quelques efforts au lecteur, qui doit suivre différents fils, abandonnés et repris de séquence en séquence. Mais le lecteur peut surtout être déconcerté par un héros qui adopte, envers sa propre mort, une attitude étrange et qui entretient avec le monde un rapport problématique. On découvrira peu à peu qu'il est enfermé dans sa chambre, seul et incapable de bouger, ayant perdu presque tout repère temporel.

Je serai quand même bientôt tout à fait mort enfin. Peut-être le mois prochain. Ce serait alors le mois d'avril ou de mai. Car l'année est peu avancée, mille petits indices qui le disent. Il se peut que je me trompe et que je dépasse la Saint-Jean et même le Quatorze Juillet, fête de la liberté. Que dis-je, je suis capable d'aller jusqu'à la Transfiguration, tel que je me connais, ou l'Assomption. Mais je ne crois pas, je ne crois pas me tromper en disant que ces réjouissances auront lieu sans moi, cette année. J'ai ce sentiment, je l'ai depuis quelques jours, et je lui fais confiance. Mais en quoi diffère-t-il de ceux qui m'abusent depuis que j'existe Non, c'est là un genre de question qui ne prend plus, avec moi je n'ai plus besoin de pittoresque. Je mourrais aujourd'hui même, si je voulais, rien qu'en poussant un peu, si je pouvais vouloir, si je pouvais pousser. Mais autant me laisser mourir[1], sans brusquer les choses. Il doit y avoir quelque chose de changé. Je ne veux plus peser sur la balance, ni d'un côté ni de l'autre. Je serai neutre et inerte. Cela me sera facile. Il importe seulement de faire attention aux sursauts. Du reste je sursaute moins depuis que je suis ici. J'ai évidemment encore des mouvements d'impatience de temps en temps. C'est d'eux que je dois me défendre à présent, pendant quinze jours trois semaines. Sans rien exagérer bien sûr, en pleurant et en riant tranquillement, sans m'exalter. Oui, je vais enfin être naturel, je souffrirai davantage, puis moins, sans en tirer de conclusions, je m'écouterai moins, je ne serai plus ni froid ni chaud, je serai tiède, je mourrai tiède, sans enthousiasme. Je ne me regarderai pas mourir, ça fausserait tout. Me suis-je regardé vivre? Me suis-je jamais plaint? Alors pourquoi me réjouir, à présent. Je suis content, c'est forcé, mais pas au point de battre des mains. J'ai toujours été content, sachant que je serais remboursé. Il est là maintenant, mon vieux débiteur. Est-ce une raison pour lui faire fête[2]? Je ne répondrai plus aux questions. J'essaierai aussi de ne plus m'en poser. On va pouvoir m'enterrer, on ne me verra plus à la surface. D'ici là je vais me raconter des histoires, si je peux. Ce ne sera pas le même genre d'histoires

qu'autrefois, c'est tout. Ce seront des histoires ni belles ni vilaines, calmes, il n'y aura plus en elles ni laideur, ni beauté ni fièvre, elles seront presque sans vie, comme l'artiste. Qu'est-ce que j'ai dit là ça ne fait rien. Je m'en promets beaucoup de satisfaction, une certaine satisfaction. Je suis satisfait, voilà, je suis fait, on me rembourse, je n'ai plus besoin de rien. Laissez-moi dire tout d'abord que je ne pardonne à personne. Je souhaite à tous une vie atroce et ensuite les flammes et la glace des enfers et dans les exécrables générations à venir une mémoire honorée. Assez pour ce soir.

VOCABULAIRE

transfiguration	*n. f.*	Fête chrétienne pour célébrer le changement miraculeux dans l'apparence du Christ transfiguré. (8月6日东西方教堂的变容节)
assomption	*n. f.*	Fête pour célébrer l'enlèvement miraculeux de la Sainte Vierge au ciel par les anges. (圣母升天节)
fausser	*v. t.*	Rendre faux, déformer la vérité.
débiteur, trice	*n.*	Personne qui doit qqch à qqn.
glouglou	*n. m.*	Bruit que fait un liquide qui coule dans un conduit, d'un récipient, etc.
enchevêtrement	*n. m.*	Emmêlés.
cape	*n. f.*	Vêtement de dessus, sans manches qui enveloppe le corps et les bras souvent avec une capuche.
bouée	*n. f.*	Corps flottant qui signale l'emplacement d'un obstacle, d'un écueil ou qui limite une passe.

NOTES

1. Mais autant me laisser mourir, sans brusquer les choses. : Il vaut mieux me laisser mourir sans brusquer les choses.
2. Est-ce une raison pour lui faire fête?: Est-ce une raison pour l'accueillir avec empressement?

En attendant Godot
(1953)

Pendant toute la pièce, la scène est occupée par deux personnages, Estragon et Vladimir, qui semblent étrangement libres de tout lien social (on ne sait rien d'eux, de leur passé, de leur identité) et qui attendent en vain un certain Godot (dont le nom évoque Dieu-god, en anglais). Leur attente est meublée par des discussions futiles ou hasardeuses et par quelques apparitions de deux autres personnages encore plus bizarres dont l'un, Pozzo, tient l'autre, Lucky, en laisse comme un chien. Le dialogue est habituellement fait de phrases courtes et triviales, les personnages semblant guettés par l'aphasie. Mais parfois la parole verse dans la logorrhée, comme dans le passage qui suit, où Lucky se lance brutalement dans un soliloque totalement perturbé par des effets de répétition, dans les syllabes ("Acacacadémie") comme dans les mots. C'est moins le contenu du discours qui importe que le dérèglement de la machine verbale ainsi que le rapport problématique entre le discours et l'action qui se déroule parallèlement, comme l'indiquent les didascalies marginales.

Estragon: Rien ne se passe, personne ne vient, personne ne s'en va, c'est terrible.

Vladimir (à Pozzo): Dites-lui de penser.

Pozzo: Donnez-lui son chapeau.

Vladimir: Son chapeau?

Pozzo: Il ne peut pas penser sans chapeau.

Vladimir (à Estragon): Donne-lui son chapeau.

Estragon: Moi! Après le coup qu'il m'a fait! Jamais!

Vladimir: Je vais le lui donner moi. (*Il ne bouge pas.*)

Estragon: Qu'il aille le chercher.

Pozzo: Il vaut mieux le lui donner.

Vladimir: Je vais le lui donner.

Il ramasse le chapeau et le tend à Lucky à bout de bras. Lucky ne bouge pas.

Pozzo: Il faut le lui mettre.

Estragon (à Pozzo): Dites-lui de le prendre.

Pozzo: Il vaut mieux le lui mettre.

Vladimir: Je vais le lui mettre.

Il contourne Lucky avec précaution, s'en approche doucement par derrière, lui met le chapeau sur la tête et recule vivement. Lucky ne bouge pas. Silence.

Estragon: Qu'est-ce qu'il attend?

Pozzo: Eloignez-vous. (*Estragon et Vladimir s'éloignent de Lucky. Pozzo tire sur la corde. Lucky le regarde.*) Pense, porc! (*Un temps. Lucky se met à danser.*) Arrête! (*Lucky s'arrête.*) Avance! (*Lucky va vers Pozzo.*) Là! (*Lucky s'arrête.*) Pense! (*Un temps.*)

Lucky: D'autre part, pour ce qui est...

Pozzo: Arrête! (*Lucky se tait.*) Arrière! (*Lucky recule.*) Là! (*Lucky s'arrête.*) Hue! (*Lucky se tourne vers le public.*) Pense!

Lucky (*débit monotone*): Etant donné l'existence telle qu'elle jaillit des récents travaux publics de Poinçon et Wattmann d'un Dieu personnel quaquaquaqua à la barbe blanche quaqua hors du temps de l'étendue qui du haut de sa divine apathie sa divine athambie sa divine aphasie nous aime bien à quelques exceptions près on ne sait pourquoi mais ça viendra et souffre à l'instar de la divine Miranda avec ceux qui sont on ne sait pourquoi mais on a le temps dans le tourment dans les feux dont les feux les flammes pour peu que ça dure encore un peu et qui peut en douter mettront à la fin le feu aux poutres assavoir porteront l'enfer aux nues calmes si calmes d'un calme qui pour être intermittent n'en est pas moins le bienvenu mais n'anticipons pas et attendu d'autre part qu'à la suite des recherches inachevées n'anticipons pas des recherches inachevées mais néanmoins couronnées par l'Acacacacadémie d'Anthropopopométrie de Berne en Bresse de Testu et Conard il est établi sans autre possibilité d'erreur que celle afférente aux calculs humains qu'à la suite des recherches inachevées inachevées de Testu et Conard il est établi tabli tabli ce qui suit qui suit qui suit assavoir mais n'anticipons pas on ne sait pourquoi à la suite des travaux de Poinçon et Wattmann il apparaît aussi clairement si clairement qu'en vue des labeurs de Fartov et Belcher inachevés inachevés on ne sait pourquoi de Testu et Conard inachevés inachevés il apparaît que l'homme contrairement à l'opinion contraire que l'homme en Bresse de Testu et Conard que l'homme enfin bref que l'homme enfin bref enfin malgré les progrès de l'alimentation et l'élimination des déchets est en train de maigrir et en même temps parallèlement on ne sait pourquoi malgré l'essor de la culture physique de la pratique des sports tels tels tels le tennis le football la course à pied et à bicyclette la natation l'équitation l'aviation la conation le tennis le camogie le patinage et sur glace et sur asphalte le tennis l'aviation les sports les sports d'hiver d'été d'automne d'automne le tennis sur gazon sur sapin et

sur terre battue l'aviation le tennis le hockey sur terre sur mer et dans les airs la pénicilline et succédanés bref je reprends en même temps parallèlement de rapetisser on ne sait pourquoi malgré le tennis je reprends l'aviation le golf tant à neuf qu'à dix-huit trous le tennis sur glace bref on ne sait pourquoi en Seine Seine-et-Oise Seine-et-Marne Marne-et-Oise assavoir en même temps parallèlement on ne sait pourquoi de maigrir rétrécir je reprends Oise Marne bref la perte sèche par tête de pipe[1] depuis la mort de Voltaire étant de l'ordre de deux doigts cent grammes par tête de pipe environ en moyenne à peu près chiffres ronds bon poids déshabillé en Normandie on ne sait pourquoi bref enfin peu importe les faits sont là et considérant d'autre part ce qui est encore plus grave qu'il ressort ce qui est encore plus grave qu'à la lumière la lumière des expériences en cours de Steinweg et Petermann il ressort ce qui est encore plus grave qu'il ressort ce qui est encore plus grave à la lumière la lumière des expériences abandonnées de Steinweg et Peterman qu'à la campagne à la montagne et au bord de la mer et des cours et d'eau et de feu l'air est le même et la terre assavoir l'air et la terre par les grands froids l'air et la terre faits pour les pierres par les grands froids hélas au septième de leur ère l'éther la terre la mer pour les pierres par les grands fonds les grands froids sur mer sur terre et dans les airs peuchère je reprends on ne sait pourquoi malgré le tennis les faits sont là on ne sait pourquoi je reprends au suivant bref enfin hélas au suivant pour les pierres qui peut en douter je reprends mais n'anticipons pas je reprends la tête en même temps parallèlement on ne sait pourquoi malgré le tennis au suivant la barbe les flammes les pleurs les pierres si bleues si calmes hélas la tête la tête la tête la tête en Normandie malgré le tennis les labeurs abandonnés inachevés plus grave les pierres bref je reprends hélas hélas abandonnés inachevés la tête la tête en Normandie malgré le tennis la tête hélas les pierres Conard Conard... (*Mêlée. Lucky pousse encore quelques vociférations.*) Tennis!... Les pierres!... Si calmes!... Conard!... Inachevés!...

Pozzo: Son chapeau!

Vladimir s'empare du chapeau de Lucky qui se tait et tombe. Grand silence. Halètement des vainqueurs.

Estragon: Je suis vengé.

Vladimir contemple le chapeau de Lucky, regarde dedans.

Pozzo: Donnez-moi ça! (*Il arrache le chapeau des mains de Vladimir, le jette par terre, saute dessus.*) Comme ça il ne pensera plus!

Vladimir: Mais va-t-il pouvoir s'orienter?

Pozzo: C'est moi qui l'orienterai. (*Il donne des coups de pied à Lucky.*) Debout?! Porc!

Estragon: Il est peut-être mort.

Vladimir: Vous allez le tuer.

Pozzo: Debout! Charogne! (*Il tire sur la corde, Lucky glisse un peu. A Estragon et Vladimir.*) Aidez-moi.

Vladimir: Mais comment faire?

Pozzo: Soulevez-le.

Estragon et Vladimir mettent Lucky debout, le soutiennent un moment, puis le lâchent. Il retombe.

Estragon: Il fait exprès.

Pozzo: Il faut le soutenir. (*Un temps.*) Allez, allez, soulevez-le!

Estragon: Moi j'en ai marre.

Vladimir: Allons, essayons encore une fois.

Estragon: Pour qui nous prend-il?

Vladimir: Allons.

Ils mettent Lucky debout, le soutiennent.

Pozzo: Ne le lâchez pas! (*Estragon et Vladimir chancellent.*) Ne bougez pas! (*Pozzo va prendre la valise et le panier et les apporte vers Lucky.*) Tenez-le bien! (*Il met la valise dans la main de Lucky qui la lâche aussitôt.*) Ne le lâchez pas! (*Il recommence. Peu à peu, au contact de la valise, Lucky reprend ses esprits et ses doigts finissent pas se resserrer autour de la poignée.*) Tenez-le toujours! (*Même jeu avec le panier.*) Voilà, vous pouvez le lâcher. (*Estragon et Vladimir s'écartent de Lucky qui trébuche, chancelle, ploie, mais reste debout, valise et panier à la main. Pozzo recule, fait claquer son fouet.*) En avant! (*Lucky avance.*) Arrière! (*Lucky recule.*) Tourne! (*Lucky se retourne.*) Ça y est, il peut marcher. (*Se tournant vers Estragon et Vladimir.*) Merci, Messieurs, et laissez-moi vous-(*il fouille dans ses poches*)-vous souhaiter-(*il fouille*)-vous souhaiter-(*il fouille*)-mais où ai-je donc mis ma montre? (*Il fouille.*) Ça alors! (*Il lève une tête défaite*[2].) Une véritable savonnette. Messieurs, à secondes trotteuses. C'est mon pépé qui me l'a donnée. (*Il fouille*). Elle est peut-être tombée. (*Il cherche par terre, ainsi que Vladimir et Estragon. Pozzo retourne de son pied les restes du chapeau de Lucky.*) Ça par exemple!

Vladimir: Elle est peut-être dans votre gousset.

Pozzo: Attendez. (*Il se plie en deux, approche sa tête de son ventre, écoute.*) Je n'entends rien! (*Il leur fait signe de s'approcher.*) Venez voir. (*Estragon et Vladimir vont vers lui, se penchent sur son ventre. Silence.*) Il me semble qu'on devrait entendre le tic-tac.

Vladimir: Silence!

Tous écoutent, penchés.

Estragon：J'entends quelque chose.

Pozzo：Où?

Vladimir：C'est le cœur.

Pozzo (*déçu*)：Merde alors!

Vladimir：Silence!

Ils écoutent.

Estragon：Peut-être qu'elle s'est arrêtée.

VOCABULAIRE

contourner	*v. t.*	Faire le tour de，passer autour.
apathie	*n. f.*	Etat de celui qui ne ressent rien.
à l'instar de		A l'exemple de，à la manière de.
pré	*n. m.*	Prairie permanente.
afférent,e	*a.*	En rapport avec.
équitation	*n. f.*	Action et art de monter à cheval.
conation	*n. f.*	Impulsion déterminant un acte，un effort quelconque.
asphalte	*n. m.*	Calcaire imprégné de bitume qui sert au revêtement des trottoirs，des chaussées etc.（沥青）
succédané,e	*a.*	Qui sert remplacer une autre.
rapetisser	*v. t.*	Rendre plus petit.
rétrécir	*v. t.*	Rendre plus étroit.
peuchère，pechère	*interj.*	Pour exprimer l'attendrissement，la pitié etc.
anticiper	*v. t.*	Exécuter avant le temps déterminé.
vocifération	*n. f.*	Parole bruyante，prononcée dans la colère.
charogne	*n. f.*	Corps de bête morte.
ployer	*v. t.*	Plier，courber.
trotteuse	*n. f.*	Aiguille des secondes dans une montre.
pépé	*n. m.*	Grand-père dans le langage enfantin.
gousset	*n. m.*	Petit poche du gilet ou de l'intérieur de la ceinture du pantalon destiné à mettre une montre.

NOTES

1. par tête de pipe：(Pop.) par personne.
2. Il lève une tête défaite.：Il lève une tête décomposée.

Eugène IONESCO
(1909—1994)

Né en Roumanie d'un père roumain et d'une mère française, Eugène Ionesco arrive à Paris à l'âge de quatre ans, repart faire ses études universitaires en Roumanie et revient en France pour faire une thèse de littérature française. C'est un peu par hasard qu'il écrit sa première pièce, *La Cantatrice chauve* (jouée en 1949, publiée en 1950), suivie de *La Leçon* (1951) et *Les Chaises* (1952). Son théâtre connaît très vite un succès qui ne se démentira pas (il est certainement l'un des dramaturges français les plus joués de la deuxième moitié du XXe siècle), et la critique le désigne très vite comme l'un des principaux représentants, avec Samuel Beckett, de ce qu'elle appelle le "théâtre de l'absurde". Si cette étiquette est très réductrice pour Beckett, elle suggère assez bien la façon dont Ionesco met sur scène un univers apparemment quotidien, pour dérouter le spectateur par une action—quand il y en a une—et des dialogues qui répondent à une logique déconcertante. Son œuvre se diversifie ensuite, et prend des accents politiques (*Rhinocéros*, 1958) ou tragiques (*Le Roi se meurt*, 1962, veut réinventer la tragédie en montrant en temps réel l'agonie d'un homme mis à nu par la peur de la mort). L'essentiel de son œuvre est théâtrale, mais il a également écrit quelques textes de critique et de réflexion (*Notes et contre-notes*, 1962) et un journal (*Journal en miettes*, 1967).

La Cantatrice chauve
(1950)

Il n'est nullement question, dans La Cantatrice chauve, d'une chanteuse qui aurait perdu ses cheveux. La pièce—présentée comme une "anti-pièce"—est faite d'un collage de phrases banales ou bizarres qui forment un dialogue répétitif et incongru. L'idée en serait venue à Ionesco en lisant un manuel d'apprentissage de l'anglais par la conversation. L'extrait qui suit est le début de la pièce.

Intérieur bourgeois anglais, avec des fauteuils anglais. Soirée anglaise. M. Smith, Anglais, dans son fauteuil anglais et ses pantoufles anglaises, fume sa pipe anglaise et lit un journal anglais, près d'un feu anglais. Il a des lunettes anglaises, une petite moustache grise, anglaise. A côté de lui, dans un autre fauteuil anglais, Mme Smith, Anglaise, raccommode des chaussettes anglaises. Un long moment de silence anglais. La pendule anglaise frappe dix-sept coups anglais.

Mme Smith : Tiens, il est neuf heures. Nous avons mangé de la soupe, du poisson, des pommes de terre au lard, de la salade anglaise. Les enfants ont bu de l'eau anglaise. Nous avons bien mangé ce soir. C'est parce que nous habitons dans les environs de Londres et que notre nom est Smith.

M. Smith, continuant sa lecture, fait claquer sa langue.

Mme Smith : Les pommes de terre sont très bonnes avec le lard, l'huile de la salade n'était pas rance. L'huile de l'épicier du coin est de bien meilleure qualité que l'huile de l'épicier d'en face, elle est même meilleure que l'huile de l'épicier du bas de la côte. Mais je ne veux pas dire que leur huile à eux soit mauvaise.

M. Smith, continuant sa lecture, fait claquer sa langue.

Mme Smith : Pourtant, c'est toujours l'huile de l'épicier du coin qui est la meilleure...

M. Smith, continuant sa lecture, fait claquer sa langue.

Mme Smith : Mary a bien cuit les pommes de terre, cette fois-ci. La dernière fois elle ne les avait pas bien fait cuire. Je ne les aime que lorsqu'elles sont bien cuites.

M. Smith, continuant sa lecture, fait claquer sa langue.

Mme Smith : Le poisson était frais. Je m'en suis léché les babines[1]. J'en ai pris deux fois. Non, trois fois. Ça me fait aller aux cabinets. Toi aussi tu en as pris trois fois. Cependant la troisième fois, tu en as pris moins que les deux premières, tandis que moi, j'en ai pris beaucoup plus. J'ai mieux mangé que toi, ce soir. Comment ça se fait? D'habitude, c'est toi qui manges le plus. Ce n'est pas l'appétit qui te manque.

M. Smith, fait claquer sa langue.

Mme Smith : Cependant, la soupe était peut-être un peu trop salée. Elle avait plus de sel que toi. Ah, ah, ah. Elle avait aussi trop de poireaux et pas assez d'oignons. Je regrette de ne pas avoir conseillé à Mary d'y ajouter un peu d'anis étoilé. La prochaine fois, je saurai m'y prendre[2].

VOCABULAIRE

lard	*n. m.*	Graisse ferme du porc.
rance	*n. m.*	Se dit d'un corps gras qui a pris une odeur forte et un goût âcre.
babines	*n. f. pl.*	Lèvres pendantes de certains animaux.
anis	*n. m.*	Plante dont les différentes espèces sont cultivées pour leurs propriétés aromatiques et médicinales. (茴香)
anis étoilé		Fruit d'un arbrisseau de Chine et du Toukin, qui contient une essence aromatique servant à la fabrication de l'anisette et qui a des propriétés médicinales. (八角大茴香)

NOTES

1. Je m'en suis léché les babines. : Je me réjouis en pensant au poisson frais. Dans le langage familier, les "babines" signifient les lèvres humaines s'essuyer les babines, se lécher les babines.
2. ... je saurai m'y prendre. : ... je saurai le faire.

Jean ANOUILH
(1910—1987)

Né à Bordeaux dans une famille assez modeste, Jean Anouilh, après des études de droit, commence à travailler dans la publicité. C'est de manière presque fortuite, en assistant à une représentation de J. Giraudoux, qu'il se découvre une vocation de dramaturge. Dès lors sa vie coïncide avec son œuvre théâtrale. A partir de son premier triomphe, avec une pièce sur l'amnésie, *Le voyageur sans bagages* (1937), il sait garder un public fidèle pour des pièces assez diverses, qu'il a lui-même réparties en quatre catégories (pièces noires, pièces roses, pièces brillantes, pièces grinçantes). Il puise son inspiration dans les grands mythes antiques (*Antigone*, 1942), dans des classiques (Marivaux, qu'il imite dans *La Répétition ou l'amour puni*, 1952), dans l'histoire (*L'Alouette*, 1952, qui reprend l'histoire de Jeanne d'Arc et *Beckett ou l'honneur de Dieu*, 1959). Ayant commencé par des comédies assez légères

(*Le Bal des voleurs*, 1938), son œuvre devient de plus en plus amère. Son engagement politique très affirmé à droite va de pair avec une dramaturgie assez conservatrice qui le tient éloigné des innovations qui ont marqué le théâtre depuis la Seconde Guerre mondiale.

Antigone
(1942)

Avec Antigone, J. Anouilh reprend un sujet illustré par Sophocle et quelques dramaturges à sa suite, celui d'une jeune fille qui brave les ordres du roi Créon son oncle pour aller ensevelir de ses mains le corps de son frère Polynice, que Créon veut priver de sépulture. Antigone incarne le défi lancé à la Loi au nom d'une exigence supérieure, et assumé jusqu'à la mort, puisqu'elle sera mise à mort pour avoir à plusieurs reprises transgressé l'interdit. Anouilh traite ce sujet éminemment tragique dans un style volontairement simple, comme dans cette scène du début de la pièce où, face à sa sœur Ismène, Antigone manifeste, sous des airs de petite fille fragile et rebelle, la volonté farouche de qui sait où son devoir l'appelle.

Ismène

Tu es malade?

Antigone

Ce n'est rien. Un peu de fatigue. (*Elle sourit.*) C'est parce que je me suis levée tôt.

Ismène

Moi non plus je n'ai pas dormi.

Antigone, sourit encore.

Il faut que tu dormes. Tu serais moins belle demain.

Ismène

Ne te moque pas.

Antigone

Je ne me moque pas. Cela me rassure ce matin, que tu sois belle. Quand j'étais petite, j'étais si malheureuse[1], tu te souviens? Je te barbouillais de terre, je te mettais des vers dans le cou. Une fois je t'ai attachée à un arbre et je t'ai coupé tes cheveux, tes beaux cheveux... (*Elle caresse les cheveux d'Ismène*). Comme cela doit être facile de ne pas penser de bêtises[2] avec toutes

ces belles mèches lisses et bien ordonnées autour de la tête!

Ismène, soudain.

Pourquoi parles-tu d'autre chose?

Antigone, doucement, sans cesser de lui caresser les cheveux.

Je ne parle pas d'autre chose...

Ismène

Tu sais, j'ai bien pensé, Antigone.

Antigone

Oui.

Ismène

J'ai bien pensé toute la nuit. Tu es folle.

Antigone

Oui.

Ismène

Nous ne pouvons pas.

Antigone, après un silence, de sa petite voix.

Pourquoi?

Ismène

Il nous ferait mourir.

Antigone

Bien sûr. A chacun son rôle. Lui, il doit nous faire mourir, et nous, nous devons aller enterrer notre frère. C'est comme cela que ç'a été distribué[3]. Qu'est-ce que tu veux que nous y fassions?

Ismène

Je ne veux pas mourir.

Antigone, doucement.

Moi aussi j'aurais bien voulu ne pas mourir.

Ismène

Ecoute, j'ai bien réfléchi toute la nuit. Je suis l'aînée. Je réfléchis plus que toi. Toi, c'est ce qui te passe par la tête tout de suite, et tant pis si c'est une bêtise. Moi, je suis plus pondérée. Je réfléchis.

Antigone

Il y a des fois où il ne faut pas trop réfléchir.

Ismène

Si, Antigone. D'abord c'est horrible, bien sûr, et j'ai pitié moi aussi de mon frère, mais je comprends un peu notre oncle.

Antigone

Moi je ne veux pas comprendre un peu.

Ismène

Il est le roi, il faut qu'il donne l'exemple.

Antigone

Moi, je ne suis pas le roi. Il ne faut pas que je donne l'exemple, moi... Ce qui lui passe par la tête, la petite Antigone, la sale bête, l'entêtée, la mauvaise, et puis on la met dans un coin ou dans un trou. Et c'est bien fait pour elle. Elle n'avait qu'à ne pas désobéir!

Ismène

Allez! Allez!... Tes sourcils joints, ton regard droit devant toi et te voilà lancée[4] sans écouter personne. Ecoute-moi. J'ai raison plus souvent que toi.

Antigone

Je ne veux pas avoir raison.

Ismène

Essaie de comprendre au moins!

Antigone

Comprendre... Vous n'avez que ce mot-là dans la bouche, tous, depuis que je suis toute petite. Il fallait comprendre qu'on ne peut pas toucher à l'eau, à la belle eau fuyante et froide parce que cela mouille les dalles, à la terre parce que cela tache les robes. Il fallait comprendre qu'on ne doit pas manger tout à la fois, donner tout ce qu'on a dans ses poches au mendiant qu'on rencontre, courir, courir dans le vent jusqu'à ce qu'on tombe par terre et boire quand on a chaud et se baigner quand il est trop tôt ou trop tard, mais pas juste quand on en a envie! Comprendre. Toujours comprendre. Moi, je ne veux pas comprendre. Je comprendrai quand je serai vieille. (Elle achève doucement.) Si je deviens vieille. Pas maintenant.

Ismène

Il est plus fort que nous, Antigone. Il est le roi. Et ils pensent tous comme lui dans la ville. Ils sont des milliers et des milliers autour de nous, grouillant dans toutes les rues de Thèbes.

Antigone

Je ne t'écoute pas.

Ismène

Ils nous hueront. Ils nous prendront avec leurs mille bras, leurs mille visages et leur unique regard. Ils nous cracheront à la figure. Et il faudra avancer dans leur haine sur la charrette avec leur odeur et leurs rires jusqu'au supplice. Et là il y aura les gardes avec leurs têtes d'imbéciles, congestionnées sur leurs cols raides, leurs grosses mains lavées, leur regard de bœuf-qu'on sent qu'on pourra toujours crier, essayer de leur faire comprendre, qu'ils vont comme des nègres et qu'ils feront tout ce qu'on leur a dit scrupuleusement, sans savoir si c'est bien ou mal... Et souffrir Il faudra souffrir, sentir que la

douleur monte, qu'elle est arrivée au point où l'on ne peut plus la supporter; qu'il faudrait qu'elle s'arrête, mais qu'elle continue pourtant et monte encore, comme une voix aiguë... Oh! je ne peux pas, je ne peux pas...

Antigone

Comme tu as bien tout pensé!

Ismène

Toute la nuit. Pas toi?

Antigone

Si, bien sûr.

Ismène

Moi, tu sais, je ne suis pas très courageuse.

Antigone, doucement.

Moi non plus. Mais qu'est-ce que cela fait?

Il y a un silence, Ismène demande soudain:

Tu n'as donc pas envie de vivre, toi?

Antigone, murmure.

Pas envie de vivre... (*Et plus doucement encore si c'est possible.*) Qui se levait la première, le matin, rien que pour sentir l'air froid sur ma peau nue? Qui se couchait la dernière seulement quand elle n'en pouvait plus de fatigue, pour vivre encore un peu de la nuit? Qui pleurait déjà toute petite, en pensant qu'il y avait tant de petites bêtes, tant de brins d'herbe dans le pré et qu'on ne pouvait pas tous les prendre?

Ismène, a un élan soudain vers elle.

Ma petite sœur...

Antigone, se redresse et crie.

Ah, non! Laisse-moi! Ne me caresse pas! Ne nous mettons pas à pleurnicher ensemble, maintenant. Tu as bien réfléchi, tu dis? Tu penses que toute la ville hurlante contre toi, tu penses que la douleur et la peur de mourir c'est assez?

Ismène, baisse la tête.

Oui.

Antigone

Sers-toi de ces prétextes.

Ismène, se jette contre elle.

Antigone! Je t'en supplie! C'est bon pour les hommes de croire aux idées et de mourir pour elles. Toi tu es une fille.

Antigone, les dents serrées.

Une fille, oui. Ai-je assez pleuré d'être une fille!

Ismène

Ton bonheur est là devant toi et tu n'as qu'à le prendre. Tu es fiancée, tu es jeune, tu es belle...

Antigone, sourdement.

Non, je ne suis pas belle.

Ismène

Pas belle comme nous, mais autrement. Tu sais bien que c'est sur toi que se retournent les petits voyous dans la rue; que c'est toi que les petites filles regardent passer, soudain muettes sans pouvoir te quitter des yeux jusqu'à ce que tu aies tourné le coin.

Antigone, a un petit sourire imperceptible.

Des voyous, des petites filles...

Ismène, après un temps.

Et Hémon, Antigone?

Antigone, fermée.

Je parlerai tout à l'heure à Hémon: Hémon sera tout à l'heure une affaire réglée.

Ismène

Tu es folle.

Antigone, sourit.

Tu m'as toujours dit que j'étais folle, pour tout, depuis toujours. Va te recoucher, Ismène... Il fait jour maintenant, tu vois, et, de toute façon, je ne pourrais rien faire. Mon frère mort est maintenant entouré d'une garde exactement comme s'il avait réussi à se faire roi. Va te recoucher. Tu es toute pâle de fatigue.

Ismène

Et toi?

Antigone

Je n'ai pas envie de dormir... Mais je te promets que je ne bougerai pas d'ici avant ton réveil. Nourrice va m'apporter à manger. Va dormir encore. Le soleil se lève seulement. Tu as les yeux tout petits de sommeil. Va...

Ismène

Je te convaincrai, n'est-ce pas? Je te convaincrai? Tu me laisseras te parler encore?

Antigone, un peu lasse.

Je te laisserai me parler, oui. Je vous laisserai tous me parler. Va dormir maintenant, je t'en prie. Tu serais moins belle demain. (*Elle la regarde sortir avec un petit sourire triste, puis elle tombe soudain lasse sur une chaise.*)

Pauvre Ismène!...

VOCABULAIRE

barbouiller	*v. t.*	Enduire sans soin.
pondéré	*a.*	Calme.
grouiller	*v. i.*	Remuer.
huer	*v. t.*	Pousser des cris hostiles contre.
congestionner	*v. t.*	Produire un afflux de sang dans les vaisseaux.
scrupuleusement	*adv.*	Attentivement, exactement.
brin	*n. m.*	Tige, jeune pousse.
pleurnicher	*v. i.*	Pleurer sans raison.

NOTES

1. ... j'étais si malheureuse... : ... de ne pas être belle, et je me vengeais sur toi...
2. ... ne pas penser de bêtises... : ... ne pas imaginer de bêtises...
3. ... ç'a été distribué. : Le pronom "ce" subit l'élision devant toute forme du verbe être commençant par une voyelle; devant un "a", on écrit "ç", avec la cédille: ... ç'avait été rude... ; ... ç'avait été préférable...
4. ... te voilà lancée... : ... tu n'arrêtes plus...

Bernard-Marie KOLTES
(1946—1989)

Destinée fulgurante que celle de cet auteur prématurément disparu mais salué très tôt, par Patrice Chéreau et Heiner Müller notamment, comme un écrivain majeur du théâtre français contemporain. C'est en tout cas celui dont l'œuvre est la plus souvent jouée dans le monde en cette fin de XXe siècle.

Cette œuvre tient en six pièces parues aux éditions de Minuit et représentées entre 1981 et 1988: *La Nuit juste avant les forêts*, *Combat de nègre et de chiens*, *Quai ouest*, *Dans la solitude des champs de coton*, *Retour au désert* et *Roberto Zucco*. Bernard-Marie Koltès a publié en outre une traduction originale du *Conte d'hiver* de Shakespeare et un récit, *La Fuite à cheval très loin dans la ville*, paru en 1984.

L'écriture koltésienne se caractérise par une densité textuelle et par une charge explosive d'ordre poétique qui fait progresser l'action et ébranle, parfois jusqu'à l'éclatement, le système dramaturgique. Entre le vertige de l'abîme où ils pourraient s'engloutir et les châtoiements du dialogue qui ne font jamais oublier la violence souterraine qui mine le langage, des personnages météores se croisent, s'affrontent, se déchirent dans des transactions langagières mettant aux prises des êtres qui n'auraient jamais dû se rencontrer.

Retour au désert
(1988)

Ce monologue permettra d'apprécier le mouvement du texte koltésien qui, selon l'expression de Michel Vinaver, "ne cesse de bousculer l'attente et de la combler" dans le même temps.

Edouard (au public):... Ainsi, à moins que j'aie oublié une règle, à moins qu'une loi m'ait échappé, qu'une page soit restée collée sans que je m'en aperçoive, si tout cela est vrai, si je sautais en l'air, que la Terre continue sa course dans l'espace, si je saute en l'air et ne m'y maintiens ne serait-ce que deux secondes, je devrais me retrouver, en tombant, à mille quatre cents kilomètres d'ici dans l'espace, la Terre s'éloignera de moi à une vitesse folle, elle m'aura échappé, et j'aurai échappé à la Terre. Il n'y a pas de raison que cela ne marche pas, les calculs sont justes, les savants ont raison. La seule chose qui me trouble, c'est que personne, à ma connaissance, n'ait eu l'idée de faire l'expérience avant moi. Mais sans doute les autres sont-ils trop attachés à la Terre; sans doute personne n'a envie de se retrouver dieu sait où dans l'espace; sans doute les habitants de cette planète s'attachent-ils à leur planète avec leurs mains, les ongles de leurs pieds, leurs dents, pour ne pas la lâcher et qu'elle ne les lâche pas. Ils croient que leur alliance avec leur planète est irrémédiable, comme les sangsues croient sans doute que c'est la peau qui les retient, alors que, si elles lâchaient leurs griffes, tout cela se séparerait et voltigerait dans l'espace chacune de son côté. Moi j'aimerais que la Terre aille encore plus vite, je la trouve un peu molle, un peu lente, sans énergie. Mais enfin c'est déjà un début; quand je me retrouverai à quelques kilomètres d'ici, en l'air, cela ira déjà mieux; En douce, je largue les amarres. J'espère ne pas donner le mauvais exemple. Ce serait désastreux que la planète se vide, et plus désastreux encore que l'espace se peuple. En tout

cas, j'essaie; je n'ai rien, rien à perdre. Deux secondes en l'air et tout ira bien. Je crois que cela va marcher. Je crois les savants, j'ai foi en eux. J'espère que je n'ai pas oublié une loi. Je vais le savoir.

Il prend son élan, saute et disparaît dans l'espace.

VOCABULAIRE

irrémédiable	*a.*	A quoi on ne peut pas remédier.
sangsue	*n. f.*	Ver marin ou d'eau douce dont le corps est terminé par une ventouse à chaque extrémité. (水蛭,蚂蟥)
griffe	*n. f.*	Ongle de corne, pointu et courbe, porté par la phalange terminale des doigts de nombreux verténrés. (爪子)
voltiger	*v. t.*	Voler ça et là.
larguer	*v. t.*	Détacher, lâcher, laisser aller une amarre, une voile, etc.
amarre	*n. f.*	Câble, cordage pour maintenir en place un navire. (缆绳)
désastreux	*a.*	Qui constitue un désastre ou qui en a le caractère.

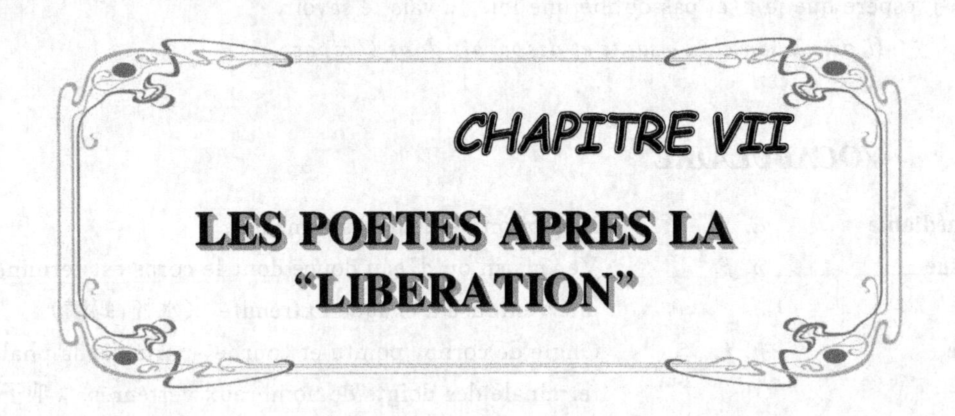

CHAPITRE VII

LES POETES APRES LA "LIBERATION"

Après 4 années d'occupation allemande, de restrictions à la liberté de publier et de communiquer sa pensée, la libération de la France, dès août 1944, permet une floraison d'œuvres, de revues, de recueils. Nombre de poètes déjà connus avant la guerre, comme Jules Supervielle (émigré en Amérique du Sud pendant ces années-là), ou comme Paul Claudel, poursuivent leurs œuvres. De retour de son exil aux Etats-Unis, Saint-John Perse (dont la diction pourrait se rapprocher de celle d'un Claudel) publie de grands poèmes oratoires, constitués de versets, non de vers, dont le rythme soutient l'élan et où les images exaltées des terres exotiques s'organisent dans un récit plein de noblesse, sorte d'évocation de la genèse d'un monde et du monde. La poésie dite "de la Résistance", publiée clandestinement pendant les années noires, et qui avait connu une certaine diffusion, apparaît désormais au grand jour, avec des poèmes de colère (Aragon avait pris le pseudonyme de "François la Colère"), de dénonciation des crimes nazis, avec aussi un retour à des formes traditionnelles, ballades, odes, sonnets (les "33 sonnets écrits au secret", de Jean Cassou), comme si le renouveau du sentiment patriotique avait naturellement entraîné celui des formes caractéristiques de la tradition nationale depuis des siècles.

Mais la libération est aussi un moment où les perspectives changent, où s'affirment des tendances nouvelles, où se révèlent des poètes jusque là peu connus mais dont l'œuvre désormais se fait plus largement reconnaître. Des poètes sont morts sous l'Occupation (Max Jacob et Robert Desnos ont été déportés). Le rayonnement du mouvement surréaliste est moins éclatant, André Breton de retour d'exil exerce une influence mais ne produit pas d'œuvres majeures, Aragon et Paul Eluard développent chacun son œuvre dans des voies désormais séparées: Eluard, tout en marquant son assujettissement à la politique du parti communiste, affine encore la pureté de son lyrisme amoureux, proche de la parole la plus simple, dont son art fait sentir la magie. Aragon, engagé dans une activité de romancier et de propagandiste politique très riche, démontre sa virtuosité en traitant

toutes sortes de thèmes, du lyrisme amoureux (et même conjugal), aux dénonciations politiques, à la narration autobiographique, dans le cadre—qu'il sait assouplir à volonté—du vers, en particulier de l'alexandrin ou de l'octosyllabe. Issu du surréalisme, le poète René Char impose une œuvre très singulière, avec des textes proches de l'aphorisme et du fragment, dans un langage d'une très grande densité, souvent énigmatique. Sans doute est-ce chez des poètes comme le sénégalais Léopold Sédar Senghor ou le martiniquais Aimé Césaire, poètes de l'éveil et du renouveau du monde négro-africain, que l'influence surréaliste se montre la plus féconde, avec sa capacité à libérer les images et à donner une vigueur nouvelle à la parole de révolte, aux puissances créatrices de l'esprit.

Déjà, dans les revues à petit tirage parues sous l'occupation allemande, s'étaient fait remarquer des poètes comme Francis Ponge et Henri Michaux. Les textes de Ponge sont en prose, mais leur format réduit, le tour de force qu'ils constituent en mettant en scène à chaque fois un objet, une "chose" usuelle, faisant éclater et briller ses virtualités d'objet, la richesse de son nom et des échos qu'il éveille, justifient que son œuvre (dont Jean-Paul Sartre clame les mérites) soit rangée dans le domaine poétique, que Ponge entend renouveler, tout en se détournant tranquillement de ses contraintes. Henri Michaux publiait des textes en prose depuis les années 30, mais avec une invention, un humour, une capacité de surprendre et de se renouveler, un effort constant pour tendre le langage jusqu'à ses limites qui font de lui aussi, comme de Ponge, un rénovateur de la poésie, ou un de ceux qui la somment de se renouveler. En 1945, célébrée par André Gide et par Jean Paulhan, son œuvre commence à rencontrer l'approbation du monde littéraire, puis d'un public de plus en plus vaste. Jacques Prévert (les deux poètes se sentent proches l'un de l'autre) écrit des poèmes de forme libre, mais souvent rimés, rythmés, dans un langage modeste mais vigoureux et humoristique qui va conquérir un public populaire (en particulier lorsque certains de ses poèmes sont mis en musique et deviennent des chansons à succès).

Yves Bonnefoy lui aussi a écrit sous l'influence du surréalisme, mais il s'en dégage et produit une poésie méditative, nourrie de culture (il a commenté nombre de peintres classiques ou contemporains), marquée par une grande profondeur de pensée, proche de la prose et cependant lyrique (Bonnefoy a traduit des poètes de langue anglaise, comme Shakespeare et W. B. Yeats). Chez André du Bouchet, son ami, la poésie, présentée en vers libres, d'ampleur variable, suivant l'élan du souffle, s'affirme comme une recherche exigeante, proche de l'abstraction, porteuse des questions existentielles les plus hautes. En contre-partie, Philippe Jaccottet, dont la place est de plus en plus reconnue, a construit une œuvre modeste, scrupuleuse, qui se méfie de la grandiloquence et dont les strophes et les vers, sans être absolument réguliers, donnent toujours un sentiment de justesse, de précision, d'équilibre et redonnent confiance dans la probité du travail du poète. Quant à Jacques Réda, qui est aussi prosateur, il a relevé le défi d'écrire des vers réguliers, ranimant nombre de formes qui avaient été prématurément déclarées épuisées, et

communiquant la joie que donnent les émotions quand elles sont inscrites dans un cadre dont elles font mesurer la richesse imprévue, redonnant avec humour et tranquillité ses lettres de noblesse à l'art de versifier.

Jules SUPERVIELLE
(1884—1960)

Jules Supervielle, né en Uruguay, est mort à Paris. Le poète n'a connu ses parents, morts d'un empoisonnement accidentel, que par des récits de famille et des photographies. Toute sa vie, hantée par ce drame, sera faite de l'alternance entre des séjours en Uruguay et d'autres en France, avec de longs déplacements transatlantiques. Dans les années 1920, Supervielle entre en contact avec les écrivains de la *Nouvelle Revue Française* (NRF). Il se lie d'amitié avec Valéry Larbaud, Henri Michaux et Jean Paulhan. Il a écrit plusieurs recueils de poèmes, des romans, des contes, ainsi que des pièces de théâtre. Toute son œuvre évoque la mort, l'oublieuse mémoire et la fragilité de l'existence, avec des ressources poétiques d'une grande simplicité (nous sommes à l'opposé des inventions langagières des surréalistes, ses contemporains) et qui font toujours place dans le vers, régulier ou non, à un "coefficient de prose", ainsi qu'à un certain humour. Ses poèmes sont caractéristiques de la permanence d'une voix familière dans le lyrisme français, soucieuse de modulation et d'inflexions assourdies (Lamartine, Verlaine, Apollinaire, Jaccottet). Œuvres poétiques essentielles: *Débarcadères* (1922), *Gravitations* (1925, 1932), *Le Forçat innocent* (1930), *Les Amis inconnus* (1934), *La Fable du monde* (1938), *Oublieuse mémoire* (1949), *Naissances*, suivi de "En songeant à un art poétique" (1951), *Le Corps tragique* (1959). Récits: *L'Homme de la pampa* (1923), *L'Enfant de la haute mer* (1931).

Plusieurs recueils de poèmes et de contes ont été publiés dans des collections de poche. L'œuvre poétique complète a paru chez Gallimard, dans la "Bibliothèque de la Pléiade", en 1996.

Le Forçat innocent

Les yeux

(1930)

Le poème "Les yeux" appartient à une section du recueil Le Forçat innocent dédiée à la mémoire du poète allemand R. M. Rilke, et intitulée "Oloron Sainte-Marie". Ce nom propre est celui du lieu où sont morts accidentellement les parents du poète, qui n'était âgé que de quelques mois. Face à l'appel d'un regard lointain et fragile—probablement celui de la mère, sur une vieille photographie—comme à la recherche d'un corps, évoqué d'une manière lyrique (les sept premiers vers), le poète par la suite change de ton en interrogeant les "chers yeux", en affirmant à la fois l'impossibilité et le désir de leur porter secours (ce mot est le seul du poème à ne rimer avec aucun autre). La longueur décroissante des vers (10 syllabes, 8, 6) accentue la disparition du lyrisme et même des yeux de l'être cher, l'émotion du poète faisant place à des évidences communes, mais proférées d'une manière sinueuse et presque agressive, comme s'il se sentait coupable d'être vivant. On remarque que le poème tient en une seule phrase, ce qui rend plus surprenant pour le lecteur ce changement de tonalité. "Les yeux" est très représentatif de l'inspiration de Jules Supervielle—la mort—et de son art, par l'usage du vers régulier qui tempère l'émotion, l'extrême simplicité du vocabulaire, les effets de voix familière—le poète parle à quelqu'un et nous parle—enfin par la brièveté énigmatique qui souligne un arrière-plan d'obscurité.

Chers yeux si beaux qui cherchez un visage,
Vous si lointains, cachés par d'autres âges,
Apparaissant et puis disparaissant,
Ah! protégés de vos cils seulement
Et d'un léger battement de paupières,
Sous le tonnerre et les célestes pierres
Chers yeux livrés aux tristes éléments
Que voulez-vous de moi, de quelle sorte
Puis-je montrer, derrière mille portes,
Que je suis prêt à vous porter secours,
Moi qui ne suis parmi les hommes
Qu'un homme de plus ou de moins

Tant le vivant ressemble au mort
Et l'arbre à l'ombre qui le tient
Et le jour, toujours poursuivi,
A la voleuse nuit.

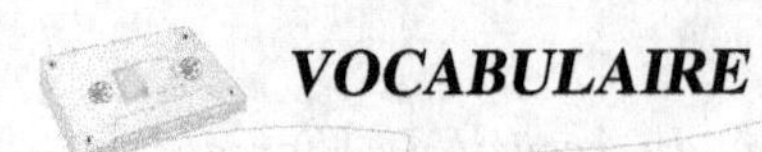

VOCABULAIRE

céleste *a.* Du ciel.
voleur, se *a.* Qui a l'habitude de voler, a tendance à voler.

Saint-John PERSE, pseudonyme de Alexis Leger Saint-Leger (1887—1975)

Né à la Guadeloupe, Saint-John Perse quitte définitivement les Antillles en 1899, avec sa famille qui s'établit désormais en France. Il signe ses premiers poèmes, publiés sous le titre *Eloges* en 1910, de son vrai nom, Alexis Leger Saint-Leger. C'est en 1924 qu'il adopte son pseudonyme, afin de bien distinguer sa vie de diplomate (il sera Secrétaire général aux Affaires étrangères) de sa vie de poète: à cette date, il publie *Anabase*, recueil qu'il avait composé lors du long séjour qu'il fit en Chine de 1916 à 1921 au commencement de sa carrière, séjour qui l'a fortement marqué. Pendant son activité, il ne publie aucun autre recueil, et ce n'est qu'à partir de son exil volontaire aux Etats-Unis, où il s'installe après avoir fui la Gestapo et la police de Vichy en 1940, que paraissent de nouveaux recueils: ce seront, parmi les plus célèbres, *Exil* (composé de 4 poèmes, "Exil", "Pluies", "Neiges" et "Poème à l'Etrangère", écrits entre 1941 et 1944), puis *Vents* écrit en 1945, *Amers* publié en 1957 mais dont la composition commence dès 1947, *Chronique* daté de 1959. Le poète reçoit le Prix Nobel de littérature en 1960, mais son œuvre ne s'arrête pas là: il publiera encore *Oiseaux* en 1963, composera lui-même un volume d'*œuvres complètes* pour la Bibliothèque de la Pléiade en 1972, ce qui ne l'empêchera pas d'écrire encore des poèmes de premier ordre, comme *Nocturne* (1972) et le dernier, *Sécheresse*, paru en 1974, un an avant sa mort.

Son œuvre est publiée par Gallimard: la nouvelle édition de la Pléiade, en 1982, comporte les deux derniers poèmes, qui ne figuraient pas dans l'édition de 1972, et la collection *Poésie*/Gallimard a édité 3 volumes, intitulés

respectivement Eloges (suivi de *La Gloire des Rois*, *Anabase*, *Exil*), *Vents* (suivi de *Chronique*) et *Amers* (suivi de *Oiseaux*).

Exil
Neiges
(1944)

L'écriture poétique de Saint-John Perse adopte dès le début ("Images à Crusoé", 1904) jusqu'à l'extrême fin (Sécheresse, 1974), donc tout au long de 70 années de poésie, une tonalité qui ne se démentira pas, et des thèmes auxquels il sera toujours fidèle. On peut en prendre pour exemple ce quatrième et dernier chant du poème "Neiges" dans Exil. On relèvera également, ici, parmi les traits d'écriture, le choix de la prose et de la disposition en versets, le goût pour la reprise de formules parallèles (Epouse du monde ma présence, épouse du monde ma prudence! [...] Epouse du monde notre patience, épouse du monde notre attente!), le travail sur le signifiant (Seul à faire le compte est à entendre aussi comme "le conte"). La reprise de formules se fait aussi de recueil en recueil, comme ici Hôte précaire de l'instant (déjà dans "Exil"), le cours des choses (repris dans Vents et dans Amers), l'immense libration (dans Oiseaux), voici que j'ai dessein (dans Anabase), etc. La parole poétique semble émerger à chaque instant d'un silence et y retourner, comme en témoignent les points de suspension en début ou en fin de nombreuses phrases. La tonalité est celle d'un lyrisme de l'éloge, dans une énonciation à la première personne, fortement modalisée par des exclamations et des interrogations qui restent comme suspendues. Les images sont longuement maintenues, volontiers filées, telle la métaphore de l'océan au début du chant, avec Océan de neiges, pirogue, barque, remontant les fleuves. Les thèmes eux aussi sont récurrents: l'ouverture à la nature et la connaissance précise de son règne, dont témoigne un vocabulaire très exact et rare (ici ombelles, corymbes, arille, hièble), un sentiment très fort de la langue et de son histoire (versets 2 et 3), la marque même de l'écriture du poème dans le poème (voir la clausule), la découverte d'un pays qui est aussi l'avancée du poème (très sensible depuis Anabase), une sensualité toujours présente malgré une solitude toujours affirmée, tels sont les éléments que l'on trouve dans cette page, mais aussi dans la plupart des poèmes de Saint-John Perse.

IV

Seul à faire le compte, du haut de cette chambre d'angle qu'environne un Océan de neiges.... Hôte précaire de l'instant, homme sans preuve ni témoin, détacherai-je mon lit bas comme une pirogue de sa crique?... Ceux qui campent chaque jour plus loin du lieu de leur naissance, ceux qui tirent chaque jour leur barque sur d'autres rives, savent mieux chaque jour le cours des choses illisibles; et remontant les fleuves vers leur source, entre les vertes apparences, ils sont gagnés soudain de cet éclat sévère où toute langue perd ses armes.

Ainsi l'homme mi-nu sur l'Océan des neiges, rompant soudain l'immense libration, poursuit un singulier dessein où les mots n'ont plus prise. Epouse du monde ma présence, épouse du monde ma prudence!... Et du côté des eaux premières me retournant avec le jour, comme le voyageur, à la néoménie, dont la conduite est incertaine et la démarche est aberrante, voici que j'ai dessein d'errer parmi les plus vieilles couches du langage, parmi les plus hautes tranches phonétiques: jusqu'à des langues très lointaines, jusqu'à des langues très entières et très parcimonieuses, comme ces langues dravidiennes qui n'eurent pas de mots distincts pour hier et pour demain. Venez et nous suivez, qui n'avons mots à dire: nous remontons ce pur délice sans graphie où court l'antique phrase humaine; nous nous mouvons parmi de claires élisions, des résidus d'anciens préfixes ayant perdu leur initiale, et devançant les beaux travaux de linguistique, nous nous frayons nos voies nouvelles jusqu'à ces locutions inouïes, où l'aspiration recule au-delà des voyelles et la modulation du souffle se propage, au gré de telles labiales mi-sonores, en quête de pures finales vocaliques.

...Et ce fut au matin, sous le plus pur vocable, un beau pays sans haine ni lésine, un lieu de grâce et de merci pour la montée des sûrs présages de l'esprit; et comme un grand Ave de grâce sur nos pas, la grande roseraie blanche de toutes neiges à la ronde... Fraîcheur d'ombelles, de corymbes, fraîcheur d'arille sous la fève, ha! tant d'azyme encore aux lèvres de l'errant!... Quelle flore nouvelle, en lieu plus libre, nous absout de la fleur et du fruit? Quelle navette d'os aux mains des femmes de grand âge, quelle amande d'ivoire aux mains des femmes de jeune âge?

Nous tissera linge plus frais pour la brûlure des vivants?... Epouse du monde notre patience, épouse du monde notre attente!... Ah! tout l'hièble du songe à même notre visage! Et nous ravisse encore, ô monde! ta fraîche haleine de mensonge!... Là où les fleuves encore sont guéables, là où les neiges encore sont guéables, nous passerons ce soir une âme non guéable... Et au delà sont les grands du songe, et tout ce bien fongible où l'être engage sa fortune...

*

Désormais cette page où plus rien ne s'inscrit.

New York, 1944.

VOCABULAIRE

pirogue	*n. f.*	Embarcation légère d'Amérique, d'Afrique et d'Océanie, de forme allongée, propulsée à la voile ou à la pagaie.
néoménie	*n. f.*	(Du Grec: neos, nouveau, mên, mois) Fête antique qui correspondait à la nouvelle lune.
parcimonieux, euse	*a.*	Qui fait preuve d'épargne rigoureuse, jusque dans les moindres détails. Langue élémentaire.
dravidien	*n. m.*	Famille de langues du sud de l'Inde. (达罗毗荼语)
élision	*n. f.*	Suppression dans l'écriture ou la prononciation, de la voyelle finale d'un mot devant un mot commençant par une voyelle ou un *h* muet.
modulation	*n. f.*	Chacun des changments de ton, d'accent, d'intensité dans l'émission d'un son.
labial, e, aux	*a.*	Relatif aux lèvres.
vocalique	*a.*	Relatif aux voyelles.
lésine	*n. f.*	Epargne sordide jusque dans les plus petites choses.
présage	*n. m.*	Conjecture tirée d'un signe.
roseraie	*n. f.*	Terrain planté de rosiers.
azyme	*a.* et *n. m.*	Qui est cuit sans levain, en parlant du pain.
flore	*n. f.*	Ensemble des espèces végétales croissant dans une région, un milieu donnés.
absoudre	*v. t.*	Pardonner les péchés à (qqn).
hièble	*n. f.*	Variété de sureau à tige herbacée, à baie noires.
guéable	*a.*	Qu'on peut passer à l'endroit peu profond d'une rivière où l'on peut traverser à pied.
fongible	*a.*	Se dit des choses qui se consomment par l'usage et peuvent être remplacées par une chose analogue.

Francis PONGE
(1899—1988)

Après une enfance privilégiée et de bonnes études (lettres et droit), il publie de 1920 à 1925 ses premiers textes et fréquente la NRF: en 1935, il s'engage au Parti communiste qu'il quittera en 1946. Des recueils majeurs se succèdent: *Le Parti pris des choses* (1942), *Proêmes* (1948), *La Rage de l'Expression* (1952), ainsi qu'un ouvrage plus critique *Pour un Malherbe* (1955).

Ponge a récusé l'étiquette de poète: l'effusion lyrique lui est insupportable et tous les discours en général lui sont suspects; au "magma poétique", il faut préférer les objets qui appartiennent au monde muet, "notre seule patrie".

Ce "*parti pris des choses*" s'inscrit dans un matérialisme athée: Dieu rejeté au profit de Logos, l'importance du langage et le travail des mots deviennent essentiels. Ils doivent permettre de rendre présent, au moyen de "formules claires et impersonnelles", le monde dans sa diversité inépuisable. Le poème doit devenir "un objet de paroles qui soit homologue à l'objet réel". L'OBJEU, véritable mise en abyme de l'objet dans la langue, est cette méthode qui assure un échange entre le texte et la chose; son bon fonctionnement transforme l'objet en OBJOIE pour le lecteur.

Le Parti pris des choses
L'Huître
(1942)

Cette description, de l'extérieur à l'intérieur, insiste sur l'insignifiance de l'objet. Elle se confond cependant avec celle du poème et de son fonctionnement. Un nombre étonnant de mots ont été sélectionnés pour leur parenté phonique avec le mot huître—"un accent circonflexe -^tre" (blanchâtre, opiniâtrement, verdâtre, noirâtre). L'accent est mis sur le mouvement d'ouverture: par l'huître, le lecteur est appelé à ouvrir le texte pour en goûter les trésors, et c'est dans cet effort que réside la poésie-même.

La valeur de cette opération se trouve réaffirmée par le fait que la chose précieuse contenue ("parfois très rare") importe moins que la sécrétion de cette perle—précisément "une formule"—par un contenant sans valeur propre.

L' huître, de la grosseur d' un galet moyen, est d'une apparence rugueuse, d'une couleur moins unie, brillamment blanchâtre. C'est un monde opiniâtrement clos[1]. Pourtant on peut l'ouvrir: il faut alors la tenir au creux du torchon, se servir d' un couteau ébréché et peu franc, s' y reprendre à plusieurs fois. Les doigts curieux s'y coupent, s'y cassent les ongles: c'est un travail grossier. Les coups qu'on lui porte marquent son enveloppe de ronds blancs, d'une sorte de halos.

A l'intérieur l'on trouve tout un monde, à boire et à manger: sous un *firmament* (à proprement parler) de nacre, les cieux d'en-dessus s'affaissent sur les cieux d' en-dessous, pour ne plus former qu' une mare, un sachet visqueux et verdâtre, qui flue et reflue à l' odeur et à la vue, frangé d'une dentelle noirâtre sur les bords.

Parfois très rare une formule perle à leur gosier de nacre, d'où l'on trouve aussitôt à s'orner.

VOCABULAIRE

galet	*n. m.*	Caillou usé et poli par le frottement de l'eau.
rugueux	*a.*	Dont la surface présente de petites aspérités, et qui est rude au toucher. (卵石)
ébrécher	*v. t.*	Endommager en entamant le bord de.
franc	*a.*	Qui est parfait, accompli dans son genre.
halo	*n. m.*	Auréole diffuse autour d'une source lumineuse. (晕)
firmament	*n. m.*	Voûte céleste. (苍穹)
nacre	*n. f.*	Substance irisée qui tapisse intérieurement la coquille de certains mollusques. (珍珠母)
s'affaisser	*v. pr.*	Plier, baisser de niveau sous un poids ou une pression.
visqueux	*a.*	Dont la surface est couverte d'une couche gluante.
fluer	*v. i.*	Couler.
franger	*v. t.*	Garnir, orner d'une passementerie, utilisée en couture ou en décoration. (镶边)
gosier	*n. m.*	gorge. (喉咙)

NOTES

1. C'est un monde opiniâtrement clos. : C'est un monde obstinément fermé.

Le Platane

Pièces

(1962)

Les phrases, facilement découpables en alexandrins, créent un rythme remarquable dont la solennité se conjugue à la dimension patriotique d'un poème qui, écrit en 1942, affirme avec autant de force que de discrétion, l'identité nationale et reflète la part active que prit Ponge dans la Résistance pendant la guerre. Pour le plaisir des lettrés, l'étymologie grecque de platane (dérivé, à cause de la forme de ses feuilles, d'un adjectif qui signifie large et plat) se module savamment au gré de la description ("la platitude des écorces", "à mains plates plus larges").

Tu borderas toujours notre avenue française pour ta simple membrure et ce tronc clair, qui se départit sèchement de la platitude des écorces.

Pour la trémulation virile de tes feuilles en haute lutte au ciel à mains plates plus larges d'autant que tu fus tronqué,

Pour ces pompons aussi, ô de très vieille race, que tu prépares à bout de branches pour le rapt du vent,

Tels qu'ils peuvent tomber sur la route poudreuse ou les tuiles d'une maison... Tranquille à ton devoir tu ne t'en émeus point:

Tu ne peux les guider mais en émets assez pour qu'un seul succédant vaille au fier Languedoc

A perpétuité l'ombrage du platane.

VOCABULAIRE

membrure	*n. f.*	Ensemble des membres du corps humain.
se départir	*v. pr.*	Se séparer de.
platitude	*n. f.*	Caractère de ce qui est plat, sans originalité.

trémulation	*n. f.*	Tremblement à secousses rapides et peu accusées.
pompon	*n. m.*	Houppe; variété de rose, à petite fleur sphérique. (绒球蔷薇)
rapt	*n. m.*	Enlèvement illégal d'une personne.
poudreux	*a.*	Qui est couvert d'une fine poussière.
succédant	*n. m.*	Parvenant après un autre à un emploi, à une dignité, à une charge.
perpétuité	*n. f.*	Durée infinie.
platane	*n. m.*	Arbre élevé, à large frondaison, à écorce lisse se détachant par plaques irrégulières. (法国梧桐)

Henri MICHAUX
(1899—1984)

D'origine belge, né à Namur, mort à Paris, Henri Michaux est un poète énigmatique, auteur d'une œuvre immense très inspirée par le voyage, qu'il s'agissent de voyages réels—en Amérique du Sud, en Asie, en Europe, qui furent nombreux, de voyages imaginaires *Au pays de la magie* (1941), vers des peuplades étranges (*Voyage en Grande Garabagne*, 1936) ou encore de voyages intérieurs et expérimentaux arpentant *La Vie dans les plis* (1949) ou *Les Grandes Epreuves de l'esprit* (1966) et du mental perturbé par les hallucinogènes.

Né "fatigué", "troué", Henri Michaux se révèle un travailleur infatigable, curieux de science, de médecine, mais aussi de musique et de peinture à laquelle est consacrée une part importante de ses écrits et de son activité créatrice.

La première partie de son œuvre, qui commence vers 1922, alors que la lecture de Lautréamont lui a redonné le goût d'écrire, est marquée par le ton de la révolte, le combat contre le monde et les autres, une insubordination foncière dont il fera longtemps sa signature. Progressivement, la sagesse à laquelle il aspire depuis le début prend le pas sur la colère et la deuxième partie de l'œuvre se fait plus médiative. On peut voir là l'effet d'événements biographiques, mais aussi d'une complicité de toujours avec l'œuvre des mystiques rhénans (Maître Eckart, Ruysbroeck l'admirable...) comme avec les grands textes de la philosophie orientale. La peinture enfin y contribue largement, en reprenant à son compte, dès les années quarante, dans une

trajectoire à la fois parallèle et complémentaire de l'écriture, la recherche d'une langue propre, originale, déconditionnée du verbal, d'une langue dont les signes seraient, mieux que les mots, débarrassés de leur poids d'usage.

D'apparence très éclectique, puisqu'il s'y essaye, à l'exception du roman, à tous les genres (poème en prose, récit de voyage, fable, aphorisme, traité philosophique, écrits critiques sur la peinture, théâtre...), son œuvre trouve sa cohérence dans la constance d'une réflexion sur le style conjuguée à une incessante interrogation sur soi qui, loin d'exclure le lecteur, lui renvoie son image en miroir, l'invite à explorer les coins les plus reculés de lui-même, et le touche au plus profond de son être.

Plume

Dans la nuit

(1930)

Dans la nuit
Dans la nuit
Je me suis uni à la nuit
A la nuit sans limites
A la nuit.
Mienne, belle, mienne.
Nuit
Nuit de naissance
Qui m'emplis de mon cri
De mes épis
Toi qui m'envahis
Qui fais houle houle
Qui fais houle tout autour
Et fume, es fort dense
Et mugis
Es la nuit.
Nuit qui gît, Nuit implacable.
Et sa fanfare, et sa plage,
Sa plage en haut, sa plage partout,
Sa plage boit, son poids est roi, et tout ploie sous lui
Sous lui, sous plus ténu qu'un fil,

Sous la nuit
La Nuit.

VOCABULAIRE

épi	*n. m.*	Pointe dressée.
houle	*n. f.*	Mouvement d'ondulation qui agite la mer sans faire déferler les vagues.
implacable	*a.*	A quoi l'on ne peut échapper.
ténu	*a.*	Très mince, très fin.

Idéogrammes en Chine
(1975)

Equilibration

Toute langue est univers parallèle.
Aucune avec plus de beauté que la chinoise.

La calligraphie l'exalte. Elle parfait la poésie; elle est l'expression qui rend le poème valable, qui avalise le poète.

Juste balance des contradictoires, l'art du calligraphe, marche et démarche, c'est se montrer au monde. —Tel un acteur chinois entrant en scène, qui dit son nom, son lieu d'origine, ce qui lui est arrivé et ce qu'il vient faire—c'est s'enrober de raisons d'être, fournir sa justification. La calligraphie: rendre patent par la façon dont on traite les signes, qu'on est digne de son savoir, qu'on est vraiment un lettré. Par là, on sera... ou on ne sera pas justifié.

La calligraphie, son rôle médiateur, et de communion, et de suspens.

VOCABULAIRE

parallèle	*a.* et *n. m.*	Se dit de lignes, de surfaces qui ne se rencontrent pas.
justification	*n. f.*	Action de montrer qqch comme vrai, juste, réel, par des arguments, des preuves.
patent	*a.*	Evident, manifeste.
médiateur, trice	*n.*	Intermédiaire.
communion	*n. f.*	Partager des idées, des sentiments.
en suspens		Non résolu, non terminé.

Louis ARAGON

Le Roman inachevé
(1956)

Autobiographie en vers, Le Roman inachevé *mêle les mètres (l'alexandrin, l'octosyllabe, mais aussi cette "grande forme" qu'est l'octodécasyllabe); il évoque, dans ce texte, la période pendant laquelle, au lendemain de la Première Guerre mondiale, il est cantonné en Rhénanie, alors occupée par les Troupes françaises.*

Bierstube Magie allemande
Et douces comme un lait d'amandes
Mina Linda lèvres gourmandes
Qui tant souhaitent d'être crues
Dont les voix encore enfantines
A fredonner tout bas s'obstinent
L'air *Ach du lieber Augustin*[1]
Qu'un passant siffle dans la rue

Sofienstrasse Ma mémoire
Retrouve la chambre et l'armoire
L'eau qui chante dans la bouilloire

Les phrases des coussins brodés
L'abat-jour de fausse opaline
Le Toteninsel de Boecklin[2]
Et le peignoir de mousseline
Qui s'ouvre en donnant des idées

Au plaisir prise et toujours prête
O Gaense-Liesel[3] des défaites
Tout à coup tu tournais la tête
Et tu m'offrais comme cela
La tentation de ta nuque
Demoiselle de Sarrebrück[4]
Qui descendait faire le truc
Pour un morceau de chocolat

Et moi pour la juger que suis-je
Pauvres bonheurs pauvres vertiges
Il s'est tant perdu de prodiges
Que je ne m'y reconnais plus

Rencontres Partances hâtives
Est-ce ainsi que les hommes vivent
Et leurs baisers au loin les suivent
Comme des soleils révolus

Tout est affaire de décor
Changer de lit changer de corps
A quoi bon puisque c'est encore
Moi qui moi-même me trahis
Moi qui me traîne et m'éparpille
Et mon ombre se déshabille
Dans les bras semblables des filles
Où j'ai cru trouver un pays

Cœur léger cœur changeant cœur lourd
Le temps de rêver est bien court
Que faut-il faire de mes jours
Que faut-il faire de mes nuits
Je n'avais amour ni demeure

Nulle part où je vive ou meure
Je passais comme la rumeur
Je m'endormais comme le bruit

C'était un temps déraisonnable
On avait mis les morts à table
On faisait des châteaux de sable
On prenait les loups pour des chiens
Tout changeait de pôle et d'épaule
La pièce était-elle ou non drôle
Moi si j'y tenais mal mon rôle
C'était de n'y comprendre rien

Dans le quartier Hohenzollern[5]
Entre la Sarre[6] et les casernes
Comme les fleurs de la luzerne
Fleurissaient les seins de Lola
Elle avait un cœur d'hirondelle
Sur le canapé du bordel
Je venais m'allonger près d'elle
Dans les hoquets du pianola

Elle était brune et pourtant blanche
Ses cheveux tombaient sur ses hanches
Et la semaine et le dimanche
Elle ouvrait à tous ses bras nus
Elle avait des yeux de faïence
Et travaillait avec vaillance
Pour un artilleur de Mayence[7]
Qui n'en est jamais revenu

Il est d'autres soldats en ville
Et la nuit montent les civils
Remets du rimmel à tes cils
Lola qui t'en iras bientôt
Encore un verre de liqueur
Ce fut en avril à cinq heures
Au petit jour que dans ton cœur
Un dragon plongea son couteau

Le ciel était gris de nuages
Il y volait des oies sauvages
Qui criaient la mort au passage
Au-dessus des maisons des quais
Je les voyais par la fenêtre
Leur chant triste entrait dans mon être
Et je croyais y reconnaître
Du Rainer Maria Rilke

VOCABULAIRE

bouilloire	*n. f.*	Récipient muni d'un bec et d'une anse pour faire bouillir de l'eau.
opaline	*n. f.*	Substance vitreuse dont on fait des vases, des ornements.（乳白玻璃，乳白瓷）
peignoir	*n. m.*	Vêtement léger que les femmes portent pour la sortie de bain.
mousseline	*n. f.*	Toile de coton claire, fine et légère.
partance	*n. f.*	Départ, moment du départ.
révolu, e	*a.*	Qui a achevé son cours, son cycle.
s'éparpiller	*v. pr.*	Passer d'une idée (occupation) à l'autre.
pianola	*n. m.*	Piano automatique.
hoquet	*n. m.*	Une manifestation du corps qui rend la parole saccadée.
artilleur	*n. m.*	Militaire appartenant à l'artillerie.
rimmel	*n. m.*	Produit qu'on applique sur les cils.（睫毛膏）

NOTES

1. Ach du lieber Augustin: Chanson d'amour allemande: "Ah, toi Augustin chéri."
2. Toteninsel de Boecklin: "Ile des Morts" du peintre allemand Arnold de Boecklin.
3. Gaense-Liesel: "la gardienne d'oies", célèbre statue de la ville de Göttingen, en Allemagne.
4. Sarrebrück: Capitale de la Sarre, près de la frontière française.
5. Hohenzollern: Famille qui régna sur la Prusse (1701—1918), sur l'empire d'Allemagne (1871—1918) et sur la Roumanie (1866—1947).
6. Sarre (la): En allemand "Saar", rivière de France et d'Allemagne.
7. Mayence: En allemand Mainz, ville d'Allemagne sur la rive gauche de Rhin.

Jacques PREVERT
(1900—1977)

Né près de Paris, Jacques Prévert abandonne très tôt ses études pour exercer de nombreux métiers. Entre 1925 et 1929, il est très lié avec le groupe des surréalistes et invente le jeu du “cadavre exquis”. En 1928, il rédige ses premiers scénarios pour le cinéma, une activité qui l'occupera assez régulièrement par la suite, puisqu'il travaille pour les plus grands metteurs en scène (Allégret, Renoir, Carné) de l'entre-deux-guerres. Ses premiers écrits poétiques datent de 1930. Vladimir Kosma en mettra une partie en musique. Le premier recueil de poèmes de Prévert, *Paroles*, est publié en 1945, suivront *Spectacle* (1951) et *La Pluie et le beau temps* (1955).

Paroles
Rue de Seine
(1945)

Prévert écrit en vers libres, raconte une histoire, joue sur les mots et les sonorités, utilise les possibilités offertes par la polysémie, pratique le collage et la métaphore. Paris et ses rues figurent souvent dans ses poèmes. Ici, la Rue de Seine est située dans le quartier latin au centre de Paris.

Rue de Seine dix heures et demie
le soir
au coin d'une autre rue
un homme titube... un homme jeune
avec un chapeau
un imperméable
une femme le secoue...
elle le secoue
et elle lui parle
et il secoue la tête
son chapeau est tout de travers

et le chapeau de la femme s'apprête à tomber en arrière
ils sont très pâles tous les deux
l'homme certainement a envie de partir...
de disparaître... de mourir...
mais la femme a une furieuse envie de vivre
et sa voix
sa voix qui chuchote
on ne peut pas ne pas l'entendre
c'est une plainte...
un ordre...
un cri...
tellement avide cette voix...
et triste
et vivante...
un nouveau-né malade qui grelotte sur une tombe
dans un cimetière l'hiver...
le cri d'un être les doigts pris dans la portière...
une chanson
une phrase
toujours la même
une phrase
répétée...
sans arrêt
sans réponse...
l'homme la regarde ses yeux tournent
il fait des gestes avec les bras
comme un noyé
et la phrase revient
rue de Seine au coin d'une autre rue
la femme continue
sans se lasser...
continue sa question inquiète
plaie impossible à panser
Pierre dis-moi la vérité
Pierre dis-moi la vérité
je veux tout savoir
dis-moi la vérité
le chapeau de la femme tombe
Pierre je veux tout savoir

dis-moi la vérité
question stupide et grandiose
Pierre ne sait que répondre
il est perdu
celui qui s'appelle Pierre
il a un sourire que peut-être il voudrait tendre
et répète
Voyons calme-toi tu es folle
mais il ne croit pas si bien dire
mais il ne voit pas
il ne peut pas voir comment
sa bouche d'homme est tordue par son sourire...
il étouffe
le monde se couche sur lui
et l'étouffe
il est prisonnier
coincé par ses promesses...
on lui demande des comptes...
en face de lui...
une machine à compter
une machine à écrire des lettres d'amour
une machine à souffrir
le saisit...
s'accroche à lui...
Pierre dis-moi la vérité.

VOCABULAIRE

tituber	*v. i.*	Vaciller sur ses jambes.
imperméable	*a.*	Qui ne se laisse pas traverser par un liquide, notamment par l'eau.
grelotter	*v. i.*	Trembler de froid, de peur, de fièvre.
portière	*n. f.*	Porte d'une voiture, d'un train.
plaie	*n. f.*	Blessure.

Léopold SEDAR SENGHOR
(1906—2002)

Né au Sénégal d'un père commerçant dans le groupe ethnique des Sérères, qui sont catholiques, L. S. Senghor a été l'élève de religieux qui lui ont appris le français et le wolof, la langue la plus parlée au Sénégal. Il fait de brillantes études au lycée et vient à Paris en 1928 pour préparer le concours d'entrée à l'Ecole Normale Supérieure. Il est le compagnon d'études de Georges Pompidou qui deviendra Président de la République française, et d'Aimé Césaire l'Antillais avec lequel il fonde le mouvement de la Négritude (pour exalter les civilisations africaines et rendre aux Noirs leur fierté). Reçu en 1935 à l'agrégation de grammaire, il est le premier agrégé africain. Il est alors nommé professeur en France et fait partie du Comité des intellectuels antifascistes. Dès le début de la Deuxième Guerre mondiale, il est fait prisonnier par les Allemands. Son œuvre poétique commence à paraître dès la fin de la guerre: *Chants d'ombre* en 1945, *Hosties noires* en 1948. Pendant le même temps, il mène une carrière politique, d'abord comme député à l'Assemblée Nationale française, puis comme Président de la République du Sénégal lorsque son pays devient indépendant (1960—1981). Il est aussi membre de l'Académie Française et adepte fervent de la francophonie.

Hosties noires
(1948)

Le poète Senghor, qui était simple soldat dans l'armée française, a été fait prisonnier par les Allemands au début de la Deuxième Guerre mondiale. Dans le camp de prisonniers où il se trouvait, il a apprécié la fraternité de ses frères de race, les Tirailleurs Sénégalais. Ces hommes, d'origine souvent très modeste, avaient été enrôlés dès la Première Guerre mondiale par l'armée française où on les considérait comme des personnages pittoresques, naïfs et illettrés. On avait utilisé cette image du Tirailleur Sénégalais pour la publicité commerciale d'un produit chocolaté, le banania. Senghor s'insurge à la fois contre l'ingratitude de la France à l'égard de ses soldats africains

et contre la représentation caricaturale, dégradante, que cette publicité a donné d'eux.

Vous Tirailleurs Sénégalais, mes frères noirs,
à la main chaude sous la glace et la mort
Qui pourra vous chanter si ce n'est
votre frère d'armes, votre frère de sang?
Je ne laisserai pas la parole aux ministres,
et pas aux généraux
Je ne laisserai pas-non! -les louanges
de mépris vous enterrer furtivement.
Vous n'êtes pas des pauvres aux poches vides
sans honneur
Mais je déchirerai les rires banania
sur tous les murs de France

VOCABULAIRE

tirailleur	*n. m.*	Fantassin recruté parmi les autochtones des anciens territoires français d'outre-mer.
furtivement	*adv.*	A la dérobée.
banania	*n. m.*	Marque de chocolat en poudre.

René CHAR
(1907—1988)

Edité de son vivant dans la prestigieuse collection de la *Pléiade* et largement diffusé dans les petits volumes de *Poésie/Gallimard*, René Char a incarné au XXe siècle une haute idée de la poésie, telle que la résume le titre d'un de ses recueils, *Fureur et mystère* (1948). "Ascension furieuse", exploration de l'inconnu dont Rimbaud a donné l'exemple, elle "construit sa route dans le ciel", préservant le sens du sacré dans le contact charnel avec la terre (*Recherche de la base et du sommet*, 1955—1971) et la "commune présence" aux hommes.

Né en Provence au bord de la Sorgue, au pied du Mont Ventoux, il ne s'est jamais vraiment séparé de cette terre de contrastes, lumineuse et âpre,

offerte au soleil et au vent. Son langage, bien que tenté par l'abstraction, s'y est chargé d'énergies élémentaires, de leurs tensions, de leurs contradictions fécondes: le silex et l'olive, l'éclair et la rose, la paroi et la prairie, avidité et contrainte.

Proche un temps des surréalistes (*Le Marteau sans maître*, 1936), il s'éloigne d'eux pour mieux allier "poésie et vérité", se fait attentif à la montée du danger nazi. La date qui sert d'épigraphe au *Loriot* est celle de la déclaration de guerre, mais le poème annonce aussi l'éveil de la Résistance.

En effet, Char, refusant l'"hypnose" de la France occupée en proie à "l'abjection nazie", prend le maquis en Provence et consigne ce combat de "La France-des-Cavernes" dans *Feuillets d'Hypnos*. La paix revenue, les poèmes de *Seuls demeurent* trouvent un public admiratif de leur tension tragique ("la source est roc et la langue est tranchée"), de leur révolte ("tu auras barré sanglant la nuit de ton époque"), de leur compassion ("Cette femme... tenait son enfant comme un volcan à demi consumé tient son cratère"... "nous nous étions serrés sous le grand chêne de larmes", le "larmier géant"), de leur promesse de liberté. Le souffle large d'un lyrisme amoureux fait communiquer *Le Visage nuptial* avec la beauté retrouvée du monde: "Ma toute terre, comme un oiseau changé en fruits dans un arbre, je suis à toi".

Résistant de la première heure, il ne cède pas quand vient la paix aux facilités d'un patriotisme convenu, ni ne s'abaisse à des règlements de comptes. Il se met d'ailleurs peu à peu à l'écart, tout en gardant des liens, féconds pour sa création, avec les penseurs et les artistes contemporains (Camus, Blanchot, Bataille, Heidegger, Braque, Giacometti, Staël, Vieira da Silva). Son repli sur une parole un peu sentencieuse, laconique, multipliant les fragments ("parole en archipel") restreint le cercle de ses lecteurs qu'intimide un certain hermétisme. Mais elle a l'énergie du refus devant les "utopies sanglantes du vingtième siècle" et les illusions du progrès technique. Ne tarissent ni la veine amoureuse ni sa volonté de rester jusqu'au bout "torche interrogative" (*Eloge d'une soupçonnée*, 1973—1987). Il reste celui qui a dit: "Ne te courbe que pour aimer. Si tu meurs tu aimes encore" et aussi: "la vérité ne peut être franchie que soulevée". Ses doutes au seuil de la mort ("A quoi bon s'éclairer, riche de larmes?") ne ternissent pas l'éclat qu'il donne à la vie, "diamant désespéré".

Fureur et mystère
Le Loriot
(1848)

La date qui sert d'épigraphe au Loriot est celle de l'entrée de la guerre en France. Cette aube capitale (comme une exécution) annonce l'invasion d'une capitale (Varsovie déjà et Paris bientôt), défaite comme l'intimité des amants dont le lit devient triste à l'instant de la mobilisation générale. C'est une figure de l'envahisseur que le loriot, petit oiseau entendu au lever du jour, le contraire de la colombe pacifique, mais aussi de l'aigle souverain. Son chant perçant, sa silhouette aiguë, son piqué sont le signal d'une fermeture qui est perte irrévocable (tout à jamais). Ce poème elliptique offre un exemple des condensations dont Char a le secret : entre le réel le plus concret et une image, mais une image en mouvement. Il répercutera ce cri dans d'autres poèmes : "la boule d'un cri immense dans la gorge de l'infini écartelé"... "aile double des cris d'un million de crimes".

Mais dans un langage qui se veut action les symboles se retournent et Saint-John Perse verra en cette aube l'éveil de la Résistance : "sachant à quelle orée de France vous vous étiez un jour levé, au chant très sobre du loriot".

3 septembre 1939

Le loriot entra dans la capitale de l'aube,
L'épée de son chant ferma le lit triste.
Tout à jamais prit fin.

VOCABULAIRE

loriot *n. m.* Oiseau passereau jaune et noir ou verdâtre, au chant sonore, vivant dans les bois, les vergers, où il se nourrit de fruits et d'insectes. (黄鹂)

Matinaux

Qu'il vive !

(1947—1949)

Ce poème témoigne, si l'on en croit l'épigraphe, d'un espoir ou plutôt d'un rêve utopique. C'est une énumération de vertus—frugalité, naturel, franchise, générosité, indépendance—situées dans un avenir rêvé, mais déjà (ou encore?) présentes dans le monde paysan que Char a côtoyé dans son enfance et au maquis. Il en fait une sorte de chanson simple mais harmonieuse avec son refrain et ses variations autour des sonorités (v, i) du titre. Le refrain met une nuance affectueuse dans la fierté, le titre est comme la version pacifique d'un "Vive la patrie", comme un petit drapeau agité pour acclamer la vie, *désignée par la forme optative non pas comme un bien acquis, un confort mais comme l'objet d'un désir et d'une lutte. Ce que dit l'épigraphe: vœu contre. Il s'agit d'un défi à la "gueule répugnante" "de la mort". "La parole soulève plus de terre que le fossoyeur ne le peut."*

Ce pays n'est qu'un vœu de l'esprit, un contre-sépulcre.

Dans mon pays, les tendres preuves du printemps et les oiseaux mal habillés sont préférés aux buts lointains.

La vérité attend l'aurore à côté d'une bougie. Le verre de fenêtre est négligé. Qu'importe à l'attentif.

Dans mon pays on ne questionne pas un homme ému.

Il n'y a pas d'ombre maligne sur la barque chavirée.

Bonjour à peine, est inconnu dans mon pays.

On n'emprunte que ce qui peut se rendre augmenté.

Il y a des feuilles, beaucoup de feuilles sur les arbres de mon pays. Les branches sont libres de n'avoir pas de fruits.

On ne croit pas à la bonne foi du vainqueur.

Dans mon pays on remercie.

VOCABULAIRE

chavirer	*v. i.*	Se renverser, se retourner sens dessus dessous.

Yves BONNEFOY
(né en 1923)

Rétif à toute rhétorique qui l'éloignerait du simple, Yves Bonnefoy est attentif aux lieux les plus austères-désert (*Hier régnant désert*, 1958), lieu des pierres, mais *Pierre écrite* (1965), comme l'indique un titre de sa poésie, où la présence de la mort sonne toujours en creux. Ascète dans son rapport au monde, Yves Bonnefoy tâche d'inscrire l'*ici* et le *maintenant* dans le langage, sans se laisser porter par des concepts abstraits qui se substitueraient au monde premier, ni par des images, nées du désir, qui rendent le monde cohérent uniquement avec l'objet de celui-là. La quête de Bonnefoy est ainsi interminable, prise dans ce champ de tension qu'à la formuler, il risque de s'éloigner encore de ce vrai pays qu'il pressent. Là réside aussi sa poésie, celle de *L'Arrière-pays* (1972).

L'Arrière-pays
(1972)

J'ai souvent éprouvé un sentiment d'inquiétude, à des carrefours. Il me semble dans ces moments qu'en ce lieu ou presque: là, à deux pas sur la voie que je n'ai pas prise et dont déjà je m'éloigne, oui, c'est là que s'ouvrait un pays d'essence plus haute[1], où j'aurais pu aller vivre et que désormais j'ai perdu. Pourtant, rien n'indiquait ni même ne suggérait, à l'instant du choix, qu'il me fallût m'engager sur cette autre route. J'ai pu la suivre des yeux, souvent, et vérifier qu'elle n'allait pas à une terre nouvelle. Mais cela ne m'apaise pas, car je sais aussi que l'autre pays ne serait pas remarquable par des aspects inimaginés des monuments ou du sol. Ce n'est pas mon goût de rêver de couleurs ou de formes inconnues, ni d'un dépassement de la beauté de ce monde. J'aime la terre, ce que je vois me comble, et il m'arrive même de croire que la ligne pure des cimes, la majesté des arbres, la vivacité du mouvement de l'eau au fond d'un ravin, la grâce d'une façade d'église, puisqu'elles sont si intenses, en des régions, à des heures, ne peuvent qu'avoir été voulues, et pour notre bien. Cette harmonie a un sens, ces

paysages et ces espèces sont, figés encore, enchantés peut-être, une parole, il ne s'agit que de regarder et d'écouter avec force pour que l'absolu se déclare[2], au bout de nos errements. Ici, dans cette promesse, est donc le lieu. Et pourtant, c'est quand j'en suis venu à cette sorte de foi que l'idée de l'autre pays peut s'emparer de moi le plus violemment, et me priver de tout bonheur à la terre. Car plus je suis convaincu qu'elle est une phrase ou plutôt une musique—à la fois signe et substance—et plus cruellement je ressens qu'une clef[3] manque, parmi celles qui permettraient de l'entendre. Nous sommes désunis, dans cette unité, et ce que pressent l'intuition, l'action ne peut s'y porter ou s'y résoudre. Et si une voix s'élève, claire pour un instant dans cette rumeur d'orchestre, eh bien le siècle passe, qui parlait meurt, le sens des mots est perdu. C'est comme si, des pouvoirs de la vie, de la syntaxe de la couleur et des formes, des mots touffus ou iridescents que répète sans fin la pérennité naturelle, nous ne savions percevoir une des articulations parmi, cependant, les plus simples, et le soleil, qui brille, en est comme noir. Pourquoi ne pouvons-nous dominer ce qui est, comme du rebord d'une terrasse? Exister, mais autrement qu'à la surface des choses, au tournant des routes, dans le hasard: comme un nageur qui plongerait dans le devenir puis remonterait couvert d'algues, et plus large de front, d'épaules, —riant, aveugle, divin. Certaines œuvres nous donnent bien une idée, pourtant, de la virtualité impossible. Le bleu, dans *la Bacchanale à la joueuse de luth*, de Poussin, a bien l'immédiateté orageuse, la clairvoyance non conceptuelle qu'il faudrait à notre conscience comme un tout.

VOCABULAIRE

combler	*v. t.*	Remplir, satisfaire.
cime	*n. f.*	Sommet, partie la plus élevée.
ravin	*n. m.*	Lit creusé par les eaux de ruissellement.
errements	*n. m. pl.*	Manière habituelle et désastreuse d'agir, de se conduire.
intuition	*n. f.*	Connaissance directe et immédiate.
syntaxe	*n. f.*	Partie de la grammaire qui étudie l'ordre des mots et la construction des phrases.
touffu, e	*a.*	Confus par excès de complexité.
iridescent, e	*a.*	Qui a des reflets de l'arc-en-ciel.
pérennité	*n. f.*	Etat de ce qui dure longtemps ou toujours.
articulation	*n. f.*	Assemblage de plusieurs pièces mobiles les unes sur les autres.

rebord	*n. m.*	Bord naturel d'une chose.
devenir	*n. m.*	Le passage d'un état à un autre.
algue	*n. f.*	Plantes des eaux douces ou salées.（藻类水生植物）
virtualité	*n. f.*	Potentialité.
immédiateté	*n. f.*	Qualité de ce qui est immédiat.
orageux, se	*a.*	Qui annonce l'orage; qui a les caractères de l'orage.

NOTES

1. un pays d'essence plus haute: un pays de type supérieur.
2. ... pour que l'absolu se déclare, ... : ... pour que l'absolu se manifeste, ...
3. une clef: Moyen d'accès; explication qui édaire la compréhension d'un ensemble.

André DU BOUCHET
(né en 1924)

"J'écris aussi loin que possible de moi": cette formule, issue de *Dans la chaleur vacante* (1961), suffit à suggérer une poésie difficile, dont la "force est dehors" et se fonde sur ce "qui n'est pas tourné vers nous" (selon le titre d'un recueil de 1972). Elle promeut une parole "de rupture", qui ne se soutient que d'un "vide toujours réitéré". Poésie étrangère à l'effusion lyrique, elle nomme les plus simples éléments du monde (par exemple la montagne, la lumière, la maison, la pierre). Cependant si le moi du poète est en retrait, la présence humaine se saisit en creux, désignée en particulier par les pronoms "je" et "tu"—signes d'une intersubjectivité présente au monde. Le paysage est porté par le regard du poète comme par la marche qui le parcourt.

Les poèmes de Du Bouchet sont marqués par la hantise du blanc typographique qui défait toute continuité rhétorique; par l'usage d'un lexique raréfié, se fiant à "la toute-puissance des mots décolorés", cherchant ainsi la justesse dans la banalité; enfin, fragmentée, la syntaxe n'établit pas de cohérence mais limite la dispersion des paroles.

Certes, "cela bouscule le langage" qui, devant un monde à la fois donné et étranger, se réduit à l'essentiel, jusqu'à la pure vacance du blanc.

Dans la chaleur vacante

Image parvenue à son terme inquiet

(1961)

L'évidence que recouvre le nom de poésie, tôt ou tard se révèle à ce point banale que chacun de plein droit se l'approprie, comme si, à même l'obstacle qui un instant a pu nous en retrancher, l'élément rare—montagne ou évidence—de lui-même se déplaçait jusqu'à nous: que, poésie, rien du coup ne la distingue d'une réalité dont elle continue de tirer, sans en conserver de trace toujours reconnaissable, le pouvoir rudimentaire qui aveuglément nous a engagés.

Ce feu qui, sans même adhérer au terme qui le désigne, ne tient pas en place (qu'on le nomme froid, aussi bien...). Cette image déroutée qui, une fois éteinte, nous accompagne au cœur de notre inattention. Cet élargissement de son premier éclat jusqu'à la banalité.

Aveuglante ou banale, l'écart est peu sensible, comme d'une lampe qui ignore le jour.

Elle est comme décolorée par la rapidité avec laquelle elle s'éloigne de la circonstance qui lui avait conféré semblant de justification. Si loin qu'elle apparaît nette de passé, qu'on la retrouve au-devant de soi comme non avenue, son point d'origine ne se laissant localiser que dans l'instant, et dans un instant qui la dessaisit, coup après coup, des significations auxquelles on peut l'avoir assujettie.

VOCABULAIRE

à même		Tout près de.
retrancher	*v. t.*	Enlever d'un tout une partie, un élément.
justification	*n. f.*	Action d'innocenter qqn en expliquant sa conduite, en démontrant que l'accusation n'est pas fondée.
dessaisir	*v. t.*	Enlever à qqn son bien, ses responsabilités.
assujettir	*v. t.*	Maintenir qqn sous sa domination.

Avant que la blancheur
(1961)

Avant que la blancheur du soleil soit aussi proche que ta main, j'ai couru sans m'éteindre.

Dans l'obscurité du jour, tout n'est, sur cette route,

que chute, et éclats. Jusqu'à ce que le soir ait fusé.

Notre route n'est pas rompue par la chaleur qui nous renvoie, éclairés. Sans que tu t'arrêtes à cette chaleur. La route où je sombre encore me devance, comme le vent.

J'ignore la route sur laquelle notre souffle se retire. Le jour, en tombant, m'entoure.

Ma main, reprise déjà, fend à peine la sécheresse, le flamboiement.

VOCABULAIRE

fuser	*v. i.*	Couler, se répandre en fondant.
flamboiement	*n. m.*	Eclat de ce qui jette par intervalles des flammes ou des reflets éclatants de lumière.

Philippe JACCOTTET
(né en 1925)

Originaire de Suisse romande, Philippe Jaccottet est à la fois poète, traducteur et critique. Poète, il joue à la fois des possibilités du vers libre (*Poésie*, 1946—1967; *A la lumière d'hiver* 1977) et des résonances poétiques de la prose (*La Promenade sous les arbres*, 1957; *Paysages avec figures absentes*, 1976); traducteur de nombreuses langues—en particulier des textes d'Holderlin, de Rilke, de Musil, d'Ungaretti; critique littéraire (*L'Entretien des muses*, *chroniques de poésie*, 1968; *Une transaction secrète*, *lectures de poésie*, 1987).

Fasciné par les images dont pourtant il se défend comme d'un prestige illusoire, sensible aux rythmes et aux inflexions de la voix qui donnent leur

délié et leur vibration aux poèmes, Jaccottet est un poète lyrique qui fuit les effets oratoires et fait de la poésie la saisie fugace d'une expérience intime, que la hantise de la mort rend souvent mélancolique.

Poésie

Images plus fugaces...

(1946—1967)

Images plus fugaces
que le passage du vent
bulles d'Iris[1] où j'ai dormi!

Qu'est-ce qui se ferme et se rouvre
suscitant ce souffle incertain
ce bruit de papier ou de soie
et de lames de bois léger?

Ce bruit d'outils si lointain
que l'on dirait à peine un éventail?

Un instant la mort paraît vaine
le désir même est oublié
pour ce qui se plie et déplie
devant la bouche de l'aube

VOCABULAIRE

fugace	*a.*	Qui disparaît rapidement, ne dure pas.
lame	*n. f.*	Bande de matière dure, mince et allongée.

NOTES

1. Iris: Dans la mythologie grecque, messagère d'Héra et de Zeus. Les Grecs imaginent que l'arc-en-ciel est sa ceinture; les bulles de savon portent des reflets couleur d'arc-en-ciel.

Jacques REDA
(né en 1929)

La carrière poétique de Jacques Réda, né à Lunéville, prend son véritable essor en 1968 avec la publication de *Amen*. Au lyrisme élégiaque, au verset ou au vers libres des premiers recueils se substituent, à partir du volume *Les Ruines de Paris* (1977), soit la prose exacte et charnue du poème en prose, de l'essai ou du récit autobiographique (*Aller aux mirabelles*, 1991); soit un vers nombré dont l'usage distingue Réda parmi ses contemporains. Nouveau piéton (ou paysan) de Paris*, arpenteur de ses banlieues, amoureux du jazz, chantre du vélomoteur et de ses libertés, spectateur inquiet d'un monde qui s'abîme, poète des lieux... on pourrait croire ou craindre que ce retour aux données fixes de l'alexandrin ou du sonnet ait achevé de figer, en même temps que la manière du poète, son image dans l'esprit des lecteurs. C'est ignorer que sa poésie arpente les rives de la Liffey (*Sonnets dublinois*, 1990) comme celles de la Seine; c'est oublier par exemple que son amour pour l'œuvre de l'écrivain suisse Charles-Albert Cingria (*Le Bitume est exquis*, 1984) se double d'un intérêt affiché pour celle de Borges (*Ferveur de Borgès*, 1988); oublier surtout que, par un usage calculé du e muet, par un recours systématique à l'enjambement, etc., la poétique de Jacques Réda subvertit incessamment les formes fixes auxquelles elle s'attaque et les rend à une vie actuelle. Ainsi de toutes les manières la poésie de Réda nous dépayse—et d'abord de la modernité—et nous rappelle que rien n'est trop beau (nulle forme, nul mot, nul rythme) pour dire les données les plus ordinaires de la vie.

---

* *Le Paysan de Paris* (1926), de Louis Aragon, est une des œuvres majeures du surréalisme; *Le Piéton de Paris* (1939) est de Léon-Paul Fargue.

Récitatif

Aparté

(1970)

Mais le ciel, qui voudra l'ouvrir à l'ombre que je fus;
Et l'innocence de l'oubli, qui vous la donnera, mémoire,
Songes que la douceur n'a pu désaltérer, et toi
Sanglant désir rôdeur sous ce crâne d'ours?

VOCABULAIRE

désaltérer	*v. t.*	(Sens propre) Apaiscr la soif. (Sens figuré) Apaiser.
crâne	*n. m.*	Tête.

Les Ruines de Paris

(1977)

Déjà vers le fond traversé de présences heureuses qui s'attardent, passent, reviennent, gens du soleil, l'espace demeure méticuleusement creusé dans cette matière friable et mate: le jour de Paris en hiver. A l'angle de la rue de Vaugirard une petite boucherie, seul souvenir du faubourg ancien et ça pourrait être autrement n'importe quel carrefour, n'importe quel immeuble, plus bas, celui-là que j'observe, avec au cinquième étage l'éternel balcon des adieux. Je ne serais pas étonné d'y voir une main réapparaître, mais cette fois pour m'appeler, et le temps redeviendrait alors une longue pente de sable, très pâle et très fin comme il en existe en forêt, lumineux encore dans la nuit qui veut qu'on se sépare, et qu'une main de nouveau s'éternise pour ce geste d'adieu. Je ne suis plus moi-même à présent qu'un souvenir qui divague, se perdant de rue en rue jusqu'à l'éblouissement des ponts, parmi ces passants que le soleil d'hiver imagine.

VOCABULAIRE

méticuleusement	*adv.*	Très soigneusement.
friable	*a.*	Qui peut être facilement réduit en poussière.
mat, e	*a.*	Qui n'a pas de transparence, n'est pas lumieux.
s'éterniser	*v. pr.*	Durer très lontemps, trop longtemps.
divaguer	*v. i.*	Errer çà et là.
éblouissement	*n. m.*	Trouble momentané de la vue, causé par une lumière trop vive; aveuglement.

Beauté suburbaine

L'herbe écrit

(1985)

Mon cahier s'est ouvert dans l'herbe, et le soleil couchant
Fait s'allonger ces ombres d'herbe en travers de la page:
De gauche à droite elles écrivent en tremblant
A peine, dix vers sans césure ni jambage,
Flammes sans feu ni cendre au cœur du papier blanc.
Et la même rime dix fois parfaite—un fer de lance
En fumée—arme ce poème d'herbe et l'accomplit.
L'une ou l'autre qu'un peu de vent parfois balance
Quitte la page et va rejoindre vers l'oubli
Ce pincement d'oiseau dans le cœur du silence.

VOCABULAIRE

césure	*n. f.*	Repos ménagé dans un vers après une syllabe accentuée. (诗句中的顿挫)
jambage	*n. m.*	Trait vertical ou légèrement incliné de certaines lettres.
pincement	*n. m.*	Sensation passagère de peur, d'anxiété ou de tristesse.

CHAPITRE VIII
PROSES ET RECITS DE L'APRES-GUERRE: PANORAMA DU ROMAN FRANÇAIS CONTEMPORAIN

Si l'on ne tient pas compte d'une très abondante production de romans traditionnels, qui n'accordent pas de place particulière à la recherche d'innovations formelles ou thématiques, on peut considérer que le roman français de la fin du XXᵉ siècle est, pour une part, héritier des expérimentations conduites depuis la fin des années cinquante ("Nouveau Roman") sur les virtualités propres de l'écriture.

Ainsi, prolongeant les travaux de Nathalie Sarraute sur les franges "insignifiantes" de la réalité quotidienne, une part croissante de récits, souvent proposés par des femmes (M. Desbiolles, R. Detambel, D. Sallenave, A. M. Garat...) a pris pour objet la lecture du quotidien à travers un rapport extrêmement minutieux, minimaliste parfois, aux objets, aux "petits faits vrais", aux propos et gestes "anodins". Sous leur plume, dans des récits qui font la part belle aux objets, à la voix, au déchiffrement des gestes, se révèle une face cachée de l'existence où apparaissent les fondements et les fissures d'une société piégée par ses codes et ses tabous.

La mise en cause du récit romanesque, de même que le poids croissant d'un mode de vie et de pensée individualistes ont contribué, durant la même période, au très fort regain des écrits autobiographiques. La hardiesse dans l'exposition de soi, le goût de la transgression joints à un certain étiolement des repères moraux permettent de comprendre l'émergence (de Ch. Angot à B. Schreiber pour ne citer que deux auteurs) d'un genre hybride baptisé "autofiction", dans lequel l'aveu autobiographique ne se sent plus contraint par un souci de vérité ou de sincérité mais se veut, par le détour de l'invention, de l'exagération, de la provocation, porteur d'une vérité plus générale sur l'état du monde et des consciences contemporaines.

En outre, le roman de constat, souvent cynique et désabusé sur le monde contemporain, décrit les errances, les déboires, les impasses affectives et idéologiques d'une génération sans repères, accablée devant un monde saturé de sens, confisqué par les lois dominantes du profit, de la jouissance et de la consommation: depuis les premiers

livres de J.-M. Le Clézio dans les années 60 jusqu'aux plus récents succès d'un M. Houellebecq, l'individu se retrouve seul et la description de son mal-être tient lieu de fable: l'imagination y est défaite devant le triste spectacle du monde.

Cependant, si les recherches radicales des décennies précédentes portaient sur des effets de structure, de description de "regard" et excluaient la narration, l'humour voire l'imagination, on constate depuis la fin des années 70 le retour en grâce de ces notions. On peut en trouver trace dans l'émergence plusieurs "familles" de romanciers qui, chacune à sa manière, propose de rédéfinir et d'exploiter au mieux les ressources du récit romanesque.

Parodie, humour et citation: vers une esthétique "postmoderne"

Le chef-d'œuvre de Georges Perec, *La Vie Mode d'Emploi*, (1978), est un exemple rare de projet romanesque de grande ambition. Sous-titré "romans", l'ouvrage, composé selon une très rigoureuse logique de type mathématique élabore à partir du plan d'un immeuble parisien, une très efficace machine à produire des histoires. Près d'une centaine de chapitres, des personnages innombrables qui se croisent, se succèdent et se répondent, une fantaisie et une culture mises en jeu à chaque page, tout ceci témoigne de la fécondité des effets de structure, lorsqu'ils viennent étayer la force de l'imagination.

Au même moment, Jean Echenoz publie ses premiers romans qui dans une langue soignée et polie à l'extrême, jusqu'à faire du style même un vecteur de l'humour, font une large place au pastiche des genres traditionnels. Puis dans les années 90 l'imagination et la fantaisie de l'auteur lui permettent de s'affranchir de ces modèles pour donner des ouvrages où le brio, l'humour et le goût de la langue dessinent la voie d'un "roman nouveau" porté par le plaisir de raconter autant que la virtuosité verbale. De nombreux auteurs (Ch. Gailly, E. Chevillard, E. Laurrent,...) empruntent à leur tour cette voie.

Le roman noir, forme nouvelle du roman engagé

A la suite de J.-P. Manchette et sous l'influence de romanciers américains, de nombreux auteurs (D. Pennac, J. B. Pouy, D. Daeninckx...) jusque-là confinés dans le registre du roman policier ouvrent leur univers aux questions brûlantes de la politique et du social et s'attachent éclairer les zones d'ombre du récent passé (collaboration, colonialisme...). Le succès de leurs ouvrages, ainsi que l'actualité délicate des sujets traités, fruits souvent de véritables recherches historiques et d'investigation sociale, a contribué à rehausser le prestige d'un genre jusque-là minoré et à en faire une composante à part entière du paysage littéraire actuel.

Imaginaire, mythe et érudition: "la Nouvelle Fiction"

D'autres romanciers choisissent de privilégier "l'imaginaire" sur l'imagination. Plutôt qu'à l'exercice virtuose du langage, leur soin va à revisiter les mythes et

l'Histoire, quitte à adopter une esthétique propre à l'univers de chaque roman. Ainsi F. Tristan compose-t-il des romans fondés sur des légendes germaniques, chinoises, anglaises, yiddish: le roman est un moyen de reprendre en compte un héritage culturel et mythique universel, qui propose une infinité de thèmes et de questions au sein desquels la fiction contemporaine peut produire du nouveau.

Tout en privilégiant la narration traditionnelle, globalement linéaire, chacun la traite avec une liberté qui lui est propre: GO Chateaureynaud (*Le démon à la crécelle*, 1999) montre comment le Diable intervient dans la société française d'aujourd'hui pour mettre enfin la main sur un objet qu'il poursuit de siècle en siècle. Marc Petit élabore dans toutes sortes de contextes (germanique, indien, anglais...) des histoires à double facette, dont la fantaisie se double d'érudition. Parfois, la construction même est extrêmement hardie: Hubert Haddad rédige (*L'Univers*, 1999) le roman d'un narrateur amnésique cherchant à reconquérir sa mémoire en l'ordonnant par ordre alphabétique: son roman prend alors l'allure d'un dictionnaire... Cette famille de romanciers cherche ainsi à renouer avec le souci de narration où elle voit l'un des besoins originels de l'Homme.

Créolité

Enfin une récente voie du renouveau narratif est offerte par les nombreux écrivains issus des Antilles françaises. Sous l'impulsion initiale d'Edouard Glissant et de son esthétique du bigarré, du cosmopolite, du "Tout-Monde", s'est développée une famille littéraire extrêmement féconde: Patrick Chamoiseau, Raphaël Confiant, Gisèle Pineau... font connaître un peuple jusque-là tout à fait exclu de la représentation littéraire: le petit peuple des descendants d'esclaves, des rues, des marchés, des collines et bidonvilles de la France d'Outremer. Ce faisant, ils font entendre sa langue, un français "créolisé", oral et "traduit", qui fait beaucoup pour le charme et la puissance de ces récits, par ailleurs extrêmement enrichis par la culture populaire et le fonds légendaire. La figure même du romancier y laisse place à celui du "marqueur de paroles", scribe lettré dont la plume se met allégrement au service des anciens, acteurs sans parole d'un théâtre oublié.

Au total, le roman français qui s'était sclérosé au cours du premier vingtième siècle a failli ne pas survivre aux positions et expériences radicales menées depuis les années soixante. Mais ce phénomène est à présent arrivé à son terme. S'il donne encore majoritairement une littérature d'auto-contemplation souvent narcissique et désabusée, dépourvue d'humour comme de péripéties, il y a cependant de bonnes raisons d'espérer assister, en ce début de vingt-et-unième siècle, à la revanche du récit.

Laurent FLIEDER

Albert COHEN
(1895—1981)

Albert Cohen naît dans une famille juive de Corfou, île méditeranéenne dont il gardera la nostalgie et à laquelle il rattachera le cycle truculent des *Valeureux* (1969). Ses parents émigrent en France à Marseille et après des études de droit à Genève, il mène de front une carrière de fonctionnaire international aux Nations Unies et une carrière d'écrivain, couronnée en 1968, avec *Belle du Seigneur* par le grand prix de l'Académie française.

A travers le destin de *Solal* (1930) jeune juif de Céphalonie devenu diplomate, dont il fait le personnage central de son épopée tragique et bouffonne, Albert Cohen met en scène la trajectoire d'un personnage déchiré entre sa fidélité à sa tradition d'origine et sa fascination pour le monde occidental.

Evocation à la fois lyrique et cruelle de l'amour-passion condamné à la destruction car il ne peut ni ne veut renoncer à l'illusion, caricature féroce du monde diplomatique, dénonciation de la *babouinerie universelle* en un monde régi par le culte de la force, chant d'amour désespéré pour le peuple juif dans la tradition duquel l'auteur ne peut pourtant plus s'inscrire, l'œuvre d'Albert Cohen se caractérise par la grande variété des registres et la plasticité d'une langue où résonnent les traces d'autres langues perdues.

Solal (1930) *Mangeclous* (1938)
Le livre de ma mère (1954)
Belle du Seigneur (1968)
Les Valeureux (1969)
O vous frères humains (1978)

Belle du Seigneur
(1930)

Solal et la belle Ariane vivent la naissance d'un amour évoquée en un texte où se mêlent la force lyrique du chant et la démystification ironique des lieux communs de la célébration amoureuse.

Jeunes gens, vous aux crinières échevelées et aux dents parfaites, divertissez-vous sur la rive où toujours l'on s'aime à jamais, où jamais l'on ne s'aime toujours, rive où les amants rient et sont immortels... Enivrez-vous pendant qu'il est temps et soyez heureux comme furent Ariane et Solal, mais ayez pitié des vieux, des vieux que vous serez bientôt, goutte au nez[1] et mains tremblantes, mains aux grosses veines durcies, mains tachées de roux, triste rousseur des feuilles mortes.

Que cette nuit d'août est belle, restée jeune, mais non moi, dit un que je connais et qui fut jeune. Où sont-elles, ces nuits que connut celui qui fut jeune, où ces nuits de lui et d'elle, dans quel ciel, quel futur, sur quelle aile du temps, ces nuits allées.

En ces nuits, dit celui qui fut jeune, nous allions dans son jardin, importants d'amour, et elle me regardait, et nous allions, géniaux de jeunesse, lentement allions à l'éminente musique de notre amour. Pourquoi, mon Dieu, pourquoi plus de jardin odorant, plus de rossignol, plus son bras à mon bras appuyé, plus son regard vers moi puis vers le ciel?

Amour, amour, fleurs et fruits qu'elle lui envoyait tous les jours, amour, amour, jeune idiotie de manger le même raisin ensemble, grain après grain ensemble, amour, amour, à demain, bien-aimée, amour, amour, baisers et départs, et elle le raccompagnait jusque chez lui, et il la raccompagnait jusque chez elle, et elle le raccompagnait, et la fin était le grand lit odorant d'amour, ô amour, nuits et rossignols, aurores et sempiternelles alouettes, baisers tatoués sur leurs lèvres, Dieu entre leurs lèvres jointes, pleurs de joie, je t'aime et je t'aime, dis que tu m'aimes, ô les téléphones de l'aimée, ses dorées inflexions tendres ou plaintives, amour, amour, fleurs, lettres, attentes, amour, amour, tant de taxis vers elle, amour, amour, télégrammes, départs ivres vers la mer, amour, amour, ses génialités, inouïes tendresses, ton cœur, mon cœur, notre cœur, importantes sottises. Amour, ancienne aimée, est-ce toi ou ma jeunesse que je pleure demande celui qui fut jeune. Quelle sorcière me rendra mes hymnes noirs[2] pour que j'ose revoir l'ancienne aimée et ne plus l'aimer? Mais il n'y a pas de sorcière et la jeunesse ne revient pas. Ah, c'est à mourir de sourire.

Les autres se consolent avec des honneurs, des conversations politiques ou de la littérature. Ou encore ils se consolent, les imbéciles, avec le plaisir d'être connus ou de commander ou de faire honorablement sauter leurs petits-enfants sur leurs genoux. Moi, dit celui qui fut jeune, je ne peux pas être sage, je veux ma jeunesse, je veux un miracle, je veux les fruits et les fleurs de l'aimée, je veux n'être jamais fatigué, je réclame les hymnes noirs qui couronnaient ma tête. Il a du culot, le vieillard[3]. Allons, qu'on lui prépare un cercueil bien neuf et qu'on l'y fourre!

Ton souffle de jasmin, ô ma jeunesse, est plus violent qu'au temps de ma jeunesse, dit celui qui fut jeune.

VOCABULAIRE

crinière	*n. f.*	Ensemble des poils longs du cou et de la queue de certains animaux.
échevelé, e	*a.*	Dont les cheveux sont en désordre.
rousseur	*n. f.*	Couleur rousse.
éminent, e	*a.*	Remarquable, considérable.
idiotie	*n. f.*	Caractère d'une personne ou d'une chose stupide, absurde.
sempiternel, le	*a.*	Continuel, perpétuel.
tatouer	*v. t.*	Tracer un dessin qui ne peut pas être effacé sur une partie du corps.
génialité	*n. f.*	Caractère de celui qui est génial.
fourrer	*v. t.*	Placer, mettre.

NOTES

1. ... goutte au nez = avoir goutte au nez = avoir le nez qui coule, avoir de la morve au nez.
2. Quelle sorcière me rendra mes hymnes noirs... : Quelle sorcière me rendra mes hymnes tristes, malheureux?
3. Il a du culot, le vieillard.
   avoir du culot = oser de façon très effrontée.

Antonin ARTAUD

Van Gogh, le suicidé de la société
(1947)

Cet ouvrage, illustré à l'origine de sept reproductions de tableaux de Van Gogh, reçut en 1948 le prix Sainte-Beuve. Artaud l'écrivit après avoir visité l'exposition Van Gogh au Musée de l'Orangerie à Paris. Une étude psychiatrique qualifiant le peintre de "déséquilibré stérile", qu'il avait lue à cette occasion dans un hebdomadaire, avait provoqué sa fureur.

Je ne décrirai donc pas un tableau de Van Gogh après Van Gogh, mais je dirai que Van Gogh est peintre parce qu'il a recollecté la nature, qu'il l'a comme retranspirée et fait suer, qu'il a fait gicler en faisceaux sur ses toiles, en gerbes comme monumentales de couleurs, le séculaire concassement d'éléments, l'épouvantable pression élémentaire d'apostrophes, de stries, de virgules, de barres dont on ne peut plus croire après lui que les aspects naturels ne soient faits.

Et de combien de coudoiements réprimés, de heurts oculaires pris sur le vif[1], de cillements pris dans le motif[2], les courants lumineux des forces qui travaillent la réalité ont-ils eu à renverser le barrage avant d'être enfin refoulés, et comme *hissés* sur la toile, et acceptés?

Il n'y a pas de fantômes dans les tableaux de Van Gogh, pas de visions, pas d'hallucinations. C'est de la vérité torride d'un soleil de deux heures de l'après-midi.

Un lent cauchemar génésique petit à petit élucidé.

Sans cauchemar et sans effet.

Mais la souffrance du pré-natal y est.

C'est le luisant mouillé d'un herbage, de la tige d'un plant de blé qui est là prêt à être extradé

Et dont la nature un jour rendra compte. Comme la société aussi rendra compte de sa mort prématurée. (...)

Car Van Gogh aura bien été le plus vraiment peintre de tous les peintres, le seul qui n'ait pas voulu dépasser la peinture comme moyen strict de son œuvre, et cadre strict de ses moyens.

Et le seul qui, d'autre part, absolument le seul, ait absolument dépassé la peinture, l'acte inerte de représenter la nature pour, dans cette représentation exclusive de la nature, faire jaillir une force tournante, un élément arraché en

plein cœur.

Il a fait, sous la représentation, sourdre un air, et en elle enfermé un nerf[3], qui ne sont pas dans la nature, qui sont d'une nature et d'un air plus vrais, que l'air et le nerf de la nature vraie.

Je vois, à l'heure où j'écris ces lignes, le visage rouge sanglant du peintre venir à moi, dans une muraille de tournesols éventrés[4], dans un formidable embrasement d'escarbilles d'hyacinthe opaque, et d'herbages de lapis-lazuli. Tout cela, au milieu d'un bombardement comme météorique d'atomes qui se feraient voir grain à grain, preuve que Van Gogh a pensé ses toiles comme un peintre, certes, et uniquement comme un peintre, mais qui serait, par le fait même, un formidable musicien.

Organiste d'une tempête arrêtée et qui rit dans la nature limpide, pacifiée entre deux tourmentes, mais qui, comme Van Gogh lui-même, cette nature, montre bien qu'elle est prête à lever le pied.

On peut, après l'avoir vue, tourner le dos à n'importe quelle toile peinte, elle n'a rien à nous dire de plus. L'orageuse lumière de la peinture de Van Gogh commence ses récitations sombres à l'heure même où on a cessé de la voir.

Rien que peinture, Van Gogh, et pas plus, pas de philosophie, de mystique, de rite, de psychurgie ou de liturgie.

Pas d'histoire, de littérature ou de poésie, ses tournesols d'or bronzé sont peints; ils sont peints comme des tournesols et rien de plus, mais pour comprendre un tournesol en nature, il faut maintenant en revenir à Van Gogh, de même que pour comprendre un orage en nature, un ciel orageux.

Une plaine en nature.

On ne pourra plus ne pas en revenir à Van Gogh.

VOCABULAIRE

retranspirer	*v. i.*	Ressortir à la surface de la peau sous forme de liquide.
gicler	*v. i.*	Jaillir, rejaillir avec une certaine force.
faisceau	*n. m.*	Assemblage de choses semblables, de forme allongée, liées ensemble.
concassement	*n. m.*	Réduction en petits fragments.
coudoiement	*n. m.*	Coude à coude = proximité.
oculaire	*a.*	Qui a vu de ses propres yeux.
hallucination	*n. f.*	Perception de faits, d'objets qui n'existent pas, de sensations en l'absence de stimulus extérieurs.
génésique	*a.*	Relatif à la génération.

élucider	*v. t.*	Rendre clair.
luisant	*n. m.*	Qualité de ce qui émet de la lumière.
herbage	*n. m.*	Pré.
sourdre	*v. i.*	(Seulement utilisé à l'infinitif et à la troisième personne de l'indicatif) Jaillir.

NOTES

1. prendre sur le vif: Dans l'état naturel, tel que la vie le présente.
2. dans le motif: devant un modèle.
3. ... et en elle enfermé un nerf,... : ... et une force active, une vigueur, (était) enfermée en elle (la représentation)...
4. ... dans une muraille de tournesols éventrés,... : ... dans une rangée serrée et longue de tournesols éclatés largement...

Marguerite YOURCENAR, pseudonyme de Marguerite de Crayencourt (1903—1987)

D'origine franco-belge, orpheline de mère, Marguerite de Crayencour reçoit de son père une éducation libre et cosmopolite. C'est comme poète qu'elle fait ses débuts littéraires, mais, après *Alexis ou le traité du vain combat* (1929), le premier de ses romans qu'elle livre sous le pseudonyme anagramatique de Yourcenar (pour Crayencour), son orientation restera fidèle aux thèmes historiques et antiques. Son installation définitive aux Etats-Unis en 1949, sur l'île de Mount-Desert, ne l'empêche pas de poursuivre une carrière à la fois discrète et solide: auteur de théâtre, essayiste, autobiographe, elle se définit elle-même comme "un historien-poète en même temps que romancier". Le succès mondial des *Mémoires d'Hadrien* (1951), le prix Fémina donné à *L'Œuvre au noir* (1968) la consacrent comme un romancier moraliste, soucieux de mettre au jour sous les éléments documentaires qui servent de fondement à tous ses livres, une vérité humaine atemporelle. Le même travail de recherches généalogiques et de retour aux sources caractérise *Le Labyrinthe du monde*, tryptique autobiographique qui comporte *Souvenirs pieux* (1974), sur sa famille maternelle, *Archives du Nord* (1977) sur son ascendance paternelle, et *Quoi L'éternité* (1988),

inachevé.

Sous l'élégance et la sobriété de son style, M. Yourcenar révèle le goût d'un classicisme humaniste qu'ont salué, en 1971, l'Académie royale belge de langue et de littérature française, et en 1980 l'Académie française qui l'a élue, première femme dans ses rangs.

Archives du Nord
(1977)

A partir de l'histoire très documentée de la formation et de l'évolution géologique des terres du Nord, et d'archives et témoignages méticuleusement recueillis, Marguerite Yourcenar se livre à une généalogie de sa famille paternelle depuis le XVIe siècle, et retrace la vie de son grand-père et de son père. L'écriture de l'histoire familiale ne sert pas ici à vaincre le temps, mais à méditer sur l'inscription des vivants dans une histoire qui les engloutit sans toutefois leur ôter leur mystère individuel.

J'aimerais avoir pour aïeul l'imaginaire Simon Adriansen de *L'Œuvre au Noir*, armateur et banquier aux sympathies anabaptistes, cocu sans rancune mourant dans une sorte d'extase de pitié et de pardon sur le fond sombre de Münster tour à tour révolté et reconquis. En fait, le premier de mes ancêtres Adriansen dont je trouve trace se situe près de trois quarts de siècle après ce juste au grand cœur, et non, comme lui, à Flessingue, mais à Nieuport où il épousa en 1606 dans l'église Saint-Martin une Catherine Van Thoune. C'est tout ce qu'on sait de lui, et rien ne m'indique s'il était né dans ce petit port de mer entouré de dunes ou venait d'ailleurs. La famille ensuite s'établit à Ypres.

Le nom, qui signifie fils d'Adrian, se rencontre assez souvent aux Pays-Bas. Parmi tous ceux qui l'ont porté, aucun parchemin ne me permet de prétendre à une parenté quelconque avec le frère Cornélius Adriansen, cordelier, qui vécut vers le milieu du XVIe siècle et se fit chasser de Bruges pour avoir trop tendrement donné la discipline à d'aimables pénitentes. Il m'est pourtant arrivé de penser à son petit groupe de flagellées fort consentantes, quand je plaçais dans la même atmosphère à la fois dangereuse et douillette un autre groupe secret, celui des Anges, qui amena la catastrophe de Zénon. Je ne puis non plus, faute de preuves, compter parmi les miens un

certain Henri Adriensen, sorcier, qui monta sur le bûcher à Dunkerque en 1597, âgé de quatre-vingts ans, accompagné de sa fille Guillemine; ni, toujours à Dunkerque, le corsaire François Adriansen, écumeur de mer au service de Philippe IV sur son petit navire *Le Chien Noir*, et qui revint finir ses jours sur la terre ferme. Si toutes ces personnes ont appartenu à ce que j'appelle le même réseau, les fils qui les rejoignaient sont devenus invisibles. Mais toutes ont respiré le même air, mangé le même pain, reçu en plein visage la même pluie et le même vent de mer que mes Adriansen authentiques. Ils sont mes parents du fait d'avoir existé.

VOCABULAIRE

anabaptiste	*a.* et *n.*	Qui s'inspire de l'anabaptisme, une doctrine issue de la réforme, qui déniait toute valeur au baptême des enfants et réclamait un second baptême à l'âge adulte. (再洗礼教派的)
cocu, e	*n.* et *a.*	Personne dont le conjoint est infidèle.
extase	*n. f.*	Etat dans lequel une personne se trouve comme transportée hors de soi et du monde sensible.
dune	*n. f.*	Butte, colline de sable fin formée par le vent sur le bord des mers ou dans l'intérieure des déserts.
parchemin	*n. m.*	Peau d'animal (mouton, chèvre, veau) préparée spécialement pour l'écriture, la reliure. (羊皮纸)
parenté	*n. f.*	Ensemble des parents et des alliés de qqn.
cordelier	*n. m.*	Religieux franciscain.
pénitente	*n.*	Personne qui confesse ses péchés.
flagellée	*a.*	Muni d'un filament mobile, d'un organe locomoteur de certains protozoaires. (鞭毛虫)
consentant	*a.*	Qui accepte.
douillet	*a.*	Qui est délicatement moelleux.
corsaire	*n. m.*	Aventurier, pirate.
écumeur	*n. m.*	Corsaire, pirate.

NOTES

1. Bruges: Ville de Belgique, chef-lieu de la Flandre occidentale, à 13 kilomètres du nord sur la Reye, à la jonction des canaux aboutissant à Zeebrugge, Ostende, Grand et l'Ecluse.

2. Dunkerque: Sous-préfecture du nord, port sur la mer du nord et chef-lieu d'arrondissement.

L'Œuvre au noir

(1968)

"(...) un homme (...) fait table rase de ses idées et des préjugés de son siècle pour voir ensuite où sa pensée librement le conduira": c'est ainsi que la romancière définit le héros de son roman historique, Zénon, dans une lettre à Gaston Gallimard, le 18 janvier 1964 Le parcours initiatique de ce bâtard, à la fois audacieux et sage, contraint à fuir les persécutions à travers l'Europe, dévoile l'envers du décor du XVIe siècle humaniste.

La fin de Zénon

Quand la porte de sa cellule se fut refermée sur lui à grand bruit de ferraille, Zénon pensif tira l'escabeau et s'assit devant la table. Il faisait encore grand jour, l'obscure prison des allégories alchimiques étant dans son cas une prison fort claire. A travers le réseau serré du grillage qui protégeait la croisée, une blancheur plombée montait de la cour couverte de neige. Gilles Rombaut avant de céder la place au gardien de nuit avait comme toujours laissé sur un plateau le souper du prisonnier; il était ce soir-là encore plus copieux que d'habitude. Zénon le repoussa: il semblait absurde et quasi obscène de transformer ces aliments en chyle et en sang qu'il n'utiliserait plus. Mais il se versa distraitement quelques gorgées de bière dans un gobelet d'étain et but la liqueur amère.

Son entretien avec le chanoine avait mis fin à ce qui avait été pour lui depuis le verdict du matin la solennité de la mort. Son sort cru fixé oscillait de nouveau. L'offre qu'il avait rejetée restait valable quelques heures de plus: un Zénon capable de finir par dire oui se terrait peut-être dans un coin de sa conscience, et la nuit qui allait s'écouler pouvait donner à ce pleutre l'avantage sur soi-même. Il suffisait qu'une chance sur mille subsistât: l'avenir si court et pour lui si fatal en acquérait malgré tout un élément d'incertitude qui était la vie même, et, par une étrange dispensation qu'il avait constatée aussi au chevet de ses malades, la mort gardait ainsi une sorte de trompeuse irréalité. Tout fluctuait: tout fluctuerait jusqu'au dernier souffle. Et cependant, sa décision était prise: il le reconnaissait moins aux signes sublimes du courage et

du sacrifice qu'à on ne sait quelle obtuse forme de refus qui semblait le fermer comme un bloc aux influences du dehors, et presque à la sensation elle-même. Installé dans sa propre fin, il était déjà Zénon *in aeternum*.[1]

D'autre part, et placée pour ainsi dire en repli derrière la résolution de mourir, il en était une autre, plus secrète, et qu'il avait soigneusement cachée au chanoine, celle de mourir de sa propre main. Mais là aussi une immense et harassante liberté lui restait encore: il pouvait à son gré s'en tenir à cette décision ou y renoncer, faire le geste qui termine tout ou au contraire accepter cette *mors ignea* guère différente de l'agonie d'un alchimiste enflammant par mégarde sa longue robe aux braises de son athanor. Ce choix entre l'exécution et la fin volontaire, suspendu jusqu'au bout dans une fibrille de sa substance pensante, n'oscillait plus entre la mort et une espèce de vie, comme celui d'accepter ou de refuser de se rétracter l'avait fait, mais concernait le moyen, le lieu, et l'exact moment. A lui de décider s'il finirait sur la Grand-Place parmi les huées ou tranquillement entre ces murs gris. A lui, ensuite, de retarder ou de hâter de quelques heures l'action suprême, de choisir, s'il le voulait, de voir se lever le soleil d'un certain dix-huit février 1569, ou de finir aujourd'hui avant la nuit close. Les coudes sur les genoux, immobile, presque paisible, il regardait devant lui dans le vide. Comme au milieu d'un ouragan, quand s'établit redoutablement un calme, le temps ni l'esprit ne bougeaient plus.

VOCABULAIRE

ferraille	*n. f.*	Déchets de fer, d'acier; morceaux de fer inutilisables.
escabeau	*n. m.*	Siège peu élevé, sans bras, ni dossier, pour une personne.
allégorie	*n. f.*	Suite d'éléments descriptifs ou narratifs dont chacun correspond à une abstraction qu'ils symbolisent. (寓意)
alchimique	*a.*	Relatif à l'alchimie, une science occulte en vogue au Moyen Age, née de la fusion de techniques chimiques gardées secrètes et de spéculations mystiques. (炼丹术的)
croisée	*n. f.*	Châssis vitré qui ferme une fenêtre.
obscène	*a.*	Qui blesse délibérément la délicatesse par des représentations ou des manifestations d'ordre sexuel. (猥亵的)

chyle	*n. m.*	Produit de la digestion, destiné à passer de l'intestin grêle dans le sang.（乳糜）
gobelet	*n. m.*	Récipient pour boire, généralement plus haut que large et sans pied.
étain	*n. m.*	Métal blanc grisâtre très malléable.（锡）
chanoine	*n. m.*	Dignitaire ecclésiastique.（议事司铎）
verdict	*n. m.*	Déclaration par laquelle le jury répond, après délibération, aux questions posées par le tribunal.（陪审团裁决）
se terrer	*v. pr.*	Se mettre à l'abri, se cacher dans un lieu couvert ou souterrain.
pleutre	*n. m.*	Homme sans courage.
fluctuer	*v. i.*	Changer.
obtus	*a.*	Qui manque de finesse, de pénétration.
repli	*n. m.*	Pli qui de répète d'une étoffe.
en repli		Pas franchement.
athanor	*n. m.*	Grand alambic à combustion lente.（缓慢燃烧蒸馏器）
fibrille	*n. f.*	Petite fibre.
huée	*n. f.*	Cri de dérision, de réprobation poussé par une réunion de personnes.
ouragan	*n. m.*	Forte tempête avec un vent très violent.

NOTES

1. in aeternum: (Latin) Eternellement.

Georges SIMENON
(1903—1989)

Né à Liège, mort à Lausanne, cet écrivain belge d'expression française a publié quelques deux cents romans, le plus souvent policiers, traduits dans toutes les langues et constamment réédités, dont on a tiré une soixantaine de films et des séries télévisées à succès: *Le Chien jaune* (1931), *Les Fiançailles de M. Hire* (1933), *Les Inconnus dans la maison* (1940), *Le Voyageur de la Toussaint* (1941), *La Veuve Couderc* (1942), *La Vérité sur Bébé Donge*

(1942), *Trois Chambres à Manhattan* (1946), *Lettre à mon juge* (1947), *L'Horloger d'Everton* (1954)... En 1981 a paru un récit autobiographique, *Mémoires intimes*, qui éclaire en partie la genèse d'une œuvre longtemps dédaignée par la critique universitaire.

Par son art du récit qui s'apparente à un art de la fugue—le monologue de l'enquêteur répondant au récit d'une enquête qui en est le contrepoint comme par l'atmosphère très particulière de ses romans, Georges Simenon a su donner au roman policier une dimension impressionniste. Son personnage—fétiche, le commissaire Maigret, ne manie pas la déduction, car pour lui la clef d'une énigme n'est pas d'ordre rationnel mais sensible. Il possède une qualité essentielle, la *porosité*, c'est-à-dire l'aptitude à se laisser envahir par un climat dont il s'imprègne comme une éponge. Il est lié aux suspects qu'il côtoie par une sympathie profonde, non exempte de complicité. Il traverse des pays brumeux, des villes grises, gorgées de pluie, rencontrant des gens ordinaires dont il sonde l'insignifiance. De son corps un peu lourd et las, espace de la divination, le critique littéraire Jean-Pierre Richard a pu dire qu'il était un "piège à secrets".

L'Affaire Saint-Fiacre

Austérité d'un décor qui baigne dans une atmosphère irréelle, impressions fugitives d'une aube suggérée à la manière des peintres flamands, extrême solitude du personnage de Maigret placé en sentinelle à la lisière du jour et de la nuit, du sommeil et de la veille, du présent et du passé qui se mêlent comme les fragments d'une réalité disloquée—on retrouve dans les premières lignes de L'Affaire Saint-Fiacre l'atmosphère si particulière des romans de Georges Simenon.

Un grattement timide à la porte: le bruit d'un objet posé sur le plancher: une voix furtive:

—Il est 5 heures et demie! Le premier coup de la messe vient de sonner...

Maigret fit grincer le sommier du lit en se soulevant sur les coudes et tandis qu'il regardait avec étonnement la lucarne percée dans le toit en pente, la voix reprit:

—Est-ce que vous communiez?

Maintenant le commissaire Maigret était debout, les pieds nus sur le

plancher glacial. Il marcha vers la porte qui fermait à l'aide d'une ficelle enroulée de deux clous. Il y eut des pas qui fuyaient, et quand il fut dans le couloir, il eut juste le temps d'apercevoir une silhouette de femme en camisole et en jupon blanc.

Alors il ramassa le broc d'eau chaude que Marie Tatin lui avait apporté, ferma sa porte, chercha un bout de miroir devant lequel se raser.

La bougie n'en avait plus que pour quelques minutes à vivre. Au-delà de la lucarne, c'était encore la nuit complète, une nuit froide d'hiver naissant. Quelques feuilles mortes subsistaient aux branches des peupliers de la grand-place.

Maigret ne pouvait se tenir debout qu'au centre de la mansarde, à cause de la double pente du toit. Il avait froid. Toute la nuit un filet d'air, dont il n'avait pu repérer l'origine, avait glacé sa nuque. Mais justement cette qualité de froid le troublait en le plongeant dans une ambiance qu'il croyait avoir oubliée.

VOCABULAIRE

austérité	*n. m.*	Absence de tout ornement, de toute fantaisie.
fugitif	*a.*	Qui ne dure pas; qui disparaît rapidement.
flamand	*a.*	De Flandre; de la Flandre belge.
sentinelle	*n. f.*	Soldat en armes placé en faction.
disloquer	*v. t.*	Disperser, séparer.
grattement	*n. m.*	Bruit fait en grattant.
sommier	*n. m.*	Châssis plus ou moins souple, dans un lit, supporte le matelas. (床垫)
lucarne	*n. f.*	Ouvrage en saillie sur un toit, comportant une ou plusieurs fenêtres donnant du jour au comble. (天窗)
camisole	*n. f.*	(Autrefois) Chemise de nuit courte.

Julien GRACQ, pseudonyme de Louis Poirier (né en 1910)

Entré à l'Ecole Normale Supérieure en 1930, après des années d'internat dont le régime de claustration fut très mal supporté, Julien Gracq se décida sans hésitation pour la géographie, qu'il enseignera par la suite, science alors toute nouvelle, qui s'accordait bien à son goût des paysages et lui apprit le sens

des structures, des masses, des articulations. C'est par hasard qu'il entra en littérature avec un roman fantastique, *Au Château d'Argol* (1938), où selon son propre aveu, il prend toutes les libertés du roman noir, et qui reçut un accueil enthousiaste de la part d'André Breton, qu'il rencontra bientôt avec admiration et réserve. Puis la Seconde Guerre Mondiale semble avoir eu une influence décisive sur son expérience du temps: remémoration, initiation, attente.

Depuis, son œuvre n'a cessé de changer de forme: grands romans qui lui ont valu sa renommée (*Le Rivage des Syrtes*, 1951; *Un Balcon en forêt*, 1958), poèmes en prose (*Liberté grande*, 1946), théâtre et traductions, voire pamphlet, études critiques précieuses essentiellement centrées sur les auteurs français du XIXe et XXe siècles (*André Breton*, 1948; *Préférences*, 1961; *Lettrines* 1 et 2; 1967 et 1974; *En lisant en écrivant*, 1980). Une des plus grandes originalités de Julien Gracq tient à son étude de plus en plus approfondie des carrefours de la poésie, de la géographie et de l'histoire, de ces "paysages-histoires" dont il fait jouer en les superposant les multiples accords (*Lettrines* 1 et 2, *Les Eaux étroites*, 1976; *La Forme d'une ville*, 1985; *Autour des sept collines*, 1988; *Carnets du grand chemin*, 1992).

Son style est en effet d'une grande précision par le choix d'un vocabulaire sensible aux beautés de détail, rigoureux, quitte à employer des termes techniques de géographie. Julien Gracq refuse les syntaxes indigentes ou ressassantes, préférant un mouvement lié et souple du discours qui matérialise une musique et un rythme intérieurs impossibles à capter autrement que par le déploiement d'une écriture aux comparaisons et métaphores nombreuses, dont les résonances entraînent cette coulée unique qui peut mener le récit aux frontières de l'imaginaire.

Liberté grande
Le vent froid de la nuit
(1946)

Si le point de départ semble tout simple—le narrateur attend une femme dans une petite maison isolée—les images, nées de la forêt, de la nuit et de la maison, se relient les unes aux autres selon une configuration fuyante et superposent à cette veillée nocturne un monde mystique de fête et de spectacle, de mort, de mélancolie. Le glissement continu des comparaisons et des

métaphores permet, par une sorte de changement à vue, de passer du "Je" au surgissement d'"elle".

Je l'attendais le soir dans le pavillon de chasse, près de la Rivière Morte. Les sapins dans le vent hasardeux de la nuit secouaient des froissements de suaire et des craquements d'incendie. La nuit noire était doublée de gel, comme le satin blanc sous un habit de soirée, —au-dehors, des mains frisées couraient de toutes parts sur la neige. Les murs étaient de grands rideaux sombres, et sur les steppes de neige des nappes blanches, à perte de vue, comme des feux se décollent des étangs gelés, se levait la lumière mystique des bougies. J'étais le roi d'un peuple de forêts bleues, comme un pèlerinage avec ses bannières se range immobile sur les bords d'un lac de glace. Au plafond de la caverne bougeait par instants, immobile comme la moire d'une étoffe, le cyclone des pensées noires. En habit de soirée, accoudé à la cheminée et maniant un revolver dans un geste de théâtre, j'interrogeais par désœuvrement l'eau verte et dormante de ces glaces très anciennes; une rafale plus forte parfois l'embuait d'une sueur fine comme celle des carafes, mais j'émergeais de nouveau, spectral et fixe, comme un marié sur la plaque du photographe qui se dégage des remous de plantes vertes. Ah! les heures creuses[1] de la nuit, pareilles à un qui voyage sur les os légers et pneumatiques d'un rapide—mais soudain elle était là, assise toute droite dans ses longues étoffes blanches.

VOCABULAIRE

froissement	*n. m.*	Action de faire prendre des plis irréguliers, nombreux et plus ou moins marqués.
suaire	*n. m.*	Le linge ayant servi à ensevelir le Christ et portant une empreinte dans laquelle le sentiment de dévotion et de respect populaire catholique a reconnu l'empreinte de son corps. Ici linge pour ensevelir les morts.
craquement	*n. m.*	Bruit sec que font certaines choses en se cassant, en éclatant.
caverne	*n. f.*	Partie creuse dans le roc.
moire	*n. f.*	Etoffe de soie à reflets chatoyants.
cyclone	*n. m.*	Mouvement rapide de l'air autour d'une dépression de faible étendue.
désœuvrement	*n. m.*	Etat d'une personne qui ne sait pas, qui ne veut pas s'occuper.
embuer	*v. t.*	Couvrir de vapeur qui se condense sur un corps froid.

émerger	*v. t.*	Sortir d'un milieu après y avoir été plongé.
spectral, e	*a.*	Qui tient du spectre, du fantôme.
remous	*n. m.*	Tourbillon dû à un obstacle qui s'oppose à l'écoulement d'un fluide.

NOTES

1. les heures creuses: Pendant lesquelles l'activité est ralentie.

Jean GENET
(1910—1986)

Révélé par Jean Cocteau, avant que Sartre ne décide de lui consacrer un immense ouvrage (*Saint Genet comédien et martyr*, 1952), Jean Genet se fait d'abord connaître par quatre fictions écrites dans un style flamboyant et faisant l'apologie du monde à la fois sordide et tragique de la pègre, du crime et des bagnes d'enfants (*Notre-Dame-Des-Fleurs*, 1944; *Miracle de la rose*, 1946; *Pompes funèbres*, 1948; *Querelle de Brest*, 1947). Après *Journal du voleur* (1949) il traverse de longues années d'un silence souvent suicidaire, revient à la littérature par le théâtre (*Les Paravents*, 1961; *Les Nègres*, 1958), consacre de nombreux textes à l'engagement politique, enfin laisse à sa mort un grand texte (*Un captif amoureux*, 1986) librement inspiré par son séjour dans les camps palestiniens, à la fois transfiguration libre de la réalité et adieu somptueux au monde.

Miracle de la Rose
(1946)

Dans l'extrait suivant, Jean Genet décrit l'exécution capitale du détenu Harcamone, transfiguré, du fait de cette cérémonie donnée comme sacrée, en une créature mythique, à l'image de la plupart des personnages transgressifs qui peuplent l'univers de l'auteur.

On ouvrit la porte d' Harcamone. Il dormait, couché sur le dos. Quatre hommes pénétrèrent d'abord dans son rêve, puis il s'éveilla. Sans se lever, sans même soulever son torse, il tourna la tête vers la porte. Il vit les hommes noirs et comprit aussitôt, mais il se rendit très vite compte également qu'il ne fallait pas briser ou détruire cet état de rêve dont il n'était pas encore dépêtré, afin de mourir endormi. Il décida d'entretenir le rêve. Il ne passa donc pas sa main dans ses cheveux embrouillés. Il dit "oui" à lui-même et il sentit la nécessité de sourire, mais d'un sourire à peine perceptible aux autres, en lui-même afin que la vertu de ce sourire se transmit à son être intérieur, pour être plus fort que l'instant car le sourire écarterait malgré elle l'immense tristesse de son abandon qui risquait de le faire chavirer dans le désespoir et toutes les douleurs qu'il engendre. Il sourit donc, de ce sourire léger qu'il allait conserver jusqu'à sa mort. Que l'on ne croie pas surtout qu'il fixât autre chose que la guillotine, il avait les yeux braqués sur elle, mais il décida de vivre dix minutes héroïques, c'est-à-dire joyeuses. Il ne fit aucun humour, comme on l'osa écrire dans les journaux, car le sarcasme est amer et recèle des ferments de désespoir. Il se leva. Et, quand il fut debout, dressé au milieu de la cellule, sa tête, son cou, tout son corps surgirent de la dentelle et de la soie que seuls portent sur eux, aux pires instants, les maîtres diaboliques du monde, et dont il fut soudain paré.

VOCABULAIRE

dépêtrer	*v. t.*	Dégager, délivrer.
embrouillé, e	*a.*	Extrêmement confus.
chavirer	*v. i.*	Se retourner, en parlant d'un navire.
engendrer	*v. t*	Créer, produire.
braquer	*v. t.*	Diriger, pointer.
receler	*v. t.*	Garder, contenir en soi, cacher.
diabolique	*a.*	Qui tient du diable.
parer	*v. t.*	Arranger ou orner dans l'intention de donner belle apparence.

Aimé CESAIRE

(né en 1913)

Né à la Martinique où il a passé sa jeunesse, Aimé Césaire ressent en tant

qu'Antillais noir l'injustice d'un système social fondé sur l'inégalité des races et sur la domination exercée par le Blanc. Il vient faire en France des études de lettres et découvre la poésie surréaliste, mais aussi celle de Lautréamont et de Rimbaud. Avec l'Africain Senghor et le Guyanais Damas, il crée une revue, *L' Etudiant noir*, qui contribue à ce qu' on appelle le mouvement de la Négritude, tentative pour redonner aux hommes noirs la fierté de leur origine et de leur culture. En 1938—1939, il publie un long poème intitulé *Cahier d'un retour au pays natal*, qui voudrait insuffler à ses frères de race le goût de la liberté et l'énergie pour la conquérir. De retour à la Martinique en 1939, il compose d' autres recueils poétiques, en même temps qu' il s' engage dans l'action politique, en se faisant élire comme député communiste à l'Assemblée Nationale. A ce titre il contribue à la marche vers l'indépendance des colonies françaises d'Afrique et écrit en 1955 un *Discours sur le colonialisme* qui appelle le Tiers Monde à s'engager dans l'action révolutionnaire.

Bien qu'il déplore la stagnation des Antilles, qui ne se sont pas libérées, il constate les difficultés des pays d'Afrique nouvellement indépendants et écrit à ce sujet deux pièces de théâtre: *La Tragédie du Roi Christophe* (1963) et *Une Saison au Congo* (1966). Depuis 1945, il est maire de Fort de France, la principale ville de la Martinique, continuant à agir dans les deux domaines, politique et poétique.

La Tragédie du Roi Christophe
(1963)

Cette tragédie s'inspire d'épisodes historiques qui ont eu lieu dans l'île d'Haïti au début du XIXᵉ siècle. Cette île, qui fait partie de l'archipel antillais, a été colonisée par les Espagnols et par les Français, qui y ont importé des esclaves noirs d'Afrique pour les faire travailler dans les plantations de canne à sucre. Pendant la Révolution française, les esclaves noirs se révoltent sous la direction de Toussaint Louverture. Finalement les Français sont expulsés et l'indépendance de l'île proclamée en 1804 Le Noir Henri Christophe constitue le pays en royaume et règne de 1811 à 1820 Il impose à ses sujets des exigences telles que sa femme l'accuse de démesure. Voici sa réponse:

Je demande trop aux hommes! Mais pas assez aux nègres, Madame! S'il y a une chose qui, autant que les propos des esclavagistes, m'irrite, c'est d'entendre nos philantropes clamer, dans le meilleur esprit sans doute, que

tous les hommes sont des hommes et qu'il n'y a ni blancs ni noirs. C'est penser à son aise, et hors du monde, Madame. Tous les hommes ont les mêmes droits. J'y souscris. Mais du commun du lot[1], il en est qui ont plus de devoirs que d'autres. Là est l'inégalité. Une inégalité de sommations, comprenez-vous? A qui fera-t-on croire que tous les hommes, je dis tous, sans privilège, sans particulière exonération, ont connu la déportation, la traite, l'esclavage, le collectif ravalement à la bête, le total outrage, la vaste insulte, que tous, ils ont reçu, plaqué sur le corps, au visage, l'omni-niant crachat! Nous seuls, Madame, vous m'entendez, nous seuls les nègres!

VOCABULAIRE

philanthrope	*n.*	Personne qui aime toute l'humanité.
souscrire	*v. t.*	Consentir.
sommation	*n. f.*	Obligation; ordre.
exonération	*n. f.*	Exemption, franchise.
déportation	*n. f.*	Exil.
ravalement	*n. m.*	Avilissement.
omni-niant	*n. m.*	Qui constitue une négation totale (mot inventé par l'auteur).

NOTES

1. du commun lot: le sort commun.

Marguerite DURAS, pseudonyme de Marguerite Donnadieu (1914—1996)

Marguerite Donnadieu, fille d'institutrice et de professeur, naît à Gia Dinh non loin de Saigon, le 4 avril 1914. Les sept premières années se passent en Indochine et au Cambodge, alors sous domination française. Le père est directeur des enseignements. Après sa mort et un séjour dans le Sud-Ouest de la France, la mère retourne avec ses trois enfants s'installer au Cambodge. Elle épuise ses économies dans une concession incultivable, redevient enseignante en Indochine. Pas un élément de l'existence de Marguerite

Donnadieu, dite Duras (du nom d'un village de Lot-et-Garonne), qui ne se retrouve dans ses livres. Ils ne sont pourtant pas à proprement parler autobiographiques. Ce seraient plutôt des mises en scène de la mémoire du réel, souvent déclinées à travers le récit, le roman, le théâtre et le cinéma, avec échos, passages, reprises et retour de personnages clés (Anne-Marie Stretter, le "petit frère", le personnage de l'amant chinois).

Fonctionnaire dans les ministères jusqu'en 1943 (la guerre a commencé en 1939, la France est occupée par l'Allemagne nazie), elle publie *Les Impudents* sous son nom de Duras et entre dans la Résistance avec son mari Robert Antelme. Celui-ci, arrêté, déporté, tirera de son séjour dans les camps de concentration un récit décisif, *L'Espèce humaine*.

Après la Libération, un groupe d'intellectuels et d'artistes proches du parti communiste—dont ils seront vite exclus—se réunit chez eux, rue Saint-Benoit à Saint-Germain des Prés, le quartier artiste du Paris d'après-guerre. Son deuxième mari, Dionys Mascolo publie en 1953 *Le Communisme*. Marguerite Duras connaît un vif succès avec *Un barrage contre le Pacifique* (1950). Ils ne lâchent jamais l'activité militante (opposition aux guerres coloniales, à la prise de pouvoir de de Gaulle en 1958, participation à mai 1968). Elle mêle sans distinction l'activité littéraire, théâtrale, cinématographique et le journalisme (de *France-Observateur* à *L'Autre journal*) d'une écriture égale, péremptoire, oratoire et très simple, parfois irrésistiblement gaie.

Se succèdent, souvent avec un large succès, *Moderato cantabile* (1958), *Hiroshima mon amour* (1959, film avec Alain Resnais), *Le Ravissement de Lol V. Stein* (1964), *Le Vice-Consul* (1965), *La Musica* (1966), *L'Amour* (1971). Elle ne rejoint pas le Nouveau Roman qu'elle accompagne à sa façon (traitement des personnages, de l'espace, du temps). L'après 68 la fait changer de public, infiniment moins nombreux mais d'une ferveur très intense (au cinéma: *Détruire dit-elle*, 1969; *India Song*, 1975; *Le Camion*, 1977). Ses textes les plus libres et les plus violents sont publiés dans une sorte de discrétion (*Navire Night*, 1978, *L'Homme assis dans le couloir*, 1980; *La Maladie de la mort*, 1982). Elle met en scène son nouveau compagnon Yann Andréa, a une relation compliquée avec l'alcool et connaît un immense succès avec *L'Amant* (prix Goncourt en 1984). Les dernières années sont marquées par une intense activité, de longs épisodes de maladie, et la fidélité indémentie à François Mitterand (alors président de la République) qu'elle a connu dans la Résistance. Après *Ecrire* (1993) et *C'est tout* (1995), elle meurt rue Saint-Benoit le 3 mars 1996.

Le Ravissement de Lol V. Stein
(1964)

Quand débute l' histoire, une voix dont on sait par les accords grammaticaux du texte qu'elle est la voix d'un homme ("je ne suis convaincu de rien"), raconte à sa façon le bal du Casino municipal de T. Beach où le destin de Lol V. Stein, alors fiancée avec Michael Richardson, a basculé.

Sur un fond très reconnaissable (le bal, la rencontre, la scène, l'éblouissement, la rupture), qui pourrait apparaître comme une nouvelle lecture de La Princesse de Clèves (de Madame de La Fayette), dans le jeu des paroles rapportées, l' univers mental de Marguerite Duras—l' analyse de l'amour déjouée, dénudée, sèche—trouve sa juste musique.

Je ne crois plus à rien de ce que dit Tatiana, je ne suis convaincu de rien.

Voici, tout au long, mêlés, à la fois, ce faux semblant que raconte Tatiana Karl et ce que j'invente sur la nuit du Casino de T. Beach. A partir de quoi je raconterai mon histoire de Lol V. Stein.

Les dix-neuf ans qui ont précédé cette nuit, je ne veux pas les connaître plus que je ne le dis, ou à peine, ni autrement que dans leur chronologie même s'ils recèlent une minute magique à laquelle je dois d'avoir connu Lol V. Stein. Je ne le veux pas parce que la présence de son adolescence dans cette histoire risquerait d'atténuer un peu aux yeux du lecteur l'écrasante actualité de cette femme dans ma vie. Je vais donc la chercher, je la prends, là où je crois devoir le faire, au moment où elle me parait commencer à bouger pour venir à ma rencontre, au moment précis où les dernières venues, deux femmes, franchissent la porte de la salle de bal du Casino municipal de T. Beach.

L'orchestre cessa de jouer. Une danse se terminait.

La piste s'était vidée lentement. Elle fut vide. La femme la plus âgée s'était attardée un instant à regarder l'assistance puis elle s'était retournée en souriant vers la jeune fille qui l'accompagnait. Sans aucun doute possible celle-ci était sa fille. Elles étaient grandes toutes les deux, bâties de même manière. Mais si la jeune fille s'accommodait gauchement encore de cette taille haute, de cette charpente un peu dure, sa mère, elle, portait ces inconvénients comme les emblèmes d'une obscure négation de la nature. Son élégance et dans le repos, et dans le mouvement, raconte Tatiana, inquiétait.

—Elles étaient ce matin à la plage, dit le fiancé de Lol, Michael

Richardson.

Il s'était arrêté, il avait regardé les nouvelles venues, puis il avait entraîné Lol vers le bal et les plantes vertes du fond de la salle.

Elles avaient traversé la piste et s'étaient dirigées dans cette même direction.

Lol, frappée d'immobilité, avait regardé s'avancer, comme lui, cette grâce abandonnée, ployante, d'oiseau mort. Elle était maigre. Elle devait l'avoir toujours été. Elle avait vêtu cette maigreur, se rappelait clairement Tatiana, d'une robe noire à double fourreau de tulle également noir, très décolletée. Elle se voulait ainsi faite et vêtue, et elle l'était à son souhait, irrévocablement. L'ossature admirable de son corps et de son visage se devinait. Telle qu'elle apparaissait, telle désormais, elle mourrait, avec son corps désiré. Qui était-elle? On le sut plus tard: Anne-Marie Stretter. Etait-elle belge? Quel était son âge? Qu'avait-elle connu, elle que les autres avaient ignoré? Par quelle voie mystérieuse était-elle parvenue à ce qui se présentait comme un pessimisme gai, éclatant, une souriante indolence de la légèreté d'une nuance, d'une cendre? Une audace pénétrée d'elle-même, semblait-il, seule, la faisait tenir debout. Mais comme celle-ci était gracieuse, de même façon qu'elle. Leur marche de prairie à toutes les deux les menait de pair où qu'elles aillent. Où Rien ne pouvait plus arriver à cette femme, pensa Tatiana, plus rien, rien. Que sa fin, pensait-elle.

Avait-elle regardé Michael Richardson en passant? L'avait-elle balayé de ce non-regard qu'elle promenait sur le bal? C'était impossible de le savoir, c'est impossible de savoir quand, par conséquent, commence mon histoire de Lol V. Stein: le regard, chez elle—de près on comprenait que ce défaut venait d'une décoloration presque pénible de la pupille—logeait dans toute la surface des yeux, il était difficile à capter. Elle était teinte en roux, brûlée de rousseur, Eve marine que la lumière devait enlaidir.

S'étaient-ils reconnus lorsqu'elle était passée près de lui?

Lorsque Michael Richardson se tourna vers Lol et qu'il l'invita à danser pour la dernière fois de leur vie, Tatiana Karl l'avait trouvé pâli et sous le coup d'une préoccupation subite si envahissante qu'elle sut qu'il avait bien regardé, lui aussi, la femme qui venait d'entrer.

VOCABULAIRE

chronologie	*n. f.*	Liste des événements par ordre de dates.
receler	*v. t.*	Contenir, renfermer.

charpente	*n. f.*	Ensemble des parties osseuses du corps humain.
emblème	*n. m.*	Figure symbolique.
ployer	*v. t.*	Courber.
fourreau	*n. m.*	Robe de femme très étroite dont le haut et la jupe serrent le corps.
tulle	*n. m.*	Tissu léger et transparent
décolleté, e	*a.*	Qui laisse apparaître le cou, les épaules, le haut de la poitrine.
ossature	*n. f.*	Ensemble des os du corps humain.
indolence	*n. f.*	Mollesse, nonchalance.
décoloration	*n. f.*	Perte de la couleur naturelle.
enlaidir	*v. t.*	Rendre laid.

Boris VIAN
(1920—1959)

Né près de Paris, Boris Vian a une enfance heureuse malgré de graves ennuis de santé. Il fait des études d'ingénieur et découvre le jazz à la fin des années 30. Il publie son premier roman, *Vercoquin et le plancton* (1944) chez Gallimard, sur l'insistance de Raymond Queneau dont il sera l'ami. Il rencontre Sartre en 1946. En 1947, il publie ses deux romans majeurs: *L'Ecume des jours* et *L'Automne à Pékin*... En 1952, il rejoint le Collège de Pataphysique. Vian, critique de jazz, s'enthousiasme pour la science-fiction, compose des chansons, des poèmes, publie des romans, nouvelles et pièces de théâtre.

L'Ecume des jours
(1947)

Dans cet extrait de L'Ecume des jours (1947), Colin reçoit son ami Chick pour déjeuner. "Chick" est une référence à Chicago, haut-lieu du jazz. Jules Gouffé (1807—1877) est un cuisinier célèbre. Ce passage permet de prendre contact avec Vian, amateur de jazz, de bonne cuisine, de jeux de mots et

d'absurde.

Colin effaça un faux pli de la nappe et s'en fut ouvrir.

—Comment vas-tu demanda Chick.

—Et toi répliqua Colin. Enlève ton imper et viens voir ce que fait Nicolas.

—Ton nouveau cuisinier?

—Oui! dit Colin. Je l'ai échangé à ma tante contre l'ancien et un kilo de café belge.

—Il est bien demanda Chick.

—Il a l'air de savoir ce qu'il fait. C'est un disciple de Gouffé.

—L'homme de la malle s'enquit Chick, horrifié. Sa petite moustache noire s'abaissait tragiquement.

—Non, ballot. Jules Gouffé. Le cuisinier bien connu.

—Oh, tu sais, moi, dit Chick, en dehors de Jean-Sol Partre[1], je ne lis pas grand-chose.

Il suivit Colin dans le couloir dallé, caressa les souris et mit, en passant, quelques gouttelettes de soleil dans son briquet.

—Nicolas, dit Colin en entrant, je vous présente mon ami Chick.

—Bonjour, Monsieur, dit Nicolas.

—Bonjour, Nicolas, répondit Chick. Est-ce que vous n'avez pas une nièce qui s'appelle Alise?

—Si, Monsieur, dit Nicolas. Une jolie jeune fille, d'ailleurs, si j'ose introduire ce commentaire.

—Elle a un grand air de famille avec vous, dit Chick. Quoique du côté du buste, on puisse noter quelques différences.

—Je suis assez large, dit Nicolas, et elle est évidemment plus développée dans le sens perpendiculaire, si Monsieur veut bien me permettre cette précision.

—Eh bien, dit Colin, nous voici presque en famille. Vous ne m'aviez pas dit que vous aviez une nièce, Nicolas.

—Ma sœur a mal tourné[2], Monsieur, dit Nicolas. Elle a fait des études de philosophie. Ce ne sont pas des choses dont on aime à se vanter dans une lignée fière de ses traditions...

—Eh... dit Colin, je crois que vous avez raison. En tout cas, je vous comprends. Montrez-nous donc ce pâté d'anguille...

—Il serait dangereux d'ouvrir le four actuellement, prévint Nicolas. Il pourrait en résulter une dessiccation consécutive à l'introduction d'air moins riche en vapeur d'eau que celui qui s'y trouve renfermé en ce moment.

—Je préfère avoir, dit Chick, la surprise de le voir pour la première fois

sur la table.

—Je ne puis qu'approuver Monsieur, dit Nicolas. Puis-je me permettre de prier Monsieur de bien vouloir m'autoriser à reprendre mes travaux?

—Faites, Nicolas, je vous en prie.

Nicolas se remit à sa tâche, qui consistait en le démoulage d'aspics, de filets de sole contisés de lames de truffes, destinés à garnir le hors-d'œuvre de poisson. Colin et Chick quittèrent la cuisine.

—Prendras-tu un apéritif demanda Colin. Mon pianocktail est achevé, tu pourrais l'essayer.

—Il marche demanda Chick.

—Parfaitement. J'ai eu du mal à le mettre au point[3], mais le résultat dépasse mes espérances. J'ai obtenu à partir de la Black and Tan Fantasy un mélange vraiment ahurissant.

—Quel est ton principe demanda Chick.

—A chaque note, dit Colin, je fais correspondre un alcool, une liqueur, ou un aromate. La pédale forte correspond à l'œuf battu et la pédale faible à la glace. Pour l'eau de Seltz[4] il faut un trille dans le registre aigu. Les quantités sont en raison directe de la durée: à la quadruple croche équivaut le seizième d'unité, à la noire, l'unité, à la ronde la quadruple unité. Lorsque l'on joue un air lent, un système de registre est mis en action de façon que la dose ne soit pas augmentée, ce qui donnerait un cocktail trop abondant, mais la teneur en alcool. Et suivant la durée de l'air, on peut si l'on veut faire varier la valeur de l'unité, la réduisant par exemple au centième pour pouvoir obtenir une boisson tenant compte de toutes les harmonies, au moyen d'un réglage latéral.

—C'est compliqué, dit Chick.

—Le tout est commandé par des contacts électriques et des relais; je ne te donne pas de détails, tu connais ça. Et d'ailleurs, en plus, le piano fonctionne réellement.

—C'est merveilleux! dit Chick.

—Il n'y a qu'une chose gênante, dit Colin, c'est la pédale forte pour l'œuf battu. J'ai dû mettre un système d'enclenchement spécial, parce que lorsque l'on joue un morceau trop hot[5], il tombe des morceaux d'omelette dans le coktail et c'est dur à avaler. Je modifierai ça. Actuellement, il suffit de faire attention. Pour la crème fraîche, c'est le sol grave.

—Je vais m'en faire un sur Loveless Love[6], dit Chick. Ça va être terrible.

—Il est encore dans le débarras dont je me suis fait un atelier, dit Colin, parce que les plaques de protection ne sont pas vissées. Viens, on va y aller. Je le réglerai pour deux cocktails de vingt centilitres environ, pour commencer.

Chick se mit au piano. A la fin de l'air, une partie du panneau de devant

se rabattit d'un coup sec et une rangée de verres apparut. Deux d'entre eux étaient pleins à ras bord[7] d'une mixture appétissante.

—J'ai eu peur, dit Colin, un moment, tu as fait une fausse note, heureusement, c'était dans l'harmonie.

—Ca tient compte de l'harmonie dit Chick.

—Pas du tout, dit Colin. Ce serait trop compliqué. Il y a quelques servitudes seulement. Bois et viens à table.

VOCABULAIRE

imper	*n. m.*	(Abrév. fam. d'*imperméable.*) Vêtement de pluie qui ne se laisse pas traverser par les liquides.
kilo	*n. m.*	(Abrév. fam. de *kilogramme.*) Unité de masse valant mille grammes.
malle	*n. f.*	Bagages de grande dimension.
homme de la malle		Cocher
ballot	*n. m.*	Personne maladroite, sotte.
daller	*v. t.*	Paver de plaques de marbre, de pierre, de ciment, etc.
gouttelette	*n. f.*	Petite goutte.
perpendiculaire	*a.*	Qui forme un angle de 90° avec une droite, un plan.
lignée	*n. f.*	Ensemble des descendants.
anguille	*n. f.*	Poisson osseux à chair délicate, à corps allongé et à nageoires réduites, à peau glissante, vivant dans les cours d'eau, mais dont la ponte a lieu dans la mer des Sargasse. (鳗鱼)
dessiccation	*n. f.*	Elimination d'humidité d'un corps.
sole	*n. f.*	Poisson marin plat, qui vit couché sur le flanc gauche sur les fonds sableux peu profonds. (鳎)
démoulage	*n. m.*	Action de retirer d'un moule.
truffe	*n. f.*	Champignon souterrain, comestible très recherché, dont les fructifications, brun sombre, mûrissent en hiver à la base des chênes. (黑块菌,香菌)
pianococktail	*n. m.*	Un mot inventé qui signifie qu'on joue au piano en mélangeant des morceaux choisis dans des œuvres différents.
aromate	*n. m.*	Substance végétale odoriférante utilisée en médecine, en parfumerie ou en cuisine. (植物性香料)
trille	*n. f.*	(Mus.) Battement rapide et plus ou moins prolongé d'une note avec la note conjointe supérieure. (颤音)

registre	*n. m.*	(Mus.) Chacune des trois parties(le *grave*, le *médium*, l'*aigu*) qui c'omposent l'échelle sonore ou la tessiture d'une voix. (音域,音区)
quadruple	*a.*	Qui vaut quatre fois autant.
enclenchement	*n. m.*	Action de commencer, mise en train.

NOTES

1. Jean-Sol Partre: C'est un jeu de mots = Jean-Pol Sartre = Jean-Paul Sartre
2. Ma sœur a mal tourné: Ma sœur a eu des difficultés dans ses études... = Les études de ma sœur n'ont pas bien marché.
3. J'ai eu du mal à le mettre au point: J'ai la difficulté à le régler ou à l'expliquer.
4. l'eau de Seltz: Une sorte d'alcool de Seltz qui est chef-lieu du canton de Bas-Rhin.
5. lorsque l'on joue un morceau trop hot: Trop "rythmé", trop "chaud".
6. Loveless Love: Love without love.
7. à ras bord: Etre rempli jusqu'au bord sans dépasser.

Yacine KATEB
(1929—1989)

Né dans l'est de l'Algérie à Constantine, l'écrivain, romancier et poète, a beaucoup parlé de cette région dans son œuvre, bien qu'il soit aussi un homme de l'errance et de l'exil. Issu d'une famille de Musulmans lettrés, Kateb Yacine (Kateb est son nom, Yacine son prénom) fut mis par son père à l'école française, pour qu'il apprenne à maîtriser la langue du colonisateur. En 1945, alors qu'il est encore lycéen, il participe aux révoltes d'Algériens autochtones contre le pouvoir colonial. A partir de 1948, il est journaliste, et très proche du Parti Communiste Algérien. Pendant la guerre d'indépendance de l'Algérie (1954—1962), il voyage et séjourne dans plusieurs pays d'Europe. Son roman *Nedjma*, publié à Paris en 1956, devient très vite célèbre. Après l'indépendance, il retourne dans son pays et se consacre au théâtre en arabe parlé algérien. Sa mort coïncide avec le début de troubles politiques extrêmement graves qui n'ont pas cessé de perturber l'Algérie depuis lors.

Le Polygone étoilé
(1966)

Dans cette œuvre complexe, qui n'est pas un roman mais plutôt un ensemble de récits, Kateb Yacine revient sur la figure de l'étoile, qui est le sens du mot arabe nedjma, *pour ajouter d'autres fragments, plus nettement autobiographiques, à ce qu'il avait écrit dans le roman de ce nom. A la fin du livre, il évoque le déchirement qui fut celui de nombreux colonisés, conscients que l'école française était à la fois une source indispensable de savoir et un risque inévitable d'acculturation. En prenant la décision de le mettre à l'école française, son père savait, dit-il, qu'il le jetait dans "la gueule du loup".*

Il le faisait le cœur serré.

"Laisse l'arabe pour l'instant. Je ne veux pas que, comme moi, tu sois assis entre deux chaises; non, par ma volonté, tu ne seras pas une victime de Medersa[1]. En temps normal, j'aurais pu être moi-même ton professeur de lettres, et ta mère aurait fait le reste. Mais où pourrait conduire une pareille éducation? La langue française domine. Il te faudra la dominer, et laisser en arrière tout ce que nous t'avons inculqué dans ta plus tendre enfance. Mais une fois passé maître dans la langue française, tu pourras sans danger revenir avec nous à ton point de départ. "

Tel était à peu près le discours paternel. Y croyait-il lui-même? Ma mère soupirait; et lorsque je me plongeais dans mes nouvelles études, que je faisais, seul, mes devoirs, je la voyais errer, ainsi qu'une âme en peine.

VOCABULAIRE

inculquer *v. t.* Faire entrer durablement qqch dans l'esprit de qqn.

NOTES

1. Medersa: Ecole arabe traditionnelle.

Philippe SOLLERS
(né en 1936)

Philippe Sollers est né à Bordeaux. Ses premières œuvres (1957—1958) sont saluées avec enthousiasme par Mauriac et Aragon, mais aussi par un poète comme Francis Ponge, qui voient en lui un écrivain d'exception. Cofondateur en 1960 de la revue *Tel Quel*, dont il va faire durant une vingtaine d'années un lieu d'expression privilégié de la modernité (*Logiques*, 1968), il poursuit parallèlement son œuvre de romancier. Il y développe une expérience du langage qui ne cesse d'interroger les formes (politiques, sexuelles, artistiques) sous lesquelles le sujet parlant tente depuis toujours de vivre et de penser l'énigme de son destin dans l'Histoire et dans le Temps, face à un mensonge social de fond devenu en cette fin de XXe siècle plus accablant que jamais. Citons notamment *Paradis* (1980), vaste poème romanesque et aboutissement d'une longue période souvent dite "expérimentale", et *Femmes* (1983), qui inaugure la publication de romans de lecture en apparence plus accessibles. Depuis 1982, Philippe Sollers dirige la revue *L'Infini*.

Femmes
(1983)

Comme souvent dans Femmes, *le texte se constitue du discours intérieur du narrateur, lequel se trouve en état permanent de dialogue avec lui-même, et du même coup avec le lecteur: observations, réflexion sur ses expériences du monde, remémorations et anticipations diverses... Ecriture à la première personne, donc, au présent de l'indicatif avec ses différentes valeurs (passé plus ou moins immédiat, futur plus ou moins proche); dimension énonciative constamment mise en relief-nombreuses notations descriptives, discursives, métaphoriques, diversité des registres de langue, phrases elliptiques ponctuées de silences (les points de suspension) qui marquent tout autant le cheminement intérieur de la pensée que les déambulations du narrateur dans Paris.*

En l'occurrence un Paris nocturne, où solitude, liberté (notamment

sexuelle), traversée des lieux les plus contradictoires, et création littéraire, sont en correspondance intime. Au début de l'extrait, le narrateur se trouve dans un bar du centre de la ville, fréquenté par des écrivains, des intellectuels, acteurs d'une comédie sociale qu'il observe avec détachement. Par une série d'associations (anticipation imaginaire de l'emploi du temps de sa soirée et de sa nuit), il en arrive à l'évocation de Balzac, figure emblématique de l'écrivain visionnaire qui met à nu la vérité, habituellement masquée, d'une société. Manifestement, le narrateur de *Femmes* se réclame lui aussi de cette fonction critique exercée par le roman. L'évocation de Balzac le conduit ainsi à comparer ironiquement (la "bouffée de joie" du début n'interdit aucunement la lucidité mélancolique des dernières lignes) les deux époques, dans la langue comme dans la réalité sociale: disparition symptomatique du mot "courtisanes", de la "splendeur", maintien durable de la "misère". En somme, de quoi s'interroger sur le sens du progrès...

Eh bien, me voilà seul comme jamais, non Une bouffée de joie m'envahit... Je suis un peu ivre... Encore une coupe de champagne en l'honneur de la confusion des temps... De la grande tribulation du non-sens et de l'échange des rôles... Du toboggan des identités... Plus rien ne tient Tant mieux!... On va enfin pouvoir savoir ce qui tient...

Encore une coupe... Puis je vais rentrer dans mon studio, me relever vers minuit, travailler jusque vers trois heures du matin, aller dîner dans mon endroit nocturne à Montparnasse[1]... Une sorte de bar-snack ouvert jusqu'à l'aube... En longueur, demi-obscurité d'aquarium, presque exclusivement réservé aux putes du quartier... Pas d'intellectuels, là; pas la moindre personnalité ambiante... Il faut prendre Paris comme ça, par la nuit profonde... Abandonner les jours, les soirées... Je rentre vers quatre heures par les petites rues désertes... Après avoir avalé une omelette et une demi-bouteille de bordeaux... C'est l'heure des travelos du boulevard Raspail... Après celle des maisons de rendez-vous, rue Sainte-Beuve ou Chaplain... Les Glycines... Les Hortensias... Petits hôtels discrets, confortables... Volets fermés des rez-de-chaussée... Ils dorment tous... Et toutes... Au carrefour Vavin, la statue éclairée de Balzac, par Rodin[2]... Balzac veille... Personne ne le voit... Il est là, renversé en arrière, comme un autre Moïse[3] épaté par l'apparition de dieu... Au pied du Sinaï... De la montagne de ses livres... A contre-courant de tout Paris, qui file vers la Seine par le boulevard, fleuve éteint... Moine en bronze... De temps en temps, un gamin va pisser sur son socle... Gros tuyau-phallus XIXe... La comédie humaine... Bruissante en papier... Ah, les "courtisanes"!... Encore un mot disparu avec la chose!...

Comme "splendeur", d'ailleurs... Il reste "misère"... Splendeur et misère des courtisanes... Disparition et misère des disparues... Voilà un mot d'avenir, "misère"... Pas seulement matériel... Cours constant...

VOCABULAIRE

bouffée	*n. f.*	Accès brusque et passager d'un état pathologique, d'un sentiment.
tribulation	*n. f.*	Suite des aventures plus ou moins désagréables.
toboggan	*n. m.*	Viaduc provisoire constitué d'éléments démontables.
bar-snack	*n. m.*	(Mot angl.) Petite boutique qui sert des friandises.
aquarium	*n. m.*	Etablissement où sont élevés et exposés des animaux et plantes aquatiques.
pute	*n. f.*	Forme populaire actuelle du terme putain appartenant au lexique de la prostitution (femmes).
ambiant	*a.*	Se dit d'un lieu physique et matériel dans lequel on vit.
travelos	*n. m.*	Forme populaire actuelle du terme appartenant au lexique de la prostitution (hommes déguisés en femmes).
épater	*v. t.*	(Fam.) Remplir d'une surprise admirative.
socle	*n. m.*	Soubassement sur lequel s'élève une colonne, un motif d'architecture, une pendule, etc. (底座)
phallus	*n. m.*	Verge en érection.
bruissant	*a.*	Qui fait entendre un son, un murmure confus.
courtisane	*n. f.*	(Litt.) Prostituée d'un rang social élevé.

NOTES

1. Montparnasse: Le quartier Montparnasse est situé au sud de la Seine. Il est évoqué ici à travers quelques-uns de ses noms de rues, de boulevards.
2. Rodin: Auguste Rodin, grand sculpteur français (1840—1917). Sa statue de Balzac se dresse effectivement au carrefour Vavin, dans le quartier Montparnasse. Rappelons que Balzac a donné à l'ensemble de ses romans (dont fait partie *Splendeur et Misère des Courtisanes*) le titre général *La Comédie Humaine*.
3. Moïse: Prophète, fondateur de la religion et de la nation d'Israël. A l'époque de l'asservissement d'Israël en Egypte, Moïse naît dans la tribu de Lévi, est exposé sur le Nil et recueilli par une fille du pharaon. Un jour, Dieu apparaît devant lui pour lui rappeler sa mission. Et puis, Moïse prend la tête des Israélites, les fait sortir d'Egypte

et aller à la Terre promise.

Jean-Marie Gustave LE CLEZIO
(né en 1940)

Dès *Le procès-verbal* (1963), récompensé par l'important Prix Renaudot, Le Clézio obtient le succès auprès du public. On trouve, dans ce premier livre dont le héros Adam Pollo porte le prénom biblique de l'homme des commencements, les thèmes essentiels de l'œuvre à venir: le silence et la solitude aux marges d'une grande cité moderne—peut-être Nice, la ville natale de l'écrivain—, l'attention extrême aux formes premières de vie (dimension biologique, mais aussi minérale), une sensibilité aiguë au monde de ceux qui sont exclus de la parole ou qui se situent hors de la norme sociale, enfants, nomades, animaux, fous.

Cet univers dont l'étrangeté a pu faire penser, à l'époque, à certaines œuvres du Nouveau Roman, s'en distingue par une forme de lyrisme qui confirmeront les livres suivants, de *La Fièvre* (1965) aux *Géants* (1973), et qui s'approfondira dans un essai au titre révélateur, *L'Extase matérielle* (1967). Face au "monde vivant", l'écriture se fait sismographique, elle vise à exprimer par ses rythmes les mouvements et les sensations qui animent la création. Le plus souvent, c'est le regard d'un personnage silencieux qui est le médiateur de cette transcription dont "l'extase matérielle", alternativement destructrice ou fusionnelle, représente l'aboutissement.

L'ouverture au monde sensible, qui donne à l'écriture de Le Clézio sa force poétique, se complète d'une attitude critique à l'égard de la société occidentale contemporaine. Cet antagonisme constitue la trame narrative caractéristique des premiers ouvrages, fondés sur la confrontation violente du personnage le clézien et d'une société déshumanisante. Paroxystique et proliférante, recourant parfois à des effets typographiques saisissants, l'écriture confère au monde contemporain une dimension mythique, comme dans *La guerre* (1970) où le Mal s'incarne sous la forme de la monstrueuse cité d'Hyperpolis, dont le cœur est constitué par un centre commercial.

Les nouvelles recueillies dans *La Ronde et autres faits-divers* (1982) prolongent sur un mode plus réaliste cette veine critique, qui trouve son pendant dans l'évocation du monde des Indiens d'Amérique, exalté dès 1971 dans *Haï*, puis étudié en profondeur dans *Le rêve mexicain* (1988).

Depuis quelques années, l'écrivain explore l'histoire plus récente, par exemple dans *L'Etoile errante* (1992), qui nous transporte de la France occupée pendant la seconde guerre mondiale à la situation des Palestiniens, ou encore dans *Poisson d'or* (1997), récit dont l'héroïne suit un parcours qui l'amène d'Afrique du nord en Europe, itinéraire qui permet à l'écrivain de brosser un tableau sans concession des injustices et de la violence contemporaines. Parallèlement à cette exploration du monde actuel, la recherche romanesque de Le Clézio puise également dans l'histoire de ses ancêtres, partis de Bretagne vers l'île Maurice au XVIIIe siècle (*Le chercheur d'or* et *Voyage à Rodrigues*). Avec plus de trente ouvrages publiés (presque tous chez le grand éditeur parisien Gallimard), J. M. G. Le Clézio est sans aucun doute l'un des auteurs français les plus importants aujourd'hui, tant par la variété de ses œuvres que par son nombreux public.

L'Extase matérielle
(1967)

Voici une page représentative du lyrisme visionnaire et violent des premiers livres de J.M.G. Le Clézio. Au début de l'extrait, le spectacle du monde exposé au feu solaire évoque la démesure tragique caractéristique de la culture méditerranéenne; mais l'intuition de l'omniprésence de la vie s'affirme peu à peu pour aboutir, à la fin du texte, à l'incantation de la création en acte (voir notamment le mouvement de la dernière phrase que rythme l'anaphore de "il y a").

Le soleil brûle au centre du ciel blanc, le soleil fou fore son trou dans la nappe de mercure, et la terre est éblouissante. Les murs des immeubles, les toits de tuiles ou de tôle, les routes goudronnées réverbèrent la lumière intense. Tous ceux qui sont vivants et qui bougent sont frappés par la masse qui accable sans cesse, qui cogne, qui rebondit, qui ondoie autour d'eux. Il y a tant de puissance et de violence dans cette lueur uniforme, il y a tant de blancheur déversée depuis ce point au centre de l'atmosphère, que c'est comme s'il n'y avait plus rien. Stupeur de l'extrême possession, stupeur redoutable et inévitable, frénésie de l'absolu qui s'abat sur la terre et la dévore. Cette lumière est pure. Elle est entrée dans chaque objet et l'a chargé de ce qui était incomparablement lui-même. Sous le poids de la chaleur et de la lumière, le

monde s'est tordu dans son espèce de crampe, et il semble qu'il ne puisse plus bouger, plus crier, plus se plaindre. Cette vie est mille fois plus forte que la vie; elle est de la même nature que le néant, elle est, dans sa manifestation, raidie par l'impossible. Par l'astre qui brille au zénith, cette vie s'est rattachée au vide. Ce qui entre dans les arbres bossus et calcinés, ce qui entre dans les feuilles poussiéreuses, dans les cailloux, dans les fleurs, dans le corps des bourdons et des salamandres, c'est ce qui ne peut pas en sortir: l'énergie sans limites, tendue à sa limite, de l'inconnu d'avant la vie. La terre entière, sous cette pluie miroitante, est soumise à la boule de feu qui brûle sans se consumer. Elle aussi brûle du même feu sans flammes; elle brûle son corps, et ce feu inextinguible est sa présence au monde. Car tout est dans cet acte qui s'accomplit; ce qui n'avait pas de nom commence à être nommé, ce qui n'avait pas d'âge, et pas de corps, commence à surgir dans le temps et dans l'espace. L'acte de la création ne s'arrête jamais. Il s'effectue ainsi, continuellement, dans la matière dure qui s'acharne. Les cycles, les saisons, les siècles ou les ères, cela n'a plus de sens; il y a ce centre du feu qui flamboie, il y a cette cellule-mère qui ne cesse de se diviser, de se répandre, il y a cette matrice immensément chaude qui ne s'arrête pas de travailler dans le monde.

VOCABULAIRE

forer	*v. t.*	Percer, creuser.
mercure	*n. m.*	Métal blanc très brillant, liquide à la température ordinaire et se solidifiant à 39° C, utilisé dans la construction d'appareils de physique (thermomètres, baromètres, etc.), pour l'étamage des glaces et en médecine. (汞,水银)
tôle	*n. f.*	Produit sidérurgique plat, laminé soit à chaud, soit à froid.
goudronner	*v. t.*	Recouvrir, enduire, imprégner de goudron.
réverbérer	*v. t.*	Renvoyer la lumière, la chaleur, le son.
cogner	*v. i.*	Faire entendre un bruit sourd et répété.
ondoyer	*v. i.*	Flotter souplement en s'élevant et en s'abaissant alternativement.
déverser	*v. t.*	Déposer en grand nombre.
frénésie	*n. f.*	Degré extrême atteint par une action, un sentiment; état d'exaltation violent.
crampe	*n. f.*	Contraction involontaire, prolongée et douloureuse de certains muscles.

raidir	*v. t.*	Rendre raide, tendre avec force.
zénith	*n. m.*	Point de la sphère céleste situé à la verticale qudessus d'un observateur. (天顶)
bossu	*a.*	Qui a une bosse, par suite d'une déformation de la colonne vertébrale ou du sternum. (驼背的)
calciné	*a.*	Détruit par le feu.
bourdon	*n. m.*	Insecte à corps velu et à abdomen annelé, voisin de l'abeille, vivant en groupes peu nombreux. (熊蜂)
salamander	*n. f.*	Amphibien urodèle de l'Europe, ayant la forme d'un lézard. (蝾螈)
inextinguible	*a.*	Qu'on ne peut apaiser, arrêter.
s'acharner	*v. pr.*	Mettre beaucoup de ténacité.
matrice	*n. f.*	Utérus.

La Ronde et autres faits divers
Moloch
(1982)

Dans un mobile home isolé au milieu d'un terrain vague à la périphérie de la ville, Liana a accouché, avec pour seul compagnon le chien-loup Nick. Elle refuse l'aide d'une assistante sociale (la "jeune femme aux lunettes dorées") et des autres représentants de la société, car elle y voit une menace pour sa liberté. Son départ, à la fin de la nouvelle, prend une signification symbolique: c'est un acte libre qui inverse l'exclusion subie en un choix. Comme souvent dans les nouvelles de La ronde, Le Clézio utilise un arrière-plan biblique ou mythologique, la scène finale de "Moloch" évoquant l'épisode du Nouveau Testament qui raconte la fuite en Egypte de Marie, Joseph, et de l'enfant Jésus sous la menace d'Hérode. En définitive, c'est ici la société qui est le "moloch" (dieu cruel de l'Antiquité auquel on sacrifiait des enfants), tandis que le trio de la jeune femme, du nouveau-né et du chien représente une communauté fragile mais porteuse d'espérance.

Ils marchent longtemps comme cela, jusqu'à la nuit noire. Maintenant, ils sont au bord du fleuve, sur les plages de galets poussiéreux. On entend quelque part le bruit d'un filet d'eau qui coule. Au loin, le grondement des moteurs sur le pont de l'autoroute. Ici, l'air de la nuit est frais et léger, il y a

des moustiques qui dansent invisibles. Liana rabat la serviette-éponge sur le visage du bébé qui s'est endormi. Sans faire de bruit, Nick est parti à travers les broussailles, le long du fleuve, pour chasser les poules et les lapins des fermes. Il reviendra à l'aube, épuisé et rassasié, et il se couchera près de Liana et du bébé, et ses yeux jaunes brilleront dans l'ombre comme deux étoiles comme si leur lumière dure suffisait à arrêter l'avancée des hommes qui les cherchent, pendant quelques heures encore.

VOCABULAIRE

galet *n. m.* Pierre polie et arrondie par l'action de la mer, des torrents ou des glaciers. (卵石)

serviette-éponge *n. f.* Serviette de toilette en tissu-éponge. (圈毛毛巾)

broussaille *n. f.* (Surtout au pl.) Végétation formée d'arbustes et de plantes épineuses, caractéristique des sous-bois et des terres incultes. (荆棘)

rassasier *v. t.* Apaiser la faim de.

Patrick MODIANO
(né en 1945)

Patrick Modiano est né à Billancourt au lendemain de la Seconde Guerre mondiale, mais c'est pourtant dans cette période qui le fascine que s'inscrit la plus grande partie de son œuvre romanesque.

Si avec son premier roman, *La place de l'Etoile* (1968), Modiano se livrait à une dénonciation ironique et violente de la France sous l'Occupation, dans les œuvres suivantes il semble avoir trouvé une modalité d'écriture qui restera la sienne, une tonalité voilée, en mode mineur, qui de plus en plus met en scène les jeux de la mémoire et la quête identitaire. Ses œuvres apparaissent alors comme les tentatives de déchiffrement visant à mettre à nu, sous l'écorce du présent, les traces du passé, qui seules l'animent, le chargent d'affect ou de sens.

Son œuvre la plus accomplie reste *Rue des boutiques obscures* (1978, Prix Goncourt) itinéraire d'un détective amnésique à la recherche de traces qui pourraient le faire accéder à son identité, mais plus largement métaphore de la quête de toute une génération qui cherche dans un passé dramatique, celui de la

Seconde Guerre mondiale, ses racines et son histoire.

Rue des boutiques obscures

(1978)

Cette évocation presque proustienne d'un temps historique révolu avec ses peurs et ses angoisses, s'ouvre sur une méditation sur les traces laissées par ceux qui "ont disparu", et font de l'écrivain un gardien de la mémoire.

J'ai fait craquer le parquet juste au moment où je quittais la pièce et m'engageais dans le couloir. A tâtons, j'ai cherché la porte, puis la minuterie de l'escalier. J'ai refermé la porte le plus doucement possible. A peine avais-je poussé l'autre porte aux carreaux vitrés pour traverser l'entrée de l'immeuble que cette sorte de déclic que j'avais éprouvé en regardant par la fenêtre de la chambre s'est produit de nouveau.

L'entrée plus éclairée par un globe au plafond qui répandait une lumière blanche. Peu à peu, je m'habituai à cette lumière trop vive. Je restai là, à contempler les murs gris et les carreaux de la porte qui brillaient.

Une impression m'a traversé, comme ces lambeaux de rêve fugitifs que vous essayez de saisir au réveil pour reconstituer le rêve entier. Je me voyais, marchant dans un Paris obscur[1], et poussant la porte de cet immeuble de la rue Cambacérès. Alors mes yeux étaient brusquement éblouis et pendant quelques secondes je ne voyais plus rien, tant cette lumière blanche de l'entrée contrastait avec la nuit du dehors[2].

A quelle époque cela remontait-il? Du temps où je m'appelais Pedro Mc Evoy et où je rentrais ici chaque soir? Est-ce que je reconnaissais l'entrée, le grand paillasson rectangulaire, les murs gris, le globe au plafond, cerné d'un anneau de cuivre?

Derrière les carreaux vitrés de la porte, je voyais le départ de l'escalier que j'ai eu envie de monter lentement pour refaire les gestes que je faisais et suivre mes anciens itinéraires.

Je crois qu'on entend encore dans les entrées d'immeubles l'écho des pas de ceux qui avaient l'habitude de les traverser et qui, depuis, ont disparu. Quelque chose continue de vibrer après leur passage, des ondes de plus en plus faibles, mais que l'on capte si l'on est attentif. Au fond, je n'avais peut-être jamais été ce Pedro Mc Evoy, je n'étais plus rien, mais des ondes me

traversaient, tantôt lointaines, tantôt plus fortes et tous ces échos épars qui flottaient dans l'air se cristallisaient et c'était moi.

VOCABULAIRE

minuterie	*n. f.*	Appareil électrique destiné à assurer, à l'aide d'un mouvement d'horlogerie. (定时器)
déclic	*n. m.*	Mécanisme qui déclenche. (松锁机构)
fugitif	*a.*	Qui passe et disparaît rapidement.
contraster	*v. i.*	S'opposer d'une façon frappante.
paillasson	*n. m.*	Natte rugueuse servant à s'essuyer les pieds sur le seuil d'un logement.
cerner	*v. t.*	Entourer.
anneau	*n. m.*	Ce qui évoque la forme d'un cercle.
épars	*a.*	Placé dans des lieux, des positions séparées et au hasard.
se cristalliser	*v. pr.*	Se préciser, prendre corps.

NOTES

1. ... dans un Paris obscur:... dans la ville de Paris qui n'avait pas encore d'éclairage à cette époque-là.
2. ... tant cette lumière blanche de l'entrée contrastait avec la nuit du dehors. : ... cette lumière blanche de l'entrée et la nuit du dehors formaient un fort contraste.